尹浩鏐
著

我生命中的3個女人

序

我和美籍華人、醫學博士尹浩鏐（尹華）兄沒見過面，蒙他的同學饒聞午兄介紹，有幸讀了他的長篇小說《醫生情路》，感到胸中有熠火耀動。這種感覺使我想起爐子封火以後，在爐蓋下轉悠悠的藍色火苗。

魯迅的門生，大批評家胡風說過：「好的詩，能讓讀者成為詩人」，同理，好的小說，能讓讀者成為小說家。一個嚴肅的、用生命寫作的作家，他在寫作的時候，有一個朦朧的意圖，就是期望方塊字者一步一步地跟他一起走，最後成為跟他一樣的作家。我搞了多年的文學批評，卻沒有著力分析過這樣的心理現象；然而我要說，浩鏐兄的這部小說，使我的審美心理和他的審美心理達到了同構，他注入小說中的生命，他注入小說人物中的生命，他的小說人物從原型人物汲取的生命，他的生命和人物的生命的擁合（包括今日之他對昔日之他的再體驗），全都通過純淨而真確的語言媒質的營造，在我這個完全陌生人的生命中複製出來，由於這種種充脹內心的感覺，我便有理由宣稱這部小說是一件很成功的藝術品。

還應指出的是：在浩鏐兄這部小說裏，方華的原型人物是他自己，婉容、美玉、思琪這三位可愛的女性，都根據原型人物作了藝術重塑。小說的主線，就是方華和這三位女性的愛情糾葛史，在其中，每一段縱線，都是一段情史：每一段情史都積聚著一聲深摯的感嘆；每一聲感嘆都發自生活秘史的深層——都從人物感情的髓腔裏透射出獨特的絢彩，都有一個女性不可重複的性格，像一塊美麗的不可重複的雨花石一樣輝耀著自己的絢彩，在其中，作者對方華和婉容關係史的慨嘆，以其刻骨銘心的初戀的偉力，像用萬能膠粘貼在全部情史的底層，成為男主人公方華多層情感中最有磁性的一種情感。

書中的美玉，也是一位可愛的女性。在小說中，從美玉身上表現出來的一些可能被人們稱作「缺點」的東西，全都被寫成由特定條件刺激出來的東西。譬如說，在方華外遇的強刺激下，美玉用多疑和暴烈顯示了婚姻權利的固守，用嫉妒顯示了愛的受難——全都有著非如此不可的道理，在藝術中全都因為真實成為美麗的東西。真即美——這是小說作者浩鏐兄從中外經典小說中開掘出來的一條最有深度、最不媚俗的美學之大憲，在此大憲之下，男主人公方華因為是真者故而是勇者，他在美玉脾氣變壞的緣由上毫不文過飾非，使我們看到一個真正的男人用誠實的自責避免了人格的崩塌。職是之故，我喜歡男主人公方華，我願意懷著理解的心情體貼他的痛楚。他是那樣多才多情，那樣充滿事業上的活力；他不僅能夠為命運拼爭，也能夠為命運承受。他和婉容的戀情經受了悲劇的結局，他和美玉的離異又何嘗不是悲劇？所不同者，前者是世情的悲劇：後者是性格的悲劇。作為兩次悲劇的承受者，他心上的傷口又怎能癒合？這樣，醫學家浩鏐兄作為方華的原型人物，他寫這部長篇小說就應當被世人理解、被同行體諒了；這樣，我們便應看到，在書中，第三位女性思琪的知寒知暖知痛知癢，對男主人公方華來說，無疑是治療創痛的神藥和慰藉神魂的慈航！

小說中的其他人物，如母親、外婆、外叔婆和同學蔡光明、饒聞午等，也都有各自的性格和面貌、在小說藝術上，也都成功完成了推送情節的任務。

我想說，在研讀了這部小說之後，我通過對男主人公方華的理解，深深地理解了浩鏐兄。浩鏐兄，他用生命寫出了一部成功的小說，也通過小說成功地寫出了自己。讀他的小說，如同面對面聽他傾訴。

他的藝術語言大樸大素，如同白水晶的碎粒，熠熠然透發著深曲的情味，這使得整部作品，像一棵樹形很好的健康的樹，使讀者——人生旅途的跋涉者，很願意在它搖曳的綠蔭下靠著粗壯的樹幹，輕輕地閉上眼睛憩息。人們的心靈是喜歡靠著真實的心靈憩息的啊！

蒙浩鏐兄信賴，邀我為本書撰序，乃不避佛頭添糞之譏，聊抒陋見，以奉微忱。是為序。

中國知名文學評論家、著名小說《馬嵬驛》作者、亨夏文聯副主席　高嵩

序

尹浩鏐兄送來一篇小說，我在忙中讀完後，不由自主的要說幾句話。

小說有三大要點，就是要衝突、關心及題材的熟練。在這篇小說中，有充分的社會和感情的衝突，作者對三位女姓的愛，反反覆覆，描寫傳神。婉容、美玉和思琪的個性，不同而真實，他們與男主角的關係，引起了讀者的關懷，正適合寫小說的第二要點：「關心」。如果讀者對故事中的人物不「關心」，無論文章如何精彩，就有「可讀」與「不可讀」的感覺，關了書就沒有打開再看的必要了。在這本小說中筆者用「我」來開展故事，使讀者跟著他走。故事中的人物，好像都是「朋友」或認識的人。情節轉變，不得不使人關心了。

關於背景和題材，作者是如此熟習，處處都表現出他的親身經歷，全書都有極豐富的真實感。除文字美麗和內容豐富外，讀者更進一步瞭解了當時中國反右的殘酷和鬥爭，人們的掙扎、奮鬥、波折都歷歷在目，使讀者身臨其境。

讀後，我對作者文藝評價極高，他做了一生的醫生，而能寫出這樣一冊動人的情史，使我十分敬佩，希望他能再接再勵，繼續發揮他的寫作天才。

國際著名作家，《花鼓歌》作者　黎錦揚

序

尹浩鏐是一位著名的核子醫學及放射科醫學專家，也當過內科醫生，先後畢業於廣州中山醫學院、台灣大學醫學院，並在加拿大麥基大學醫學院所屬的皇家維多利亞醫院完成博士後進修學業，獲選為皇家醫學院院士。曾任美國康州聖法蘭西斯醫院核子醫學主任，美國伊利諾大學醫學院臨床副教授，行醫四十餘年，足迹由中國大陸，到台灣，而美國，處處留下他的出色貢獻。令我吃驚的是他雖然當醫生，對中國的詩詞歌賦卻朗朗上口，在交談中隨意背誦，對莎士比亞、歌德、拜倫以至普希金的作品都很熟悉，有些還照原著重新翻譯。

然而他最忘不了的還是一個「情」字，這古今中外寫不盡、道不完，讓人嚐盡喜怒哀樂的「情」字，牽著這位大夫，在不同的社會環境走了大半生。

本書寫了三個戀人的故事：「不倫之戀」寫初戀情人婉容，是他的表姨，刻骨銘心的愛貫徹終生；「愛海波濤」寫前妻美玉，恩恩怨怨，起起伏伏如海上的波濤；「情歸何處」寫現任妻子思琪，是他最後安享晚年的「避風港」。

在無數描寫中國大陸往事的作品中，看到的多是血淚恩仇、刀光劍影、殘酷鬥爭、思想牢籠、勞教勞改。人們含淚對傷痕文學讀了又讀，逐漸讀膩了，讀煩了。起初的新奇、同情、傷感、憤慨漸漸為千篇一律的格調消磨殆盡，期待有創新的作品出現。

這部小說是一個創新的嘗試。第一段戀情也以往日的大陸生活為背景，大幅度描寫當時的社會情狀，然而主線是極為個性化的情史，主要寫相當幼稚卻終生不忘的初戀。在家族矛盾、倫常衝突加上階級鬥爭風浪中發展的情史，自然而然烙上時代的印記。然而作者沒有譁眾取寵去刻意描寫一個地獄世界，只是以自身經歷為藍本，寫出周邊的親人、同學、師長、領導，描摹出那個時期他所經歷的人生畫面和感情生活。

一個熱衷於談情說愛，對政治不感興趣的大學生，卻因為一封信而被打成右派。幸而醫學院的黨委書記卻相當富有人情味，在反右鬥爭的大風大浪中，盡其權限所能，去挽救一個無端受害的青年才俊。儘管自上而來的壓力不能不給方華扣上右派帽子，卻在處分上從輕發落，讓他「留校改造」。在周遭歧視的目光中孤立無伴的方華，深得紅顏知己婉容的溫情愛戀，教授的惜才器重，竟以優異成績畢業於醫學院。

第二段戀情寫的是與前妻美玉的感情發展與夫妻生活，其間貫穿了從大陸，到香港，到台灣以至美國的漫長歷程。聰明、貌美而個性逞強的美玉，在方華與婉容被迫分手的痛苦與空虛中闖進。她完全不同於婉容的林黛玉式性格，是個有勇氣，敢冒險、能決斷的新型女性，不久就與方華陷入情網，並決定雙雙攜手偷渡去香港，在那裏有美玉的殷富叔公接應。幾經險阻周折，他們終於抵達香港。美玉違反叔公的意願，拒絕一位青年富商的苦苦追求，拋棄唾手可得的榮華富貴，決意嫁給窮書生方華。後來為求出路一同到台灣求學，方華成為首批在台大念書的大陸學生，畢業後在軍隊裏當醫官，其後在台大醫院當內科醫生。

在台灣，方華遭遇到一生中的第二次陷害，台灣的軍統特務以莫須有的疑點，把他當作大陸的間諜而將他投入監獄。後遇貴人挽救才得還清白。在困境中，美玉處處表現堅強，跟著方華漂洋渡海，從赴加拿大到定居美國，給方華精神上莫大支持。

然而，方華十分專注於醫學事業，對職業全心投入，常常一天做十幾個小時工作，使家庭的正常生活受到嚴重干擾，妻子卻不能體諒，不是冷言冷語，就是諸多懷疑。方華得不到家庭溫暖也逐漸外向，由多情發展到偶有外遇，妻子則回敬以強硬與冷漠。長期的冷戰、衝突，使這個從貧窮患難中建起的家日漸走上崩潰之路。這是海外華人典型的家庭悲劇，在矛盾、衝突過程，貫穿著港、台社會的炎涼世態，美國從醫的拼打生涯，都反映了社會的真實面貌。

一次輕微的肢體衝撞，導致美玉告上法庭，取得了禁止方華回家的法令。方華不得已飛往拉斯維加斯會見他的紅顏知己思琪。她個性大方，伶俐體貼，善解人意，對於方華過去的種種生活經歷也不懷介意，加上她的模樣酷似方華的初戀情人，因而方華不意中又在知天命之年發展了第三段戀情，最終成就了老夫少妻的美好姻緣。

作品沒有按照某種政治或道德信條去處理情節，而是信手拈來，按照生活本來的面貌，寫出自身經歷過的生活細節。令人讀來親切自然，並且能從中看到不同時代的生活大環境，窺視當時的政治經濟狀況。作者的足跡踏遍江南塞北和五洲四海，當中許多與情節有關的景物描寫，精闢入微，把讀者引入一幅幅活生生油畫境界。作者駕馭語言有如行雲流水，對白也十分自然生動。三段愛情前呼後應，彼此有內在聯繫，結構上既明快又謹嚴。

這是一本很有特色的小說。看得出，作者以自己豐富的生活經歷為根基，著重對話與生活細節的描寫，少有虛構的故事，雖然不像其他小說靠高潮迭起吸引讀者，卻比自傳體豐盛而有血肉，另有一番親切自然的美感，不失為一部成功的作品。

美國著名散文作家，北美拉斯維加斯華文作家協會執行會長　潘天良

新版前言　相聚時難別更難

尹浩鏐

本書原名《情牽半生》，在二〇〇三年由台灣瀛舟出版社初版，一年內再版四刷，還上了金石堂暢銷排行榜，被中國收入黃金書屋。本來期望能繼續發行，可惜出版社停止營業，以致中斷。今蒙秀威資訊答應重出新版發行，真是喜出望外。

這本書是我的初作，原意寫下來為自己留作紀念，並沒有印書發行的奢望。我從不認為自己有什麼寫作才能，更相信這種自傳體的小說不能適應現今的文學潮流。不過經不起朋友們的鼓勵，我還是決定讓這本書重生。

雖然初版大受青睞，我仍覺得有許多不臻完美之處，三段愛情故事顯得頭重腳經，尤其對思琪這段的描述稍嫌軟弱蒼白。當初是擔心文字太過龐大，印出來的書太重，攜帶不便，所以把思琪的許多片段刪除，這樣一來故事失去了銜接，經張索時兄提醒，趁這次重版的機會，把原來刪除的部份再補接回來，也用心地在字斟句酌上下了番功夫，以期對讀者有更好的交代。

江蘇省社會科學院研究員劉紅林女士在評論本書時說：作者由於太愛他所塑造的自我形象，所以把自己犯的錯誤的責任推到對方身上去。實情我亦深知自身的弱點與毛病，從不希望通過文學寫作來淨化自己，我只想描寫一個實實在在而又脆弱不堪的個人，重新檢視自己，希望對自己有一番清醒的認識。

為了這次新版，把書重讀了一遍，又一次觸動了我的神經，當看到方華離美玉而去時，不禁眼淚又濕透了紙背，人生就是這樣無情的麼？真是相聚時難別更難麼？

原序

尹浩鏐

這是一本自傳體小說。我是一個平凡的人，本來並不覺得有什麼值得寫的地方，但我的一生，經歷的是多變的時代，過的是異鄉掙扎奮鬥的日子，而一生情路，又是極之無奈而辛酸。我想，也許我將我的一生經歷寫下來，就算作為一個紀念罷。朋友們知道我有這個念頭，更是大加鼓勵，有些朋友甚至說：「將你多采多姿的一生寫下來，讓年輕人可作為借鏡吧。」

我不敢說我的一生是如何多采多姿，只敢形容說是波折重重，峰迴路轉，尤以情路最為坎坷。但既然是小說，為了增加可讀性，我虛構一些情節，尤其對書中三位女主角的個性描寫，更是天馬行空，真真假假，不帶框框。不過，大體說來，距離真實不遠。

可以說，我對書中的人物，是充滿感情的，尤其是對美玉，她為方華拋棄親情和榮華富貴，甘心與他並肩度過三十多年艱苦奮鬥歲月，恩深情重，卻不能白頭偕老，我真有萬分的無奈與惋惜。

東坡說：「事如春夢了無痕」，人生苦短，如今我已進入暮年，想起前塵往事，想起我的一生中種種的不如意事，不禁伏案長嘆。

我常想起一生中許多師長親友，對我恩重如山，但我多未能報答他們，或想報答時也來不及了，愧疚的心情常壓在心中。有時午夜夢迴，種種前情往事在腦海中翻騰，想起他們對我的好，真不知有多少無奈與辛酸。

感謝中國現代著名文學評論家高嵩先生的〈序〉和他對本書初稿的精審細校，國際知名作家黎錦揚前輩及美國名散文家潘天良先生的序文。他們都是文學界的知名人物，卻花那麼多的時間讀我這本「習作」，無疑是對我最大的鼓舞。

沒有朋友們的鼓勵與支持，這本書是絕對不會順利寫成的。像童年好友饒聞午教授（中國）、表弟劉柱柏教授（香港大學心臟科主任）及夫人、表妹張惠娟（香港）、美國名詩人劉庶凝教授及夫人、好友吳蓉（靜兒）等的備極關切，謹在這裏致上衷心的謝忱。

目次

致婉容

我倆初會在鳳凰樹下，
你艷如春天的桃李，
臉勝秋天的海棠；
性情如冬天的楊柳，
心似無盡的海洋！
難忘那五月的黃昏，
我倆攜手散步在荔灣亭畔，
眺望那迷茫的山岡；
難忘那中秋明月夜，
月色像珍珠在湖邊散放。
啊！我倆的愛情像那美妙的藍天，
片刻卻被那烏雲遮掩！
天上太陽會變色，地上的何嘗不然？
但願我們的愛與世長存！

1 不倫之戀

我記得那美妙的一瞬，
在我的面前出現了你，
有如曇花一現的幻影，
有如純潔之美的精靈。

——普希金〈致凱恩〉

初見婉容，是在一九五四年七月十五，外婆七十歲生日那天，事隔四十多年，當日的情景卻仍歷歷在目，烙印在我腦海中。

當時外婆正和朋友們在偏廳票戲聊天，媽，姨婆和小丫頭福喜在廚房忙著張羅晚飯，而弟妹及表弟妹們則在前院嬉鬧。

時值七月中，正是東莞暑熱的時候，我在房裏待不住，便放下手中的詩卷，信步到後院納涼，院中鳳凰樹上的花開得正燦爛，滿樹艷紅花瓣隨著輕風搖曳，有些便飄到地上來，在陽光下透著亮亮的紅光，美得眩目。

但花的美，卻比不上俏生生的站立在樹下的美人兒，從我站立的位置，只能看見她的側臉，卻足以感到震撼，沒有說話，生怕一開口，便會破壞這個美麗的畫面。

許是聽到我的腳步聲，她很快地回過頭來，看見我，只猶疑了一下，說：「你是阿華吧？」

我沒有馬上回她的話，只顧呆呆地望著她那清麗脫俗的面孔，月兒似的單鳳眼，尖尖的鼻子，小而豐滿的唇，還有那微微上翹的俏下巴……

「你是阿華吧，我媽常提起你。」她被我望得有點不好意思，但並沒有生氣的樣子。

「你媽是誰？」我半天才回過神來。

「你的外叔婆啊！」

我的心沒由來突地一跳。「那我……你豈不是——」

「你還不明白？」她接得很快，「你是我的外甥呢。」

「我不信！你看來年紀比我還小呢。」

她抿嘴笑了。「可是我事實上比你大呀，我媽告訴我，我比你大三個月呢。」

「就算比我大三個月，做我阿姨也太那個了吧！」我滿心不服氣，「你沒有騙我？」

「我騙你做什麼？我媽是在年紀很大的時候才生下我的，」她笑，帶著得意的神情。

「你有兄弟姊妹嗎？」

她輕輕搖搖頭，忽然就不笑了，「我從小孤獨慣了，哪像你，有那麼多弟弟妹妹，多熱鬧。」

「但我從十歲起就因為方便上學而搬來和外婆住，也是一個人呀！」，我安慰她。「怎麼外婆從來沒有向我提起你？」

「我媽倒常向我提起你，說你很聰明。」她頓了一頓，才說：「這次她就是藉著你外婆生日，特意帶我來見你的……咦，你怎麼忽然不高興了？」

「我沒有不高興。」

「你不高興見到我？」

「當然不，我只不高興你是我的阿姨。」

「我們是親戚，不是很好嗎？」

「不好，我只想做你的好朋友。」我心裏一熱，衝口而出。「我一點也不想做你的外甥。」

如果她不是我姨，而是那個我父親朋友的女兒，多好。我心想。

「我們可以做好朋友吧？」我再次強調。

「當然可以，」她望著我，似在奇怪我為何如此執拗，「我媽媽常常在我面前稱讚你呢。」

「真的？」我見她答應做好朋友，心情大好，笑說：「你媽讚我什麼？」

「讚你乖，心地又好哩，」她笑道。「她常說我能有個像你一樣的弟弟就好了。」

「嘩，她已經有你這麼一個美麗出色的女兒，還想要一個像我一樣的兒子，是不是有點太貪心了！」

她沒說話，湊近看我的臉。

「你看什麼？」我聞到她身上一股淡淡的幽香，有點熏熏然。

「看你往自己的臉上貼了多少金呀！」

我大笑起來，她也笑。我拉著她的手就往廳裏跑，心裏漲滿了快樂，我清清楚楚地記得，當時我是十五歲零十個月，而她剛剛過十六歲生日不久。

當晚筵開三席，賓主盡歡。

我被安排坐在外婆身邊，同席的人還有舅父舅母和媽等。外叔婆和她則坐在另一席。我正恨自己忘了問她名字時，舅母一句「你們看，婉容真是出落得越來越標致。」才算解了我的疑團。

晚飯後，我們每個晚輩照往例給外婆生日祝願，而每個人連我在內的祝辭都不外是：「祝外婆福壽雙全，年年有今日，歲歲有今朝」之類的普遍祝壽句，唯獨婉容把馮延巳的「長命女」改頭換面，作了一首別出心裁的賀詞：

生日宴，敬酒一杯歌一遍，再拜陳三願：
一願嬸娘千歲，二願各人長健，三願如同梁上燕，歲歲長相見。

我見外婆笑咧了嘴，對外叔婆道：「你看你這女娃兒，祝壽倒像唱歌兒似的！」

「是呀，」外叔婆也笑，「別看她洗衣燒飯全不會，吟詩唱歌卻在行得很哩。」

「會吟詩唱歌很好呀」，外婆笑說：「聽說你家婉容還年年考第一，是學校的高材生呢！」

「哪裡的話，阿華也不是最優秀的嗎？」外叔婆說。

「那倒是，」舅舅在一旁笑著接口：「咱阿華自念書以來都是年年考第一。」

不知怎的，舅舅這一接話，話題倏就斷了。當時我並沒察覺到話裏有什麼特別，但聽到有心人如外叔婆耳裏，一句你婉容，加上一句咱阿華，不是分明有意分你我嗎？大家不都一樣是親戚嗎？

散席的時候，大人們在忙著握手寒暄道再見，我覷個空拉婉容到一旁，笑說：「你今晚出口成章，風頭全讓你一個人搶去啦！」

「哪裡話，我借花敬佛而已，」她抿嘴笑。

「可以將這套借花敬佛的本事教我嗎？」

「那還不容易」。

「什麼時候？」我抓緊機會。

她想了想，「星期六晚上，在振華橋下等你，好嗎？」

「好，一言為定，不見不散。」我看著外叔婆向外婆告別完，正向我們走過來，趕緊說。

客人都散去後，我如常地梳洗上床，但就是睡不著覺。我滿腦子都是婉容的倩影，睜開眼睛看見她，閉上眼睛也能看見她，想著她的樣子，咀嚼她所說的話，迷迷糊糊睡一陣，醒一陣，夢裏也全是她。

早上刷牙對鏡一照，老天爺，面上竟有兩個大大的黑眼圈，我坐在餐桌前，面對平日最愛吃的豆漿油條，竟然一點胃口也沒有。

「怎麼啦，阿華，昨晚一夜沒睡是不是？」媽看見我的模樣嚇了一跳。

我搖搖頭，勉強喝了幾口豆漿，強笑說：「睡得不好，沒什麼大不了，媽你別擔心。」我站起來。爸去年因病過世之後，媽一下子老了不少，白頭髮也像一夜之間全長出來了，我重又坐下來，咬下一大口油條，誇張地用力咀嚼，早餐是媽特地為我預備的，不吃會讓她擔心。

「你好像滿懷心事似的？」

「沒有，你別多心，媽。」我沒由來的一陣心酸，心知自昨晚婉容出現在我的生命中，已使我整個世界天翻地覆，我對她一見難忘，但又隱隱覺得不該喜歡她。

她說得沒錯，我當然有心事而想來想去，輾轉反側都是為了她。以前聽人家說一見鍾情，只覺荒謬，現在卻深諳個中滋味，真是甜酸苦辣不足外人道，苦樂自知而已。

我勉強將油條全嚥下去，卻是味同嚼蠟，我又將豆漿全喝下去。我自覺長大了，不能再叫媽為我操心了。

我拎起書包來，「我上學去了，媽。」

「放學早點回來，媽為你預備好吃的。」

我嘴裏答應著，邁步出了門。

在學校裏，我一整天神思恍惚，不能集中精神。一向特別喜歡我的數學老師一再地問我。「方華，是不是那裏不舒服，想早點回家嗎？」

「不必了，老師，我只是有點累。」我答。

小學時與我最要好的同學蔡光明拿著一疊西洋女星照片來找我，神秘兮兮地說：「喏，你不是最愛看美女的嗎，來，一同欣賞欣賞。」

我隨手翻了翻，一點興趣也沒有，見過婉容，那裏還會想看別的女人？況且這種照片我又不是沒看過，舅舅每次都會讓外婆從香港回來時，帶一些外國雜誌給我看。上面的外國美女多的是。

我人坐在教室裏，卻沒心聽講，心中想看的只是婉容。今天才不過星期二，老天爺，要等多久才能等到星期六，見她的日子。

放學時我慢慢踱步回家，一點也沒有心情像往日那樣，偶爾停下來在池塘邊看看青蛙，或者撿點奇怪石頭什麼的。

我回到家，也不換衣服，就直奔後院，我跑到婉容昨天站立的地方，學她那樣，略抬起頭凝望著那些大紅的鳳凰花。

我痴痴地想，她現在在想什麼？她可有想著即將與我會面麼？我將書包隨意地放在一旁，也不想著該做功課了。我想，我大概將會瘋掉。

「阿華，」姨婆從屋裏喚我，「放學回來也不進來歇歇，呆呆站在太陽底下做什麼？真是的！」

「快進來呀，」外婆的聲音：「這孩子怎麼了，一頭一臉的汗。」

媽走過來伸手摸我額頭，滿臉憂色。「你不是病了吧！」

我搖頭，低聲向每個人打了招呼，小丫頭福喜趕忙為我端了一杯冰凍的酸梅湯來。我一口氣喝下，只覺清涼入脾，人漸漸地清醒了。

「媽，我想先洗個澡……」

「洗好澡出來陪你外婆聊聊天……」媽說。

「是陪你媽聊天，」姨婆在一旁插嘴說：「你媽吃完晚飯就要回去了。」

外婆回過頭來，「你怎不多待兩天？」

「不成呀，」媽嘆氣，「家裏大大小小六個孩子，只靠梅香一人照顧不成！何況梅香也才只比阿華大兩歲！」

媽沒說出口來的是，除了那沒完沒了的家務，診所裏還有不少病人在等著她照顧呢？

「讓我送您回去吧，媽。」我說。

「送什麼，我隨隔壁老王的車回去，沒事的，何況你明早還得早起上學。」

我沒有再說什麼，只在洗澡時偷偷地哭了一會，我既心疼母親半生操勞，又著實不捨得她。而在眼前，我根本沒能力改善這種狀況。

一個高中一年級的學生，能夠為這個家做些什麼呢？我抹乾眼淚，抹乾身體，洗完澡，打著精神陪著媽聊天。就將心裏的婉容暫且擱在一邊！

晚飯後我送母親上車，她說：「媽不在，心裏有事，大可告訴外婆或姨婆，她們都非常疼你，要不然，寫信給我，兩天也就到了，可別憋壞了身子。」

「我曉得。」

「功課固然要做，但也不要給自己太多壓力，知道嗎？」

「我知道。」

母親紅著眼睛走了，我默然目送她離開，然後回自己房裏，匆匆將功課做完後，又將婉容從心裏深處釋放出來，想著她，念著她，數著與她再見的日子。

日子就在我心急如焚，又渾渾噩噩的情況下過去了。我整天的胡思亂想，想她不是我姨多好，甚至想我可不叫她容姨，改口叫容姐嗎？我這樣提出來，她又會喜歡嗎？

星期六終於讓我盼到了。

一吃完晚飯，我就偷偷從後院溜了出去，匆匆忙忙的往振華橋跑，滿頭大汗趕到的時候，天仍未全黑，我才醒悟我倆不但未約準時間，甚至在橋的那一邊也未說清楚。

好在橋既不太長，又不太寬，找一個人並不難，我找到橋側一塊較為平滑的地方坐下，遠眺群山，近看流水，直到月亮悄悄地上了樹梢。

我不怕等，只怕婉容不來。大概我真的著了魔了，一等一個時辰，不但不煩躁，還有種細細的喜悅。她一定會來，我對自己說，因為滿心期待而興奮著。

她終於來了，穿著淡雅怡人，一如初見那天，只是那秀麗脫俗的臉孔似乎更加美麗動人。在迷人的月光下，美艷得使人心醉，我驟然間想起了拜倫的詩：

She Walks in Beauty—George Gordon Byron

She walks in beauty, like the night
Of cloudless climes and starry skies;
And all that's best of dark and bright
Meet in her aspect and her eyes：
Thus mellow'd to that tender light
Which heaven to gaudy day denies。

One shade the more, one ray the less,
Had half impair'd the nameless grace
Which waves in every raven tress,
Or softly lightens o'er her face;
Where thoughts serenely sweet express
How pure, how dear their dwelling-place。

And on that cheek, and o'er that brow,
So soft, so calm, yet eloquent,
The smiles that win, the tints that glow,
But tell of days in goodness spent,
A mind at peace with all below,
A heart whose love is innocent!

她從美麗的光影裏走來——〔英〕拜倫

她從美麗的光影裏走來，
在這星光燦爛無雲的夜空；
明與暗的最美影像，
交會在她的容顏和眼波裏；
溶成一片恬淡的清輝，
遠勝那濃艷的白天。

多一道陰影，少一點光芒，
都會損害那難言的美姿。
美在她濃黑的髮波裏流蕩，

柔和的光輝灑滿在她的面龐；
那兒充滿了歡愉的思念，
在這純潔高貴的殿堂。

那幽嫻的面頰和眉宇，
沈默中顯露著萬般情意；
那迷人的微笑，那灼人的紅暈，
顯示著柔情伴送著芳年；
在那和平面容一切的靈魂之下！
蘊藏著一顆至純至愛的心房！

我痴痴的站著。她歉然伸出手來與我相握。「對不起，累你久等了。」我跳起來抓著她的手不放，心想她終於來見我了，忽然之間心中激動不能自己，只痴痴地望著她。她紅了臉，輕輕的想掙脫我的手，但我不肯放，她轉頭躲避我炙熱的目光，伸手指著過橋不遠的地方，說：「那邊風景很好，過去走走好嗎？」

我傻傻地點頭，拉著她的手緩步向她手指的方向走去。走沒多遠，就是停泊渡船的地方，船上有微弱的光，經月光一照，卻又變得閃亮璀燦。岸邊垂柳處處，芳草怡人，景色真是好美。

我偷偷看她，只覺她美如畫中人。而我彷如置身於美夢中，我不敢說話，只怕一說話，夢就醒了。

她卻沒有望我，只擡頭靜靜地看月亮，我正想問她，為什麼看來不開心，但見兩行清淚，正沿著她的臉頰流下。

「你怎麼啦，你為什麼哭起來？」我慌了，一疊連聲地「你為什麼不開心？」剛才在心裏的話現在溜出來了。

她拿出手絹來抹去淚水，幽幽地說：「我在想，我們兩個的身世很相近，亦很苦，自少就沒了爹，我媽雖然常向我提起你，但你卻從來不認識我……」她低下頭去。

「我們現在不是認識了嗎？」我安慰她，「真是多謝老天爺，多謝老天爺……」

「多謝老天爺什麼？」她用晶亮的眸子望著我，明知故問。

「多謝老天爺讓我們見面呀！」我笑道：「你知道能夠認識你我有多歡喜嗎？」

「但以後呢，以後你會一樣的歡喜我嗎？」

「當然，而且只會更歡喜見到你」。

「將來有一天你會討厭我，不想見我麼？」

「不會，一定不會，因為我知道，沒有比這件事更肯定了。」

「真的？」

「當然是真的。」

「但如果你外婆因為仍然想著過去的事，不讓我們在一起玩呢？」

「不會的，外婆很疼我，不會阻止我的，何況她也疼你。」

「但她疼我和疼你是不一樣的……」

我想哄她歡喜，卻又不忍騙她，因為她說的全是事實，於是我岔開話題，說要念一首詞給她聽。

「誰的詞？」果然是愛詩詞的人，她這一下子便愁眉舒展。

「是宋祁的〈木蘭花〉」。

她點點頭，靜靜地聽我將整首詞念完。「好詞，你最喜歡的是其中的哪幾句？」她問。

「是：浮生長恨歡樂少，肯愛千金輕一笑，」我說。「正如古人云：人生不如意事十常八九，而我們年紀輕輕便已經歷了戰亂和喪父之痛，但人不能只緬懷過去，要往前看，就像今晚，既然芳意長新遍綠野，不如嬉遊醉眠莫負青春，是不是？」

她笑望著我說：「好一句芳意長新遍綠野，不如嬉遊醉眠莫負青春，難怪媽常說你自小聰明伶俐，才情橫溢呢，一出口便能成章，果然。」

「你笑我？」看見她笑，我心中好快樂。

「才不是，我媽說有朝一日你家不記恨我家，能夠和好如初，她會把你當作自己的兒子。」

我的心突地一跳。「那你就是我的容姐，不是容姨咯？從現在開始，我改口叫你婉容可好？」

「當然好」。她嫣然一笑。

我望著她如花的笑靨，握著她柔軟的小手，一時情難自禁，衝口而出說：「我的好婉容，如果從今以後，能夠天天這樣和你在一起，那就太好了。」

「可是……我到底是你的阿姨呀！」

「阿姨又怎樣？」我帶點賭氣地：「誰說阿姨就不能在一起。」

「我們……」她又傷感起來。「我從小就沒有一個人和我一起玩，今天和你在一起，說不定明天你就不理我了。」

我急忙答道「我巴不得天天和你在一起，永遠不分離！」

她笑了，笑得真好看。旋即又不笑了：「可是，我為什麼會是你的姨呢？」

「別擔心，婉容，英國名詩人拜倫還不是一樣，他愛上的是他姐姐呢。」

「真的？他的親姐姐？」

「不是，是他的繼母和前夫生的，兩個人並沒血統關係。」

「那跟我們不一樣。」她淡淡地說。

她沒有將下面的話說出來，但我倆都心知肚明那是什麼——我倆有血統關係！一種不祥的預感突然席捲而來，撞得我的心好痛好痛，我不能想像以後不能再見婉容的日子。我突然尖聲地叫起來：我會死，我會瘋掉，我才不管什麼血統不血統！

「你叫什麼？」她問，大概是聽我喊了出來。

「我說我不管許多了！」

「你……」她凝望著我，忽然明白我的意思，輕輕的嘆了口氣：「夜深了，我們回去吧。」

「明天還能見你麼？」

「噢，我差點忘了，我媽說明晚請你回家吃飯，你肯賞光……」

「肯的，當然肯的，」我搶著說，「但我真的不能等到晚上，明天可以早點見你嗎？」

她想了一下：「明天九時在這裏見吧！」

然後我倆慢慢地踱步回家。我牽著她的小手，不時望向她那沐浴在銀色月光下的秀麗臉孔，心中充滿了甜絲絲的喜悅。從來沒有宗教信念的我，竟然因這美妙的一刻向上蒼喃喃禱告起來：「請不要拆散我們，請讓我們永遠能夠相守相依。」

「你在想什麼？」她突然停下來問我。

「沒什麼，」我回過神來，「你家不就在前面不遠麼？」

「你回去吧，」她說：「這裏很安全的。」

「你擔心被熟人看見？」我依依不捨，「那我們就在這裏再聊一會吧！」

她笑了，「不如我們再散一會步吧！」

於是我們又沿振華橋方向慢慢走去。由英國詩人拜倫的詩談到柳永的詞，真有說不完的話，談不盡的興。時間一晃而過，我們又回到振華橋邊。

我們對望一眼，心意相通，兩個人都笑了。

「我再送你到剛才那個地方……」我說。

「不，我們就在這裏分手好了。」她說：「這樣送來送去的，你總是捨不得，不是天亮也回不了家麼？」

我使勁握她的手，望著她的明眸說：「你也知道我捨不得你麼？」

她低下頭沒說話，只幽幽地嘆了口氣，「我們這樣子……對麼？」

她的一句「對麼？」使我歡欣雀躍的心冷卻了下來，但我不要想它，暫時不要，我要的是把握目前的幸福！我輕輕放開她的手，深吸一口氣，令自己鎮定下來。

「我們不談這個……明早見，好麼？」

「好的，」她對我擺擺手，「明早見！」

我目送她離開，才慢慢地踱步回家，四周一片寧靜，除了低低的蛙叫聲和蟲鳴聲音，其他一點聲音也沒有。我下意識地踢著路邊的小石，知道前面等著我的，又將是一個無眠的漫漫長夜。

我會想她，想我們那不可預知的未來，我是不想去想，但可以麼？可能麼？

我輕輕推開後院的門，一眼瞥見外婆和姨婆正在院中納涼。我忙快步過去請安，笑說：「外婆，姨婆，這麼晚了，還不去睡，是因為今晚月色特別美麼？」

「你這孩子，既然知道天色已晚，為什麼現在才回來，你讓你外婆擔心！」姨婆瞪著我，但我知道她並不真怒我，因為她的眸子微帶著笑意。

「真對不起，原來你們是在等我的門！」我蹲在外婆椅旁，說：「進去吧，外婆，風有點大了呢！」

「你到哪裏瘋去了？」外婆摸摸我的頭，說：「這幾天看你總是渾渾噩噩的樣子，是不是有什麼心事？還是交女朋友了？」自我十歲搬來和她住，她就習慣了這樣摸我的頭。

這幾天我心亂如麻，和容姐的事，不敢向任何人提起，正憋得一肚子難受，經外婆這麼細細垂詢，忍不住就是一陣心酸。

「沒有，外婆，你不用擔心。」

「沒有才怪，」姨婆又在一旁瞪眼睛，「我們可是看著你長大的，沒有什麼能逃得過我們雙眼的。」

「好，既然沒有什麼能瞞得過您老的法眼，」我和姨婆向來親密，嬉笑無拘的，「我就老實告訴你，我失戀了，心裏悶得很。」

姨婆聞言和外婆對望一眼，都笑了起來，「你這孩子，養你這麼大，倒和我開起玩笑來了。」姨婆拍的打了我一下。「女孩子平日追你還來不及，你會失戀才怪。」

「你呀，不想說就算了，我也不來勉強你。」外婆邊說邊打呵欠，想是睏了。「其實你功課一直好得很，不勞我們操心。只是，說笑還說笑，不要太早談戀愛，你到底年紀還小，沒的分了心。」

「知道的，外婆。」

「我等你回來，是想告訴你，明早我又得啟程去香港，大概個把月才回來，你要好好聽姨婆的話，別成天往外跑，知道嗎？」

我答應著，一邊扶外婆起身。姨婆在一旁說：「人等到了，這就去睡吧，明日還要起個大早呢！」

外婆又伸手摸摸我的頭，與姨婆一起回房去了。

姨婆本是外婆的丫頭，因自小投緣，就結拜為姊妹，數十年相依為命，比一般親姊妹還要好。我忍不住想，如果容姐不是我姨，是我的結拜姐姐，相伴相依豈不更好。

我自回到房裏，又胡思亂想起來。婉容婉容自與你相遇，我就像瘋了一樣，日夜都在想你，你知道嗎？

一夜輾轉難眠，斷斷續續的睡了一會，天未亮就醒了。梳洗完畢見外婆正準備起行，我正好趕上向她辭行，她很開心，大概以為我是因為惦記著她遠行才起了個大早。

外婆前腳離開，我後腳就趕忙往外跑，姨婆在身後喊：「阿華，一大早你要去哪裡？」

「我找同學踢球去，」我回過頭來，在她那多皺的面頰上親一下。「姨婆乖，好好給我看著福喜別偷懶，我吃完晚飯回來。」

外婆往香港小住的日子，就只剩下姨婆照顧我，我不是不疼外婆，外婆也不是不疼我，但我似乎和姨婆更親。還有福喜，雖說是家裏的丫頭，咱三人日子過得久了，就像一家人一樣。

「別又太晚回來，明早要上學哩！」姨婆叮嚀。

「知道啦，」我一溜煙就跑，雖說時間還早，我還是不能慢慢走，而是跑去的，能早一分鐘見到容姐也是好的，也許天可憐見，她也早到了呢。

我一口氣跑到昨晚我們相會的地方，她並沒有早來，但我一個人站在橋邊向她來處眺望，想像她的模樣，想像很快就會看見她，心中仍是一陣陣的歡喜。

她很準時，差不多九時整到的，我一望到她窈窕的身影，就忍不住往前奔去，緊緊握住她的雙手，望著她清麗的俏臉，氣喘吁吁的，話也說不出來。

「你急什麼？」她瞅我一眼，微微的紅了臉。

「等你太久了。」

「噢，我又遲到了，對不起……」

「不，是我太早到而已。」

「你這人真是的，」她輕輕掙開我的雙手，說：「你昨晚睡得不好？眼紅紅的！」

「不，只是擔心起不來，太早起床而已。」

「你真是，就算來晚了有什麼要緊，難道我會不等你麼？」她望著我好一會兒，「你累不累，有精神坐船去玩嗎？」我媽說我們可以坐船去榴花塔玩，天黑了才回去吃晚飯。

「那太好了，我精神得很呢！」我高興得跳起來，「容姐媽媽萬歲！」

她笑了，和我手牽著手向渡船走去。

早上的太陽剛好，溫暖和煦，我和容姐並肩坐在船上，越過振華橋，往東江遊覽，但覺四周綠意盎然，有說不出的心曠神怡，細看婉容，卻見她秀眉微蹙，似有心事。

「容姐，你在想什麼？」

「我在想，我自幼喪父，又無兄弟姐妹，只與寡母相依相守，日子孤苦伶仃的——今日能和你泛舟賞樂，又和你有說不出的親，開心是很開心，只怕——」

「有我在，不用怕，如果你不嫌棄，我總會陪伴你的。」我說，「其實我自小也很孤獨，弟妹雖多，卻不住在一塊，學校的同學，也大多話不投機。」

「我還不是一樣，」她輕輕地嘆氣，「我也不愛參加學校那些活動，我只愛在放學後，躲在自己的小天地裏——」

「看看書，寫寫詩詞對不對？」我搶著接下去，她微側著頭看我一眼，帶笑地說，「猜是猜對了，你那麼興奮做什麼？」

「我興奮不是因為我猜對，是因為我和你一樣，也是對政治毫無興趣，對學校的活動也沒有興趣，每天最快樂的時候，是在我上床臨睡前，看我的詩詞歌賦……」我握著她的手，望著她說：「能夠遇見一個同道中人如你，我哪能不興奮？」

「你平日都愛看些什麼書呢？」

「主要是古今中外的一些文學名著，中國的如曹雪芹、韓愈、李白、杜甫、杜牧、李商隱、柳永和蘇東坡等。外國的如托爾斯泰、小仲馬、莎士比亞、拜倫、雪萊、但丁、普希金和歌德等我全愛看，有時看得高興，偷偷走出來在月光下看，看到天亮呢！」

「那你有精神上學嗎？」

「當然有時免不了打瞌睡呀！」

「可是你的功課還是一樣好，」她說。

「你不也是一樣。」

「可是，我不像你，一點英文也不懂。」

「那有什麼打緊，只要你願意，我可以教你。」

「學英語有什麼用呢，我又不打算上大學。」

我感到奇怪。「為什麼呢，你的功課那麼好。」

「媽說我的個性太內向率真，不適宜上大學。」

「為什麼？」我有點納悶。

「中學是小孩，大學是大人了，講錯話會被罰的。」

「我覺得你的個性很像林黛玉。」

「是呀，認識我的人都這麼說我，學校裏有些人甚至乾脆叫我林黛玉。」她低頭撥弄衣角，看來有些不開心。

「林黛玉又美麗又善良，人又率真，像她有什麼不好？」

「可是在世人眼中，她只是孤芳自賞，不入俗眼，說得難聽一點，她無疑是個異類，就像現在的我——」

「我又何嘗不是同學眼中的異類？」我心內同感。「容姐，別管他們，我們過我們自己愛過的生活就好。她們關心國家大事，可我就提不起勁。就讓他們走他們的陽關道，我們走我們的獨木橋吧，管它呢！」

她靜靜地看著我，嘴邊浮現笑意，似乎鼓勵我往下說，「我們白天上學，晚上能相伴看書，你看你的《紅樓夢》，我看我的莎士比亞，可好？」

她的眸子中隱隱帶著喜悅的光，問我：「這樣的日子，你就滿足？」

「有你在身邊，我還要奢望什麼？」我衝口而出，心中激動不已，「我會努力讀書，以後賺錢養你，照顧你，你說好不好！」

她滿臉漲紅，佯裝生氣，啐道：「好不害臊，誰要你供養來著？」

我故意逗她，「那你養我，豈不更好？」

看她將目光移到前面不遠的地方，沒有正面回答我的話，只說：「我媽經常說我什麼都不懂，不適應外面世界，說你聰明隨和，又懂事，能和你一起玩最好。」

我的心怦怦亂跳，隱隱覺得她話裏似有點不妥，但我不想深究它，只任自己因那句「能和你一起玩最好」而狂喜。

「你母親不反對我們來往？」我聲音微顫。

「她喜歡你還來不及呢。」

「真的，那太好了。」我跳起來，船身一個不穩，將正在撐船的船家女嚇一跳，說：「哎呀！我的媽呀！不想掉在水裏的話，要小心坐好呀！」

婉容一手緊握我手，一手往她自己胸口拍去，又怕又想笑。我驚魂未定地向她伸伸舌頭，兩個人都笑了。

婉容兩母女現在住著的是外婆家的祖屋，已有一百年歷史了。屋很大很殘舊，遠遠望去，有種蒼涼的感覺。我們上岸往回走的時候，早已是華燈初上，院子裏是黑黝黝的，只除了外叔婆特意為我倆點著的小小的門燈。

剛踏入前院，便聞到一陣濃濃的飯菜香味，我們這才發現餓了，尤其是我，只餓得大口吞口水，惹得容姐又笑了。

外叔婆來應門，滿臉的笑意。

「外叔婆，您好，打擾您了。」我說。

「快進來，別客氣，你這孩子怎麼見外起來了！」

「唔，好香！」婉容深深地用鼻子嗅了嗅。「媽，你是不是做了我最愛吃的紅燒鯉魚？」

「好啦，好啦，去拿筷子幫忙開飯吧，」外叔婆邊說邊推我在桌邊坐下來，「喏，我剛剛沏的茶，還很熱的，先喝點茶開開胃。」

其實哪需喝茶開胃，滿桌子的菜，色香味俱佳，早已引得我食指大動，我一邊開懷大嚼，一邊不忘謙讓一番「外叔婆你也來一點，你看整條魚差不多都進我肚子裏了。」

因為嘴裏塞滿了東西，連話說得咕嚕咕嚕的，並不清楚，我漲紅了臉，外叔婆忙說：「叫婉容為你盛碗湯來好嗎，小心噎著了。」

婉容並沒有動，只是笑。

一頓飯吃得既愉快又盡興。外叔婆為人隨和風趣，和平日不苟言笑的外婆大大不同。細話輕笑，與我相談甚歡，一點代溝也沒有。

只有在談起外公和外叔公之間的恩恩怨怨時，她才難免顯得有點傷感。

「你外公還在生的時候，我們兩房家人來往密切，關係融洽，你外公能幹精明，獨力照顧家族生意，時將心得教你外叔公，兩個人感情非常好……」飯後品茶的時候，外叔婆對我倆細說從前。

我很用心聽，因為外婆和母親從不曾仔細告訴我兩房家人交惡的經過，每次提起都只輕描淡寫帶過，似已將往事遺忘，但我知道其實並沒有。

外叔婆放下茶杯，長長的嘆氣：「也是注定咱兩房家人沒有好運道，好好的一個家，在莞城也算是有頭有面的，卻被日本鬼子的炸彈全給毀了，你外公被炸死了。唉，那段日子呀！」

婉容起來替她母親添茶，然後和我兩人靜靜聽她說下去：「你外公過世的時候，你外叔公還很年輕，才二十出頭的小夥子，剛和我新婚不久，一直在你外公羽翼下長大的他，什麼都不懂，忽然就得擔起照顧一家子的重擔……」

「當時沒有其他人可以幫忙嗎？外叔婆？」我問。

外叔婆搖搖頭：「那時你兩個舅父年紀比你外叔公還小，更不懂事，其他都是女流之輩，那能有什麼作為，所以不管他成不成，都只好聽他的。」

聽到這裏，我和婉容對望一眼，兩個人都凝神屏氣，知道外叔婆馬上就會說到整個事情的關鍵，而從婉容眼神得知，她也是和我一樣，第一次詳細聽這個故事。

「要知道你外叔公和婉容的個性喜好都極相似，根本不是從商的材料，人既內向，不愛交際，又只愛詩詞歌賦，從不問世事，饒是你外公過世前向他三番四次灌輸做生意的法門，卻充耳不聞，一等到要獨自擔起家族責任，接管店鋪生意，真是要多狼狽有多狼狽，不出三年，家裏的兩個鋪子和值錢東西都讓人騙走了。」說到這裏，外叔婆眼眶不禁紅了。

「媽，你別難過，」婉容輕輕往她母親身上靠去，眼眶也紅了。

「是呀，外叔婆，都是過去的事了。」我也勸她。

「阿華，你相信我說的話麼？」外叔婆用袖子擦了眼睛問我。

「我當然相信。」

「你外婆一直懷疑你外叔公是中飽私囊，自己花掉那些錢。」外叔婆說：「但，你外叔公除了平日偶爾愛喝點酒，比較花錢外，從來不嫖不賭，如何能夠就將兩個鋪子的錢都敗光了，但你外婆就是不信，就連你媽也——」

她深吸一口氣，停了下來凝望我。「你真的相信我所說的話麼？」

我回望她，回答得很坦然：「我真的相信，外叔婆，因為如果外叔公沒有花錢的去處，也應該將錢留給你，您和容姐就不必過得像現在這麼苦。」

「你這孩子——」外叔婆聽了很激動，一把抓住我的手，「你這孩子還未到十六歲，就這麼懂事，我——真不枉你外叔公臨死前還惦記著你，說你將來一定有出色，能成大事，如果將來能和婉容在一起，他就放心了。」

外叔婆的話，著實令我胸口一熱。

我偷看婉容，而她也正望著我。她俏麗的面龐在跳躍的爐火照耀下更顯得紅艷艷的，真有說不出的美，說不出的可愛。

「你放心，外叔婆，我長大了，一定會好好照顧容姐，不會讓她受半點委屈的。」

「有你這一句話，我就安心了。」外叔婆微微一笑。「你知道嗎？看見你倆這麼要好，我的心裏有多歡喜。」說完卻又嘆氣，傷感似乎又鑽進了她眼睛，是因為想起過世的外叔公嗎？聽媽說他們夫妻感情非常好。

我正想著說些什麼逗外叔婆歡喜，婉容卻搶先一步做到了。「媽，你這會兒又笑又嘆氣的，是歡喜呢，還是不歡喜？」

外叔婆聞言笑著將婉容摟在懷裏。「傻丫頭，今晚咱三人難得如此開心地共聚閑話家常，歡喜還來不及，怎會不歡喜呢？」

當晚我向她們道過晚安，踏著月色踱步回家的時候，又不禁胡思亂想起來，像今晚這種相聚圍爐共話的時光，還會有多少次機會可得到呢？

外叔婆藉著這次外婆生日主動示好，算是為兩家人冰封多年的關係打開一道缺口，但，我看出來現在的階段也只是止於表面和平，外婆和母親心裏似仍存有芥蒂。她們會樂意見到我和婉容越走越近嗎？還是最終她們會大力反對？

不用說，晚上我又是沒有睡好，不斷地想婉容，想我們的關係，想我們兩家人之間的恩怨——想得我的頭都快炸開了。

翌日早上，頭疼欲裂，一點胃口也沒有，但還是順著姨婆的意，勉強喝下滿碗稀飯才去上學。而去到學校，才記得當日有數學測驗。

我正在忙著溫習作業的時候，蔡光明跑來找我，「喂，那邊有一個大美人在演講呢，要不要過去湊湊熱鬧？」

我翻了眼睛，沒好氣地：「別吵我溫習好不好。」

「哈，你也要溫習？」他笑。

我正頭疼得很，心想反正也看不下去，便由得他拉著去看熱鬧。

好傢伙，平日聚會的操場早已擠滿了人，坐在草地上的和站在場邊的白上衣藍褲子，差點將青草的綠都蓋過了。

我隨著蔡光明擠過去看。一個容貌非常出色的女孩正在拉開喉嚨發表議論：「我們不要死讀書，要關心國家大事，做一個毛主席的好學生……」

她的話我固然同意，但不一定要喊口號呀。我用好奇的眼光在她身上巡視，肆無忌憚地，有點故意地。她個子不算高，身段也只算中等，但已發育得很好，胸是胸，腰是腰，腿是腿的，比起她那出色的臉龐毫不遜色。

蔡光明說得沒錯，她果然是大美女一名，但我將目光移開，平日看見美麗女孩那種怦然心動的感覺竟一點也沒有，甚或有點意興闌柵。

「怎樣，扎眼吧，」蔡光明舔了嘴角，像貓看見老鼠一臉餓相。

「扎眼又怎樣，關我什麼事？」

「咦，平日你不是最愛追漂亮女孩嗎？」

「蔡光明，你可要給我弄清楚，」還未到十六歲的我，到底臉皮嫩，馬上就反唇相譏，「我方華追過那個女孩子來著？女孩子們追過來，躲還躲不及呢，」說到這裏，婉容影子在我眼前一閃而過，口氣又軟了下來。「走吧！測驗馬上就要開始了，還是不要分心吧。」

蔡光明隨著我往課室走，忽然就唉聲嘆氣起來。「真搞不懂你，阿華，你只不過模樣比我俊一點，功課比我好一點而已，可就那麼吃香呀——真是的！」

「別嚕哩嚕蘇啦，你看老師早到了。」我拉著他跑進課室，正趕上老師發卷子。

放學的時候，照著往日，總是和蔡光明和另兩個同學一同走路回家，碰到三岔口不同路時再各自分開。而蔡光明和我，總在最後一個岔路才互相說再見。

蔡光明一向話特別多，我都只有聽的份，沒有說的份，這天，我不知犯了什麼毛病，只剩我們兩人的時候，我就一直向他提起婉容，不但向他詳細形容她美麗的容顏，還向他背誦她背誦給我聽過的詩詞，細數她愛的書，愛聽的音樂等等，滔滔不絕。

一直走到該分開的地方，我仍沒有住口的意思，「哪天你看見她，你也會喜歡她。」

他歪頭打量我：「我猜你不單止喜歡她，你簡直是對她入了迷。」

我不出聲，心裏甜絲絲的。

「她就有那麼美，那麼好麼？」他望著一臉痴迷的我，眼珠轉了轉。說：「她有妹妹嗎？介紹給我總可以吧！我信任你的眼光。」瞧，拍起我馬屁來了！

憋了幾日的心事，得以宣泄出來，心裏真有說不出的痛快，「你想到那裏去了，有哪條公式說姐姐長得美，妹妹就一定長得美，又或妹妹長得美，姐姐必定美的？」

「你這小子賣什麼關子呢？她到底有姊妹沒有？」他急了。

「我外叔婆才生她一個女兒，那來姐妹？」我看他副急色相，笑了。

他臉上笑容不見了，忽然正色道：「你說她是誰？你外叔婆的女兒？」

我心突地一跳，才警覺自己說溜嘴了。

「她真是你外叔婆的女兒？」他追問，並察看我臉上的神色。

「當然。」我硬著頭皮說，心想事實是事實，就算全世界知道又何妨？

「那——那她豈不是你的堂姨？」

「是又怎樣？她只不過比我大三個月！」

「她是你姨，你是她姨甥——」蔡光明皺眉道，一本正經的，「你們——你們不可以的呀！」他聲音也尖了。

「為什麼不可以？」我大聲說，好像聲音能夠蓋過他，就可以爭贏他一樣。

「阿華，你聽我說——」

「你別說，我不想聽！」

「你先別生氣嘛，也許我弄錯了呢，待我回家和我爸說說看——」

「不，我當你是朋友才告訴你，你不能向任何一個人說出來，」我凶巴巴地，「如果這件事從你嘴巴裏漏了出來，我們就不再是朋友了。」

「不說就不說，我答應就是了。」他擔心地望著我：「你剛才所說的全是真的，不是說著玩的？」

我搖搖頭，好心情忽然都沒有了。

「你要好好想清楚，阿華。」蔡光明鮮有如此不苟言笑的時候，與他平日常見的討厭表情截然不同。如果不是心情不好，我早就忍不住笑了。「我年紀太小，也許不太懂，但我真的覺得不行。平日偶爾妒忌你是有的，但你到底是我最好的朋友，如果我——我不來提醒你，有誰來提醒你呢？」

我望著他半晌，無言地點頭，心裏不但不氣了，還滿心感激，他是為我好，我怎會不知道，但他說那些話，我真的不愛聽呀！雖然我內心深處多想聽聽他的意見。

忠言逆耳，唔，有道理。

我低頭將地上的石子踼來踼去，他也是，太陽在頭頂越發熱烘烘的，沒多久，兩個人都一頭一臉的汗。

「再見，阿華。」他對我揚揚手，「回家好好想想，不要老避開問題，怪不得這陣子總覺得你有心事。」

「明天見，光明。」我說，想著他的話，這小子真是說到我心坎兒去了。

他擺擺手，向前走了幾步，又回過頭來，「還想再聊嗎？」

「不——」我說：「不用了，不過謝謝你。」

他笑了笑，走了。

我呆立原地，目送他離開，心裏亂成一片。因為我又想起昨晚外叔婆說的話：「你外叔公臨死前還惦著你，說你將來一定有出息，能成大事，將來若你和婉容在一起，他就放心了。」真是令我越來越感到糊塗了。

本來約好婉容晚上飯後去她家訪她的，但一來姨婆硬要我陪她到街前的衛家串門子，二來，我也想靜下來好好想想，想想最近發生的事，想想我到底是不是錯了，如果錯了，又有多錯。所以沒去看婉容。

從衛家回家後，我發起狠勁，一口氣將莎士比亞的《殉情記》由頭到尾重看一遍，差不多天亮才睡。翌日步行回學校上課，直睏得腳步蹣跚。

多天睡不好，令我頭痛得厲害，不要說聽不見老師的話，就連黑板上的字也看不清楚。還以為未捱到放學便會昏睡過去，下課鈴聲卻終於響了。

放學時，校務室門前碰見數學老師，他滿臉關心地望著我：「阿華，你最近是睡不好還是病了？臉色這麼難看。」

「我沒事，謝謝你，老師。」

「累了就在家休息一天，你的功課又不怕趕不上。」

「我會的，老師。」

我和蔡光明會合，有意和其他平日同行的兩位同學岔開。婉容的影子大大地充塞在我腦袋裏，撐得我頭疼，現在蔡光明倒成為我唯一可以傾訴的對象了。

「昨晚好好想過了麼？」他在路上問我。

「其實我晚晚想，天天想，自見過她，從沒有停止過想她，想這整件事。」

「結論呢？」

我沒有正面回答他，只將外叔婆對我說的話向他轉述一遍，他停住腳步，無意識地伸手摘著頭頂上老樹的葉子，似在沈思。

「算了，人家替你遮蔭，就不要去摘人家的葉子吧。」我看著心煩，打了他的手一下，也站到樹蔭下。

「聽你說，你外叔公也是讀過書的人，對不對！」他縮手，不忘瞪我一眼。

我點頭：「而且詩詞歌賦樣樣行，是個才子呢！」

「那他應該不會比我們懂得少嘛，為什麼他臨終前，會對你外叔婆說……」他和我對望一眼，一切自在不言中。

「他當然想自己的獨生女兒好，對不對？」他又問。

「什麼意思？」我隨口問，哪裡就真的不懂他的意思。

「這即是說，他根本就不以為整件事有什麼不妥。」蔡光明接著說：「也許是我倆白擔心了！」

「真的，你真的這樣以為？」

他點點頭，一會又搖搖頭，滿臉惘然，「你說你那容姐會不會不是他們親生的？」

「不會，」我說，「她們母女長得很像，像是一個模子出來的。」

他忽然細細打量我的臉，說：「那你——」

「別胡扯啦，我可是我媽的親生兒子，絕不是從街上撿回來的。」

「那——」他伸手用力搔頭，「我就不懂了。」

「你當然不懂，連我也不懂，你怎能懂？」我搶白他，說完卻又心中懊悔。「別生氣，光明，我說著玩的。」

他卻像完全聽不到我說什麼，忽然用力一拍我肩膀，說：「阿華，我忽然想到一個點子。」

「什麼點子，快說呀！」

「我可以說這是別人的事，問問學校的老師的意見呀。」他說。「我看教中文的佘老師滿有見地，博學多才的樣子。可以去問她。」

「她會不會——」

「由我來問，不會想到你頭上來啦，」到底是多年同學，他反應可真快。

「那我們不若現在就——」我想往回走。

「現在學校老師早走光啦，」他說：「別急，明早我一早替你去問。」

我嚥下一口口水。「她不會懷疑是你吧？」

「你真是給愛情燒壞了腦袋，我根本就沒有年紀相若的女性親戚，她能懷疑我什麼。」光明一拍胸口，豪氣干雲地說：「今晚好好回家睡一覺，明早自有真章。」

有光明這番話，心裏好像踏實了一點。我快步跑回家，匆匆梳洗，沒吃晚飯就上床了。姨婆叫我吃飯我只說沒胃口，她進來摸摸我的額頭，確定我沒有病，也就由得我，只強迫我喝下一小碗雞湯。

我拼命看書，將思念婉容的心強壓下去。啊，婉容，婉容，你是這麼一個可愛溫柔的女孩，我豈能誤你。我神思恍惚，看書如走馬看花，沒有看進去多少。

一直到夜半，我才嘆口氣，擲下課本，嘴裏嚷著她，心中想著她，終於朦朧睡去。

這一覺不算長，卻睡得好沉，還是姨婆喚醒我上學去的。

說來也真巧，早上第一課就是佘老師的。她為人很好，也關心學生，只是太嚴厲了點。我不停地望時間，只望鈴聲快響，雖然這是我往常最愛上的課。

鈴聲終於響了，蔡光明向我打個眼色，就緊跟著佘老師的步伐出去了。第二堂是地理課，對我來說本來就不難，現在心中有事，老師說什麼更是聽不進去。

蔡光明在地理課中途回來，胡亂向老師編個藉口就回到座位，我偷偷看他臉色，只見他眉頭深鎖，沒半點笑容，心知不妙，但苦在不能追問。

小休時我倆一齊匆匆跑到樹下人較少的地方，像早就約好似的。我等他站定，看看左右無人，一把抓住他問：「佘老師怎麼說？」

他沒說什麼，只望著我，長長的嘆氣。

我一顆心直沉到谷底，雖然我早就猜到答案，「那你得將她說的話轉述給我聽呀，到底是我的事，我有權知道嘛。」

他張開口想說什麼，卻又閉上，我不耐煩，粗著嗓門道：「你既然當我是朋友，有什麼不能說的？」

「她——」他囁嚅著，「她說，如果親姨和親姨甥相好，就是亂倫，是絕不可能在一起的。」

「不是親姨和親姨甥，是堂姨和堂姨甥！」我大叫。

「我亦曾對她說是堂姨不是親姨，但她說都是一樣。」

「如果在一起呢？」

「不是剛告訴你，等如亂倫嘛！」他的聲音也大了，但不一會又軟了下來，「阿華！你不要任性，要好好想清楚。」

我苦笑笑，也不說話，向他擺擺手，自往家方向走去。

亂倫，亂倫，亂倫！像一架架的轟炸機。

想起佘老師的話，我的腦轟然作響，我的心怦怦亂跳，我不期而然擡頭望天。老天爺，如果我和婉容注定今生不能互相廝守，為何要安排我們相見！

既然我倆如此投緣，為何安排我倆有那麼親的血緣？為什麼？為什麼？為什麼？我仰天大喊。只要想起終此一生不能與婉容在一起，心就痛得像被撕裂一般。

不，我不能不見她，我要見她，我一定要見她！

我一口氣跑回家，決定洗個冷水浴冷靜一下。

「阿華，我預備了綠豆百合，要來一碗嗎？」姨婆喊道。

「要的，姨婆，給我一大碗吧！」被冷水沖刷過，忽然腦袋也冷靜下來，三天不見我，婉容一定急死了。她是弱質女流，不能做什麼，我可是堂堂男子漢，如果連我也只知逃避現實，她怎麼辦？

姨婆微笑著看我連吃了三碗，說：「看你穿戴整齊的樣子，不等吃飯就要出去了吧！」

「好姨婆，今晚我有事，也許晚點才回來，你就不要等門了吧！」

「你這是要混到半夜三更才回來哩，」她瞪我一眼，「外婆不在就肆無忌憚，想我管不了你是吧！」我不答她，只在她多皺的臉頰上啄一下，向她做個求饒的表情就走了。

從外婆家到婉容家，如果用普通速度步伐走，大概要花上四十分鐘，但我心急如焚，竟然二十多分鐘就到了。我大口喘著氣，剛想伸手拍門，門卻正巧從裏面開了。

外叔婆衣著整齊，一副正打算外出的樣子，看了我站在門外，嚇得一手拍著胸口說：「阿華仔，站在門外一聲不響地做什麼？」

「對不起，外叔婆，我剛想拍門呢。」

「怎麼這些天都沒來了。」她意味深長地望我一眼，「是因為功課忙吧？不過你來得正好，婉容人不舒服，而我得去老中醫那裏為她拿藥方，留她一人在家，心裏正犯嘀咕呢！」

「容姐病了，是那裏不舒服？」我急問。

「唉，這丫頭呀，心裏不舒服就犯病。」外叔婆嘆氣。「你進去陪陪她，我很快回來。」

我點點頭，輕輕地掩上門，快步往婉容房裏走去。

她平躺在床上，秀眉微蹙，睡得不太安穩的樣子，我搬了一張椅子坐在她床邊，未發半點聲響，她卻醒了。三天不見，她卻好像瘦了一圈，眼睛顯得更大。下巴也顯得更尖了。

婉容因不見了我，可能以為我躲起來，不想見她了，索性轉身背著我，不作一聲，我低頭看見床邊檯上的杜鵑花，重重的落了一地，知道她心裏生了氣，也不收拾這花兒來了，心想「別人可能不知道我的心也就算了，難道你也不知道？難道你不知道我心裏只有你？我錯了，你罵我、打我都可以，把我打死了也心甘情願，何苦糟蹋自己？你身子本來就單薄，弄壞了難道我不心痛？」我痴痴在想，只是口裏卻說不出來，婉容見我不出聲，可能越發生氣，哇的一聲哭了出來，我越發急了，忙把手輕輕把她身子轉過來，因說：「好婉容，你不知道，這幾天我因媽有事，回家去了，因急了沒有來得及通知你，其實我心裏想得你好苦，怕你見不到我又犯病了。」

婉容呶著嘴道：「實情是你不想來，你是怕我多心，故意著急，拿話來哄我，我是知道的！」

我忙道：「不是這樣的，好婉容，你叫我怎樣才好呢？我心碎了你也不知道，其實我心裏正想著一件事——」說到這裏，我不敢說下去了，怕她也為這事煩惱，反而不好，多生了枝節。

她望著我良久，似是猜透了我的心事，輕輕地嘆氣。「你來了就好。」她說。

我伸手握著她的手，只覺她的手掌涼涼的，忙將被子替她拉高，說「才兩三天功夫，你怎麼就病了呢？」

「為什麼你那天答應我來，卻沒來呢？」她深邃目光沒有須臾離開我的臉。

「你到底是哪裡不舒服呢？」我刻意不回答她的問話。

我神經質地摸摸她的額頭，又摸摸她的面頰，謝天謝地，沒有燒，忽然想起剛剛摸過她的手，不是涼的麼？怎麼會發燒呢？大概發燒的是我，早燒糊塗了。

「你怎麼也瘦了？」她掙開被我握著的手，輕輕拭我的臉。

「噢，婉容，你可知我有多掛念你！」

她微微笑，一顆顆大大的眼淚卻沿著臉頰流下來。「你想要這樣答非所問到幾時呢？」

「我不是答非所問，而是想你想得快要瘋掉了！」我手忙腳亂地為她拭淚，想起我倆飽受的相思之苦，心酸難禁，也掉下淚來。

本已收了眼淚的她看見我哭，像是被觸動傷處，又哭了起來，見她哭得淒切，我心中大慟，也就止不住的痛哭，兩個人就這樣雙手緊握，也不說話，直哭得肝腸寸斷。

然後她忽然像被淚水噎住，咳了起來，看見她咳得辛苦，我慌忙拉她起來，為她輕輕拍背，一時倒止了淚，仍靠在我胸前，卻仍是抽抽噎噎的。

「不哭了吧，再哭會透不過氣來的。」

她仍靠在我身上，輕輕地點頭，慢慢地也停了眼淚，我沒有馬上放開她，因為她柔軟的身子蜷伏在我懷裏的感覺實在太舒服，無論在心裡方面或是在生理方面。

忽然我感到一陣熱，下意識地抱緊了她，本來輕拍她背部的手也變成撫摸，我的手由她的背，到她的腋下，再到她後背靠近胸部的地方，漸漸地不安分，一顆心也噗地跳個不停。

懷裏的她越來越熱，身子並且輕輕發顫，卻沒有推開我的意思，我情熱難禁，將她的臉猛地扭向我，就深深地向她吻了下去。

老天爺，請原諒我，我實在太愛太愛她了！我再也顧不得了，她的唇柔軟而甜美，從她急速的呼吸裏，我嗅到一陣陣清香；甚至比我想像的感覺還棒。這之前，我從來沒有親吻過女孩子，她當然更不可能接受過其他男孩的吻，因為她甚至表現得比我還要青澀。

但這個吻可真銷魂啊！

我狂亂地啜著她，吸吮她，心裏除了她，再也容不下別的。我的心裏有火，身體有火，燒得我頭昏，她嬌喘連連，兩頰紅艷如火，和我一樣火熱。

我覺得不夠，手漸漸向她胸前伸去。碰到一團柔軟。雖然理智告訴我不行，她渾身打顫，微微的掙了掙，也就由得我，我悶哼了一聲，胡亂地找她胸前的紐扣，她卻用力推開我。

「婉容，我——」我僵住，清醒了一半，滿面是羞愧，「對不起。」

「不」她快快地理順頭髮，躺下望著我的眸子仍水汪汪地，卻帶著急切。「快整理好，我媽回來了！」

這下子我全醒了，一下子將身子坐得筆直，腦裏仍昏暈暈地，但欲念已全消，感謝老天爺，在這節骨眼上救了我一命，未許我鑄成大錯。

我跳起來，神色不無尷尬地。「我們只顧著聊天，沒想到天差不多全黑了。」

「就是呀？」外叔婆踱進來，隨手將燈開了，「我現在去弄飯，還有給婉容煎藥——」她望向我：「阿華，你還沒吃過晚飯吧！」

我搖搖頭，心虛地紅了臉，奇怪的是在家時，一點食欲也無，現在居然有點飢腸轆轆了。

「那就稍等一會，晚飯馬上就好。」她看來很開心，一點不覺異樣。「你倆再聊聊吧。」

「我來幫你，外叔婆。」

「男孩子哪會幫上什麼忙！」外叔婆誇張地嗤鼻，逗得我和婉容都笑了。「好好陪陪婉容吧！」說著又回過頭來，望著婉容說：「咦，這一會兒功夫，臉色好多了。」卻是話一說完未等我們反應，又急步走了。

我和婉容對望一眼，都不禁臉上一紅，婉容甚至很快將目光移到窗外去，不敢再看我。

「剛才——」我囁嚅地：「真對不起，你不要生氣。」

她更是羞紅了臉，將目光從窗外收回來，望向牆壁，只不肯看我。

「容姐——」見她不理我，我更是羞慚無地：「我——？」

「扶我起來，我想坐一會。」她說，目光只匆匆在我臉上閃一下，又躲開了。

我趕忙將倚枕拍好，扶她坐起來，她低著頭坐好，撥弄自己的衫角，沒說話，也不望我。

「你生氣了。」

「氣你做什麼，又不是你一個人做的事！」她說，終於肯將目光移到我臉上來，我輕吁一口氣，說：「你不生氣就好。」自去抓她的手。

她的手被我握住，漸漸地放鬆下來，「你為什麼大前天說來不來呢？」

「我在想我們兩個人的事，不敢來。」

「你想清楚了嗎？」

「想清楚了。」

她回握我的手，定定地望著我：「可以告訴我你的想法嗎？」

我用力點頭：「這些天不見你，真是生不如死。為了活命，我別無選擇，這輩子只能注定和你廝守了。」

她摔開我的手，大發嬌嗔：「人家和你說正經的，你的嘴也這麼油，算什麼意思。」

我將她的手重新抓住，與她目光相接，正式道：「我可不是油嘴，我是正經的，這幾天不見你的痛苦滋味，讓我清楚知道，我不能沒有你，不能不見你，如果我將一切豁出去，只求和你在一起，你肯嗎？你也肯像我一樣的豁出去嗎？」

「我不知道，但——大前天你說來不來，我一急就病了，我——」她低下頭去。「我不也是一樣，沒有選擇的餘地嗎？」

我歡喜若狂，緊握著她的手，只會傻笑，自與她相識，這是我聽過最大膽示愛的話，原來不只我瘋了，她也瘋了，有人陪著我一起瘋呢？

我到底並不孤單呀！

「其實這幾天我也一直在想——」

「想什麼？」我明知故問，故意逗她。

「想你所想的問題。」

「想到什麼結果了嗎？」

她搖搖頭，「不會有結果的。」忽然臉上的神色就黯然了。

「有結果的！」我大聲說：「不管別人怎麼看，怎麼說我們！亂倫就是亂倫好了嘛，喜歡一個人，真心真意地喜歡一個人，又不是仇恨人，錯在哪裡？礙著誰了？我不管，我再也不管了！」

「你真的不管了？」她望著我說：「你不怕？」

「不怕。」

「不怕你外婆，你母親反對？」她緊追著問。

我怔了怔。我可以為她面對全世界不相干的人，但對我摯愛的外婆和母親，還有帶大我的姨婆，我不能逃避。

「你終究是怕。」她輕輕嘆氣。「不過不要緊，我不會——」

「我是怕，怕她們不肯接受你。但我會克服的，我會說服她們的，相信我，婉容，她們都疼我，不會不諒解我的。」

「你不會騙我？」

「我從不騙人，何況是你。」

「但如果她們最終都不肯？」——她很擔心。

「她們肯最好，不肯，我也不會改變主意。」我用力一拍胸口，似要將心掏出來。「沒有你，我活不下去，只好慢慢等，等她們回心轉意。」

「阿華——」她痴痴地望著我，欲言又止。

「你不信？」

「我信。」她微微紅了臉，「我只想告訴你，我對你也一樣。」

我用另外一隻手又抓著她的，與她四手相握，面對面，眼睛對眼睛，心中激動不已，「我方華此生如若負你，願天誅地滅。」

「不要發毒誓，我不喜歡。」她雙眼卻閃著喜悅的光。「我信你。你信不信我？」

我猛點頭，「我知道你不是那種輕易許諾的人。」

「你會好好待我母親嗎？」

「我會待她如待我自己母親。」

她笑了，笑得很開心。

那天是一九五四年八月十三日，我和心愛的婉容私下互訂了終生。

那之後幾個月，日子過得平靜而滿足。除了外婆回家小住日子，我們比較少見面外，其他時候差不多天天都在一塊，我們談詩、談詞、談學校的生活，有談不完的話題，說不出的投契。

我們幾乎不吵架，只除了一次，為了我母親。

某個假日，我倆又相約泛舟江上，因為有一整天時間，並沒有刻意吩咐船夫去哪裡。舟蕩著蕩著，看著珠江兩岸的紅花在艷陽下爭奇鬥艷，一江如藍的春水在微風輕輕蕩漾著，斜斜偷看著美目含羞的婉容，我像是陶醉在夢境中的仙人。時光流轉，不覺已是中午時分，擡頭向岸邊望去，依稀看見我的家門。心裏一動，對船夫說：「暫且停在這裏吧！」

「想在附近溜溜嗎？」婉容問我。

我點點頭，告訴她順便想去看我母親。我伸手指給她看，「看見那棟有鐵灰色房頂的小房子嗎？」

「你怎麼不早說呢？」她猶疑著。「人家一點準備也沒有。」

「我媽而已，又不是外人，要什麼準備？」我說，伸手想拉她下船。

她卻將手縮回去，「下次再去探望你母親可好？今天我連禮物也沒預備。」

「自己人，要什麼禮物，我去你家不也常空著手？」

「但——」她仍不肯伸出手。

我詫異地望著她，奇怪她的執拗，平日的婉容是從不逆我意的。「你如果堅持要禮物，在村頭有雜貨鋪，隨便買些糖果就是了。」我說。

「不，你自己去，我在這裏等好了。」

我回身坐下來，「為什麼你不肯去，婉容？」

「我怕——」她說著輕瞄船家一眼，而對方也馬上識相地將頭移去其他方向。「我怕她會不喜歡我。」

「你那麼好，沒有人會不喜歡你的。」

「但——不要勉強我，好嗎？」

我嘆氣，吩咐船夫道：「載我們回去吧，」我，有說不出的失望和掃興。

「你生氣了？」她怯怯地道。

「沒有。」我說，但當然有生氣，就算我母親真的不喜歡她，仍對她家心存芥蒂，她也不能避而不見呀，為了我總得見面的呀。不知怎的，連天公也和我作對起來，忽然一陣涼風過後，涮涮的落下雨來，頓時把我們的衣裳弄濕了。我望著婉容，心想她身子單薄，如何禁得起風寒，趕忙拉她下船，跑到一棵大樹下避雨，這時才感到渾身冰涼，情急中把婉容抱起來，婉容也不推卻，臉卻羞得通紅，我的心怦怦在跳，全身突然燥熱起來。

伏中陰晴不定，頓時雨便停了，天上幻起了一條彩虹，一片斜陽，塗滿了滿是鮮花野草的大地，而遠方我家的屋廓尚依稀可見，我腦子裏迴蕩著「原來姹紫嫣紅開遍，似這般都付於斷井頹垣」的殘敗景象，感到好景不常，聯繫到自己的心事，……我低頭看著婉容秀美嬌羞的臉兒，好不令人憐惜？但轉念一想，這陣子總膩在她身邊，已好久沒回家探望母親了，婉容為何如此不體貼我，我心裏犯疙瘩，就輕輕的把她推開了，再回到船上，吩咐船夫開船。雨後初晴，兩岸紅花似火，江水深綠如藍，好不美麗，但我心裏沈悶，卻無心觀賞，一路上沒說話，她也是，想是心裏也不痛快。

船一泊岸，我就直接送她回家，在她門前道了晚安，沒進門就走了。臨走前大概瞄到婉容兩眼紅紅的，但仍是硬著心腸走了。

老實說，也不是單氣婉容不遷就我，而是想到我母親不肯接納她的可能性，其實是滿大的。她這一拒絕見我母親，不是明明白白的提醒了我，我們前面的路並不順坦嗎？

一推開院子的門，已聞到濃濃的菜香。我大踏步地往屋裏走去。姨婆從屋裏迎出來，手裏拿著一封信。滿臉喜色：「阿華，你回來的正好，正心急著不知找誰唸給我聽呢？」

我接過她手裏的信，一看就知道是大舅舅從香港寄來的信。每逢外婆住在他家，他總三兩個星期來一次信，向我們說說近況，或外婆的身體狀況什麼的。

大舅父向來就是個周到的人。

「姨婆，快坐下，我來唸給你聽。」我拉著姨婆坐在沙發上，自己則坐在沙發的扶手上。將信大聲唸出來──「親愛的阿姨和阿華，在提起筆寫這封信的時候，我心裏真是悲痛不已──」

唸到這裏，心知不妙，與同樣面帶憂色的姨婆對望一眼，一顆心怦怦亂跳，「媽已在昨晚午夜時分仙逝，因為中風，事發突然，大家都接受不了──」是的，我親愛的外婆，我也接受不了。我哽咽著，而姨婆早已泣不成聲。

「可幸，她走得沒有多少痛苦，只是沒來得及向我們交代什麼，心裏終是──另阿華母親及其他親戚，我已另函通知──」我放下信，忍不住痛哭起來。

「阿華──」姨婆拍拍我的頭，想說點什麼，卻哭得什麼也說不出來。

姨婆與外婆從小相依為命，感情一向深厚，叫她如何接受這個打擊？她哭得渾身都顫抖起來。

我摟著她小小的身子想安慰她，但自己卻也悲痛難抑；尤其想起近月來總因戀掛婉容，不但外婆在家時疏忽了她，就連她在香港時向她問安的信也少寫，心裏更是痛。

自十歲跟在外婆身邊生活，真是盡得她和姨婆的疼愛和悉心照料，一直想著將來畢業成家，一定要將兩位老人家接到自己家裏好好奉養。但……

我和姨婆相擁痛哭良久，也不知誰哭得比較肝腸寸斷。翌日，我媽匆匆趕了過來，一進門，還未及說話，已和姨婆哭成一團。

一直到晚飯後，我們三個人才算抹乾了淚，坐在偏廳裏商量外婆的身後事，大舅父在信中說正式的喪禮會在香港舉行，我們這裏只隨便開個簡單的追悼會就好，大家都無異議。

追悼會就在數日後在家裏的大廳舉行。

母親和姨婆甚至福喜都哭成淚人，我沒有辦法，只好在長輩親戚的協助下，扛起一切的任務，像迎賓，像朗誦外婆生平、像致謝詞，生平第一次，我自覺是個完完全全的成人。

外叔婆和婉容也來了，兩個人都哭得淚眼模糊，我和婉容一直到我站在門口送客，而她要離去時才能單獨面對片刻，她握著我的手，望著我一會兒，大概想說些安慰我的話，但從她面頰簌簌流下的淚卻讓她什麼也說不成。

我忍住淚向她點點頭，表示她想說什麼我全知道了，她才跟在外叔婆身後離開，走時低著頭，仍在抹淚。

往後幾天，我都安心地待在家裏，陪著母親和姨婆，處理追悼會後還需清理的瑣事，陪著她們聊天，做個稱職的兒子和晚輩。

等再見婉容，已是半個月之後的事了。

這期間我當然有想念婉容，而且想念得發狂。白天上學，隨著母親忙這忙那還好，晚上躺在床上，婉容的影子卻即時侵占了我腦海，思念固然苦，想不思念吧，又不行！

其實就算母親在，不方便找婉容，偶爾偷溜出去總可以的，但每當想起因為陪婉容，而少了陪伴外婆，在她去世前還得惹她不快，心裏痛楚難當，想著只能如此自虐才能稍抒苦楚。

但我怎麼沒想到，陪著我受苦的還有婉容。

母親走後，當晚我就去婉容家，外叔婆替我開的門，臉上沒有笑容。

「外叔婆——」我囁嚅著。

她半晌沒說話，然後長嘆一聲，才說：「去看婉容吧！」

我向她尷尬地點了點頭，忙向屋內走去。婉容不在客廳，當然就在自己的房間。門未關，我在房門處站住，看見她正背對我坐在書桌前，好像在看書，又好像在抄寫什麼，動也不動。

「婉容——」我輕聲喚她，生怕驚嚇了她，但她還是被嚇著了。猛地回過頭來，一張俏臉煞白煞白的。

我站在原地，呆望著她，也嚇壞了，才半個月不見，她怎麼瘦了這許多了，整個人像脫水一樣，瘦了足一圈。

她卻忽然微笑起來，說：「阿華，這些日子苦了你了——你看，臉都尖了。」

她說我苦，她不但不怪我，還心疼我瘦了，我上前握著她的手，望著她那晶亮的眸子，心裏全是歉疚。她用另一手輕拭我的面頰，溫柔地說：「事情都忙完了吧！」

我點了點頭，感動得說不出話來，如果不是礙於外叔婆在，真想將她擁在懷裏。現在我只能痴痴地望著她。

「對不起，婉容。」我好半天才說。

「別這樣，我一點也沒有怪你的意思。」

「是我不好，我不該那天因為你不肯去我媽家發你的脾氣，我也不應該這許久才來，累你掛念。」我將她的手緊緊抓住，誠摯地說。「我以後再也不會了。」

她笑笑，沒說話，一雙手任我握著。我也不說話，兩個人就這樣痴痴地互望。在這一瞬間，我清清楚楚地知道，眼前的人是我的至愛，是別人無可取代的。

「唉，你們兩個，怎麼不說話呢？」外叔婆在門外嚷：「出來喝杯茶，吃點點心吧。」

吃完點心，本想帶婉容出去走走，但因為外面風大，而她又一副弱不禁風的樣子，就打消了這念頭。

「你母親還好吧？」外叔婆在一旁問。

我點點頭，「現在好多了，多謝外叔婆關心。」

「多謝什麼呢？不都是自己人嘛！」她說完便道晚安回房去了，整個晚上，她就只和我說了兩句話。

「你媽還在氣我呢！」我對婉容輕聲說：「怎樣哄她歡喜才好。」

她帶笑地橫我一眼。「哄倒不必，你不要再半個月才來就好。」說完不覺漲紅了面。

「我怎麼還敢！」我說：「就算不怕外叔婆生氣，也怕你再瘦下去呀！這樣瘦下去如何得了！」

「人家才不是為你瘦呢！」她撒嬌地說。

「是嗎？那你在案上新抄的〈鵲橋仙〉，又是為了思念誰寫下的？」

「你怎麼去我房間偷看我寫的東西」她佯作生氣地：「一定趁我在廚房熱點心的時候，對吧！」

「咦，秦觀的詞，我本來就會唸，何用偷看你抄寫的？」我故意強詞奪理逗她。不信我可以唸給你聽：「纖雲弄巧，飛星傳恨，銀漢迢迢暗度，金風玉露一相逢，使勝卻人間，無數——下面的你能背出來嗎？」

她看我一眼，很快地接下去：「柔情似水，佳期如夢，忍顧鵲橋歸路，兩情若是久長時，又豈在朝朝暮暮！」她忽然蹙起眉頭。

「怎麼不高興了！」我問。

「我沒有不高興，只是這首詞忽然帶給我不好的預感，我是怕我們——」她沒有說下去，因為不用說下去我也會明白。其實不止她怕，我也怕，如果我倆不能長相厮守，真不知日子要如何過下去。

「怎麼無端端地又要為一首詞傷感呢？」我強笑著安慰她：「看，你竟真的越來越像林黛玉了。」

她不語，卻仍愁眉不展。

我將她的身子扳過來，好讓她面對著我。「你信我，不要信你的預感，好嗎？」她望著我點點頭，輕輕地，又帶點無奈地。從她的眸子裏我看得出來她仍在擔心，而我，又何嘗不是呢？

我從不敢告訴婉容，母親對她的成見有多大，又或者說母親因這次回來奔外婆的喪，意外的和我有過幾次長談終讓我清楚，也不能不面對現實——婉容那天堅決不去拜訪她，竟是對的。

母親何止對婉容有成見，她根本就將外公死後娘家沒落，生意失敗，又間接害死小舅的事全算到外叔公頭上。外叔公人已不在。她就將這份怨恨轉移到外叔婆和婉容身上。

我不敢相信，受過高等教育，一向明事理的母親在處理這件事上，竟如此執拗和不講理。我曾不止一次向她暗示，最近我常到婉容家去，察看她有何反應。她卻只淡淡地說：「別到處走動，心玩野了，讀不好書的。」

從小到大，這是母親第一次用讀不好書作為理由反對我去玩，當然不是真正的理由。她知我素來用功，母親之前更一再鼓勵我多參加學校的活動，不要讀死書。

她這樣勸我，當然是針對婉容。

這番話，我沒有和婉容母女提起，恐怕本就多愁善感的婉容多擔心事，只是每兩個星期就自動回家探訪母親，與弟妹們相處兩天，幾乎從不間斷地，用另外一種方法安母親的心。

我再沒有勸婉容往探母親的念頭，她當然也樂得不提，倒是外叔婆間中會試探我的口氣，看看我有沒有將整件事告給母親知道，又母親對婉容有何意見等，我總藉故迴避問題，顧左右而言它。

也許我年紀還小，也許我個性不夠堅強，我就是不肯面對現實。

外婆過世不到三個月，東江水暴漲，河水一舉沖潰堤岸，盡流向東莞低窪地帶，婉容母女所居的祖居正處河邊，首當其衝，成為第一批無家可歸的災民。

不忍見她們滿臉惶然，我硬著頭皮向姨婆請求，讓她們母女暫住在外婆家大宅，沒想到姨婆一口答應，非常爽快地。

「多謝姨婆，」我又感激又驚喜。

「不用謝我，」姨婆慈藹地望著我說：「你和你外婆，是我今生最疼的兩個人，我不忍心令你心裏為難的。」

「姨婆——」我一陣赧然，原來她什麼都知道。

「趕快接她們來吧。」姨婆嘆氣，「如果你外婆仍在生，一樣會答應你的。」

沒有比能和婉容朝夕相處更愜意的事了。一場大水竟意外給了我許多好日子，再不用往返婉容家，就不用奔波路上，早上睜開眼睛就可見到她，臨睡可親自送她回房道晚安。

老天爺待我何其厚！雖然在這美麗日子背後有一段非常不愉快的插曲——母親氣我自作主張，連續幾星期不來看我，只派人捎了封信來，在信上著實罵了我一頓。

這是我出生以來，第一次被母親責罵，心頭當然甚感不快，但這種不快很快被能與婉容朝夕相處的快樂蓋過。只想著有一天等母親氣消了，再向她好好陪罪解釋。

但母親這一氣，比我預期要長久，我寫信向她解釋，不見回信，甚至我生日那天，她也沒來，當天我左盼右盼，直至天黑，仍不見母親出現，才算死了心。

姨婆為我預備了許多菜，但我心裏惦記母親，胃口全無，只不肯掃大家的興，才勉強吃下一點，婉容見我煩悶，飯後備了一點果品，說月色夠美，要陪我賞月。

那夜的月亮是很漂亮，又大又圓又亮。我拉著婉容的手問她：「你願意今生都像今天般陪著我嗎？」她暈紅了面頰，回答得卻很清晰，「阿華，今晚月光為證，我婉容不只今生，如有來世，一樣願與你長相廝守。」

我大喜，拉著她向月光跪下，說：「我方華今在此立誓，我與婉容矢志相愛，生生世世永為夫婦。」

當時我十八歲，婉容十八歲三個月。

生日過後不久，我便高中畢業。由於成績優異，我被挑選直入瀋陽第一軍醫大學，而無需經過考試，這個機會對別人來說，是夢寐以求的事，而我，既不想與婉容分開，更不願遠離母親，好事反變煩惱事。

蔡光明一逕取笑我自尋煩惱。「真想不到老兄你還真是個情聖呢，怎不學學我，男兒志在四方，將感情事撇在一邊嘛！」

「你說將誰的感情撇在一邊！」我反唇相譏，「是王淇的？還是林芷玲的？」這兩個妞兒他已追了一年，連邊也沾不上。我故意挖苦他。

他使勁瞪我。「別說我沒有警告你，王淇不知怎的，一直對你很有意見，小心她在背後打你的小報告。」

「我根本就沒跟她說過幾句話，她對我能有什麼意見？」

「她說你光愛讀書，只專不紅，一點革命思想也沒有。腦裏充滿的全是詩呀詞呀情呀愛呀，腐化得讓人受不了。」

「哈，如果是真的，那真叫人害怕。」

「你不信？」

「就算是，她為什麼要將這些話告訴你？」我冷笑一聲：「她向來不睬你，會向你說這許多話？」

「你——」蔡光明氣急了，指著我罵：「你狗咬呂洞賓，不識好人心，你不信？不信最好，才懶得和你多費唇舌！」

他回頭便走，我一把拉住他，「喂，和你說著玩，故意逗你的，怎麼就真生氣了呢？」

他這才面色稍抒：「明知我桃花運不旺，你怎麼偏愛捉弄我？戳人家的痛處呢？」

我伸手搭他肩膀，與他並肩而行，正色道：「你以為像王淇那種年紀的女孩子會懂什麼政治？不過是貪好玩出風頭吧了。漂亮的女孩子總喜歡引人注意的。」

「你也認為她美吧？」這渾小子居然洋洋得意地問：「老實說，你認為她美，還是你的婉容美？」

「兩種完全不同的典型，叫我如何比較。」我說：「但如果說到內在美——」

「得啦得啦，你不用說我也知道，你的婉容既善良又聰明，得了吧？」他哈哈笑，在我們應該分手的三岔口向我擺擺手，往回家的路上去了。

我搖搖頭，也笑了，笑自己的痴勁，我在蔡光明面前到底談了多少次婉容？多到我也記不清了。在這些日子裏，如果不是他，我又會找到誰來分享我對婉容那種澎湃不可抑止的感情呢？叫我今後如何能夠和她分隔兩地多年呢？

回家將要去瀋陽第一軍醫大學升學的事告訴婉容，她和我一樣的悶悶不樂，外叔婆和姨婆亦然。

「記得注意飲食，穿夠衣服。」姨婆說。

「記得多寫信回家。」外叔婆說。

「你大概得在什麼時候起程？你走了之後，我——」婉容沒有將話說完，但她那雙惶惶然的大眼睛明明白白的告訴我，下面那句話是：你走了之後，我怎麼辦？

我人還未離開，家裏已瀰漫著一股離情的感傷。臨睡前我說了一句自認為很得體的話：「先別急，待我回家找我母親商量商量再說？」好像母親就是天后娘，能夠在舉手之間力挽狂瀾一樣。

我欺騙自己，也暫時騙了婉容她們，也許，事情還會有轉機。

母親的反應，比我預期中冷靜。「這個時勢，政府說什麼就是什麼，哪裏還有商量。」她淒淒的說。比我想像中還要哀傷，聽說我將會有遠行，也不管還有多久才行，當晚就拼命為我趕製衣裳。

「媽，睡吧，我還有一個多月才走呢？」

「一個多月？可是誰能料到以後的事呢？」媽邊縫襪子邊落淚。「誰知道你這一走，要多久才能再見你呢？」說得我也傷心起來了。

我將要遠走瀋陽一事，讓全家都陷入一片愁雲慘霧之中。母親乾脆暫停了診所的業務，來和我同住，母親比平日經常看到我固然好，但我和婉容在她眼底下卻非常的不自在，雖然我倆之間的情愫每個人都早看出來，當然也包括母親在內。

計算著日子，我大概還有一個禮拜就要離開的某個夜晚，飯後母親將我拉入她睡房，第一次正色地盤問我和婉容的事。

「你們好了多久？」她問得直截了當。

「差不多三年了。」

媽圓瞪著眼。「你們剛認識就好起來了！」

我沒說話，等如默認。

「她家裏不反對嗎？」

我搖頭。「外叔婆對我很好。」

「你清楚知道你們的關係嗎？」

「媽——」我的心像被鐵錘打了一下的疼，要來的終歸要來，但現實如此殘酷，我不能也不敢去面對啊！

「阿華，你是她的外甥呀，你怎麼這樣糊塗呢？」媽見我一副認命的表情，嘆氣道：「你是聰明人呀，怎麼——原以為小孩子家，又是親戚，感情好些，個性投緣些沒有關係，誰知道你們——」只長長的嘆氣。

我呆站著不語，只知道判刑的時候到了，心裏不期然閃過婉容的臉，沒由來的一陣刺痛。

媽搖頭，一臉迷惘的表情：「怎麼你姨婆竟一點警告也沒有給我，怎麼你外叔婆不反對，這到底是怎麼一回事？」

「媽——」

「告訴我，你們好到什麼程度？快說，」媽急了，聲音也大了。「你們之間有沒有以禮相待？」

「我們沒有——」我期期艾艾的，「我們之間一直是清清白白的，媽。」想起我曾經擁吻婉容，想起她那柔軟甜蜜的唇，心裏又是甜又是苦，加上歉疚，因為自覺騙了母親。

她大大的吁了一口氣：「還沒出亂子，謝謝老天爺。」

「但我們——」

「什麼，你們做了什麼？」

我嚥下恐懼，硬著頭皮道：「但我們實在不能夠分開，媽——我心裏只有她一人，她也一樣，心裏只有我一個。」

「為什麼呢，阿華，有那麼多的女孩子喜歡你，為什麼你只鍾情她一人？」

「我不知道，但除了她，我什麼人也不要。」

「阿華！」母親大聲叫我，充滿了怒氣，但沒多久眼睛就漸漸濕潤起來。「作孽啊，為什麼她父親害了我家還不夠，現在她又要來害我的兒子？」

「她——」我嚇住了，半天才說出話來：「婉容很善良，她不會害我的。」

「她喜歡你，令你也喜歡她，就是害你，阿華，難道你不知道嗎？」媽說：「在這個社會裏，不，就算在西方社會裏，亂倫也不被認同，不容許的呀，你難道不知道嗎？」

再一次從母親嘴裏聽到亂倫這個字眼，比第一次從蔡光明那裏聽到還要驚心動魄。

「但我們——我們就不能夠想辦法嗎？」我可憐兮兮地：「我們兩個又沒去偷沒去搶，我們礙著誰？媽！」我越說越激動，乾嚎著：「我們又礙著誰了嘛，媽——」

我倆母子感情向來親厚，母親見我如此的痛心，母子連心，當然也是痛的。她伸手輕拍我的頭，想要撫慰我，而她聲音中的痛，使我的心痛得幾乎撕裂一般。

「你們是血親，沒有人可以改變的，阿華，聽我說，要早日回頭，不能毀了自己，也毀了婉容的一生呀！」她流下淚來。

「媽——」我望著她，痛哭失聲。想著母親自父親過世後，如何含辛茹苦地將我拉拔大，想著母親平日是如何的疼我，而我這不孝的兒子，卻要這樣的傷她的心，令她煩惱。

「答應媽，好嗎？」她摟著我，哽咽道。

我用力止住淚。「給我時間好好想想，好不好，媽？」我哀道：「答應我，在這之前，不要去找婉容談，我的事，我會好好處理。」

媽點頭，一邊抹眼淚，「也許你到瀋陽去也好，也許是天可憐見，給你一個冷靜思考的機會——別哭啦，阿華，沒的又將你娘逗哭了。」

那夜我心亂如麻，早早就回房歇了，在母親那雙銳利目光照射下，我甚至沒機會向婉容道晚安，或說幾句悄悄話。

這一夜，相信無眠的，絕不止我一人。

與母親詳談之後幾天，家裏的氣氛是和氣平靜的，至少在表面上如是，母親待婉容母女很客氣，她們對她也一樣，每個人都搶著做家事，每個人都主動到廚房幫忙，姨婆反而樂得輕鬆，每每在飯後拉著我到後院樹下邊嗑瓜子邊閑聊。

「阿華，你說我們家裏這幾天是不是有點奇怪？」這天飯後我又和姨婆在後院乘涼時，她問我。

我望她一眼，且不答腔，知道她有話要說。

「咦，你是聾了還是啞了？」姨婆笑著往我的頭打我一記，在所有長輩之中，姨婆是最平易近人又最不拿長輩架子的一個，向來和我說笑慣了的。

「你如果察覺到什麼不妥，就直接講嘛，姨婆，和我又何必要賣關子呢？」我邊揉著被打的地方，邊笑說。

「你看怎麼可以這樣同你姨婆說話，沒大沒小的？」她瞪我一眼，然後神秘兮兮地附在我耳邊說：「今天你還未放學回家的時候，你母親和你外叔婆在房裏談了許久——」

「都談些什麼？」我的心一跳。

「咦，你認為你姨婆是那種愛在人家房門外偷聽的人嗎？」

「好姨婆，有話就直說好了嘛！」

「你心急什麼？」她好整以暇地逕躺在椅上一靠，「也沒什麼稀奇啦，兩個長輩湊在一塊，不總是話題繞後生小輩身上轉嘛——」可惡，她在故意吊我胃口。

「好姨婆，」我討好地說，其實我知道姨婆最疼我了，不會不將聽到的事告訴我，只是，自外婆過世後，她鮮有如此好的興趣和我鬧著玩了。

「你和婉容那丫頭的事，真的有你媽說的那麼嚴重嗎？」姨婆坐直了身子，一臉的關切。

「媽和外叔婆說的就是這件事？」雖然已猜知十之八九，心仍是一沉。

「你媽很激動，很擔心——阿華，你真的和婉容那麼要好，不理你媽反對嗎？」

「外叔婆怎麼說，姨婆？」

「她好像沒了主意，只一逕向你媽道歉——」姨婆望到我眼睛裏去。「我雖然未讀過書，但我也知道你媽是對的，如果你和婉容真有那麼一回事的話。」

我苦笑，「你看我倆像是逢場作戲的玩玩而已嗎？姨婆，但我實在是在沒有法子呀！」

姨婆用手捫著胸口，眉頭皺得緊緊的。「我說呢，看你兩個是親戚，感情好一點，濃一點也是很自然的事——」

一聽到親戚兩個字，就像孫悟空聽到金剛咒一樣，頭痛得像要裂開一樣。「姨婆，請你不要再說親戚兩個字好嗎？」

姨婆慈愛的撫著我的手背，柔聲說：「在道理上，我認為你媽是對的；在人情上，我當然同情你。我看得著你長大，豈會不知道你是一個非常重感情的人——也許，我們可以慢慢商量，看看有什麼解決的辦法——」

「姨婆——」我感動莫名。這是自鍾情婉容以後，第一位表示諒解我的長輩，雖然我知道，姨婆的諒解，在整件事中根本就起不了什麼作用。

「阿華，要不你現在就退出來，可以嗎？」她多皺的臉全是憂色。

我苦笑著搖搖頭，別說我曾對婉容許下重誓，就算沒有，我也絕對離不開她，就像她離不開我一樣。媽說作孽，就作孽罷。

「哎呀真是苦了你，阿華。」姨婆忽然站起來，嘴裏嘀咕著：「事情怎麼就變得如此嚴重呢？」

「替你上香求菩薩去，」她接著說，「看來也只有菩薩能幫你了！」

菩薩有沒有應姨婆所求，我不知道。但幾天後一件很莫名其妙的事發生了。我居然身體檢查不合格，被取消去瀋陽第一軍醫大學的資格。

我滿心雀躍，體會了久違的好心情。如果菩薩有靈，不是應該將我和婉容分開嗎？我調皮地想，看來它是幫倒忙了。

我三步並兩步地跑回家，迫不及待地向母親她們報告這個好消息，每個人都很高興，只除了婉容和母親。

「你身體哪裏有問題，阿華？」婉容的眉頭皺得緊緊的。

「對呀！」母親很快地接下去，並用讚許目光看了婉容一眼：「你為什麼會體檢不合格呢？你有什麼事瞞著我們嗎？」

我大笑起來，「別擔心，媽，他們說我扁桃腺過大，所以不合格。」哪來如此好的運氣。

「怎麼可能呢？」媽奇怪地望著我，「扁桃腺過大，可以開刀割掉，只是小手術嘛，怎麼——」

「管它呢，」姨婆喜滋滋地：「一定是菩薩有靈，保佑咱阿華能夠不去瀋陽，來，今晚要好好加點菜慶祝慶祝——」

聽姨婆這樣說，我就笑得更開心，莫不是菩薩有靈，特准我和婉容相互廝守。

因為我能不遠行，每個人倒是衷心的表示歡喜。

吃晚飯的時候，母親低聲地問我：「以你的成績，考上華南醫學院應該沒問題吧？」

華南醫學院是當時中國三大醫學院之一，即後來的中山醫學院、中山醫科大學，座落廣州，離家不遠，只有一小時的車程，如果考上，應該是最好的選擇。我點頭，「我想應該沒問題。」

「你有什麼意見嗎，姨？」母親轉頭問姨婆，刻意漠視婉容母女。

姨婆笑了笑：「我們未念過書的婦道人家，什麼都不懂，你看著辦就好。」說時還假作不經意地望了外叔婆一眼，尷尬的氣氛登時緩和不少。

我最最親愛的姨婆，知道我有多感謝你嗎？

事情總算圓滿，母親惦記著診所病人及弟妹們，便匆匆回家去了。

母親走後，我問婉容的意見，她也是打從心裏感到歡喜，因為廣州比較近東莞，「你可以經常往返探望你媽和姨婆，」她說。

我笑著用手指點點她的俏鼻子，「你說什麼？我經常探訪的人只是媽和姨婆，不是妳？」

「當然，我想去廣州找事做就近照顧你，」她竟然說。

我握住她手。「你不想再升學嗎？」

她輕輕搖搖頭，「我要就近照顧你，如果我亦上大學，不知將來會分配到哪裏？」

「對，我們不做牛郎織女。」我說「外叔婆會讓你去廣州嗎？」

她俏皮地望著我，「她說呢，只要你肯多點陪我回來看她就好。」

「當然，別忘了我也有個母親得看望。」

不久，我順利考上華南醫學院，婉容也在東莞粉廠找到一個會計的工作，雖然我們暫時分開，但並沒有影響我念書的心情。

每星期一至五我埋在書堆中，週末則匆匆往家趕，探望婉容，母親、弟妹、姨婆和外叔婆等。每一個都是我摯愛的人。

再過幾個月，婉容任職那間粉廠，因為她工作表現優異，而派她到廣州會計專門學校進修，當我知道這個消息，歡喜得整個跳了起來，我是真的跳，抱著婉容一起，外叔婆自然高興，姨婆見我開心自然也開心，只有我母親，板著一張臉，滿臉都是陰雲。

我知道母親一直不喜歡我和婉容親近，也更不喜歡我沒聽她話，我從小孝順，自父親過世後，因疼惜母親，更是加倍地孝順，因為婉容而令母親煩惱，我心常覺內疚。但，當時我和婉容感情之濃之厚，又豈是可以分得開的？

日子就在既苦又甜的矛盾中悄悄度過。

華南醫學院位於東山，而婉容的學校則座落在西關，兩地之間有公共汽車直通，非常方便，每逢週末，只要不必回家看望母親和姨婆，我就必然坐車直奔婉容處，在她那裏待兩天。

在華南醫學院求學那段日子，是我倆相識以來，最最開心的時候，雖然不是天天見面，但每次見面都能非常無拘無束，自由自在的渡過，別說反對甚劇的母親，就連姨婆，外叔婆等也不在身邊。

沒有人在身邊窺伺的感覺多好！

尤其是大學第一年是學校最開放自由的一年，婉容和我手牽手地遊遍了廣州各地名勝，像黃花崗、烈士陵園、東湖、越秀公園、五層樓、陳氏家園、海角紅樓、荔枝灣亭等等。

尤其海角紅樓，是我們倆最喜愛的地方。從沙面座船，看黃昏落日，照著珠江兩岸紅花燦爛，柳樹扶疏，那美景令人陶醉。我生何幸，生長在這如花似錦的江南。江南真美呵！

及到海角紅樓，更美了。你棲身樹下，看那紅場綠瓦的荔枝彎亭，那亭旁的小湖，那湖上的水仙，斜倚湖畔，搖曳的柳枝隨風飄蕩。及晚，再看那縱貫長空的銀河，隱約閃爍著一片光芒。像一條白鏈把無數的珍珠抖落到湖面。我輕輕攜著婉容那溫軟的手，沿著湖邊散步，宛如置身雲霧。我是多麼的幸運，在這美景良宵，我有這麼一個美麗溫柔的伴侶相依，怎不教人心花怒放！

四十年來，與婉容同遊荔枝灣的情景，依然歷歷在目，撫慰著我這遠方遊子寂寞的心靈！

次愛的是東湖。那是我們幾千工人學生們在東山一大片土地上，花了差不多一年的時間，掏挖出來的人工湖。從學校步行十五分鐘便到。只見煙波渺渺，碧浪粼粼，岸柳放綠，新荷含苞，還有那長廊畫棟，美不勝收。在清晨，在傍晚，我們常在那天然的草地柳樹下，看書，看水，或仰臥看天上行雲⋯⋯

每逢週末，我們白天四處遊玩，晚上有時參加學校舉辦的電影音樂會，其他的時間則回到婉容住處，吟詩填詞，日子真是有說不出的輕鬆和愜意，只是偶然心裏會有個小小的聲音提醒我，該回鄉去探望親人了，便會踏上歸程，仍然是牽著婉容的小手，只在我們快到步時，分開各自去探親。

自母親向我明確表示她的意願，我便刻意不讓婉容見她。就說我是逃避好了吧，我真的不願再面對那天注定而無可改變的事實。

李白不是說，人生得意須盡歡，莫使金樽空對月嗎？念大學第一年，大概是心情愉快吧，日子過得比什麼時候都快。一眨眼，這一年就這樣過去了。

而在這一年中，學校文學風氣相當活躍，正投合我的興趣，課餘寫下不少散文和詩，刊登在全國一些刊物上，有一次，拿了剛剛刊登出來的新詩給婉容看，要她提點意見，她細細看了一遍，說：「很好呀！可是——」

「可是什麼呢？」我急切地問。「我看你詩中充滿了隱語，我就生怕讓人看穿詩中隱語惹禍。」她幽幽地說。「不會吧！我寫詩只是排遣亂世無常之情，又不牽扯什麼人和事，何來惹禍？」

婉容眉頭緊鎖，意味深長地說：「如果你寫詩只是為了排遣亂世無常之情，抑或是滿足虛榮的欲望，依我看，還是少寫一些為妙。」

我不以為然：「你多慮了。我最近還將一首近作寄給大詩人何其芳，他的夫人牟決鳴還給我回了一封熱情洋溢的信呢！」

她看我那洋洋得意的樣子，頓然憂心重重，撇撇嘴：「都什麼時代了！就算是古代，文章惹禍，你豈會不知，阿華，聽我說，有空多陪我玩，我們也可以填詞作對啊！但對外人來說，詩詞就不可亂寫，既會露出個性，也會牽涉禍福。辛棄疾不是說過少年為賦新詞強說愁嗎，就怕一語成讖，壞了命途。依我看，你還是不要把時間心神放在強出風頭上，不然不理你了。」她佯裝生氣，我看得出她用心良苦。

「我聽妳的，可是……」

「可是什麼呢？」她急著說，怕我改變主意。

「我們學校的詩社，出了一個月刊，由我做主編，上次開會，他們還提議我做社長呢！」

「你答應了他們嗎？」

「我說我會考慮，但看情勢，好像推不掉了。」

「試試推掉它好嗎？」她的聲音很奇怪。

我望向她，才見她蹙著眉頭，一副擔心的樣子，我將手裏的茶杯拿開，拉著她往沙發並肩坐下，說：「我們的詩社是純為愛好文學的同學而設，沒有任何政治目的，很單純的，你不要擔心。」

「但——但我總怕你樹大招風，何況在現在這個環境，一切是這麼敏感。」

「好啦好啦，看你緊張成這樣，我答應你儘量回絕他們，叫他們另請高明，好了吧！」

「你答應了？」

我大力點頭，她笑著伸出小手指頭來，與我勾了勾，算是訂了約，然後嫣然一笑。

翌日，我在學校小休的時候，向同學饒聞午聊起這件事，順便聽聽他的意見，因為他和我一樣熱愛文學，更是我校內最好的朋友。

「你看當社長會有什麼不良後果嗎？」我問，心裏卻早就對他的回答有了腹稿，相信他和我一樣，並不認為是大問題。

他的答案卻是恰好相反，他說婉容說得沒錯，雖然做詩社社長不是什麼大不了的事，但在這個敏感的年代，還是一切小心為好。

我略感詫異地看他一眼，雖然明知他平日為人一向小心謹慎，這個答案卻仍然令我感到意外。

「好啦，別老是皺著眉頭，這件事就聽你們的好啦，」我笑著拍他的肩膀。

他笑了笑，但表情並沒有因此顯得輕鬆，「阿華，有件事我一直想和你說——不要以為我大驚小怪。」

「喂，大家是好朋友，有話就直說好了，你吞吞吐吐的做什麼？」

「你認得那個叫王淇的吧！」他望著我，沒頭沒腦地。

「嗯，她是我的中學同學，現在也在這邊念書，但不同班。」

「你和她相熟嗎？」

我想了想，說：「記憶中只和她談過幾次話，有一次好像是為了舉辦某個課外活動，還一起開過會，平日倒是不太來往，當然不能算是相熟。你怎麼忽然想到她？」

「你們中間，有過什麼誤會嗎？」他偏過頭望了望我，神色很凝重。

我在一棵大樹下站定，心裏開始嘀咕，這是怎麼一回事？我開罪過她嗎？應該沒有呀，但看他的表情，一點開玩笑的意思都沒有。

我忽然想起以前蔡光明警告我的話，是不是王淇真的暗地裏做一些不利我的舉動？但，如果她這樣做，為的是什麼？我並沒有罵過她，或開罪過她呀！

「你為什麼這樣問？」我說，一邊仍在腦中拼命思索，我對這位王小姐到底做過什麼？

「她到處批評你，說你只尊不紅，說你除了課本，根本不關心國家大事！滿腦子的資本主義腐敗思想，又說你是——」他一口氣地說個不停。

「夠了！」越聽越不對勁，我百思不得其解，王淇為什麼要批評我，卻又不當面對我說？還是中學生時蔡光明也大概轉述過她對我的這些「評語」。

「你是從哪裏聽來的？」我問饒聞午。

「是其他同學告訴我的，我知道她與你不熟，不會特意轉告你。」

「其他同學？」我瞠目以對，「她到底還說了些什麼？天啊，你剛才說其他那些同學，究竟是誰？」

「冷靜下來，阿華」，饒聞午伸手按住我的肩膀，說：「我將這些告訴你是想你知道處處得小心，平時別太逞能，也不要強出風頭，沒的變成有心人眼裏的靶子，你懂不懂。」

我嘆氣：「我真的想不起做了什麼令她不高興的事，聞午，為什麼她如此討厭我？」

「她不單是討厭你，她簡直是恨你！」

「恨我？」我啼笑皆非，「我們之間什麼也沒有，沒愛那來恨，你太言重了吧！」

「也別太擔心，阿華，我不是存心嚇你，只是想讓你小心，別出事才好，至於王淇為何對你這樣，我當然信你說的，沒有半點理由。」聞午正色道：「我不是嚇唬你，我向來是寧得罪男人，不得罪女人，女人心，海底針呀！」

我瞅了他一眼：「喂，告訴我，你以前是不是吃過女人的虧？為什麼我覺得你話中有話？」

他使勁瞪我，「和你說正經事，不要開玩笑好不好，後天詩社開會，記得別——」

「知道，饒老闆，」我舉手對他作敬禮狀。「無論如何我不答應他們當社長，好了吧！」

他笑了。「真拿沒你法，馬上就二十歲了，還像個孩子！」

我也笑，但當然不能告訴他，我是在笑他，他才比我大多少？六個月，一副老大哥口吻和我說話，老氣橫秋的。

但無論如何，他是我的好朋友，蔡光明也一樣。

詩社開會的時候，我遵守自己對婉容和聞午的諾言，堅決不做社長，也表示不會再成為詩社中的多產作家，每個人都感到奇怪，但沒有人嘗試勉強我，因為我那種說一不二的個性，在學校裏是出了名的。

開完會沒兩天，我在校園裏與我的對頭王淇不期而遇。她是一個奇怪的人，她思想激進，衣著卻很新潮。她身上鮮艷又貼身的衣服，不但突出她的身材，也非常地耀目，不禁佩服她的膽子，難道她就不怕別人批判她有資產階級的生活作風嗎？

她向我抬一抬眉，算是向我打招呼，我呆怔了一下，才想起向她點頭回禮，好傢伙，雖然她的態度是一貫的傲慢，但到底是主動向我招呼，奇怪。

「可以告訴我，為什麼你會改變主意，不做詩社社長了嗎？」奇怪的是，她竟然停了腳步，主動向我說話，更奇怪的是，她不是詩社的社員，怎麼會知道我不做社長呢？而且望著我的眼神，帶著挑逗的眼光。

我深吸一口氣，告訴自己要有男子風度，不能隨便動氣，才平著聲音回答她：「我本來就不想做社長，所以並不是改變主意，多謝王同學你關心。」

真是奇哉怪也，我做不做社長關她什麼事？

她的話裏充滿虛偽的平靜，「身為級裏的書記，對同學們的關心是應該的，雖然我們並不同班，但始終都是同學，對不對！」

「噢，」我也學著她的語氣：「那我真得多謝你的關心，還有——」我戲劇性地對她一鞠躬，「恭喜你被委任為級裏的書記，這是我們母校的光榮。」說完我就轉身走了。因為剛才對她的諷刺，心中不無快意。

我向前走，努力克制著不回頭看她面上會有什麼表情，一直到我走遠，都沒有聽到背後有一點聲響，不難想像她一定是氣得站在原地，滿胸怒火目送我離開。她那雙嫵媚的大眼，在生氣時會是什麼模樣？我忍不住想。

將這件事描述給婉容知道的時候，我仍在一逕地笑。「你說她這種人，是不是應該得到一點教訓！」

婉容沒有笑。

「為什麼你明知她一直想整你，你還去招惹她？」婉容的眉頭緊皺著，又在為我擔心。

「婉容，你別擔心了好不好？第一，我沒有招惹她，是她先找我麻煩的，第二，她不是想整我，她根本就一直在暗中整我，如果她不是女孩，我早就對她不客氣了。」

婉容不說話，只默默地走向窗前，往外眺望，而我知道，每次她沈默望窗，就一定是生氣了。我走過去輕輕扳她肩膊，使她與我面對面。

「我不是聽你的話，不做詩社社長，又減少發表文章了嗎？你就別生氣了嘛！」我直視她的眼睛。

「以後我會小心，我不會再招惹她，答應你，我不會有事的，好了吧！」

靜下來的時候我偶爾會想和婉容之間的關係，表面上來看，她柔順服貼，對我千依百順，但事實上，似乎是我遷就她多一點，「尊敬」她多一點。

最低限度，我從不會勉強她做什麼。我是那麼的愛她。就像我問她，為什麼要在「保護」我被人暗害這件事這麼緊張，她只淡淡的答，「我有不好的預感，所以我為你感到害怕。」

我只是笑笑，不說話，我當然不信她的什麼預感，但我深深感到她對我的好。

沒多久，在青島舉行全國青年運動會即將展開，我和婉容都很期待這件事，因為我在全廣州青年乙組一百公尺田徑選拔比賽中奪冠，有絕大機會代表廣州出賽，而婉容早就想去青島看看，滿心希望能藉著陪我參賽機會順便遊覽青島風光。

但第二天閱報。我竟榜上無名。差不多成績的人個個有份，唯獨我的名字不在代表團之列。我感到震驚、失望、難過，只想馬上去婉容身邊，讓她來舒解我的苦楚。

但那天是週三，我要到週末才能見到她，放學後我一口氣奔回宿舍，自覺面上無光，不想見任何一個學校裏的人。

饒聞午這傢伙卻偏不放過我，我才到步沒有多久，他就在宿舍房門外澎澎的敲門。「喂，阿華，我知道你回來了，快點開門。」

我無奈地打開房門，憤憤地看他一眼，重新倒回在床上，彷彿他就是害我沒份參加比賽的元凶。

「我看可能榜上寫漏了你的名字，生悶氣有什麼用，不若我們去體育部那裏問問清楚。」他說。

「怎麼可能錯呢，短程賽跑選撥代表就只有那幾個名字，怎麼會漏寫！」

「但整件事真是不太可能——」他頓了頓又說：「你沒有開罪過體育老師？」

「我剛才也想過，不會的，別說體育老師一向特別看重我，就算其他老師，大部分都對我很好，這些你不也都清楚嘛，除非——我忽然靈機一閃，莫非有人陷害我？」

聞午想的和我一樣，「你說會不會是那位王淇？我所知只有她會做這件事？」

我搖頭，「不，不是說她不想整我，但我不信她有這個能耐。」

「這倒是——」聞午皺著眉頭，一逕地搔他那頭濃髮。

這時同房同學陸續回來，再也不方便講話，聞午對我眨眨眼睛，說：「走，我們到外面走走。到對面店裏喝懷茶。」

我默然跟他出去，只是嘆氣。

「唉，今年不成，還有明年呢，」他低聲的說：「男子漢大丈夫，看開點。」

我低頭沈思，隱隱地覺得不妥，卻又說不出個所以然，不能代表廣州參加田徑比賽，我固然失望，又覺得沒面子，但總是沒有什麼大不了，我只覺得，事情沒有表面看來那麼簡單——

「你的意思是說——」他本來伸手想拿茶杯喝茶，這時停在半空，定定地望著我，像電影中的定格鏡頭，模樣看來有點滑稽。

我點點頭，放輕了聲音說：「我想我有麻煩了！」

他終於拿起茶杯，一口氣喝乾它，看他的表情，大概是想以茶代酒，才能表示他的震驚，「你的意思是——」他也學我壓低聲音。

我下意識地望望左右，決定再小心一點，示意他附耳過來聽我說，大概那懷清茶的香味使我開了竅，忽然腦子就清明了。
「我想我的名字大概上了另一張榜——黑名單的榜。」我在他耳邊說。
「你——」他張大嘴巴，一臉的愕然，「剛才你不是說，那位王淇沒有這麼大的能耐來整你——」
「噓，別吵，我們找個安靜地方去說。」我拉他起來，他聽話地扔下鈔票在桌上，跟著我走出店外，滿臉狐疑地。
我領著他一直走到學校附近公園接近水邊那裏，清楚四處無人，才示意他坐在長凳上，說：「我猜是因為前些時我寫的一封信闖了禍——」
「一封信，你寫給誰的信？」
「儲安平。」
「儲安平，《光明日報》的社長？全國最大的右派？」他的聲音一下子就提高了。
我沈重地點點頭，用手指點點嘴唇，意思叫他不要說話太大聲。
「你寫信給他做什麼？」
「我知道他在發表了談話之後被整，但我覺得他受了很大的委屈，便寫信去安慰他，表示支持。」
「什麼時候的事？」
「他剛剛被人批判的時候。」
「老天爺，我看你沒猜錯！一定是這封信出了岔子！」他說，「我看你大難臨頭啦。阿華，枉你一向聰明，怎麼會做出這等蠢事來，人家誰批判誰關你什麼事呢？你只是一個學生，你懂什麼？真是的，沒的惹禍上身！」

我百思不解。將憋在肚子裏的話，一古腦兒地宣泄出來：「毛主席也真是，說什麼百花齊放，百家爭鳴；說什麼大家都要提意見，將心裏的話說出來，要為國家利益著想，不要有所保留——，更說什麼言者無罪，聞者足戒。怎麼翻臉不認人——批鬥起人來了，——是不是欠缺了一些厚道了？」

「他提的竟見太過份，好像不是提意見，簡直是別有用心似的。」聞午說。

「就算他提的過了份，也沒什麼了不起，一個書生能作反嗎？」

「所以你就寫信給他……打抱不平了是不是……」聞午看來真的害怕，聲音也忍不住在打顫。

「唉——」我長長的嘆氣，忽然之間感到非常的無奈與絕望。在這種環境下生活，還能有什麼指望，一個小小的學生能夠做什麼？「對不起，聞午……。」

「你是對不起自己！你太單純。也不知道順應潮流，心裏想什麼就說什麼，不惹禍才怪呢。」

「可是我就沒想到寫一封私人信也會惹禍的。」我喃喃低語，「難道我真的錯了？」

「其實很難說你錯了，我只能說你在政治上不求上進，這也是你的個性使然，勉強不得的。只望你今後能少惹是非就是了。」他伸手拍拍我的肩膀，也跟著嘆氣，「其實，誰會不像你所想的一樣呢？除了那些極少部分激進份子之外；而就算是那些極少數，也還是表裏不一，做的是一套，心裏想的是另外一套，對不對？」

「什麼叫上進？難道盡說違心話去整人就稱上進？謊言取寵是一個品質問題，非我所能為，並非我所願為！其實古今中外，政治無情，我又何嘗不知，但我本著良心做人，就算說錯了話，做錯了事，也是無心之過，難道就能說我不愛國了，不愛共產黨了？依我看，毛主席變了，變得像古代的帝皇了，共產黨曾經輝煌過，但今天並不特別輝徨，什麼百花齊放，古家爭鳴，全是騙人的勾當。我們有了優越的社會制度，為什麼不能擺脫貧困與愚昧，包括現代愚昧，是因為我們的民族本身承襲了可怕的劣根性和奴才的品性，從未學會獨立思考，包括賢者如屈原，為了一個不爭氣的楚懷王投江自盡，我怕今天盲目附從毛主席的並不是如你所說極少部分激進份子，而是絕大多數。」我望著他苦笑，「向你發了這麼多牢騷，心裏舒坦多了，乾脆你也來發些牢騷吧，換我做聽眾。」

「別說笑了，我才沒你那麼多的牢騷！」他正式道：「現在最重要的是好好想想，怎樣去消去這場禍，尤其是在他們未公開批鬥你之前，你總要做點什麼——」

「對，你說得對——。」我到底應該怎樣做才能避過這場災難？我低下頭細細思量。

「想想看，總有辦法的。」他鼓勵我。

忽然一種意念在我腦中成形，我望著他說：「我看我不如先發制人，去向有關當局自首和自我批判吧。」

他一拍大腿，「好主意，就這麼辦！不過你去找誰自首？」

找推？這話問得真好！「要找當然得找個頭頭，除了校內黨委書記劉自銘還有誰？」

第二天我起個大早，特意梳洗整齊，衣著光鮮直奔劉黨委書記的辦公室，我運氣很好，他居然正在伏案工作，而其他的人仍未到。

我大著膽子，囁嚅地向他自我介紹，他卻忽然發笑了。「我知道你，一個成績優異的好學生，只是除了鑽研學問，對其他事情都沒有什麼興趣，可是？」

我想謙遜了幾句。但因為緊張，一句話都說不出來。平日從沒有機會在如此近距離看他，只覺得他嚴肅寡言，凡事一絲不苟，尊敬他，也有點怕他。

但今早他帶著笑意，語帶輕鬆地和我說話，使我感到前所未有的親切，我慢慢鎮定下來，回答他的話，「啊是的，家裏的長輩都常笑我只會讀書，對其他的都是死腦筋。」

「讀書是好事，」他微笑地望著我說：「你不但用功，資質也好，你要繼續努力，將來學成好為國家人民服務，知道嗎？」只見他慢慢地站起來，自言自語的低語：「人才難得啊！」

我大力點頭，心裏有些感動，原來平日高高在上，遙不可及的劉黨委書記，對學生竟是如此的愛護和關心。

「你今天來找我，有事嗎？」他忽然問。

「噢是的，」我打醒精神地說：「我最近做錯了一件事，想向劉書記認錯，並願接受處分。」因為他態度和藹，話一溜口就說了出來。

「噢，你自己覺得做錯了什麼事？」語氣不兇，但笑容沒有了。

「我——我前些日子寫了一封信給《光明日報》的社長儲安平，表示同情他，並認為他在座談會發表的言論雖然有點過分，但毛主席既然有言在先，說言者無罪，聞者足誡，就不應反過來批鬥他。但——我現在知道其實錯怪了黨，也錯誤地同情了他，所以，我今天是來認錯的。」

「那——那你認為他錯在那裏呢？他又說了些什麼不該說的話？」語氣很平淡，卻令我大感緊張，手心額頭全是汗水。

「我——」我期期艾艾的說：「儲先生批評黨將國家當作自己的家，不是人民的家——」

這時，我看見他轉過身去，走到窗前，仰眼眺望窗外。如果我耳朵沒聽錯，似乎劉書記剛才輕輕地嘆了一口氣。我頓住，因為他這個反應而猜測，他是不是在生氣。

「劉書記——」我等了很久仍未見他改變姿勢，怯怯地喚他。

他慢慢回過頭來，清瞿的臉上全是疲倦神色，「做學生最重要的是專心念書，其他的事——以後就不要再試著強出頭了，知道嗎？」聲音很和藹，卻透著一股無奈。

「但劉書記，我想——」

「你想什麼？」

「我想可否讓我下鄉勞改，好好作思想反省，悔改悔改？」話一出口，心中不免興起瞧不起自己的念頭，方華呀方華，你如此委曲求全，還不是為了自保！

「不必啦。」想不到他的回答如此乾脆和令人驚喜。「如果你自問沒有做錯，不必下鄉勞改，如果你真的有什麼壞念頭，下鄉勞改也改不了什麼。還是回去好好用功念書吧！」他脫下眼鏡，用力揉眼角，似乎跟我這一席話，用了他所有的精神。

「謝謝你，劉書記，謝謝你的教導。」我站起來向他微微欠身鞠了個躬，衷心地在心裏感謝他。

他勉強笑了笑，對我擺擺手，又坐下來專心伏案工作。

我自動請求接受處分而不用受處分，心情固然是好，但除了好心情，因劉書記給我的印象，另外還有一種類似釋然的，說不出的快樂。

在這之前，我從不敢想像學校當局最高領導人的態度會如此和善，又如此明理和包容，如果每個上層幹部都像他，那我們的國家不是有得救，不是有大好前程嗎？

週末如常去探訪婉容，帶給她一束她最愛的黃色雛菊，趁她將花捧在懷裏嗅著花香的時候，我從後面一把拉住她，在她耳邊低語：「走，我帶你去逛公園，然後再去看一場電影，好不好？」

「可是我預備做晚飯呢，你不是應該還未吃飯嗎？」

「明天吃不行嗎？」我想起婉容最近才學會煮的菜，老實說沒有什麼胃口。

「你說行就行咯。」婉容笑，輕輕推開我回房去換衣服。

小事情嘛，婉容總是遷就我的。

我細細打量這間一房一廳一浴一廚房的小單位，每樣面積都很小，間隔卻很實用，而且在她巧手布置下，顯得清雅而溫馨，雖然她不會縫補衣服，燒飯的天分也真的不怎樣。但最低限度她肯學，也學會煮我愛喝的湯呀——

「你在想什麼這麼入神？」婉容換好衣服出來。

我故意縮縮鼻子，笑道：「湯好香，先喝一碗再出去好不好？」

她笑開了。「好，我這就去盛湯來。」我的好婉容，她絕對會是一個好太太，我想。

結果，這碗湯一喝就喝了一個鐘頭，因為我忍不住將我寫的闖禍信和去見劉自銘的事對她說了，她聽得很入神，緊繃著的情緒，直到最後知道我安然脫身，才鬆了一口大氣。

「你呀，就會得去闖禍。」她瞅著我。

「別擔心，我吉人天相。」

「還說呢，以後不得再做這種魯莽的事。」她努力裝出一副生氣的樣子，我卻伸手去呵她的癢，

「你再兇，以後我什麼也不告訴你。」我逗她。

「真的？」她瞪大眼。

我一把拉她在懷裏，低下頭，想吻她。「你說呢？」

但她用力掙開我，「不是去逛公園嗎？」她突兀地。

我再嘗試拉她，又被她閃開了，「婉容，你這是——」

「不是答應我要規規矩矩的嗎？」她站在門邊，與我保持距離。

「只是想親你一下，你又何必——」

「等我們正式結了婚以後，你想怎樣都成。」她說，還是這句話，我真的聽膩了。但我們真的有一天，能夠正式結婚，正式受到親友的祝福嗎？我很懷疑。

「走吧，」我說，不想掃興，在這件事上，我是爭不贏她的。當然，我也沒有真的想去爭，雖然有不少個夜晚，我會想她想得燥熱難當，想她想得不能成眠，但，在目前，我除了克制自己，還能做什麼呢？

看完電影，我們慢慢地踱步回家，婉容的家，兩個人半天都沒有說話。我不知道她在想什麼，我卻一直在想，婉容一定又要我睡在廳裏，而老天爺，她那張該死的沙發是不是可以寬一點，長一點。

「你在想什麼？」兩個人同時問，兩個人都笑了。

我搖搖頭，表示我沒有想什麼，她說：「我想下個星期回東莞看看母親，你說可好？」

「我也正這樣想，因為下個星期學校放假，我們可以多留幾天，你請幾天假，可以嗎？」

「我想可以的，學校一直很照顧我，對我很好。」

「是你們的領導特別照顧你吧？」明知婉容對別人從不假以辭色，但不知怎的，每次提起她學校，想起那熱烈追求婉容的領導就有氣。

「怎麼你又來了！」婉容掙開被我挽著的手，「你這個人明知不是的，你好不講道理！」

「誰說不是？」我強詞奪理，「你敢說他不是在追求你？為什麼人家的宿舍大都只有一間房，而你卻自己擁有一個獨立單位？」

「你——」婉容生氣了。「是領導說我工作表現好，特別獎勵我的，你明明知道，你——」她甩下我，急步向前跑。

我追上她，緊緊地拉住她，任她如何掙扎也不放開。

「對不起，婉容，真的對不起——。」

「你光說對不起有什麼用？下次沒多久不是又要拿他來氣我，告訴你多少次——。」

「我知道，我全部知道，是我錯，你就別生氣了吧！」我放開她，再將她的手挽在臂彎裏，「你總得體諒我，婉容，每個星期你才只能陪我兩天，而我是這麼地渴望你——他卻能每星期見你五天。」

她一路上沒說話，直到回到了家，才安靜地偎向我懷裏來。「阿華，我從一見你，心裏就只有你一個人，你是知道的。」

我點頭，將頭埋在她的秀髮之間，再也不願擡起頭來。

「你要相信我，不要猜疑我，好嗎？」她的頭伏在我胸口，柔聲說。

我嗅著她的髮香，她身體的體香，感受到她溫軟的身子，只想時間永遠停留在這一刻。事實上，有什麼比擁著一個自己深愛的人，感覺更甜蜜美好呢？

「我們還是快點結婚吧！」我說。

她沒說話，但貼得我更緊。

「我一畢業就結婚，好嗎？」

「嗯」，她輕輕地答應著，聲音好甜好甜，我的心也是。

週末，我將婉容送回外叔婆家，找姨婆，姨婆不在，我便回家找我媽，沒想到來開門的人竟是姨婆，看見我，笑得很燦爛。

我怔了怔，便撲上前擁住她。「好姨婆，真的好掛念你。」我說。

「還說呢。」她輕輕地推開我，瞅著我說：「每次回來就直奔你娘親的家，心裏面哪裡還有我！」

「好了吧，巴巴的趕來說是為了省阿華兩邊跑的腳力，就別撒嬌了吧！」母親出來看見我，同樣笑得好開心。

我過去擁住母親，她直笑。「算了，這許多洋規矩，你打哪兒學來的？」然後仔細端詳我的臉，「怎麼半個多月不見，臉都尖了。」

「得了吧，怕他瘦，廚房那鍋肉湯，全灌在他的肚裏去好啦！」姨婆想是開心，笑道。

為了我回來，媽和姨婆特地整治了兩滿桌的菜，弟妹們一邊開胃大嚼，一邊笑著抱怨，「你看老媽多偏心，平日不是大白菜，就是豆腐，今天哥回來，就大魚大肉！」

一番話說得媽直瞪眼：「你們幾個，平日教你們念詩，怎樣也念不出來，今日說話來堵你們娘親，可就押韻得很，你說是不是，阿華？」

每個人都笑了，姨婆笑得尤其大聲。自爸去世後，許久沒見母親如此愉悅輕鬆過。這幾年的生活重擔，壓得她頭髮白了，腰也佝僂了，我將雞腿夾到她碗裏，沒由來的一陣心酸。

「我哪裡愛吃肉，喏，你吃！」雞腿馬上被送回到我碗裏。我低下頭裝作專心啃雞腿，心裏酸溜溜的，想哭。忽然又想起如果婉容母女也能在這裏，多好！

我在母親家住了三天，白天和弟妹們四處溜達遊玩，晚上就陪母親及姨婆三人摸牌玩，一邊閑話家常。沒有人提起外叔婆和婉容，我當然也不敢提起，只是在晚上臨睡前不禁思前想後，我家和外叔婆家中間那道冰牆何時才能完完全全的打破？

週二早上，我辭別母親及弟妹們，先送姨婆回家，再順道接婉容回廣州，在車上我問姨婆：「我不在的時候，母親有沒有探望你，在您家小住幾天？」

姨婆笑著瞪我一眼：「和你姨婆說話，就別拐彎抹角了吧！你是想問我，你娘和你外叔婆的關係好不好，可是？」

我臉上一紅，「好姨婆，您就直說了，好吧！」

「她們有聊過天，在你娘到訪的時候，但都是客客氣氣，始終——」她擺擺手嘆口氣：「始終差那麼一點點，不過比以前好多咯，到底有說有笑嘛！」

「那外叔婆有沒有——」

姨婆聰明得很，不用聽我說完就知道我想問什麼。他搶著說：「有一次我硬拉著你外叔婆一道去你娘家串門子，你知道，平日兩個老傢伙有什麼好做！但你娘——」

「我娘怎麼？」

「你娘客氣而冷淡，不像光我去探望她時那般熱情。一吃過晚飯你外叔婆堅持要連夜趕回家去，你娘也不多留，迫得我也只好陪她回去，你說——」她搖搖頭，笑了：「下次，我再也不敢帶別人四處去啦。要去那兒都一個人，因為每個人都只是歡迎我一個嘛！」

看來橫在我母親與外叔婆中間那座冰窖，想打破的話難上加難。

我如何能夠對婉容直述？相信外叔婆也不會，只是枉費姨婆一番苦心。「我知道這很難，只是我不常在家，這件事還得勞駕您——勞駕您多費點心——」我說。

「你放心，阿華，我會的，」姨婆說：「不然我巴巴的將你外叔婆拉去你娘家做什麼？不過有些事，是勉強不得的，儘量就好，不能強求的，知道嗎？」

想不到姨婆未念過一年書，每句話卻都能說到我心坎裏去，「只是母親——母親何故在這件事上如此執拗？就算氣外叔公，人已不在，為何要遷怒外叔婆及婉容？平日如此良善厚道的母親，卻是——」我輕輕嘆氣。

「不是剛剛才和你說，凡事不能強求的嗎？」姨婆勸我。「聽我說，看開點，何況就快到家了，何必白白惹婉容母女擔心呢？」

回到外婆家，自然與外叔婆有一番寒暄。吃過午飯後向她辭行時，她免不了又是拖著婉容的手，離情依依，不斷拿袖子擦眼睛，而每次總要逗得婉容也紅了眼，才難捨難離的分手。

這一幕看在我眼裏，心裏難免內疚。如果不是為了我，婉容就不會捨下寡母遠赴廣州，姨婆也總是用她慣有的笑話來打圓場，為這幕離情鏡頭畫句點。

「你們知道我在想什麼嗎？每次見你們母女分別時流淚眼對流淚眼，我就慶幸我沒結婚，也沒有兒女，不然每個月這麼傷心折騰，誰受得了？」姨婆搖頭晃腦的說，說得每個人都笑了。

我們回到廣州沒多久，我就覺得事情不太對勁。學校裏大部份人對我的態度都很奇怪，望著我的眼神怪怪的，態度是疏離的，不要說沒有人向我主動說話，就算我主動問誰搭訕，也都受到冷淡對待，或敷衍了事。

某一個傍晚，每個人都去了飯堂吃飯，我胃口欠缺，一個人悶在宿舍，隨手翻閱一本唐宋詞選《花間集》，聞午卻在這時鬼鬼祟祟的摸進來。

「你怎麼不去吃飯？」我問他。

他進了門，向外面探望了一下，謹慎地關好房門，「噓，別嚷嚷，我是覷著四下無人，特來警告你的——」一臉的神秘。

要來的終於來了，我心想。

「有什麼話，快說！」

「近日校園四周有人散播你的立場不對，是資產階級，又說你——」他瞥見我放在桌上的《花間集》，一把撈起來，踢到床底下，說：「還在看這勞什子唐詩宋詞，你要挨批是不是？」

「看詩詞也會挨批？」我不以為然，心想我若真的挨批也不會因為這個嘛，但人家一番好意，我也不好頂撞他。

「但我半個月前去見過劉書記，並沒感到有什麼不妥呀！」我看他緊張兮兮的，自然壓低了聲音。

「你聽我說，阿華，這次閑話沸沸騰騰的，我看不會全然是假——昨天我在圖書館碰到王淇，她過來對我劈頭就說：「叫你那個好朋友方華洗乾淨屁股，預備坐牢去吧！」哼，那副幸災樂禍的表情，看著真叫人生氣。」

我的心忽然涼了半截，如果沒有把握，沒有誰有膽子這樣公然咒罵別人，動不動被人扣上誣衊他人的帽子，沒的惹禍上身，何況王淇在校是既紅又尊的激進派，消息一向比別人靈通。

「如果是真的，我怎麼辦？」我的心亂成一團。

「我也不知道，不過，或者你再找個機會和劉書記談一談——」他搔搔頭，說：「上次聽你說他的人很好，也許他可以幫到你。」

「但我上次找他談，他明白告訴我沒事嘛！」我想了想。「對，我可以再去問問他——」

「聽說劉書記回鄉探親去了，過了這個週末才回來，你看著辦，凡事小心點，忍讓點，別在未見到他之前出岔子，知道嗎？」

我點頭。

「至於我——」他面有難色，「也許在事情未完全明朗前，我——」

「我知道，你不用說了。」我當然知道他想說什麼。「沒有必要，我主張我們且暫不見面，如果真的有事，何必多牽連你在內？我不會介意，我明白的。」

他大大地鬆了一口氣，「無論怎樣，我們都是好朋友，你不怪我就好。一切自己小心了。」他匆忙閃到門邊，又回過頭來說：「小心那位王淇，萬一碰上了，不要惹毛她，忍著點。」

「我會的。」

「那麼，小心自己保重。」他長長的嘆氣，走了。

我靠坐在床上，心裏覺得很淒涼，在這個迷團未解開之前，大概我都會被人孤立，被人疏離的了。但我不能怪誰，也不會怪誰，每個人都是為了自保，我知道，如果事情倒轉過來，我也會是同樣的態度，要怪只能怪一個人——方華我自己。

劉書記回來沒幾天，未等我去找他，卻先找人喚了我去。我敲門進入他的辦公室，只見他背著手站在窗前。我不敢坐就站著等他。

沒一會他回過頭來，擺擺手叫我坐下，眉頭皺得緊緊的，「你大概猜到我是為什麼事找你了吧！」他問。

我點點頭，默然坐下。

「唉，這件事我本以為可以算了，卻始終不能——」他搖搖頭說：「不過事情還不算太壞，因為我向你們班上黨委說，一來你犯的情節不算太嚴重，二來你的態度非常好，曾經來我這裏主動要求處分，三來——你成績優異，學校愛才，國家也愛才。處分是免不了的，但我建議不批鬥，不下鄉，留校改造。這已經是我能做到最輕的了。」

「謝謝你，劉書記。」我聽他這樣說，本來忐忑不安的心漸漸安定下來，看來我不用如王淇所說的，要被送入監牢。

「他們說你只專不紅，只愛資產階級玩意兒，經常寫些無病呻吟的東西，一點革命氣息也沒有。——加上上次你寫給儲安平表示同情他的那封信，給退回學校來了，右派帽子是免不了要被戴上的——」說到這，我似乎聽見他輕輕地嘆了口氣。「對這些，你有什麼要說的嗎？」

我木然搖頭。「我知道自己做錯了，我也知道接受處分是應該的。」

「那很好，就像剛才告訴你的，你得到的處分非常輕，只被判留校思想改造，不過就沒有一定的期限，在這段期間內，你要勤讀馬列書籍，要不斷反省自己，要謹言慎行，知道嗎？」

「我知道。」

「你聽清楚了，從現在開始，你正式被判內定右派，留校接受思想改造，每個星期，要向班黨書記寫一篇閱讀馬列主義心得，並彙報思想一次，知道嗎？」

「知道了。」我點點頭。

「這樣就好，不過千萬別再犯錯。」

「您放心，劉書記，我不會再犯錯的。」

「很好，我也相信你不會，你一向很聰明。」他第一次露出了笑容：「回去好好努力，有事隨時找我。」

「謝謝您，劉書記。」我道別出來，心裏是比剛來時輕鬆，但卻是一片惘然。我這個一向對政治毫無野心的書包子，竟被扣上右派帽子，想想也真是滑稽。但不用坐牢，不用下鄉勞改，已是不幸中的大幸，我阿Q式地安慰自己。

我心中悲痛莫名，更多的是無奈。我從小生長在母親和外婆的懷抱中，全然沒有與聞時事。雖早已知道不適合今日的中國，也曾感到孤獨與無依；我要依我的良心去生活，雖然理智告訴我：若想出人頭地，就要強迫我自己苟且自欺，但我偏要接受良心的指揮，這便注定了我一生顛沛流離的命運。

這之後，一段頗長的時間，我的日子過得非常的枯躁和無味，平日在學校中沒有人搭理我，只有幾個特別要好的同學，像饒聞午和王月平等，偶爾暗中說幾句話。不過這種機會不多，一來我知道他們心中害怕，二來我也真的不想連累朋友，如果不幸被人看見就麻煩了。

週末與婉容見面，顯得格外重要，也變成我唯一的安慰了。我被扣上右派帽子這件事，我和婉容都非常小心地不讓家裏長輩知道。

前途，在當時來看，是一片迷茫。

既然已成事實，又何必讓她們操心呢？我知道婉容為我這件事實在憂心忡忡，但她總是強顏歡笑，她說：「許多時候我們因為一點小小的挫折便心灰意冷，指天罵地，好像自己是全世界最不幸可憐的人，相信我，阿華，生命中每個挫折與羞辱都有它的意義，振作起來勇往直前，你會驚見：一切都是上天最好的安排。」

右派份子不會在畢業後分配到較好單位工作，或者得到較好的機會進修。我和她都心知肚明，但也是沒辦法的事。人在逆境和屈辱中要有堅強的意志力才不會被擊敗，成為一個軟弱的可憐蟲。我告訴自己：把柔弱的自憐自愛收拾起來，盡全力跟命運搏鬥！

週末我們再也沒有心情出去玩樂。最大娛樂不外是聽婉容為我吹口琴，又或者兩人相擁坐在那張長沙發上聊天，一杯清茶，加上一盤瓜子，陪我倆度過漫漫長夜。

「老天爺」，我喃喃自語：「看在愛神和她那溫馨的時辰份上，讓我們不要把大好光陰在自怨自艾中蹉跎過去：從現在起，我們生命中的每一分鐘，都要讓它過得充實，而且充滿了歡樂。」

被扣帽子後，早已將詩詞歌賦放在一邊，除了奉命閱讀毛的著作外，正好用鑽研外語來填滿課餘時間。而且一學多樣，包括英文、德文、日文、法文、甚至俄文。

一九五八年，毛澤東發起三面紅旗，全民煉鋼運動，組織人民公社與人民食堂。老百姓明知他的主張極為可笑，但經過大鳴大放反右後，誰又敢張聲。但我始終不明白，以毛之雄才大略，卻何故如此幼稚？他提出全民土法煉鋼，下令人民將鐵窗鐵門犁頭鐵桶等鐵器全拋入土高爐裏鑠鋼，結果家家不見了鐵，卻煉不出鋼。

他提出公社食堂免費供應伙食，這當然是美事，可數個月下來全國糧食嚴重缺乏……不到一年間，造成了全國性的大饑荒，餓死了不知多少人。

這時又來發話了，說饑荒的元凶是天災人禍。連麻雀也來搶食我們的糧食，多該死的麻雀！非把它們捉光不可！於是學生們組織打雀團，下鄉打麻雀！我既然是被扣了右派帽子的人，怎敢不熱心參加學校這種活動，於是在每個天清氣朗的星期天，我隨著大隊浩浩蕩蕩地殺上學校附近鄉村農地去捉麻雀。

其實那時捉雀活動已如火如荼地進行了幾個月，大部分的麻雀被捕光了。

結果呢，結果五百個大學生，背著幾百個銅鑼上山，同時敲鑼響鼓，聲音震耳欲聾，卻只震下一隻麻雀來。

大家面面相覷，想笑，但誰也不敢笑出聲來，只好憋著笑，憋得肚子也痛了，加上肚子本來就餓得咕咕作響，想笑都笑不出來了。

時值一九五九年底，全國鬧饑荒。幾百萬人餓死在村郊荒野，而電臺報紙卻清一色的歌頌太平，歌頌偉大領袖毛澤東帶領人民建立繁榮富強的新中國！

學習再學習，天天在開會，人人作檢討，不論你曾經是浴血沙場的開國元勛，還是渺小如螞蟻的平民，人人都是布袋裏的木偶，被背後的大手操縱著，我們講的、想的都是報紙上告訴我們的，我們要肅清不符合黨當前規定的思想，清除黨認為不正確的動機——哪怕只是一個偏離「正確路線」的念頭，就會捱鬥；誰若說農村不是豐收、畝產不是萬斤，或是土高爐練不出鋼，就會被送幹校學習，在互相監督下通過繁重的體力勞動改造思想。

在這大環境下要生存只能噤若寒蟬，即使有千萬問號在心頭，也只能在夜深人靜時，把心中的疑問翻出來，自己向自己，自己再回答，例如：

「毛是不是一個愛國者？」

「是！」

「他是不是很聰明？」

「是很聰明。」

「為什麼他看不到實情真相？」

「因為人人都怕觸怒他，落得個勞動改造的下場，所以不敢講真話。」

「他是不是一個明君。」

「他想做明君，但他氣量小，生性多疑而又好鬥——走不出古代帝王的格局！」

「他為什麼會變成這樣？」

「不知道，大概古書讀得太多了，所以——」我糊塗了，真是不懂啊。

一九六〇年底，學校規定每個應屆畢業生都得在畢業前交出一篇論文，並由指定的導師輔導。我花了三個月功夫，參考了六十多篇外國文獻，寫了一篇名叫〈國外肝功能檢查之進展〉的文章，呈交給我的輔導老師陳國禎。當時他是一級教授，是全國最著名的胃腸科專家。

他看後大加讚許，並送交中華內科雜誌，與其他醫學院三位名教授合作成一篇綜合性論文，於一九六二年六月號以重點文獻刊出，當時我已去了香港。本來陳教授希望我能留校任他的助教，但始終因我是右派而未能如願。

一九六一年六月我正式畢業，同年九月學校通知我摘掉右派帽子，令我與婉容歡喜若狂。這個戴帽子的秘密，相信可以永遠不被母親她們知道了。

唯一令我感到不快的，是我被分派到寧夏石阻山人民醫院任內科駐院醫生。不是怕邊區艱苦或醫院設備差，而是難捨婉容，她當時還未畢業，不可能隨我到寧夏。

八月底，她陪我回家向母親辭行。一如以往，回到東莞，我們各自回家陪母親，分手前我央婉容請姨婆也來我母親家小住，因為我實在想念她。

姨婆當然也想念我，不到翌日她就趕來，一進門卻又大聲抱怨我不孝順她，不親自趕去探望她，卻要她反過來找我，一邊說一邊拍我的頭，最初努力裝出一副生氣的樣子，沒多久就撐不住先笑了。

我們都笑，我衝前抱著她小小的身子，一時心酸難禁。姨婆年紀不小了，而我這一去，可能要很久才能再見她，而就算回來探親再見，也不過只有幾天光景。親情難捨呀。

回廣州之前，母親與我竟夕夜話，聊了很久。她從不擔心我的前途，也不會擔心我不是好醫生，因為我遺傳了她的愛心和善良。

她最擔心的還是婉容。

「你倆現在還在一起嗎？」她問。

「我們並不住在一起，您是知道的，媽。」一提到婉容。我沒法不變成刺猬。

「我知道她住在西關，不過週末呢，週五晚上呢？」媽瞪我。「你難道巴巴的往回趕，不留宿在她那兒？」

「對不起，媽，但我們真的沒有什麼，就算我有不好念頭，也過不了她那個關。」我的口氣軟了下來。「她是個好女孩，您是知道的。」

「這樣就好，不要害了人家清清白白女孩子。」她嘆了一口氣。

我想說，就算我倆之間有什麼，也不是害她，是因為愛她。我對她是認真的，我會負責的。但我什麼也不敢說。媽到底也年紀大了，如何能夠再頂撞她？雖然差不多每次回來，總會盤問我這個問題，再這樣下去，我真的會瘋掉。

既然什麼也不能說，我只有選擇沈默。

「阿華，媽也是為你好呀——」媽見我不作聲，有點急了。

「我沒事的，媽。」我望著母親，誠摯地說：「我當然知道您為我好，就算您再問我百次千篇，我也不會生您的氣，只是，婉容對我來說，太重要了，也太投緣了，我真的不能沒有她——」

我直視媽的眼睛，儘量使聲音平靜下來，「我只請求您試著從我的角度，或者最起碼，從比較客觀立場來看這件事，暫且將兩家的恩怨放在一邊，可以嗎？」

「你以為我反對你們全是因為不滿她父親？」母親激動起來，「怎麼可能呢，你知道我還有一個更大理由的呀，難道你——」

「不要再說下去了，媽，求求你，我實在痛恨聽到那兩個可怕的字眼，再給我一點時間，想想有沒有解決的法子，可以嗎？」

媽長嘆一聲，點點頭，「去到寧夏那邊，要好好保重，多點寫信回家，知道嗎？」

我也猛點頭，「天快亮了，媽，回床去小睡一會，好不好！」

「你也回房歇一會兒吧，」媽的聲音透著疲倦和不捨，因為天一亮我就要離開了。

本以為向母親和姨婆道別已經夠困難了。和婉容道別卻更是難上加難。我訂了週日早上的車出發到寧夏，週六上午就收拾好行李到婉容家，預備留宿一宵就由她家直接出發。

因為我的即將離去，兩個人都心情悒悶，不過都像有默契一樣，刻意不提，只商量著該如何好好地渡過這一天，我們早上去公園騎車，中午去吃點稀飯，下午去遊公園，晚上又去了看電影。

自我被扣帽子以來，許久沒有玩得如此盡興了，表面看來，兩個人都很開心，尤其是婉容，更顯得格外的興高采烈，整日不斷地笑，不斷地講，像隻快樂的小鳥。

一直到晚上回到她家，才沉默下來。平日她總是讓我先用澡間，然後她才去梳洗，洗好澡後她由裏面出來，走到我躺臥地方，俯身在我頰上親了一下，算是晚安吻，和平常幾乎沒兩樣，只是異樣的平靜。

然後她回到房裏，關上臥室的門。

我一個人躺臥在黑暗中，思潮起伏，心中充滿了離情別緒。想到婉容為了與我相守，特意拋下家，一個人跑來廣州，遠離她母親，現在我要離開，而環境仍未容許外叔婆辭掉她那份售貨員工作遷就婉容，因為收入微薄。

以後婉容一個人孤零零地待在這裏，怎麼辦，何況還有個垂涎她美色，一旁虎視眈眈的領導，我翻來轉去，盤算著什麼時候賺夠了錢，接婉容過去與我同住才好，對，大不了我們結婚。

突然我聽到一陣窸窸窣窣，被壓抑的聲音由臥室裏傳出來，仔細聽好像是婉容在哭，我再也不能忍耐，連開燈找拖鞋的時間也省下，光著腳就推門進去了。

是婉容在哭，哭得淒淒切切、肝腸寸斷。我摸上床。連著棉被將她摟在懷裏，口裏一迭連聲地呢喃：「噢，好婉容，別哭，噢，乖婉容，別哭！」

本來還低聲壓抑哭泣的她，見我如此情急，反而哭得更大聲，更淒切，越發哭不可止，這時我心痛如絞，平日緊隨親密擁抱而來的慾念不但沒有，就算有，也已被她哭聲打斷。我只是拍打她的背，撫慰她。

她痛哭著，眼淚細細而下，似永遠不能停下。

我靈機一觸，說：「婉容，我說一個故事給你聽，聽了後保你不會哭，只會笑。」

她仍在流淚，但慢慢地聲音漸漸少了，似在聽。

「我和你提過幾次學校裏的那個王淇，你還記得嗎？」

她仍抽咽著，但輕輕的點點頭。

今天清晨我離開宿舍的時候，在校園裏碰到她，她也收拾好正要離開，我冷冷地瞪她一眼，就轉身走開。誰知她卻從背後叫住了我——

我故意頓下來，察覺婉容漸漸止了淚，似乎凝神傾聽。我在黑暗中得意地笑了。才接下去：她當下叫道：「方華，聽說你摘掉了帽子，可是？」

我回過頭去，冷冷地說：「是的，謝謝你關心。」

「你被扣帽子可不關我的事，你相信我嗎？」她問。

「當然。」我冷然回她一句。「我相信，因為這是我自己的錯，不關別人的事。」

「你恨我對你不好嗎？」她又問。

「不會，但我始終不明白，你既然感到我不好，為什麼不當面批評我，而卻在背後說呢？」

「那只能怪你自己，我們本來是同一個中學來的，你卻總是有意迴避我，離我遠遠的，你的眼睛裏有我嗎？」她狠狠的說。

「你知道嗎？當時我倆相隔好幾尺，要用喊的才可讓對方聽見，在空蕩蕩的校園裏，兩個人這樣喊來喊去的，感覺很怪異。」

「那——那她為什麼不怕別人聽見她說的話，對她不利？說她批評你是出於自私的動機，是因為你不願接近她？」婉容說，終於不再哭了，低低地問，雖然仍然背對著我。

「後來呢？」

「當時是清晨六點多呀，附近真的沒有人，只不過我趕著要來會你才起得那麼早，卻不知她趕什麼？」

「然後她說：『我們本來是可以很要好的，是不是？』她當時的表情好恨，好可怕呀，婉容。」

「你當時怎麼說，阿華？」婉容問。

「我被她的恨意嚇呆了，什麼也不會說，她見我呆呆地望著她，氣沖沖的走了。只留下我楞在原地——。」

「然後呢？」婉容問。

「沒有然後啦，她走了，我不是來你這裏了嗎？這個莫名其妙的女人，但願我永遠也不會再見到她。」

「物以類聚，人以群分。正所謂人各有志，她力求上進，也是很好的女孩，你和她性情不一樣，也很難說誰對誰錯，以後不要惹人家就是了。」婉容說。這小妮子，眼淚一乾就咄咄逼人。

我在黑暗中微笑。「婉容，你知道她其實長得很漂亮嗎？」

「嗯。」

「可是我根本不把她放在眼內，因為我心目中只有你。容不下別人。難道你還不明白，還會不感到開心嗎？」這話可不是哄她，而是衷心的。

她半天沒說話，也沒像往常那樣罵我貧嘴，而只是緩緩地回轉身來，將自己投入我的懷中，我摟著她，靜聽著她的心跳，心裏充滿了愛和滿足。

我們就這樣摟抱著睡了一夜。

早晨張開眼睛，我就威逼利誘地告訴婉容，不許她再哭，要不然不准她送車，她答應了。事實上，昨晚也哭夠了。

車開的時候，我回過頭去望她，她果然沒哭，好婉容，果然守信用，只是她那悲痛欲絕的表情，比流淚更能絞痛我的心。我閉上眼睛坐好，眼淚靜靜地流了下來。老天爺，哭的人竟然是我。

婉容的影子變得模糊起來了。我百感交集，心中默念著一首南朝的古詩：

行行重行行，與君生別離，相去萬餘里，各在天一涯……

別了婉容，我望著滔滔長江水低語，可是我有信心很快見到你，等我，婉容，好嗎？

但願人長久，千里共禪娟。

致美玉

捨棄我罷……我求你不要再折磨自己，
我身形雖離你而去，然在我心頭，
你永遠是一彎明月，一團痛惜。
天荒地老，年歲已磨損了我的柔心，
但你恩情永在，我終生難忘……
忘不了我倆同遊在春江花月夜，
更忘不了我們經歷的駭浪驚濤。
如今寒冷的冬季已吹落夏天的花苞，
明朗的春天已變成枯黃的深秋。
無情的歲月已偷偷地從我們的指間溜走，
而我又被迫向命運低頭。
但，親愛的美玉，請聽我說：
但願花好月圓人永在，
天涯海角共嬋娟。

2 愛海波濤

紅酥手，黃滕酒，滿城春色宮牆柳。
東風惡，歡情薄，一杯愁緒，幾年離索。錯！錯！錯！
春如舊，人空瘦，淚痕紅浥鮫綃透。
桃花落，閑池閣，山盟雖在，錦書難託。莫！莫！莫！

陸游〈釵頭鳳〉

沉悶心情一直到北京大弟宿舍小住時，才算稍稍舒展。大弟正在北京計量學院攻讀，見我答應停留數日，自是大為歡喜，兩兄弟敘舊之餘，亦携手共遊北京名勝，很是暢意。

北京是我從小夢寐以求冀能一睹其風采的千年古都。這是一座城海不分家的名城。遠古時候，這裏是燕山山脈東南側的大片天然湖泊地帶；風光明媚。從顓頊時起，歷經幾千年歷代皇朝的精心營建，悠悠歲月，成就了這一座集山、海、島、橋、亭、閣、廊、榭、宮闕於一域的大園林。真的是人間仙境了。其中風光最為特出者，人道是南海瀛台，就是光緒皇帝被慈禧幽囚的地方，可惜不對外開放未能參觀。一九一一年，大清王朝遜位，遷出紫禁城，中華民國成立。原來的南起午門、北至神武門的廣大宮室改為故宮歷史博物館，俗稱故宮。原來的西宛三海，以金鰲玉棟橋為界，北海被作為平民公園，中、南海解放後成為中央領導人的居所及辦公所在地。還有慈禧當年盜用海軍費用建成的頤和園，那裏瓊樓玉宇、飛檐畫棟，柳美荷香，宮舟畫舫，真是美不勝收。

我在北京逗留了五天，終於依依不捨的辭別大弟坐火東西行來到寧夏艮川；再乘汽車到石嘴山報到。

寧夏位於中國西北，是回族之鄉。全區人口五百六十萬，回族占三分之一。清真寺遍布全區山川。回族人有嚴格的生活習慣，獨特的回教宗教禮儀。石嘴山東臨黃河，西依賀蘭山脈，因盛產煤而有煤城之稱。因地處蕭蕪，交通不便，氣候又極為寒冷，一年約有六個月氣溫徘徊在零下十至二十度之間，加上風大，常有沙塵風暴，其時天昏地暗，飛砂走石，說話時滿嘴沙塵，令我這生長在南方的人吃盡苦頭。但若天氣清明，黃河江面寬廣，江水滔滔。西岸山巒疊翠，清晨覆蓋著淡淡的雲影，籠罩著青山綠水，景色卻是非常的秀麗。

石嘴山人民醫院規模不大，共約一百張病床，因為該區人口少，病人比例不算多，我這個駐院醫生不算清閑，卻也不太忙，只是家人婉容俱不在身邊，天氣冷，伙食也不好，日子過得好生無趣。最大的樂趣不外收到婉容或母親的信，一讀再讀，直到信紙發皺為止。

一九六二年三月，一年意外事件卻讓整個局面改變了。我在醫院做了大約半年時候，忽然發現有血尿現象，馬上進行體檢，卻怎樣也查不出所以然來。當時的院長兼黨委書記，姓劉，不但人很好，對我更是加意照顧，看見這種情形，馬上批准我到北京協和醫院作進一步檢查，我感激涕零，心知這一去多數不會再回來。劉院長好像看出我的心事，當我向他辭行時，他意味深長地對我說：「我不知道你這次去看病，能否再回來，不過，不管將來怎樣，或去何處，千萬不要忘記國家對你的培養，做對不起國家的事啊。」

告別劉院長後坐車到北京，大弟來接車後將我直接送到協和醫院，經過詳細檢查，卻仍查不出病因，我很沮喪，電告劉院長這種情形，他也沒法，只好批准我回廣州靜養。

與婉容半年不見，一百多天的相思，再見真有恍如隔世的感覺。自從與她相識，這是第一次分開這麼久，那種刻骨銘心的思念和牽掛，令我倆都明白到，真的再也不能分開了，半年的思念已是如此的苦，如果一輩子不能相見無如置身地獄。

人家愛怎麼說就怎麼說好了，我們再也顧不得了，兩人商量再三，決定儘快結婚，這麼一決定心情整個放鬆下來，那塊壓在心中大石就讓它去吧。婉容還有一個星期畢業，勸我先回石碣休養兼陪伴母親，她隨後回來。

因為決定結婚，這次小別沒有造成多大傷痛，反而因為憧憬美好的將來而心情大好，但我回家後第一次向母親提出結婚要求就遭到她的反對，不是普通的反對，而是流著淚，沒有轉寰餘地的反對。

母親終於承認，因為叔公當年經營不善（儘管是無心的）間接害我小舅身亡，是她一生中永恒的陰影，不能忘記也不能原諒。而另一個原因，她很嚴肅的說：「你倆血緣太近，結婚的話，就算你們無視別人的非議，也會生下不健康的孩子。」

「那就不生小孩。」我說，義無反顧地。「除了我，媽還有三個兒子，怎樣也不會絕後嘛！」

母親卻硬是不肯答應。

我沒有公然頂撞母親，卻私下做了一切結婚的準備。我特意去廣州拜會了陳國楨教授，向他表示希望能回到中山醫學院做他的助手。心想若成功我使能留在廣州，與婉容長相廝守。

陳教授叫我略等數天，讓他安排。而此時婉容卻已由廣州搬回東莞姨婆家。在廣州苦等數天未得結果，我便暫時回東莞與婉容相聚，兩人都矢志要排除萬難結婚。我甚至構想如何安排我倆的居所，及接外叔婆同住等。

不久陳教授通知我有好消息，叫我赴廣州一行，我收拾簡單行李即時起程，心裏雀躍萬分，心想著待一切安排好，再回頭請求母親同意吧。

陳教授一見面便喜滋滋地告訴我，他已得到學院領導口頭同意回校做他助教，只等寧夏方面放人，便可辦理回校手續。我很興奮，不等手續辦完便馬上啟程回家，想著事已至此，母親大概不會再反對了吧。

但母親的反應卻很奇怪，沒有爭吵，沒有眼淚，更沒有明顯反對，只是淡淡的對我說：「如果你們仍然堅持結婚，我也管不了許多了。」神色很疲倦，很不對勁。

但我那管得了這許多，放下行李便直奔姨婆家，我迫不及待地要將好消息告訴婉容，還有我的好姨婆，我知道她老人家一定替我們歡喜。

姨婆開門，面上一點歡容也沒有。

我心知不妙，忙衝到婉容房間，空的，再去外叔婆房間，也是空的——是真的空，人不見了，衣物也不見了。

我像瘋了一樣搜查整間宅子，除了將在廚房幹活的福喜嚇了一跳外，什麼也沒有看見。

我頹然跑到姨婆面前，只覺渾身無力，手心全是汗，婉容母女為什麼不辭而別，她們發生了什麼事，我想叫，但叫不出聲，只一跤跌在臥椅裏。

「阿華，鎮定點。」姨婆望見我的慘狀，也是一臉惻然。

「她們去了哪裏，姨婆。」

姨婆眉頭緊鎖。「沒有用的。」

「告訴我，她們去了哪裏。」我重複著，心裏一片茫然。

「聽我說，沒用的，阿華。」

「告訴我，她們在那裏，到底發生了什麼事？」我閉上眼睛，又重複了一遍，只感到暈眩。

姨婆不做聲。

「姨婆——」我無力的叫，像那些瀕臨餓死的羔羊，絕望的。

姨婆終是拗不過我，告訴了我一個地址，我的親親好姨婆，從來就拗不過我。

我飛也似的直奔那個住址，原來就離我家不遠，屋子很小，但比我家新，我二話不說，嘭嘭嘭地就拍門。沒有動靜，但我不放棄，仍是用力拍，直到一雙手紅紅腫腫的，門才終於開了。

外叔婆站在門內，面無笑容，半掩著門，一點沒有請我進去的意思。

「外叔婆，您好。請問婉容在家嗎？」見她那副嘴臉，我不由得客套起來。

她慌亂地搖頭，嘴裏卻說：「她在，不過病了，正在睡覺，你不要吵她。」

「我不吵，我只進去靜靜看看她，行嗎？」我央求。

「不行，她說過不想見你。」斬釘截鐵地，沒半分回轉餘地。

「為什麼，外叔婆？」我問：「這一切到底是因為什麼，為什麼你們瞞著我搬走？為什麼婉容不肯見我？就算我做錯了什麼事，也請您告訴我，不要讓我啞巴吃黃蓮呀！」

「阿華，我現在什麼也不能告訴你——」外叔婆的表情緩和下來，聲音也軟了些。「自己多保重，再見。」說完就砰地關上了門，只將我一個人扔在門外，怔怔的，莫名其妙的，像一個呆子。

為什麼她說，我現在什麼也不能告訴你？我呆呆地想，話出必然有因，但，早幾天才和婉容信誓旦旦地訂下結婚計劃，為什麼她會忽然反悔，外叔婆打一開始不是贊成我們的嗎？為什麼翻臉不認人？任我抓破頭皮也想不出所以然。唯一的辦法只好回家去磨姨婆，對，姨婆最疼我，禁不住我磨的。我又飛也似的跑回家去。兩邊奔波，一身的汗，卻不知累。我在姨婆房裏找到了她，她正躺在床上假寐。

「姨婆，你那裏不舒服，是不是感冒了。」我自然地伸手摸她額頭，出自醫生本能。

她搖搖頭，「沒什麼，只是有點睏了。」

姨婆額頭涼涼的，溫度很正常，我放下心來。不過，如果沒病，為什麼大白天的躺在床上，我才不信她睏，姨婆從來不睡午覺的，我知道，事有蹊蹺。

「姨婆——」

「嗯。」她翻身面向床裏，一副不想搭理我的姿勢。

「我看還是幫您老人家檢查檢查吧。」我作回房間拿醫療工具狀。

「不，不用，」聲音忽然就大了。「你別吵我，讓我睡一會兒就好。」姨婆說，有點不耐煩。

她沒回答，但我察覺出她也在嘆氣，果真事有蹊蹺。我踅回自己臥房，發瘋一樣將莎士比亞的《殉情記》翻了一遍，我翻得飛快，但沒有看進去一個字。

我又胡亂翻看平日最愛的唐詩，但也一樣，什麼也看不見，我看見的只是一個冷酷無情的事實，外叔婆決絕的臉，和橫在我與婉容中間的那道牆。

她為什麼突然不肯見我？就算她不再想和我結婚，也不能這樣避不見面，不好好向我交代一下呀！

我知道如果我得不到答案，我永遠不會吃得下睡得好。我不在乎何時會餓死，憋死，或如何去死！老天爺，我一定要見婉容！

我出門的時候，天差不多全黑了，我慢慢地，腳下彷彿有千斤重量，向婉容新搬的家踱去，我沒有再嘗試拍門，因為知道拍門也不會有人來開門，我只是繞著那小小的宅子遊走，在每一個窗子下面低低訴說，想像婉容就在裏面。

「婉容，無論如何，發生了什麼事，請你讓我見你一面，好不好？」我說。

「婉容，你知道突然這樣避不見面，是如何的折磨我，又有多殘忍？啊，婉容，答應我──」我央求。

「婉容，只要你肯見我，我什麼也不勉強你，我會尊重你的決定，只求你見我一面，好麼？」我又說。

屋裏沒有光，沒有聲音，我心力交瘁地跪坐地上，雙手掩著臉哭了起來，我想起婉容在廣州送我到寧夏時那雙哀痛欲絕的眸子，想起臨離開廣州那晚，在她因不捨而哭得不可抑止時，我是如何抱著她輕軟的身子過了一夜？

想起才不過幾日前，她答應我求婚時是如何的歡喜甜蜜，我們又如何地陶醉那深深定情一吻中？我知道你是愛我的，婉容，但為何你要如此的折磨我們兩個？

我隱約聽到屋裏有人在哭，是那種細細的，被壓抑的嗚咽聲！我撕心裂肺的呼喚著：「好婉容，打開門吧，讓我抱著你！」

我不知道自言自語了多久，也不知道對著窗子呢喃了多久，只知道我的心正隨著時間的過去，被一刀一刀的切，一刀一刀的凌遲！

天濛濛亮的時候，我才帶著我那顆滴血的心，慢慢踱回家去。姨婆正在後院門前張望，見我回來，沒說什麼，只大大的吁了口氣。

我摟著她，眼淚撲簌簌地滾了一臉。為什麼？姨婆，為什麼她要如此對我？

姨婆也哭了，一邊拍我的背，就和小時一樣地撫慰我，雖然我現在已比她高出一個頭。

「姨婆——」

「別再問我，我的心會痛到受不了的。」我默然點頭，知道不能再勉強，與姨婆緊緊相擁良久，似乎這樣才能稍減內心的悲痛。

我躺在床上，輾轉難眠，夜涼如水，望著窗外淡淡的月光，想起往日和婉容在鳳凰樹下拜月的時光，多麼的淒美，如今我孤獨一人，卻無語問蒼天，往後的日子，又怎能獨自渡過……倒不如離開這煩躁的塵世，一了百了，免得再受折磨。把心一橫，一邊流淚，一邊寫信，一封給母親的，希望母親原諒我這不孝的兒子，希望不要為我悲痛。好好的活下去，將來弟妹們自會照顧她老人家。一封是給婉容的，說我不會怪她無情，只怪自己命薄。只望今世無緣，來生我能相聚。信寫好後，突然心裏輕鬆起來，迷迷糊糊地待到天明。

但我猶豫了，見不到婉容，在我走之前，我還希望能再見母親一面。我把信藏好，先回家再說。

但我仍不死心，勉強吃了早餐，又跑回婉容住的地方，這一回卻撲了個空，外叔婆讓我入門，裏面卻不見婉容！

「外叔婆，」我大叫「婉容那裏去了？」

「她不想見到你！」外叔婆那乾涸了的眼睛此時又充滿了淚水：「如果你還想她活著，那請你留給她一條生路——不再來找她！」

「我不懂。」我哀求。

「我們是窮人家，沒有錢再搬家，你來找她，她不能不到外面逃避，無法在家休息，只有死路一條！」

我頓時天旋地轉，面前一片黑暗，漸漸失去知覺，昏倒在地。

當我醒來時，我發現自己躺在我自家睡房的床上，床沿坐著焦急的母親。

「媽，怎麼我會在家裏？」我百思不解。

「你已昏睡了兩日兩夜，是我託人把你從醫院裏接回來的，外叔婆被你嚇呆了，現在還躺在醫院裏，孩子，你這樣任性，你不要媽了？」媽說時淚流滿面。

「媽，我對不起你。」我悲痛萬分，再細看母親，駭然發覺才幾天功夫，她整個人瘦了一圈，白頭髮也驚人地冒了出來。本來只在頭頂才有的稀疏的白髮，現在竟蔓延到兩鬢來。這是怎麼一回事？母親應該還不到五十歲嘛，為什麼——是因為我平日沒有注意到？還是因為操心我和婉容的事？

我呆呆地看著她，心裏模糊地想，如果我告訴母親，我和婉容之間已經完了。她會不會開心起來？如果她知道此刻我的心有多痛，她還會一樣開心麼？要是她知道我要永遠離她而去，她還能活下去麼？我真不敢想像。我心軟了，不！我可憐的母親，我不能太自私，我決不會捨棄你！培根說過：一切真正偉大的人物，沒有一個是因為愛情而發狂的人，因為偉大的事業抑制了這種軟弱的情感。

「阿華，你餓了吧？」娘輕聲說：「我去廚房盛一碗粥來，你先休息一會！」

我答應著，望著她憔悴不堪的臉，說：「媽，你怎麼瘦了好多。」

「噢，我沒什麼，只是剛剛病了一場，加上診所忙，沒有足夠休息，才——」她望著我好半晌，說：「倒是你瘦多了，眼睛全是血絲，不能再這樣下去了。」媽說時，話裏充滿了嘆息。

「媽，別擔心，有事我會知道小心的，我想是這個月來回奔波累著的。」我刻意迴避婉容的名字。

她忽然輕輕笑了起來。「你看我，竟然忘記你也是醫生了。」然後她到廚房端出一碗熱粥，讓我吃下，頓時感到身上有一股暖流在流動著。

她笑得更起勁：「家裏沒什麼好吃的，你先歇，我到菜市場轉轉就回來。」

「不，媽，您一個星期才這天休息，別太勞累了，我這裏還有寧夏寄回來的糧票和菜票，等弟妹們回來後我們可到外面吃一頓。」

「那也好，他們很快就回來了。」

當晚除了遠在北京求學的大弟，我們一家人高高興興地去外面吃了一頓飽的。弟妹們都興高采烈，我亦感染了一家團聚的歡樂。但仍遮掩不了我心中的傷痛。

但儘管我強顏歡笑，母親仍是看出來了。每次她問我，我都藉著和弟妹們去玩來擋開，週末一過，弟妹們全都回到學校去，家裏只剩下我和母親，知道再也躲不過了，便告訴母親，我要走了。

母親一臉難捨神色，「我今天特地請了半天假，想弄點你最喜歡的菜給你吃的，你卻又要走了——」

「我明早再走，今日閑得慌，我陪您去菜市場，然後送您去診所看病人，我來預備今晚的飯，好不好？」

「你會煮飯嗎？」媽白我一眼，但臉上已全是笑意。

「這幾年在外面練出來的，但煮的當然沒您煮的好吃。」我笑笑說：「要試試麼？」

傍晚，母親回來見桌上擺放的全是她愛吃的菜式，還未吃，眼圈已自紅了。我的心也隱隱作痛，我這樣一回來，可能把家裏的菜票都用光了。

那晚我見母親那麼高興，我們都避開提到婉容的名字。

噢，婉容，你將我的心戳得好痛。

翌日我送了母親到診所，預備到廣州找陳教授商談關於回校的事，途中卻不禁想到，沒了婉容，一切都已無意義，我又何必急急趕到廣州？

那麼就回到姨婆身邊盤桓幾天吧，姨婆只怕我向她追問婉容的事，那裏會來煩我？好，就這麼辦，決定是決定了，但雙腳就好像有它們自己意志力一般，我竟然過家門不入，又繞到婉容居住的小屋前。

我沒多考慮，便伸手拍門。心底有個聲音說：「不要放棄，要問清楚，當然，」我忘形地叫出來，將開門的外叔婆嚇了一跳。

這陣子真像撞了邪，為什麼每個人都看來形容憔悴。

「外叔婆——」我震驚於她的樣子，卻仍結結巴巴的：「可以讓我進去麼？」

「不是不可以，但婉容不想見你。」她望了我一眼，說：「你走吧，阿華，不要再來找她了。」

「為什麼婉容不想見我？」我強迫自己問。

「因為——因為她已答應和別人結婚。」外叔婆的神色好奇怪。

我猛地往後跌了一步，震驚至極。婉容要和別人結婚，那怎麼可能？她不是有言在先，答應嫁給我的嗎？才短短幾天間，怎麼忽然就變了，這到底是怎麼一回事？

「她答應嫁給誰，外叔婆？」我拼命要自己冷靜，別將外叔婆逼得逃回屋裏就可。我甚至打量她站著的位置，衡量我推開她，硬闖入去的可能性。

「她以前的同事，姓黃的，一直在追求她，你不是也知道的麼？」她答得很流利，真的太流利了。

「但——」我忽然間燃起一絲希望，「她不是一點也不喜歡這個人嗎？不！怎麼會是他，不會的！是不是我那裏開罪了她，她故意讓你這麼說來氣我的？」

「我不知道，也許她改變了主意——」外叔婆避開我的直直的目光，說：「你知道，女孩子家改變主意是很平常的。」

荒謬！我想大聲說，但忍住了！一向擇善固執，凡事認真看待的婉容會在婚姻大事上如此輕易改變主意！我不信，殺了我也不信！

多牽強的說詞！但我要忍耐，是的，要忍耐，絕不能壞了大事！

「外叔婆——」我深吸一口氣，冷靜下來才說：「也許是我什麼地方做錯了，令你及婉容都誤會了我，可以讓我見婉容，親口對她解釋清楚麼？又或者，如果你們有什麼難言之隱，也請務求告訴我，讓大家一塊來商量解決，好不好？外叔婆，求求你——」

她很快地轉過頭去，但我已瞥見她雙眼有淚光。對，我猜對了，她們是有難言之隱，但到底是什麼難言之隱？

「外叔婆——」我哀哀地叫，天可憐見，幫我打動她，請幫我打動她。

「不要再問了，你走吧！」她想關門，但我衝前阻止，「你再說什麼都沒有用的。」

「告訴我為什麼，外叔婆！」我用肩膀頂著門，但不敢太用力，怕推跌了她，只是剛好不讓她將門關上，「請看在過去情份上，就坦白告訴我，為什麼，不要讓我悶在葫蘆裏受折磨，請您——」我忍不住哽咽。

「阿華——」她也動容了，雙目含淚，久久不能言語。

「外叔婆，你一直疼我的呀，為何如此絕情對我？」我不爭氣的眼淚終於順著面頰流了下來，流了一臉。

「阿華，你這孩子，你這是何苦？」外叔婆用自己袖子替我抹眼淚，一邊抹自己的。

「求求您，外叔婆，請讓我見婉容，要不，請讓我明白為什麼——求求您！」我嘶啞著聲音，哭至不能自抑。

她抽噎著，許久不能言語，我慢慢將頂著門的手放開了，知道事情已到了最後關頭，我不敢稍動，怕打擾了她，因為我從她表情看來，知道她正在和自己掙扎。

「阿華」，過了不知多久，她說，聲音很輕，輕得像給風一吹，就會被吹走一樣，「想知道為什麼，回家去問你母親吧！」

我的腦嗡的一聲響，忽然想起母親最近那滿載愁容的臉，還有母親的突然變得似乎藏有秘密的眼神，然後我又想起姨婆的反應，姨婆的那句——兩難呀，老天爺，我怎麼恁地笨！

「好好保重，忘記婉容吧，阿華。」外叔婆趁我楞在一旁的當兒，關上了大門。

我回身就跑，甚至忘了拿行李。我要回家找母親問清楚！噢，我摯愛的母親，你竟如何傷害我！

我一口氣趕回家，家裏靜悄悄地，誰也沒回來。我去澡間梳洗了，回房去看書，看不進去，想睡一會，卻又睡不著。我就像被困在籠裏的獅子，渾身焦燥不安。

好不容易挨到天差不多全黑了，才見母親拖著疲憊的身子回來，我只在廳裏留了一盞小小的夜燈，靜靜地坐在昏暗的燈光下等她。她進來扭亮了大燈，自言自語道：「怎麼這麼靜，又這麼黑——」這才瞥見我在，嚇得臉色發白。

「你怎麼回來了！」她說，滿臉訝異之色。

我站起來，直視她的眼睛，「我有話和你說，媽。」

她望了我一會，且不說話，自去倒了茶，又問我：「你要茶麼？」

我搖搖頭。「我吃過了，也喝過了，鍋裏還有一碗飯，是留給您的——」我頓然想起這次回來的目的，不禁失聲。

「坐下來，先不談吃的，」母親坐下來，呷了一口茶，似乎洗去了一些疲累，說。

「媽——」我依言坐下，本來滿臉怒火在見到母親因長期操勞的，比實際年齡老，也顯得疲累的臉容後，忽覺不忍，頓住了要質問她的話。

她細細地打量我。「你什麼都知道了？」她淡淡地問。

我點頭，沈重地，如我的心。「媽，可以告訴我，當前些日子我人還在廣州時，您背著我做了些什麼？您說了什麼話，做了什麼事，令婉容堅決不見我？」

「我沒有做什麼，只是將實情告訴了她而已。」她的聲音很平靜。但就是平靜，令我再也忍耐不住。為什麼始作俑者的姿勢可以如此輕鬆，而我這個受害者卻備受煎熬？憑什麼？

我倏地坐直身子，聲音提高了。「親愛的母親，讓我告訴您，因為您天下無雙的口才，我此刻變得生不如死，您知道麼？我不是一直和您說，我的生命中不能沒有婉容麼？您為什麼不肯相信我，而要背著我擅作主張？」

我譏諷語氣令她機伶伶地打了個寒顫。二十多年來，自我出生到現在，我從來沒有向她說過一句重話，給她看過一個臉色，話一出口，卻再也收不回來。

「你問我為什麼？因為你是我的兒子。」可惡，她為何仍能如此平靜？「你叫我如何眼睜睜地看著你做錯事，受別人白眼又不容於社會？而我這個做母親的袖手旁觀？我做不到！」聲音終於大了起來。

「你為什麼要考慮別人怎麼看我，社會怎麼不容於我，而不去考慮我的感受？我不在乎什麼別人，或者社會的反應，我在乎的是婉容，是我的感情，你知道嗎？」我大吼，「為什麼您就不能尊重我自己的意願？為什麼您不肯從我的角度考慮？為什麼您要替我作主張！為什麼要干涉我的感情生活？」

母親見我這樣指責她，先是呆了呆，然後渾身顫抖起來。「你爸不在，我不理你，誰來理你，阿華，你說！」

「但您為何就不能先問問我的意見，而是自作主張，獨斷獨行？」

「你敢說我不問過你的意見？」媽尖著嗓子說，「可是你總是迴避問題，你肯跟我好好談談這個問題嗎？一次也沒有！」

我默然，想不到什麼可以反擊母親的話，在這一點上她沒錯，是我，是我一直不肯正視這個問題，是我不肯和她好好商量。

但，我早已過了二十三歲，我早已是成年人呀！我用雙手掩著臉，心中又氣又痛又急，卻再也哭不出來。這兩天，我的眼淚早流乾了。

「阿華，媽也是為你好，你知道麼？」媽放軟了口氣。

「不，您那裏是為我好，您分明因為恨外叔公，連帶也恨婉容，排斥她！」不知怎的，我的話裏充滿了惡意的扭曲。而這些惡毒的話馬上起了作用，媽的臉倏地變了顏色。她瞪著我良久良久，張開口想說什麼，但沒能說出來，眼淚卻撲簌簌地流了下來。

我知道我的話刺傷了她，但她的所作所為豈不將我刺得更傷更重，我的心一直在淌血！

「為了婉容，你就如此恨我？」她抽抽噎噎地說。

「我沒有！」我跳起來衝到門邊，不知怎的衝口而出：「我想恨我的是您，不然您怎麼如此對待我！」說完我頭也不回地衝了出去，不敢也不肯看母親的臉色。

我當時氣瘋了，只想用盡我所能想到的，最惡毒的話去發洩心的忿恨，內心深處當然知道自己是錯的，過了許多許多年直到現在，我仍在祈求和希望，當時氣極的我可以管住自己的舌頭，沒有說出那些可怕的話，儘管母親早就原諒了我。

那是我生平唯一一次對我母親惡言相向。現在想來才知自己笨，失去婉容本已夠痛，因失控而令母親傷心更使我痛上加痛，是痛悔的痛。

衝出家門後，才想起不能回姨婆家，姨婆已年過七十，我何苦去刺激她，令她傷心？我要逃，逃去哪裡？要挖個地洞躲起來？或可憐地東躲西藏？但我知道，無論逃到哪裡，心還在牢裏呢，記得呂洞賓在廬山仙人洞題詩云：「丹田有寶休尋道，對境無心莫問禪」，即使逃進深山老林，逃去泰山仙人洞，真能擺脫那心靈的枷鎖嗎？……

我思前想後，最後我決定連夜趕去廣州，住在一位姓袁的長輩家裏，他們家住在西關上九路，有公共汽車直到中山醫學院門口。袁伯伯是我父親生前最要好的朋友，投靠他諒必會被收容，但我怕現在正是困難時期，他們沒有多餘的糧食來供應我。我只好央求香港舅父他們按時託人帶食物到袁家，暫時解決目前的困境，我要想想將來沒有婉容在身邊的日子，好好想想我不敢想的將來。

那一定是一長串灰暗而沒有明天的日子。

袁家的唯一兒子遠在武漢求學，家中就只剩下兩老，對我這個不速之客格外表示歡迎，尤其當他們知道香港方面會託人按時帶食物回來而不會為食物缺少而擔心時，更是大喜，見我臉色不佳也不多問，只囑我不要見外，將他們家當作自己家就好。

我安頓好後，情緒平靜下來，開始挑燈寫了一封長信給母親，我請她原諒我的出言不遜，並告訴她我會試著在廣州留下工作，而最重要的，是請她轉告姨婆知道，我一切安好，勿念。

在袁家生活很平靜，白天跟陳教授去學校幫忙，主要是替他參考一些外國醫學文獻，晚上回到袁家和兩老閑談家常，如果不是思念婉容那椎心的痛，日子是可以過下去的。

然而生活並沒有平靜多久。有一天袁家夫婦被邀請去參加某個朋友的壽宴，竟然非要我同去不可。我推說不認識主人家，但他們一口咬定我必定認識，我說我未備壽禮，他們卻說早就為我準備好了。

我終於拗不過袁家兩老，跟著他們去赴宴，儘管他倆神秘兮兮的臉孔，使我滿腹疑團，但無論如何，人家總是好意，我想，何必掃人家的興。

壽筵排場不小，雖然總共不過筵開兩席，卻是在當時困難環境下算得上闊氣，昂貴的菜色，赴宴的人也大多衣著光鮮，談吐間顯出是有識之士。

主人家是位名中醫，姓鄺，名字我是聽過的，看來與袁家夫婦很相熟，一逕過來敬酒，聊天，當然我也被介紹認識。

鄺醫生的女兒名美玉，長得俏麗可人，樣子很有點眼熟，尤其是她笑時在頰邊浮現的兩顆小梨渦，更令我有似曾相識之感。

她倒很大方，隨她父親來敬酒時踏到我面前，衝著我甜甜一笑。「方大醫生，怎麼不認得我了？」

我怔了一怔，當下確定我以前真的見過她，但為何竟記不起她的名字？我急得漲紅了臉。

袁伯伯在一旁忙打圓場，「你呀，不記得別人，也該記得我曾為你大破慳囊呀？」逗得袁伯母和美玉都笑了。

我真是呆到家了。原來袁家倆老一心撮合我和美玉，在我去寧夏前曾特意請我一起吃茶，還請了美玉作陪，那才不過大半年前的事，竟然就不記得了，真是的，其實這也不奇怪，我的腦子裏本來就是全讓婉容的倩影給填滿了的，那裏還會想到別的女孩！

我現在全想起來了，當晚的美玉笑靨依舊，頭髮卻完全變了樣，怪不得我一時認不出來。我甚至記得她好像對我很有興趣，晚上不斷逗我說話，是個愛笑而又直率的姑娘。

我趕忙向她伸出手去，笑說：「別怪我認不出你，是因為你將頭髮剪短了。」

她嘻嘻笑，瞅著我說：「你運氣好，我剛剛剪短頭髮，倒給了你一個好藉口下臺，下次見面再認不得我，我可就不饒你了。」

每個人都忍不住莞爾，袁伯母更不知何時著人在我身旁加了個座位，硬要她坐在這桌，說她是開心果，想認她做乾女兒。

美玉很爽快，當下就左一聲乾爹，右一聲乾娘的叫，逗得兩老笑得兩眼瞇瞇的。這幾年來我早已習慣了婉容的含蓄和婉約，事實上除了她，我從未容許自己和其他年紀相若的異性如此相近，更遑論是如此明艷動人的美玉。

美玉很健談，我們由中西醫的區別，一直聊到中國古代歷史，然後不知怎的，話題就轉到名勝和旅遊勝地方面。

「你在廣州讀書，一定對廣州很熟悉咯？」美玉問我：「能夠介紹好玩的地方給我麼？」

「阿華最愛遊山玩水了，」袁伯伯很快接口。「只要他不去學校，倒是總愛到處去，我好幾次叫他寫信去寧夏請求轉回來工作，他也總是滿不在乎似的，有一次還硬將我們兩個老傢伙拉去逛烈士陵園，走得我們兩副老骨頭都快散掉了。」

「還說呢？」袁伯母接著笑說：「回家後我兩腳都起泡了，你們兩個還直嚷好玩。其實呀，這種活動只合年輕人去玩——玩。噢，對，阿華，你有空就帶美玉去玩吧，保證比帶兩個老傢伙玩得痛快！」

我笑了笑沒做聲。倒是美玉問我：「聽人家說東湖好美，是不是？」

提起東湖，心中又是一痛，因為想起最愛和我泛舟東湖的婉容。這輩子，我們還有機會一同泛舟麼？老天爺，為什麼我又想起她，我可不可以不想她！

「鄺小姐，如果哪天你有空，我可以帶你到東湖一遊。」我說，也許美玉能助我將婉容逐出腦海，我想。「東湖風景很美。」

「真的？那我真的等不及了，就明天好不好？」她很雀躍。

「好，你住哪裏，我可以來接你。」

「不用這麼麻煩，我從家裏坐巴士到你醫院很方便，不是說東湖就在你們醫院附近嗎？」

「好的，明天中午十一點，我在醫院正門等你，好嗎？」

「嗯。」她笑得很開心。

回家路上，袁家二老一個勁兒地在我面前誇讚美玉，說她聰明，漂亮，又直爽，而最重要的，是她對我有意思。

「你們怎能這樣快就下判斷呢？」我說。

「哎呀，你忘了上次我們故意為你安排那次——」袁伯母說了一半，頓住了，然後忍不住笑。

「看，我自己全——你不怪我們多事吧！」

我笑笑沒接話，只是苦笑。「當然這次也是故意安排的，哎，說真的，阿華，你對美玉印象怎樣？人家上次見過你後卻是一直打聽你的事，很有心的呢。」

袁伯伯很快地向伯母打個眼色，大概想阻止她往下說，她卻白他一眼，自顧自往下說：「你怕什麼，就算我不說，像阿華這麼聰明的孩子，難道自己看不出來？」

我仍是不說話。

「阿華——」

「別逼他，」袁伯伯說：「年輕人自然有他們的想法，有意思的話固然好，沒意思的話，將兩個人用繩子綁在一塊也不行，你說是不是，阿華？」

我向袁伯伯投去感激的一瞥，仍沒接腔，我在心裏問我自己，美玉好不好？答案當然是好的，但說到有沒有意思，卻又嫌太早。因為心裏仍盤踞著另一個人，談什麼有意思沒意思？

不過若拿婉容和美玉外貌來比較，倒也滿有意思的，婉容的美是嬌弱的，溫柔的，像林黛玉；而美玉的美是明亮的，端莊的，如薛寶釵。

單從外貌來評分，兩人是旗鼓相當的。但，我心目中摯愛的林黛玉，又豈是寶釵姐所能完全代替的？我忍不住嘆息，今晚，就試著讓另外一個人也來侵入我的夢境吧。

翌日見到美玉的時候，太陽在頭頂曬得正猛，熱得人發昏，可是美玉顯得那麼輕靈瀟灑，神采飛揚，她似乎從頭到腳都是快樂的細胞，深深地感染著我，使我有一種神心蕩漾的感覺。

我突然感到有點肚餓，摸摸口袋裏還有兩張寧夏帶回來的糧票，便提議先去吃點麵什麼的，然後再慢慢踱步去東湖。

美玉欣然同意，於是我倆去學校附近吃了湯麵，又坐了好一會兒，才順著東山往東湖走去。這兩天雖然熱了點，卻是難得的晴天，這陣子連著綿綿細雨，人也變得沒精打采起來。

走了沒多久，美玉的鼻端便開始細細地滲出了汗水。我擡頭望了望天，說：「老天，這太陽恁地厲害，大概蟄伏久了，想顯顯威風吧。」

「哎，不能罵它，小心它一生氣跑掉，我們又得在雨霧霏霏中過日子。」美玉誇張地皺皺鼻子：「別說衣服多天不乾，人也變得發黴了！」

她邊說邊拿手巾抹汗，臉上卻是美意盈盈的欣然，我不由得又想起婉容來。她最怕太陽曬了，在這種大太陽下走路，不早撐開洋傘才怪。

「你在想什麼？」美玉側著頭望我。

「我在想你這麼愛曬太陽，為什麼臉上會沒有雀斑。」

她停住腳步，將臉湊近我，近得我能聞到她身上的淡淡香氣，「怎麼沒有雀斑？你是瞎了不成？」

我湊趣向前細看，果然在她鼻梁上發現兩點小小的雀斑，如果不是從近距離看，根本看不出來。她從我恍然表情知道最終她是對的，得意地向我揚揚嘴角，好像是說：「看，是你的眼睛有問題，可是？」

我被她稚氣表情逗得大笑起來，在耀眼太陽底下。這才發現這一個多月來，我根本就沒有暢快地笑過。好吧，難得這小妮子能逗我笑，就開心暢快地笑一天，玩一天吧！

經過賣冰棒小販的攤子前，她說：「我要吃冰棒，你要不要？」說著伸手往口袋掏錢。我這才發覺她穿著很隨意，一套鵝黃色運動服，錢包也沒帶。

我要兩條，一條檸檬味道，一條草莓味道的。

我照著她要的買了，另外給自己選了一枝橙味的，饒有興趣地看她一眼。

「看什麼？」她瞪眼，「不捨得出錢，我來付好了。」話未說完自己先笑了。「喂，我改變主意了，我還要一條橙味的。」

我瞠目，話未出口，她又接了上來。「喂，小氣鬼，你到底買不買？」

「買，我怎能不買？」我將盛冰棒的紙袋從小販手上剛接過來，她就「搶」去一支，我說搶，是因為她動作太快，用「搶」代替「拿」形容才得貼切。

她動作快，吃得也快，兩支冰棒不一會全被舐進她肚子裏，而我才剛剛吃完一支。我將最後那支冰棒遞給她，剛想取笑她，小心壞肚子，她卻搖搖頭說：「不，我夠了。」

「那為什麼你——」

「哎，你先想清楚再罵人好不好？」她撒嬌地笑：「你如果不想吃掉它，可以扔掉呀！」

我使命瞪她，「你還說呢，你知不知道：現在全國只有在廣州才可以在街上買到冰淇淋！」一邊忙著將冰棒往嘴邊送，開玩笑，這麼熱的天，只吃一條冰棒那裏過癮，叫我扔掉？真是的！我一口咬掉半支冰棒，才察覺滿嘴橙香，這小妮子卻早在一旁笑彎了腰。

好傢伙，她原本就為我預備的！

再往前走沒多久，眼看東湖在望，美玉卻又要先停下來歇歇。

「馬上就到了，進去再歇不行嗎？」我奇怪地問。

「不，進去人一多，魚都跑光了，那我餵什麼？」待行到湖邊她在口袋裏左翻右翻，翻出幾個小饅頭來，像變戲法一樣。

「哇，這麼好的饅頭，你用來餵魚？」

「別吵，都是吃剩的，吵什麼吵？」她嘻嘻笑，玉手一翻，將一個饅頭拋在湖中，剎那間群魚爭食，煞是好看。

我等著她將其它的也拋下去，她卻好整以暇地坐下來將饅頭小心地在手心揉碎了，才一小撮一小撮地拋下湖餵魚，她的模樣認真而專注，不像在餵魚，倒像在進行什麼大事。

我凝望著她的側臉，這才發現她的側臉好美，尤其是她偶然抿著嘴唇，頰邊梨渦乍現的時候。就像現在，她望著跳躍的魚兒，自顧自抿嘴微笑的表情，那種專注而又簡單的快樂，撼動了我的心。

我看著她撒下最後一把饅頭碎，再拍拍手，將手心的渣滓全拍掉，才轉頭望向我，非常惋惜地。

「走吧，沒有了。」

我卻出了一身冷汗，現在是困難時期，大家都吃不飽，她卻拿饅頭去餵魚，被人看見不把人氣死才怪！

「早知道你這麼愛餵魚，剛才我們吃剩的湯麵就應該打包帶來——」我笑說，想取笑她，也感染了她的快樂。

「打包？我們有吃剩的麵條嗎？」她說，然後才發現我在故意逗她，橫了我一眼說：「對，我們應該將喝剩的湯帶來給魚兒喝。」

「那只能帶你喝剩的，我的那碗卻是碗底朝天，一滴也沒剩。」她嘻嘻笑。「對呀，下次一定要記得帶。」

「真的帶湯餵魚？」

「你說的呀！」她抿嘴笑，望著我說：「知道嗎？如果不板著臉，你這人倒滿有趣的。」

「我有經常板著臉嗎？」

「怎麼沒有？昨晚大半個晚上，還有第一次見你那天，你都是凶凶的板著臉，好討厭。」

「你說什麼？」

「我說你好討厭？」

「如果我這麼討厭，為什麼要跟我出來？」我笑，幾乎是開懷的。

「你看，說你討厭嘛，可真的討厭！」她笑著打了我一記。「走吧，你看你只顧說，天都就快黑了。」

我不禁莞爾。第一，半途要食冰棒，要餵魚的是她，她卻怨我說話耽擱時間；第二，現在正近黃昏，天空一片絢爛的紅，美得很，她卻說天快黑了。好個強辭奪理的妞兒。

「走呀，你盡在傻笑什麼？」她凶巴巴地。

看，強詞奪理的人居然開罵了，傻笑，形容我傻笑，這還是頭一遭被這樣的形容詞套上。

我衝動上前一把抓住她的手，只覺她的手溫厚舒服，就像她的笑容一樣，這是自認識婉容以來，我第一次主動碰觸另外一個異性。

還記得第一次握著婉容的手，她那羞澀又甜美的表情，而這位鄺小姐的反應，卻是坦然和開朗的，她當下用力地甩了我的手兩下，笑說：「你看天的顏色多美！」

「天有顏色？」我忍不住逗她：「你不是說快天黑了嗎？怎麼會有顏色？」

「你呀，少擡點槓行不行？」她用力一掙，佯作生氣，但我不給她掙脫，仍然握著她的手，如果她的手能夠驅走我心中的痛，我再也不會放開。

我們手牽手沿湖邊散步，一邊絮絮地聊著一些身邊的瑣事。然後聊著聊著，我向她說起婉容來。她靜靜地，專心聽我訴說，眉頭皺得好緊好緊。

「你就容得她這樣一直拒不見你的面麼？」等我告一段落的時候，她問。

「你問得倒奇怪，她硬是不肯見我，我有什麼辦法？」「如果我是你，我撞破門也要與她當面說清楚。」她直直地望著我的眼睛。「我是說真的，我最受不了悶葫蘆。」

我想著她的話，半天沒作聲，我在想我是有兩次撞門硬闖的機會，但卻讓我錯失了。因為我覺得婉容是勉強不得的，別看她外表柔弱嬌美如林黛玉，內裏可是倔強得很。

我不得不承認，一向是我遷就她，不是她遷就我，儘管她大多時候表現得如小鳥依人，可是我真的不介意遷就她，如果可以，我願遷就她一輩子，愛她一輩子。

「還在想著她？」美玉在一旁輕輕地問。

當然，我不能不想她，但我真的希望能夠不去想她。我的心好痛好痛，我不要再想她！起碼在目前這一刻。

「我們去坐船好嗎？」我說，未等她答話，便拉著她往租船地方走去。今天，既然我破例拉了她的手，再破例與她泛舟共話又如何。既然破例，就破例到底吧！排隊租船的人很多，等我們終於上船的時候，天真的差不多全黑了，還開始下起毛毛雨來。

「都怪你，好端端地一早罵太陽，看，都快將它罵跑了。」美玉嘟著嘴抱怨，人卻搶先在船頭坐下，一臉的興奮。

「如果雨下大了船會沉，你怕不怕？」

「要沉和你一起沉，怕什麼？」她嘻嘻笑。「排了這麼久，叫我放棄不坐船才真是笑話。」

我擡頭看看天，雖然下毛毛雨，卻並沒有黑壓壓的烏雲蓋頂，知道應該不會猛然變大雨，一笑拿起船槳來。

「讓我先來，好不好？」她的聲音有出奇地輕柔。

「你會划船？」我大奇。

「還不太會，不過我想試試。」

我依言將槳遞給她，她專心的划了起來。她划得很好，很穩，不是她所說的不太會。我搖搖頭笑了，這小妮子居然也有謙虛的時候。

天慢慢地暗了下來，而毛毛雨也似乎越下越小，有止歇之意，雙槳早已換到我手中，本來絮絮不休和我談話的美玉忽然靜了下來。我見她擡頭看著月光出神，似乎在想心事。

「月亮一露面，大概就下不成雨了。」我說。

她輕輕的嗯了一聲，沒答理我，仍在望她的月光。

「你有心事麼？可以告訴我，你正在想什麼嗎？」

「我在想你。」聲音不帶一點笑意。

我心突地一跳，但強笑著說：「我就坐在這兒，用得著想麼？」

「當然要想——」她將目光從月亮那兒轉到我臉上來，臉上神色有說不出的溫柔，「我在想——我以後是不是永遠能像今天一樣，和你一塊坐在船上聊天——」

「那當然不可能，」我的反應倒快，趕忙顧左右而言他。「我要上班，你始終要回自己的家，當然不可能。」

她輕輕點點頭，「嗯，等我幫叔公收齊了租金，過幾天就要回石龍去了。」

「等你下次再來收租，我可以再帶你去玩。」話說得很明白，我一點沒表示挽留她。

她望我一眼，似是明白，又似是不明白，嘆了一口氣說：「你今天和我出來玩，開心嗎？」

「開心！」我不能瞞她。「甚至可以說，近期從來沒試過像今天一樣開心。」

「那就好，就怕只我一個人開心，而你只是勉為其難的陪我，就不好了。」語氣好奇怪。

「不會，我真的很開心。」

「你開心是因為我會逗你笑，還是只因為有我陪著你？」她說：「袁伯母告訴我，你最近都不肯與人交往，總是自己一個人躲在房裏。」

我笑了，正考慮著如何回答她的話，她卻又說：「如果婉容以後再也不理你，你肯對我好，就像對她一樣嗎？你會愛我，就像愛她一樣麼？」

我在黑暗中凝望她的俏臉良久良久，想從她臉上發現一些玩笑的表情，但沒有。老天爺，她是認真的，如果她不是在演戲，故意耍我的話。

「我不知道。」我長長的嘆氣。我是真的不知道。美玉是個好女孩，她人艷如花，純潔可愛，既然我的心已為別人所占有，不可能全心全意的愛著她，這對她太不公平了。我不能也不想欺騙她。

更何況，太快了，一切發展得太快了。令我措手不及。在婉容仍然盤踞在我心中的今天，我沒有資格對任何一個女孩子言愛，雖然也許在此時此刻，顯得殘忍了些。

「你永遠都不知道麼？」她毫不放鬆，「你什麼時候會知道呢？」

「我知道的時候，會告訴你，好麼？」我柔聲說。

「那你現在可有一點點喜歡我麼？」她又問。

「你可以不再向我發問嗎？」

「你如果肯回答我這個問題，我就不會再有問題。」她撅起嘴，向著我嗔道，滿臉孩子氣。

「我當然喜歡你，而且不止一點點。」她很可愛，這是事實。

「沒有騙我？」她湊前誇張地端詳我的臉。

「怎麼又有問題了。」

她忍不住笑了。「好，就當你沒有騙我。」

「我是沒騙你。」

「我很高興你這樣說。」

「我也很高興有你和我共渡這一天。」

「明天呢？」

「如果你不反對，明天我再帶你去玩。」

她笑得很開心，朝我伸出小手指頭：「一言為定。」

我伸手與她勾了勾手指。「好，一言為定。」

我們玩得很盡興，送她回家的時候，已是晚上九時多了。她父親來應門，看見我，笑著讓我留下喝茶。我本不好意思打擾，但拗不過他，只好隨他到廳裏坐下。

廳裏茶几上擺了一副未下完的棋，旁邊剛有一本棋譜。我忙過去研究那盤未完的殘局。對我來說，除了詩詞歌賦，象棋無疑是我的最愛。

「聽你袁伯伯說，你的棋下得不錯，我們來一局如何？」等美玉端上茶來的時候，鄺伯伯笑瞇瞇地問我。

我頷首，兩個人就埋首大戰起來。美玉顯然對象棋興趣不大，在一旁直打呵欠，鄺伯伯便笑著趕她，「先去睡吧，客人我會幫你招呼。」

她遲疑地看我一眼，我說：「別客氣，下完棋我自己會走。」

「那明天——」

「明天接近中午的時候我會來找你。」

她滿意地笑了，向我們道了晚安便先回房去睡。

這一盤棋下得很過癮，因為鄺伯伯的棋力與我非常接近，殺起來很夠意思，不像和其他人下那樣，我常贏，而且贏得太容易。

而這一局，我竟然輸了。「再來一局，好不好，鄺伯伯？」

「好，當然好，可是你回去會不會太晚了？」他看看牆上的鐘，看來也是心癮難熬。

我笑。「沒問題，就多下這一局好了。」

第二局廝殺下來，我反敗為勝，贏了。他呵呵笑：「好小子，真有你的！今晚我們打成平手，明天

「再來一決高下如何？」

我答應著，然後向他告辭，他很客氣，直送我到大門口。「明早睡夠了再來，今天看來你也累了。」他很體貼。

我笑著點頭。

「噢，我忘了告訴你，記得要空著肚子來，我家阿四可是做得一手好菜。」他又叮嚀。

「好的，明天見，鄺伯伯。」

「明天見。」

這一天從早到晚的玩，實在是累了。這一晚，我一倒上床就睡，睡得昏昏沉沉，一直到太陽高高掛在天上才算睜開眼睛，感謝老天，是夜酣睡竟然無夢，是我真的看開了，還是美玉的功勞？

我梳洗完畢便往外跑，在廳裏正在看書的袁伯伯看見我，笑說：「氣色好得很呢——好好玩，今天晚上不用等你回來吃飯咯。」

我含糊答應著，心裏想著他說的話，卻原來我這兩天的一舉一動，人家都看在眼底呢！不過，袁家兩老當然是善意的，我沒抱怨的份。

鄺家工人老四炒菜功夫果然一流，幾道帶上海風味的小菜炒得比外面館子的還好。我胃口大開，連盡三碗飯，逗得美玉一個勁兒抿嘴笑。

「吃完飯，你們想到那裏玩？」鄺伯伯問。

「我們去看電影，好不好？」美玉興致勃勃的問我。

我說好，鄺伯伯卻在一旁搶著說：「看電影還早，我們先下一盤棋如何？」

我當然不能說不，何況我本來就愛和他下棋，鄺伯伯向美玉伸出一根手指。「乖女兒，就只下一盤，怎樣？」

美玉笑。「下兩盤也沒問題，爸，不過，今天可不能和阿華談那個。」

「什麼那個？」我問。

「詩詞歌賦呀！」美玉嘟著嘴，兩旁梨渦乍現，那模樣真是俏美。「他呀，一談起宋詞唐詩什麼的，一定沒完沒了，我們今天晚上也別想出去了。」

鄺伯伯呵呵笑。「別管她，阿華，我們來下棋。這小妮子就和她媽一樣愛嘮叨！」

兩局棋下來，仍是一勝一負，打為平手。鄺伯伯不斷地誇我的棋藝，因為他說能贏他的人並不多。

「再下一局怎樣？」我笑說，看得出來他意猶未盡。

他瞄瞄美玉，大搖其頭。「我那裏敢讓我寶貝女兒多等，儘管出去玩，今晚回來我們再下棋。」說得我們都笑了。

我和美玉連看了兩場電影，又去逛了一會公園才送她回去。美玉很健談，一直絮絮地和我談她的家人，她賢良的母親，美麗活潑的妹妹，與最疼她的父親等。

「看得出你爹很疼你。」我說。

「當然，因為我最像他，無論樣貌，個性都像他。」

「你比他漂亮多了。」我故意逗她。

「給你看他年輕的照片，你就不會這麼說。」

「你說你個性也像他，哪方面像？」

「我才不要告訴你，」她白我一眼。「你不會自己慢慢觀察？」

回到家裏，鄺伯伯又著阿四準備了一桌的菜。吃飯的人連美蓮總共四個人，卻有八個菜色，我開懷大嚼，直到再也吃不下去才停下筷子。

「菜太好吃，吃得我快撐著了。」我笑說。

「你喜歡我們家裏的菜，可以天天過來吃，別客氣。」鄺伯伯說。

「對呀，你可以天天來我家吃飯，直到我們離開。」美玉笑著數手指頭。「噢，你還可以來吃五天。」

「你這是什麼話？人家阿華才不希罕呢！真是的！」鄺伯伯笑著瞪美玉一眼。「你別聽她的，其實我們只是離開幾天，下次回來可能就不走了。你喜歡的話，真的可以天天來，不用理她。」

「好，我會天天來打擾。」

「爸，叔公真的要我們留下來？」美玉聲音中有掩不住的驚喜。

「對呀，別說他有房屋要我們代為照管，就算我和你媽，也想搬過來轉換一下環境，在石龍一住三十年，真的有點膩了。」

「你放得下你的病人嗎？」

「我年紀大了，除了你，還有什麼放不下的？」鄺伯伯說著眨了眨眼，居然俏皮得很。

「哼，美蓮呢，你就放心得下麼？」

「她，她比你聽話，又比你乖巧，我有什麼放不下的。」

「她比我乖巧？怎麼我不知道！」

「她年紀雖比你小，卻會煮飯做菜照顧自己，可你呢，飯都不會煮呢！你說，我有沒有說錯。」

「好，您偏心，我罰您不准下棋！」美玉呱呱叫。

「看嘛，阿華，我將她寵得沒上沒下，是不是？」

看見他們父女如此言笑無忌，我也感染了快樂氣氛。美玉說不准下棋當然是說著玩的，飯後我們一老一少共下了三盤棋，非常之過癮。終於向主人家告辭的時候，差不多接近午夜了。

「明天若有空，過來吃晚飯吧。」鄺伯伯說。

「爸是說，明天若有空，叫你來下棋。」美玉在一旁揶揄。

鄺伯伯笑了。「怎麼說都好，阿華，你來不來。」

「我來，我當然來，」在家一個人我會忍不住想婉容，我的心會痛。我不能再痛了，再痛我會痛死掉。

連著五天，我有空就往鄺家跑，與他們越發稔熟，相處如家人。而飯後的兩盤棋，再和美玉去散步，更成為主要的節目。

我和美玉已發展至很自然地牽手去散步。大多時候，我們都是繞著她住的地方散步，邊散步邊聊天。我將我在學校見到的趣事告訴她，她也細訴她的種種喜好。而她那位長住在香港的叔公，更是她常提起的人物。

「叔公最疼我爸和我。」她說。

「因為你們兩個像他？」我笑問，隨興地。

她瞪眼。「你怎麼知道？」

「我聰明呀。」

她笑著打我的手臂。「叔公的生意做得好大，香港的大華布廠，大華毛巾廠，大華酒家，大華石礦場，全是他的物業，他在香港，可是大大的有名呢！」

「你叔公有經常回來看你們嗎？」

「他生意很忙，多數在我生日，或我爹生日回來幾天，不過就常常派人帶東西給我們。」

我恍然大悟，才想起在這艱難時期，為何她家衣食無缺。

我瞄瞄她身上時髦的碎花裙子，笑說：「怪不得呢，我總覺得你的衣著帶有洋味！」她大發嬌嗔，看看你身上這件襯衣，一看就不是國產！

經她一說，我才醒悟這件襯衣已經相當舊了，當然不是國產，是我外婆以前從香港買回來給我的。想起外婆，心裏不由得一陣黯然。

「這是我外婆在生時買給我的，很多年了，但我一直捨不得扔掉。」想起外婆已不在總是難過。

美玉伸手握著我的，還故意用力捏了捏，似乎想將她的力量傳給我，叫我不要傷心。

「不是聽你說過，你外婆死的時候，沒有一點痛苦，是一種福氣嗎？不要再傷心了，好嗎？」她柔聲說，聲音是一種少有的輕柔，但她永遠不會知道，我有多愛我的外婆。

我的心裏感動，緊緊回握著她的手，「美玉，你心中最愛的人是誰？是你爹，你媽，還是你的叔公？」我問。

她沈默了一會，然後說：「我看都差不多，因為他們都一樣疼我，我當然一樣的疼他們，不過——似乎是我爹和我比較投緣一點，大概因為我們的個性很像吧。」

「你們的個性很像？」我很好奇，「可以列舉一二說明白嗎？」

「唔，」她撒嬌地望我一眼，仍然沒有放開我的手，「我倆的個性都比較倔強，比較爽快，也愛說笑鬧著玩──還有，我倆都有脾氣，發起脾氣來嚇死人──我媽說的，你怕不怕？」

「只要你不會無緣無故發脾氣，我就不怕。」我笑說。

她不說話，只是笑著揚揚眉頭，那模樣像是說，你不怕就走著瞧！

那晚我們比平日早了不少到家，因為他們明天一早就要回石龍，我總要陪鄺伯伯多下兩盤棋，好止他的棋癮，美玉說的。

那晚我和鄺伯伯下了三盤棋，一勝一負一和，非常的不傷元氣。鄺伯伯很歡喜，直說我是他生平僅見的對手。「你知道，對手太強總是輸，不好；對手太弱，雖然贏也沒意思，就這樣棋逢敵手，最好！」他笑得眼睛也瞇了起來。

「鄺伯伯您要快點回來。」我笑說。

「什麼？我看我乾脆留下來算了。」他笑，將一旁的美玉也逗笑了。

多天相處下來，一旦離別，竟也感到有點依依。我離開的時候，美玉主動將粉頰偎過來，我也就不客氣地給了她一個晚安吻。只是這個吻，不過輕輕地在她頰上點了點。我在心裏告誡自己，未和婉容之間有個確切的了斷之前，我絕不容許自己和其他女孩子親熱。

美玉看來有點失望，但還是輕輕地擁抱了我一下。「我一回來就會去找你。」她說。

「好，我再帶你去玩。」

「你會想念我嗎？」

「會的。」

「就像你想念婉容一樣嗎？」

我伸手將她額前瀏海往後撥好，笑笑沒說話，我能說什麼呢？告訴她我想念婉容，想得都快瘋掉了嗎？告訴她我要不斷和自己的意志力交戰，不准自己回東莞，再受一次閉門不納的痛苦嗎？

我並不是對美玉沒好感，她走後我也有點悵然若失，但真正令我魂牽夢縈的是婉容，美玉一走，我閑下來的空白，又被婉容的倩影填滿了。

美玉走後約一個星期，收到母親的來信，說她近來身體不太好，又非常的思念我，問我可否近日抽空回家一趟，對我們母子曾經有過的爭吵，竟是隻字不提。

老實說，無論母親在我背後做了什麼，出發點當然為我好，我如何會不懂得？對於我所說過的那番重話，更是始終放不下，心中有個疙瘩，也許我該回家見母親，向她說一聲對不起。

但如果我回到東莞，可以忍住不去求見婉容嗎？我從不敢相信我有這個能耐，接著幾天，我就被困在這個羅網中，要回家一趟嗎？還是不要？

眼看就到週末了，心裏更是忐忑難安，美玉卻在這時回來，正好打救了我。她回來當天就喜滋滋地來找我，劈頭就說：「我們這次是回來定居的，你喜歡不喜歡？」

我看著她的笑靨和那久違了的淺淺梨渦，不由得感染了她的快樂，也笑了。「那麼即是說，每天晚飯後那三盤棋是跑不掉的了。」

她詫然一笑，梨渦變成了深深的一點。「我看搞不好，三盤棋也不夠折騰你呢。」

「什麼意思？」

「我媽最愛逢人談論她的烹飪技術了，你會是個好聽眾麼？」

「你媽？你媽也一起回來了？」

她噗嗤笑出來。「怎麼兩個星期不見，你變得呆呆的？不是告訴你我們要回來定居嗎？媽當然跟我們一起回來了。」她頓了頓，又說：「媽還問你要不要搬過來我家住，省得在那裏和袁伯伯擠。」

我望她一眼，不無詫異地，我從來沒見過她媽媽嘛，怎麼——，她像會看穿我心事似的接口：「我爹回家後不停向她吹噓你的好，我想她也愛上你了。」說完這句話，發覺不無語病，忍不住飛紅了臉。

我望著她紅撲撲的俏臉，只覺得她比什麼時候都美，不禁呆呆地看著她。她的臉更紅了，故意瞪我一眼，凶巴巴的道：「別發呆了好不好，到底要不要搬來我家嘛！」

「我看不好——我們才認識沒多久，又未見過你媽，那不太好吧！」

「都是廢話，」她一頓腳，急了。「我媽未見過你就盛意拳拳地邀你來，你卻在這裏婆婆媽媽，討不討厭嘛。」

「我——」我口氣軟了下來，想著再擠在袁伯伯家也不像話，袁家的環境不像鄺家，有叔公無盡的接濟，若我不是走投無路，當初也不會打擾袁家倆老。我也不好長期叫舅父託人帶食物回來，增加他們的負擔，還有……「待我想想——」我是在想，在想也許成天見著美玉會沒有時間想婉容。

「你到底要不要搬來？快說！」她故意板著臉，但帶笑的眼睛告訴我，她已知道贏了我。

「你想我什麼時候搬？」

她笑了。「明天吧。」

我也笑了。「那你今天可有空，陪我去選一份禮物送給你母親？」

美玉的母親是個個性溫順、善解人意的女人，我幾乎一看見她就義無反顧地喜歡了她。她直說自己是個舊式女人，最喜歡的事是待在家裏，做點丈夫兒女愛吃的菜給他們吃，除此之外別無他求。

簡簡單單的幾句話，道盡了她心中對家人的愛，就連鄺伯伯生日當天撇下她在石龍，自己則帶同兩個女兒和阿四在廣州宴客，她說起來竟是輕描淡寫：「我那陣子身體不適宜遠行，他們愛怎麼玩我沒意見，反倒一個人吃飯省心。」

她愛將吃字掛在嘴邊，好像那是什麼大不了的事，其實她吃得不多，身材也極苗窕，一點沒有中年發福的現象。菜都讓她愛的人吃去了。

令人感到意外的，是鄺伯伯當晚並未邀我下棋，只是一迭連聲地叫我和美玉早點睡，因為我預備翌日回鄉探母，並邀了美玉同行。

「但我們中午才出發呀，爸。」美玉嘟著嘴抗議。

「什麼中午？」他瞪眼，「總共才回去三天，你還想賴床賴到中午？一大早就走！讓人家母子多一點時間共聚，懂得不懂得？」

他可是坐言起行，翌日清早就來敲我們房門，我早起慣了，沒有什麼。卻聽見美玉在隔壁房間又是怨又是求，只想多睡一會。但還是被叫了出來，我們兩個人，在清晨七點鐘。

「爸向來如此專橫，你見識了吧，」她打了個老大的呵欠。

「我不怕早起的，我本來就醒了的。」我故意逗她。

「你不怕最好，我可要睡了。」她和她老爸一樣，說到做到，上車沒多久就睡著了，倚著我的肩膊。

我不敢稍動，怕驚醒了她，下車的時候，脖子都快僵了。她卻咭咭笑起來：「那你為什麼不推開我？」說著一邊給我揉脖子，一邊嘀嘀咕咕地抱怨。「你年紀才有多大，怎麼動不動鬧脖子痛，真是的。」

「好啦，如果你累，就不要揉了吧。」我笑著將她放在我脖子上的手拉下來。心想，這小妮子喳喳呼呼的，一天的話，比婉容一個月說的還多。

想到婉容，心裏不由得一動，如果我帶同美玉去見她，她會肯見我麼？她會看在有第三者份上，法外施恩麼？「如果我帶你去見婉容，你肯麼？」我問。

「那當然沒關係，問題是她願不願意見我。」她頭一昂，回答得很爽快。

「你不怕她不開門，將你摒在門外？」

「我才不怕！她肯見我們最好，不肯也沒有什麼大不了。」一副天不怕地不怕的神氣。「我倒是擔心你，會不會在人家門外哭得稀哩嘩啦的。」說著笑了，而且笑彎了腰。

我呆呆望著她，心想真是拿她沒轍。我問一句，她答上一串，末了還取笑我，這——

「你生氣了？」她忽然停住了，瞪大眼睛看著我，一臉無辜樣。

「生什麼氣？」

「氣我說你會哭。」

「那有什麼值得生氣的？如果我哭，我一定也會將你弄哭來陪我。」不知為什麼，就愛和美玉耍嘴皮子。

「我倒要看看你怎麼將我弄哭！」她叉著腰，凶巴巴的。

「現在不告訴你，我們走著瞧！」

「喂——你這人，怎麼不將話說完。」

「走吧。」我笑著拉起她的手。「你再故意延長我和我母親見面的時間，小心我向你爸投訴你。」

她站定腳步，笑望著我，一臉的俏皮，「我就偏不走，你去投訴呀！」

我使勁拉她，使她跌跌撞撞的衝向前，如果不是及時扶著她，差點害她跌個狗吃屎。她狼狽地跌靠在我身上，已是笑岔了氣。

我驀然想起，我和婉容在一起的時候，從來沒有這麼瘋，這麼鬧過。我總習慣將軟弱嬌柔的她，細細地捧在手心裏，呵護她，從不敢過份拿她鬧玩笑。噢，我是那麼的愛她。

「怎麼，又在想你的婉容了，想得這麼入神？」美玉漸漸不笑了。

「我是在想你，傻丫頭。」

「我不好端端的在這裏，有什麼好想的。」臉色稍為和緩下來，但仍噘著嘴。

「我是在想——」我故意頓了一頓，才說：「帶你這麼個瘋女孩回家，不知母親會怎麼想。」

「你才瘋，你才瘋！」她笑著捶打我，很快地又展開了笑靨，可愛的美玉，此刻再可愛不過了。

母親對美玉的第一個印象很好，我看得出來，美玉是那種心無城府，話盒子一打開就關不上的人，非但沒有半點第一次面對陌生長輩的羞澀，還非常大方的侃侃而談，左一句方伯母，右一句方伯母的，喚得我母親的心發熱，臉上發光。

美玉的笑語迎人，也為我們打掉母子間爭吵後築起的牆。我見母親異常高興，知道上次在信上向她說對不起已經足夠，省掉再在嘴上說一次的尷尬。

我知道母親對她印象很好，但在晚飯後美玉在洗澡時，母親私下和我說的一句話，仍讓我忍不住震驚。

「我看這個女孩子不錯，你們打算什麼時候結婚？」

我怔了好一會，才會得答：「我目前還不想結婚，媽。」

「為什麼，早陣子不是盡嚷著要結婚嗎？」

「那當然不一樣——」我頓住，不想將婉容的名字說出來，我不能再讓她隔在我們母子中間。「我才認識美玉沒多久，知她尚淺，怎麼就能談婚論嫁呢。」

「我並不是逼你成親，只是覺得這女孩人不錯，看來又對你很好，才動念——」

「我知道的，媽，我會好好考慮清楚的。」

「你對她是認真的吧，」媽打量了我好半晌。

我默然，但仍勉強點點頭，老實說，對美玉，我從來沒興起結婚的念頭，不像和婉容相戀的時候，整天想著那天能將她迎娶過門就好。

我也有問過自己，喜歡美玉嗎，答案當然是肯定的。不然我怎肯搬到她家去住，又將她帶到自己家裏來。但如果說到愛，那可不能混為一談。經過婉容這一役，我當時一直在想，終此一生，我也不會再愛任何人了。

幸好美玉洗澡出來，中止了我們母子間這個我不願正視，也不想涉及的話題，無論將來做什麼決定，又無論我會和誰在一起，總得先釐清我和婉容的關係，我想。

翌日一早，我帶同美玉，再次造訪婉容。

我在婉容家門外拍門，異常冷靜地，然後靜靜地等，和美玉兩人，佇立在門外，好半天沒動靜，我又伸手拍拍幾下，與美玉交換了眼色。

仍是沒有動靜。

「你看會不會根本沒人在家？」美玉悄悄問我。我仍未及回答她，門卻像回答了她的話，悄悄地打開了。

外叔婆靜靜地站在門內，臉上沒半點表情，只在目光投到美玉身上時，驚訝地揚了揚眉毛，但還是禮貌地請我們入內。

「請進來坐吧。」她說，眼光再次投到美玉身上。「這位是——」

「這是我在廣州新相識不久的朋友，她叫美玉。」我說：「這位是我的外叔婆。」

美玉向我投來不滿的一瞥，不滿我介紹得冷淡而正式，我只裝做看不見。

室內的布置很簡單，一張餐桌，幾張椅子，除茶几外就什麼也沒有了。沒有字畫，沒有花瓶，更沒有花，想起愛花的婉容總愛在廳裏放置幾枝鮮花，想起從前的縷縷花香，不由得一陣愴然。

我領著美玉到長椅子那裏，預備招呼她坐下，卻聽得外叔婆說：「進來房間坐吧，婉容人不太舒服。」

一聽到婉容身體不舒服，我不自禁加快腳步，室內很暖，因窗簾都掛上了，只餘下窗邊透著小小的亮光。

「要點上燈嗎？」外叔婆問。

「不用了，媽。」婉容微弱的聲音。

我且不理美玉，兩個大步邁到婉容床邊，二話不說地執起她的手，只覺涼涼的沒半點生氣，低下頭來，心酸難禁。她實在瘦太多了。

沒多久我覺得她的手掙了掙，一個聲音在我身後響起：「你是婉容姑娘嗎？我叫美玉，是華哥的朋友。」

「美玉，你好。」婉容說。又試著掙了掙，卻掙不開我的手，我知道自己忘形了，但就是控制不住。婉容不止瘦，而且神情憔悴，那雙明眸裏隱藏的哀傷，再想隱藏，也隱藏不了！

這哪裏像移情別戀，另浴愛河，預備做新娘子的人！她的愁苦悲情，不會比我感受得到的少，我母親到底向她說了什麼，令她這麼違背自己的意願，忍心將我倆都置於水深火熱之中。

「你們兩個女孩先聊一聊，我去倒幾杯茶來。」我說，出到房外，正碰上端茶而來的外叔婆，我搶著將茶盤子接過來，向她做了個眼色，請她到廳裏去談。

她輕輕地嘆了口氣，但還是隨著我往長椅上坐下。「你可以告訴我，我母親對婉容說了些什麼嗎？」我說，心想今天非要弄明白不可。

「我答應過不說的。」

「那是你們怕打不倒我。」我說，腦筋飛快運轉，「現在大事已成，我都快決定和剛才那位小組結婚了，應該沒有關係了吧！」我將聲音壓得低低的，潛意識怕房內的兩位小姐聽到。

「你已決定了結婚？」她本想尖叫，但忽然想到不該大聲，於是又壓低嗓子，變成尖尖的變調沙啞聲，說不出的怪異。

我大力點頭，故作鎮定地，「婉容也快結婚了吧。」

她楞了一下子，才緩緩地點頭，一看那神情就猜到並無其事，只是在敷衍我。

「黃先生的人怎樣，對婉容好不好？」我問，故意地。

「黃先生？」果然外叔婆臉上有一抹惘然，不過她很快接口：「他對婉容好得沒話說。」但這麼一句讚美言語在她語氣中不帶一絲喜悅或感情。

真有黃先生這一號人物？我懷疑。

「告訴我我母親是如何說服婉容的，外叔婆，沒事的，我保證。」

她搖搖頭。「她所做的一切都是為你好，不能也不要去恨她，知道嗎？」

噢，善良的外叔婆，就和善良的婉容如出一轍，我深吸一口氣。「事已至此，誰恨誰都已無意義了。外叔婆，我只是想知道我應該知道的，此外別無其他，何況她是我母親，我絕不會恨她的。」我儘量以誠摯聲音說：「何況你不說，我早晚也會磨著姨婆告訴我，不要叫我再苦苦思索了，好嗎？」

「你媽說，如果婉容不肯離開你，她就不認你這個兒子，她又說——」外叔婆的語氣充滿了苦澀，「如果你們結合，會生下不正常的孩子——」

「我不生孩子成不成！」我想大叫。不認我作兒子？我不信！但傻氣的，善良的婉容信！如果我能夠說服婉容，事情可否還有轉移的餘地？

「外叔婆——」我想到這些日子的千迴百轉，心裏亂成一片，「你可不可以幫我們——」

「不可以，我家婉容雖然是弱質女流，卻是最講信用的。她既然親口答應了你母親和你了斷，就決不能食言。這是我家每個人堅守的原則。」

「但婉容也不明明白白答應我，要與我廝守一生麼？」

「別強人所難，阿華，不然我要下逐客令了！」

我長嘆一聲，端起茶盤，垂頭喪氣地踅回婉容房間，遠遠的聽見婉容的聲音，聲音雖然不大，但四周靜悄悄的，故可以清楚地進入我的耳朵，「你們兩個，也快了吧。」

我放輕腳步停下來，凝神傾聽。靜了一下，是美玉的聲音：「我還不確定，也沒意見，就依華哥的意思好了。」

她們在談論什麼？她們是在談論婚期麼？我端著茶盤推門而入，笑說：「你們聊什麼聊得這麼起勁？來，先喝杯茶吧。」我一邊說，一邊分別遞過茶去，卻見婉容已略略支起身靠坐在床頭。

我細看她們的臉色，美玉面泛桃紅，而婉容的臉卻異常蒼白，兩個都不做聲。我又笑了，雖然連自己都覺得笑容有點勉強。

「剛才我在房外好像聽見婉容說什麼快了！到底是在說什麼快了！」我明知故問。

「噢婉容告訴我她過二個月就要結婚了，我剛在恭喜她呢。」美玉說，若有深意的望了我一眼。

明知事情並不如表面看來簡單，也明知婉容大有可能在騙我們，我的心仍忍不住像被鐵錘擊中那般劇疼起來，婉容真的要嫁給別人？她要嫁給誰？

「那誰是那位——」我艱澀地開口，就是不能將新郎哥三個字說出口，我才應該是那個新郎哥呀！

「婉容剛剛提過，她要嫁給她一個姓黃的同事！」美玉很快的接上口，然後轉向婉容。「是黃先生吧。」

婉容很快地點點頭，勉強笑了笑，輕輕咳了起來。我上前扶好她，自然地為她輕拍背部，就像以前常做的一樣。以前的她總是順勢地撒嬌地倚在我懷裏，任我摟著她。但她現在卻使勁推開了我。

「謝謝，不過，我喝口茶就會好一點。」

她向我說謝謝呢，就像陌生人一樣，我緊緊地盯著她的臉，儘量用自然聲調說：「最近還常咳嗽嗎？有沒有去看過醫生？」

「你不就是醫生嗎？」美玉插嘴說：「何不現在就替婉容檢查一下？」

「不，不用了，」婉容說，硬是不肯和我有目光接觸。「我沒事，何況他沒有帶設備。」

我將手正貼在婉容額頭上，經驗告訴我並沒有發熱。但為什麼她額頭冰凍，現在是夏天，而她大半個身體又蓋著被？

「婉容，你覺得哪裏不舒服？」無論我心有多痛，她仍是我最愛的婉容，我如何可以不關心她？

「我沒事，躺躺就好。」婉容輕聲說。

「那我們就先告退了，你好好休息。」美玉說。

我望了一眼美玉，有點氣她自作主張，婉容卻說話了：「那我就不送了，鄺小姐，訂了日子記得通知我，好叫我代為歡喜。」話不是對我說的，卻讓我心焦如焚。

「婉容，我看你是誤會了——」

「哎呀，怎麼兩位這麼快就要走？」外叔婆不知何時已走到房門口，探頭進來說：「改天再來，我們婉容身體不佳，不能出門，正悶得慌呢！」

「婉容——」我知道外叔婆分明在故意打岔，再說什麼也都沒用，「你好好保重，咳得重了，一定要看醫生。」

「我知道，謝謝你。」她終於望了我一眼，目光中的決絕和語氣裏的冷漠，像一把刀似的捅進我的胸口。

離開婉容的家，離開我多時不見的她，我像耗盡了力氣似的靠在牆邊，再也站不起來。

美玉交抱著手看著我，臉上有一種高深莫測的表情。「聞名不如見面，你口中千嬌百媚的婉容，果然美得很呢。」她的語氣淡淡的，卻奇怪地有嫉妒的味道。

我定了定神，「走吧，離開這裏再說。」

她且不動，只說：「走，你捨得走了嗎？」

我深吸一口氣，暗叫自己冷靜，千萬不要動氣，剛剛和婉容那場仗已打得我氣衰力竭，我如何能這麼快另起爭端。「走吧，我帶你去吃點什麼，我想你也應該餓了吧？」我說，伸手想去拉她。

「你終於想到我，知道我餓了嗎？」看，火藥味越來越重了。

「你是怎麼回事呢？我不是早就將婉容這個人原原本本的告訴你了麼？你還生什麼氣呢？」我嘆口氣，你又何必介意過去的事呢？我說完自顧向前走。

她加快腳步跟上來：「你的意思說我是在妒忌了。」

「難道你不是麼？」

「哼，我才沒有妒忌，我是在氣你沒骨氣。」

我停住腳步，旋過身來，因剛剛背著她而聽不太清楚。「你說什麼？」

「我是說你沒有骨氣！」她提高了聲音，一張平日總帶笑的俏臉現在繃得緊緊的，「人家分明不要你了，你還在死皮賴臉的纏著人家大獻殷勤做什麼？」

「你懂得什麼？你才認識她有多久？」我的聲音也大了起來。「我才不信她會這麼快就決定嫁給別人！」

「你不信？人家親口對我說的，你憑什麼不信？她還告訴我那位黃先生雖然只比她大一些，但非常懂得遷就她，體貼她——」

「她說什麼你都相信？」我打斷她的話。

「為什麼不信？」

「她說我殺了人，你也信了麼？」

美玉本是心直口快的人，氣得漲紅了臉，也不管青紅皂白了，冷笑道：「她倒沒說你殺了人，不過如果她真的這樣說，我也會相信的。」

「那你對她所說的話，她也應該相信麼？」我說：「你是不是告訴她，我們準備結婚了？」

美玉的臉倏地紅了起來，嘴裏卻是毫不退讓。「我——我是為你的面子著想，故意氣她一下。」

「你故意氣她？」我想起婉容那冰冷而受傷的雙眸，再也壓不住自己的火氣，「你憑什麼在我倆中間插一手？你有想清楚嗎？如果真有那個姓黃的，他為什麼不隨時在旁照顧婉容，而是將她丟在那兒，任她孤零零的一個人。」說到最後，我差不多是用吼的，將美玉嚇得整個人愣住了。

「你——你兇什麼？」她那對大眼睛眨呀眨的，拼命忍住不哭，連那面頰兩旁的兩個小梨渦也都現了出來。

我噤了聲，愣愣地望著她，有點不知所措。如果有誰經過看見我倆就在大道上怒目相對的情景，一定會把我們當作一對怪人。

「美玉——」我的心漸漸軟了下來。她和我鬧，她故意氣婉容，不也為了喜歡我，妒忌心驅使下才做出來的麼？我為何要同她計較呢？

但我不出聲還可，這輕輕的一聲呼喚，卻將她的淚水全引了出來。只見她低下頭，抽抽噎噎的，眼淚撲簌簌地流了一臉。

「美玉，不哭，是我不好——」我忙上前摟著她的肩膀撫慰她。「你乖，就別哭了吧。」

她卻哭得更大聲了，淒淒切切的，像氣也透不出來。

「我哭我的，又與你何干？我又不是你的婉容，你緊張什麼，我不如死了倒乾淨，免得你在人家那裏受了氣，就拿我來出氣？」

我被她弄得啼笑皆非，故意逗她：「要是有人向我說你嫁了隔壁的老胡？那你怎麼辦？」

美玉咬著牙道：「誰這樣編派我，我就要把他的牙敲了！」

「別這樣，如果有人路過看見，還以為我在欺負你呢！」

「你根本就在欺負我嘛！」在忙著哭的當兒，抽個空回我一句，又繼續哭。

「我哪有欺負你呢？」

「你有，你方才明明對我那麼兇！」她的哭聲小了，罵我的聲音卻不小。「我從小到大，從沒有人像你這樣對我！」

「美玉，你聽我說——」

她伸手掩著耳朵，一邊猛搖頭。「我不聽！」

這時有兩個學生模樣的人經過，那掩嘴偷笑的表情讓我窘得想鑽到地下去。

我用力扳她掩在耳朵上的雙手，眼角瞥見又有一個人在不遠處走過來，急得大叫：「你就不肯聽我說，我可要先走了。」

她的手始終不肯拿下來，還堵氣地和我不斷掙扎。我火大了，放了手，大步走開，她卻又抽抽噎噎的叫住我：「你——方華，給我站住，你想去那裏？」

剛才在婉容家華哥華哥的叫得多親熱，這當兒卻連名帶姓地叱喝我起來了。唉，女人呀女人。

「我說你不聽，只好去請救兵呀！」

她淚痕未乾，卻又嗤一聲笑出來。「亂講，你這麼壞，誰肯來救你？」

晶瑩淚珠還掛在頰邊，嘴巴笑開時兩顆小小的梨渦卻迫不及待地現出來，那模樣煞是可愛，我嘆氣，上前輕輕握著她的手，說：「我的心正難受得很，就當作幫幫我的忙，別再鬧了，好不好？」這次她沒再掙扎開，默默地由著我，拉著她的手，慢慢往前踱去。我本沒有興致遊玩，但美玉老遠地從廣州跟我來，不能不稍盡地主之誼。

我帶她到振華橋附近，順著河堤泛舟向母親家駛去，想起上次與婉容共遊時的情景，不由得無限唏噓，記得當時我們還曾因婉容堅決不肯去探望我母親而鬧過不快，這次想來卻覺得婉容的第六感比我的強。

是否女人的第六感都比男人的要強。

「你是在想你的婉容了，可是？」這是我們上船後，美玉對我說的第一句話。

「我們早點下船，先到處逛逛再散步回家好嗎？」我顧左右而言他。

我故意帶她四處走，一直到差不多夕陽西下，我們才轉道回家，美玉以為我故意討她歡喜而再展笑靨，而我，事實是需要多些時間來消除我心中的不滿——對母親的不滿。

事已至此，就算我們母子間再來一次世界大戰，又能改變些什麼？姨婆說的好，母親再怎麼過份，出發點也是為我好，更何況一個做兒子的，又如何能記恨自己的母親？

每次想起姨婆，心中總感到一絲的溫暖。噢對了，這次回去之前，無論如何得去見見姨婆。上次離開得太倉促，根本沒有向姨婆說再見。

再也想不到，我親愛的姨婆竟已在我母親家等著我。在看見她那一剎那間，我幾個大步地衝上前，一把將她摟在懷裏，口裏一迭連聲的嚷：「我的好姨婆，想死我了！」

平日伶牙俐齒的姨婆此時亦歡喜得話也說不出來。兩眼還因激動而閃著淚光，我媽在一旁看得直搖頭，對美玉只說：「鄺小姐你看他們的親熱勁，好像她才是她媽！」

姨婆聽了這話，倏地脫了我的摟抱，睜圓著眼睛說：「我是他的媽？你開什麼玩笑！老來得子也就算了，叫我未婚生子怎麼成！」說得每個人都笑了，美玉笑得尤其開懷。

不過令我感到奇怪的是，為什麼姨婆望著她的目光，總是怪怪的。事後證明我的看法並沒有錯，更不是因為我多心，姨婆打從一見美玉的面，對她就相當冷漠，一直到我們要離開那天，她大概沒有主動和美玉說過多過十句話。

幸好美玉不是一個心細或敏感的人，似乎並不因姨婆對她疏離的態度而放在心上。有一天晚飯後她甚至福至心靈地對我說，怎麼你姨婆只疼你一個人，對別人都不理不睬的呢？我終於放下心來。

我留在東莞最後那天晚上，姨婆找我出後院納涼，我就知道她有話要和我說。當晚不算太熱，有些微的風，正是在戶外納涼的好時機。

我和姨婆挑了個遠離房子的角落坐下，一邊扇扇子，一邊嗑瓜子，使我想起以前在外婆家的歲月，我們祖孫三人常常這樣愜意地消磨一個晚上。

想起外婆，無由來的又是一陣心酸。「阿華，你是真心歡喜這位鄺小姐麼？」看，朝夕相處多天，姨婆口中仍是鄺小姐，不是美玉，可見她對美玉仍有介蒂。

「姨婆，您不喜歡她是不是？」我笑問。

「怎麼你這孩子，長得這麼大，還作興用問話代替答案，別給我玩這套，你姨婆年紀大了，不能再容忍這套了。」

「您先回答我這個問題，其他的你問什麼，我照實答什麼，好不好，姨婆。」

「嘖嘖，居然和姨婆做起買賣來啦。」她笑開來，誇張地向四方望了望，才壓低了聲音說：「唔，我對那個妞兒是有點意見。」

「你覺得她哪裏不好？姨婆。」

「我不喜歡她那雙眼睛，滴溜溜的讓人捉摸不定，不知她心裏真正想的是什麼？」

「還有呢？」

「我看她有點小姐脾氣——你知道嗎，阿華，做夫妻是一輩子的事情，如果某方脾氣烈，另一方會很不好受。」姨婆嘆了口氣，接著說：「現在她對你正熱呼著，也許你不覺得，以後——」

我笑。「這點她自己也同我說過，她遺傳了她父親的臭脾氣，不過我倒不覺得——」

「你不覺得是因為你們相處時間不夠長，——唉，總之記住我所說的話，千萬別急著成親，要好好考慮，好好看清楚，結婚可是人生中的最大賭注啊！」

「我會的，姨婆，我並沒有打算結婚，起碼在目前沒有。」

「咦，但我看你媽的意思，是希望你們能夠早點將日子訂下來——」

「那是媽一廂情願的想法，並不是我的意思。」提起母親，我的語氣不由得有點冷了下來。

「還在生你媽的氣？」姨婆望著我，蹙著眉。「聽姨婆說，你媽向來最疼你，做什麼也是為著你好，不能氣她，更不能記恨她，知道嗎？」說到這裏她擡頭望天，忽然說：「其實照我的意思，還是婉容好，只不過——天意弄人呀！」

我低頭不語，不敢將心裏的念頭向姨婆說出來。明天我就要離開，而我這幾天一直想在離開前再見婉容一面，就我一個人。

「我看你走之前，還是和婉容那丫頭交代清楚好。那個丫頭心眼見實，不要太委屈了她。」姨婆說。怎麼她會留心到呢。

我不敢告訴她的是，我不是想向婉容交代清楚，而是要她向我交代清楚。我要再清清楚楚地問她一下，是不是真的不要我。

翌日天濛濛亮，屋子裏的人都未有動靜，我就悄悄地出了門，直奔婉容家去。我知道外叔婆向來早起，也就毅然伸手拍門，在大清早。

外叔婆很快來開門，一副剛梳洗完的模樣，但我才喊了一聲外叔婆早，她就手一動，想關上門。

「外叔婆——」我伸手推門，不讓她關上。「我馬上就起程了。請讓我再見婉容一面。」

她看著我直搖頭。「怎麼你還不肯死心呢？這樣吧，你且等一會，我進去看看她起來沒有。」

「多謝您，外叔婆。」

不知過了多久，我都累得快站不住了，外叔婆才算再次將門打開。「她昨晚咳嗽了一夜，現在很累，要我告訴你多保重，不想見你了。」

「我只想和她談幾分鐘，不會耽誤太久的。求您了，外叔婆——」

「你還是走吧，你不會不知道她那執拗脾氣的，是吧？」門又關上了。

我太急，也不管時在清晨，伸手將門拍得砰砰作響，但沒反應。我跌坐在地上，雙手掩著臉，心裏充滿了絕望。然後我又站起拍門，不得要領復又坐下，然後又拍門——這樣周而復始，不知過了多久。

門內沒有半點聲響，倒是住在不遠的鄰人打開門來看我一眼，惡狠狠地。我看看時間，不覺已過去了三個多小時，婉容，你好狠的心。

我的心像死了一樣，再也沒有波動，也再也哭不出來了。我慢慢一步一步地往家走，沒有傘也沒有帽子，也不覺熱。到家的時候，太陽正亮得扎眼。

屋裏的人全起來了，看見我也不多說什麼，只姨婆嚷嚷出來。「哎呀，快點去沖個澡，我去替你拿乾淨衣服替換，沖好澡就來吃飯，飯都預備好了。」我這才發覺自己渾身都是汗，背後衣服早濕了一大片。

午飯還算豐富，母親不知哪裡弄來了幾條小魚。還有母親特意為我準備的酸梅湯，我卻食不下嚥，只默默連盡三大碗酸梅湯，美玉在一旁抿嘴笑，說：「怎麼你喝湯的樣子，像那些灑鬼喝酒一樣？」

如果是真的喝酒倒又好了，這樣喝三大碗，喝醉了豈不是好？一醉能解萬古愁嘛！

本來午飯後就要起程的，我卻臨時改變主意留下來，拉著母親、姨婆和美玉一起開了一個小小的家庭會議，我們人手一杯茶，共坐在桌邊，氣氛很安靜，弟妹們全出去玩了。

就在那個時候，住在常平的姑媽氣急級敗壞的撞入門來，上氣不接下氣的說「天大喜事啊——羅湖邊境開放啦，解放軍送我們去香港啦！」

「這怎麼可能呢？」我答，顯然被弄糊塗了。

「許多人被送回來。」姑媽稍為安靜下來。

「被誰送回來？」

「但不是被解放軍送回來，而是被英國邊防警察送回來的！」

「那為什麼中國方面會放人呢？」

「我猜想中國方面想暫時舒解缺糧的壓力吧。」姨婆說，好像知道了答案似的。

「管他呢！」姑媽說。

「假如真的是這樣，我倒想試一下。」我說。恨不得離開這傷心地。見不到婉容，活得舒服些。

母親一逕笑瞇瞇的，好像看穿我的心事，望著我說：「這樣也好，反正你目前工作也沒有著落，若寧夏方面不放人，你不能留下來，去寧夏你的身體又受不了，倒不如去香港檢查一下，或者他們會找出血尿的病因呢。」她笑得很開心，又不時瞟著美玉，老天，一定是會錯意了。姨婆卻是蹙著眉頭，完全不同的兩種表情。

我開門見山的說：「媽，我的尿好像已經正常了。不管怎樣，我還是想去香港發展，你認為怎樣？」說完看看美玉，也想看她的反應。

「真的？」美玉是一臉驚喜。

「可是，不一定能去得成啊！英國方面頂著不准人進入呢！」是媽的反應。只有姨婆一言不發，我將目光移向她。

「試一下也好，反正這邊放行了，被送回來也沒罪。我不知道香港到底有多好，不過肯定會比這裏的機會多。」姨婆說：「我什麼都不懂，只要你認為是好的選擇，我沒意見。」可她的眼光出賣了她，因為那裏充滿了不捨和憂傷。噢，我親愛的姨婆，我們都知道她年事已高，如果我走得成，也許就再也見不著了。

「我看你姨婆說得對，」媽沈吟半晌說：「年輕人能有機會向外闖到底是好事，至於我們——」她深吸一口氣，想忍，但還是哽住了。

而我呢，走不走得成還不知道，卻已是充滿了離情別緒。只有美玉最雀躍。「如果你去香港，我也跟你一起去。聽叔公說，香港最好玩了。」

「這樣也好，兩個人起碼有個照應。」母親的情緒漸漸平靜下來。

「那你打算什麼時候走呢？」姨婆問。

「我想既然要走，當然越早越好，到底是陌生地方，趁現在還年輕——」說到這裏，我的心裏也開始難過起來。雖說也是為了前途，心想出國謀生，談何容易，想到前途未卜，心情壓抑；而且為了離開那個折磨我的婉容，而捨棄兩位老人家，背離了栽培我的國家和痛愛我的師長和親友，是不是有點自私？

「你難過什麼？以後我們在香港住定了，辦好身份，不是可以回來探望家人嗎？」美玉興奮得兩眼閃亮，好像我們一定走得成似的。

「你得先回廣州收拾行李吧？」姨婆望一眼美玉，有點不以為然的，「那麼在走之前——」

「我會回來探望你和媽的。」我很快地接下去。「其實我是偷渡，不能多帶東西。」

「我看你不必再回來看我們了。夜長夢多，邊境不會永遠開放的。」媽語重心長地說，深深地嘆了口氣。

「那也得帶備文件證書什麼的，不然怎麼找事做？」美玉說。

「那麼不若你們還是今天回廣州吧，等收拾好了，馬上起程吧。」媽說著，又忍不住擦眼睛。

「媽，別這樣，我又不是一去不回來。」看見媽淒然模樣，我和自己說，不要生氣了吧，到底是你母親，不管她做了什麼，怎樣都是我的母親啊！

我和美玉仍是照著原定計劃上路，只是比預定時間晚了點。一路上美玉不斷向我說及香港種種，香港有多繁榮，多美麗等等。

「你又未去過，你怎麼知道？」我說。

「我當然知道！」美玉揚揚下巴，狀甚得意。「我叔公每次來探望我，或者寫信給我，都會詳細的形容香港的情形，我當然知道。」

「你只是聽人家說，又不是親眼看見，怎能把話說得這麼準？」和她鬥嘴有個好處，就是可以暫時將婉容撇在腦後。

「我叔公從來不會騙我，他告訴我的一定不會錯的。」她說，橫了我一眼，不笑了。

「你叔公怎樣對你說的我不管，我只相信自己眼睛看見的。」我故意氣她。

她火了，當胸就是給我一拳。「不和你說了，既然你不信，為什麼要跟我去香港。」

「咦，這倒奇了。」我一邊揉著被打的地方，一邊激她：「好像不是我要跟你，是你要跟著我嘛！」這次我早就有防備，她的拳頭落了空，我忍不住笑了起來。

她鼓著嘴，扭頭望向窗外，不理我，我卻偏愛逗她說話：「你說走就走，不用徵求你家裏人同意嗎？」

「我知道他們一定會同意的。」

「那麼有把握？」

「唔。」她大力點頭，一點沒猶疑。

「那麼，你捨得他們嗎？」

「我可以回來探望他們呀！」

「那到底和可以天天見面不同呀！」

「哎方華，我說你今天是怎麼回事？是存心抬槓，還是不想我也去香港？快說！」她圓睜著眼。

我笑笑不理她。

「喂，我和你說話呢？」她又向我掄起拳頭。

我一把握住她的手，笑說：「別鬧，想想怎樣回家同你家裏人說才是正經。」

「那還不簡單，只要向他們說清楚，一定沒問題的。」

「你就這樣胸有成竹？別忘了你是女孩子。你爸又最疼你——」

「那又怎樣，」她搶著說：「我向來想怎樣就怎樣，誰攔得了我。」說完還淘氣地向我眨眨眼睛。但我下意識的覺得她不是在開玩笑。這是美玉第一次在我面前，表現了除了活潑調皮的另一面。她的強和婉容的弱，就如白與黑的對比一樣強烈。

但最終美玉還是拗不過我，乖乖的在家裏也召開了一個小小的家庭會議，連剛剛回家探親的鄺家小女兒美蓮，共五個人，圍坐在客廳開始討論去留的問題。

果然如美玉所料，沒有一個人攔阻她去香港。她母親是不捨得，但不敢反對，她父親是不捨得，卻主張她往外闖，美蓮則更奇怪，沒頭沒腦的一句：「我的意見嘛——沒意見。」

我奇怪地望著她，她卻又說：「別說我沒意見，就算有，也不會有人聽，所以我還是去看電影去了！」她哈哈一笑，扭頭走了。

「這丫頭——」鄺伯母大搖其頭。

「看，都是你慣的。」鄺伯伯說。

美玉向我揚揚眉毛。「爸，媽，我看可以散會了吧！」話卻是向著她父母說的。那態度分明是，看，我一點沒說錯，是吧？

我和美玉去香港的事，就這樣糊裏糊塗地訂了下來。我將這個消息告訴袁家倆老，他們也替我們高興。因寧夏還沒有放人，回校工作仍未肯定，倒不如去香港發展的好。

第二天一早，一九六二年五月四號，我們正式告別袁鄺兩家親朋，但沒有向陳教授道別，因畢竟是偷渡，不想連累別人，才依依不捨地從廣州出發，開始了我們的偷渡之旅。

我們乘車經石龍往羅湖，上車未久，我去香港的心便漸漸冷卻下來，走，是為了減輕失戀的傷痛，但這一踏上旅途，對祖國，家人和家鄉的思念又如潮湧起，幾乎可說是馬上又體會到另一種的傷痛。生命的把戲是不可思議的！我們都是受命運支配的善良的生命，哪件事我們自己作得了主的？

我和美玉一路緊緊地雙手互握，不約而同地沈默著。我想她和我的感覺差不多，有些興奮，有些擔心，有種將要面對不可知未來的茫然，也有離情別緒。

我永遠也忘不了那恐怖的一幕。我們夥同其他同是嘗試偷渡到香港的人，在黑夜中靜悄悄地在一個又一個的山頭匍匐而行，企圖在不被香港警察發現的情況下，成功地進入香港境界。

不幸的是，從陸路偷渡往香港的人，十之八九都會被抓到，不管是香港警察或是警犬厲害，總之多數的人都跑不掉，尤其像我和美玉這樣平時不慣吃苦的人。

我一直抓著她的手，感到她的失望和顫慄，因為在我們東匿西藏，跑到滿身大汗的情況下，她的手心仍是一片冰涼。

我們差不多一點逃跑的機會都沒有，就被英邊防軍警抓住，並即時被押回深圳。我拉著美玉靠坐在牆邊，心裏正在想，要不要發一封電報給舅父，請他幫幫忙？美玉卻忽然放開我的手，悄悄說：「我去問他們可否給叔公打個電話。」

「你坐在這裏等我，讓我去問。」

「不，只一會就好，你等我。」她說完便起來找到一個英警談去。沒多久我看她隨著那人走到某個房間，又過沒多久，她回到我身邊，面帶喜色。

「我找到叔公了，他說會幫我打點一切。」她悄聲在我耳邊說。「想打電話給你舅父嗎？跟我來，我知道那裏有電話。」

我電話是打了，但心知機會不大。舅父雖也是生意人，手邊還算寬裕，可是要「打點」香港邊境的人，又豈是容易的事？

「但我們只要還有機會，就不能放棄。」美玉說：「失敗了大不了又被押回來，怕什麼？」

於是我倆又隨著逃亡潮翻山越嶺一次，而結果正如我所料。我們又被抓個正著，不過這次是被押到粉嶺警署。

我們剛被喝令站好，就有個警察過來問我們，有誰會說英語，我答說我會，他便帶我到房裏去，找我與一英國人交談，原來英國人乃報館記者，想採訪我們這些偷渡的人。

第一個問題就是：「你為什麼想偷渡來香港？」

我想了一下，心想：如果告訴他是為了失戀，豈不貽笑大方，便說：「聽說香港有很多工作機會，我想闖一闖。」

「不是說多數的人都因為吃不飽才走的嗎？」

我聳聳肩。「我不知道，也許我是個醫生，沒有吃不飽的問題吧」，什麼意思，訪問就訪問，為何專揭瘡疤。

因為我不合作，訪問草草結束。我回到剛才排隊的地方找美玉，不見她，問附近的人，他們告訴我，有位警察找了她去問話。

我大急，忙問是怎麼回事，他們說不知道，只伸手指著我剛剛路過的方向，我順著指示看，正好看見美玉和一個警察靠得很近，正密密細談，似在商量什麼。美玉回來後不說什麼，我也不問。以為她會提起，但一直沒有。我心裏不悅，更不肯去問。

然後我們又被押上車，說是遣送回大陸。每個人都垂頭喪氣，除了美玉。她被安排坐在開車那位警察旁邊，面上神色我猜不透，可是卻和恐懼沾不上邊。

警車到中港關卡時，警察喝令每個人下車，只除了美玉一人。我不肯下車，走過去問美玉是怎麼一回事，她居然不吭聲。

「他是誰？」開車的警察問。

「我男朋友。」美玉答。並沒有多說什麼。

警察狐疑地看我一眼，不置可否，待其他人都陸續下車之後，緩緩將車駛回粉嶺，我走到美玉身旁坐下，想伺機和她說話，她卻不理，不是眺望窗外，就是一搭沒一搭地與警察閑聊。

我以為警察會一直駛回警署，沒多久車子卻在粉嶺市區某茶樓旁停下。然後，我看見開車的警察數了幾張鈔票給美玉，看她下車。

我急壞了：「你要去那裏？」

美玉不答，拿了錢便急步下車。

「美玉！」我急得大叫，想下車，但被警察攔住。

「她約了人喝茶，有人在茶樓等她。」回答我是那個給錢美玉的警察。

「美玉！」我又叫。

美玉仍沒吭聲，只是站在路邊看著我。那眼神既歉疚無奈又帶著掩不住的興奮，我到現在仍忘不了。

警察不理我的叫聲，緩緩地將警車駛離。我看著美玉的身影在我眼前越變越小，直到再也看不見，天知道我有多憤怒和傷心，憤怒的是美玉在這種生死關頭棄我而去，傷心的是，她甚至連再見也不肯和我說一聲。

「警察先生，我也有家人住在香港，可否放我下來，我家不會虧待你的。」眼看警車似乎正在往粉嶺警署駛去，我強自鎮定下來，向那位開車的警察出言請求。

他半天沒作聲，似乎認真考慮，我在等待答案的那一剎那，一顆心緊張得怦怦亂跳。然後他說話了。「其實我現在只將你單獨一個送回去亦難交代，就當作日行一善，在這裏給你下車吧！」說完遞給我一百元。「別忘了你今日對我說的話。」

「我一定不會忘記的，你放心好了。」然後我將他的名字默念在心中，「多謝你，警察先生。」

我下車的地方不遠，就有一間港式西餐廳。

該名警察叫我在餐廳內等，他會替我通知我舅父來接我。但我一等就是一個多鐘頭，未見有任何人來，不由得一陣心慌。

這時有一中年婦女忽然走過來問我：「先生，你是否剛從大陸來，現在在等人接應？」

我不可置可否地笑笑，沒有回應她。

她卻接著說：「我一看就知道你不是本地人，隨時會被路過警察認出來，很危險的。不若——不若你隨我回家，再想辦法通知來接應你的人吧？」

我心想一來自己身無長物，二來她也不像是個壞人，想想便跟了她回家。她丈夫看見我問明了原委後便向我要了舅父家地址，說要親自去請他接我回去。

我大概猜到是怎麼回事，不然家有電話為何不用，要親自去，當然是去要求打賞。我覷著中年婦人不在身邊時候，偷偷打了個電話給我舅父，果然證實了那人的企圖。他獅子大開口要兩萬元，但我舅父給他一千元了事。

我在舅父家安頓下來，便開始四出找工作，但都找不到理想的。想掛牌做醫生吧，因沒有香港本地醫生執照而不成，就連東莞同鄉會聘我作社團醫生，也不獲香港政府批准。

我再申請往加拿大繼續深造，但遲遲等不到消息。這期間只有香港大學答應給我一個解剖助教的職位，我對基礎醫學興趣不大，被我婉拒了。

舅父一家待我很好，我亦寫了信向母親和姨婆報平安。但我那時已經二十多歲，自覺不能長期寄住在人家家裏，急尋出路，卻是一點辦法也沒有。我寫了一封信給石嘴山人民醫院劉院長兼黨委書記，告訴他我已到了香港，不必再寄薪水和糧票給我，還告訴他我會永遠記住他的教訓，無論我將來漂泊何處絕不做一件對不起國家的事，還期望日後有成就時再回來報答國家。

未幾收到母親來信，信中提及美玉，曾經去信打聽過我的近況，並留下通信地址云云。我一直在氣美玉在羅湖邊境拋下我之事，本不想找她，但終捺不住好奇心，好想知道她的近況，故在某一個週六依信上地址去探訪她。

美玉叔公家在深水灣一幢豪宅內，來應門的是身穿白衣黑褲的女傭，屋內陳設亦甚為氣派。最先出來接待我的是美玉的堂哥和堂妹，待我非常客氣，並叫傭人奉茶。

美玉隨後出來，穿著最新款色的碎花洋裝，神清氣朗，臉色紅潤，比以前更增幾分嬌媚，看來日子過得相當如意。

才幾個月不見，在我眼裏的她，卻有點像陌生人。她見到我，先怔了一下，才靦腆地笑了笑。以前的美玉，才不會與靦腆兩個字沾上邊。直覺地認為她變了。

「這是我堂哥、堂妹，這是我最好的朋友。」她如此介紹。我冷冷地笑了一下，從什麼時候開始，我變成她的好朋友，而不是男朋友了？

她的堂兄妹很好客，極力挽留我吃晚飯，告訴我一會還有一個年紀相若的客人，應該可以談得來，奇怪的是美玉未置一詞。

我還在推辭，門鈴卻在這時響起。進來的果然是一個年輕人，生得相當英俊，穿著也很時髦，不過最扎眼的，還是他手裏握著的那束嬌艷欲滴的黃玫瑰。

「我沒遲到吧？」他笑說：「這束玫瑰漂亮吧？我跑了幾間花店才買到的呢！」這個時候，他才瞥見站在角落的我：「噢，你們有客人，這位是——」

美玉的堂兄給我們介紹，「這位是美玉的朋友，方華，這位是袁君望，美玉的男朋友。」我依稀聽見他的名字叫君望。不過，美玉的男朋友那幾個字卻異常清晰地傳入我的耳中，美玉的男朋友？這麼快，就這幾個月？

君望伸手和我相握，笑著說：「美玉的朋友，當然也是我的朋友，別客氣，留下一起用膳吧。」一副主人的口吻，看來跟鄺家關係不尋常。

我望向美玉，只見她面帶暈紅，正尷尬地微笑著。我忽然惡作劇起來。「好吧，恭敬不如從命，君望兄。」我知道我留下來，對美玉來說無疑是酷刑。

君望滿意地笑笑，然後筆直朝美玉走去，將花遞給她。「終於讓我找到黃色玫瑰了，喜歡嗎？」美玉將花束接過，低一聲道謝，眼神始終不肯和我的接觸。沒多久傭人擺好餐桌，招待我們用膳，我一點沒料錯，美玉夾在我和君望中間，簡直如坐針氈，食不下嚥。

我表面上和鄺家兄妹及君望談笑，狀似輕鬆，事實上並沒有吃的心情，一來是因為美玉另交男友的衝擊，另一方面，像鄺家這樣豪門，連吃飯也有傭人隨侍在側，也令我好生不習慣，多想念母親和姨婆做的家常菜，多想念她們。

傭人們撤掉餐盤，送上甜品的時候，我聲稱再也吃不下，向主人們告辭，美玉送我出門口，一直欲言又止。我心中有氣，不想給她說話的機會，說一聲再見便大踏步走開。

她卻從身後叫住我。「方華——」對，是方華，不再是阿華，或故意在婉容面前喚的華哥。

我回身，面無表情地望著她，以為她要解釋君望的事，卻聽得她說：「上次——不是有意不救你，只是我不敢告訴叔公，我已有——已有男朋友，所以——後來我從你母親那裏知道你已平安住在你舅舅家裏，想著以後有機會——會去找你。」

生性爽朗、口齒伶俐的美玉，什麼時候說話吞吞吐吐的，分開一截截？分明是她自己心虛。我冷笑一聲，再也假裝不下去了。「你並沒有義務要救我。所以，一點關係也沒有，千萬別放在心上。」話說出來，連我也覺得有多假，有多虛偽。

「你——」她咬著嘴唇，可憐兮兮的，一點也不像平日那個飛揚活潑的美玉。「你是不肯原諒我了？」

「你言重了，鄺小姐，小事一樁而已，不必用上原諒不原諒的字眼。」我極力裝出一個笑容，話卻像毒箭一般的發射出去。「進去吧，有人在等你。」說完我頭也不回地走了。

可是我才走到街角等巴士的地方，心裏就開始懊悔了，人各有志，我又何必那樣沒有風度？一個大男人，表現得像個失戀的小男生，真是丟人。

細想那位袁君望先生，長得體面不說，談吐也是有禮斯文，而且言行舉止看來比他的年齡成熟，美玉也有個依靠，如果我真心愛她，應為她高興才對，又何必介懷？

失戀的滋味固然不好受，但比起上次慘遭婉容「甩」的那次，卻又是小巫見大巫了。我一晚沒睡，努力將男女之情放在一邊，而專心地去想我的前途。

人既已離開中國，香港又不承認大陸的文憑，行醫已不可能，但我又不願放棄，本來有機會去加拿大深造，但又拿不到簽證，真是彷徨不可終日。舅父有位叫高業的朋友說可以幫我去台灣，他說我懂英文，若能考上台灣大學再讀幾年，就可以去美國或加拿大繼續深造，他告訴我台灣大學前身是日本帝大在台灣的學府，與日本東京大學齊名。他的這番話，打動了我的心。但我仔細思量，台灣與大陸處於敵對狀態，若大陸知道了我去台灣難保不牽累家人，尤其是兩位劉書記，我怎能背叛他們！高業好像猜透了我的心事，他告訴我，他可以通過台灣高層把我保護起來，並保證我不會受到政治干擾，可以全心求學。我和舅父商量，徵求他的意見。他也覺得去台灣是個不錯的主意，不過他不希望我是因為寄人籬下才想去台灣，如果留在香港有發展機會，他一樣希望我留下來。

「你父親英年早逝，我們的關係就像父子一樣親密，」他說：「千萬不要見外。」

我很感動，但仍表示想去台灣，他亦欣然答應我會託高業代為安排，囑我安心等待好消息，不必心急。

等待的日子一點也不好過。加上我在香港朋友不多，平日只靠看書和寫家書打發日子，生活可說是乏善可陳，直到有一天美玉深夜來訪，而看她的神情，便知事非尋常。

當夜舅父一家全在，談話極不方便。我便將她帶往舅父家附近茶室小坐，誰知她一坐下就哭了起來。

幸好茶室人不多，我忙掏出手帕給她抹眼淚，一邊問道：「發生什麼事了，美玉？」

不問還可，這一問竟將她的眼淚全引了出來，我尷尬地瞄瞄四周射來怪異的目光，急道：「別哭啦，再哭，我要背黑鍋了！」

她望我一眼，仍在抽噎，「你背什麼黑鍋？」

「他們會以為我令你大了肚子而不認帳。」

她淚未乾，卻撲通嗤笑了出來。「你什麼時候學得嘴巴這麼壞。」

到底是美玉，容易哭，也容易笑，最容易哄了。「好啦，不哭就好，告訴我發生了什麼事。」

「是君望他——」

「是這個——我早已不怪你了。不要難過。」我繼續說下去：「你要是真的和他在一起也不錯，我看他人又正派又老實。」

她現在完全不哭了。瞪大了眼睛望著我：「你不是在嘔我吧，阿華？你是在說真的？」

好傢伙，我又從方華變回阿華了。這中間不用說也知道大有文章。「我當然是在說真的。」

「那你的眼光可太差了。」她死命瞪我，好像我才是令她流淚的那個人。「他才不老實，他原來早有女朋友了。」

我一楞，可說嚇了一跳。那小子看起來真的滿可靠的呀。「你如何知道？」

「我當然知道，而且親眼見過他們在一起。」

「那個女的是什麼人？」

「他以前的女同學。」

他媽的又是以前的同學。我的婉容也不是被以前的同事搶走的，如果她沒騙我。

「他知道你知道嗎？」

「哼，」果然她說：「他說他可以隨時和她一刀兩斷，告訴她他的未婚妻已從國內出來。」

「我好像不知道你在香港有未婚夫。」我大惑不解。

「我們根本還未見過面就在叔公安排下訂了婚。」

「但你從來沒向我提過訂婚的事。」

「因為我並不認為我會成功來到這裏，他也不會放棄這裏回中國居住。」她望我一眼，似乎認為我的問題好多餘。「所以一直未將這個人，或這個婚約放在心上。」

「但你總也不應將我蒙在鼓裏。」

「不是剛告訴你，我並沒有將這件事當真嗎？那只不過我叔公酒後和君望父親訂下的一門娃娃親。原是當不了真的，連我爸也沒把它放在心上。其實我的一切行動，只不過潛意識中想報復你。」她說，理直氣壯地。

我迷糊了：「報復我？」

「是的，報復你心裏只有一個婉容。報復你在婉容不要你了，才肯看我一眼。你不知我心裏有多委屈和怨恨……。」

「但婉容是我的初戀情人呀……」

「難道你不是我的初戀？你不知道，在學校裏，我是多麼的被人愛慕，在家裏又是多麼的被父母疼愛。但自從見到你，我把心就交給你了。長期以來，我懷著怎樣的希望，怎樣的恐懼，怎樣的不安。你無法知道，以前我是多麼的想說，多麼的迫切，我懷著怎樣的希望，希望你對我說今生今世你只愛我一個，全心全意地愛我，毫無私心地愛著我……」

「不要再說了……」我驚呆了。

「不！我還要說下去：我要告訴你：你並不瞭解我，你表面上看來是很愛我，其實呢……其實你只不過拿我排解你失戀的痛苦……那裏有一丁點的愛心和責任心！所以，你應該明白，我為什麼在邊境時離你而去！但……」

「但……」

「但當我被送回叔公家的路上，我後悔了，我才知道做錯了。我才知道我有多麼不捨得你，才知道沒有你，生命對我將會變得毫無意義，我是多麼的想回到你的身邊……我是一路上哭著到叔公家裏的。」

「那麼君望呢？」我疑惑了。

「君望是個好人。我相信他是真心愛我的……我一直在打聽你的消息但又不敢驚動你母親。只有到後來實在找不到你了才寫信給他問你的地址。」

「所以我就來找你了。但你好像待我並不……」

「你誤會了，我是身不由己呀！你不知道叔公怎麼說？」

「他怎麼說？」

「他說：『在這個世界上，只有君望才有資格追求我的小天使美玉！』其實我知道他只不過是為了實踐他對君望父親的承諾，我知他愛我，但他更愛他的名譽，對他來說，沒有什麼比一諾千金更重要的了！」

「看來，我那天去找你，給你添加麻煩了。」我擔心。

「麻煩倒沒有，只不過……」美玉脹紅著她那原本是紅紅的臉蛋，我知她不想說下去。

「你不想說，就不說了吧！」

「不！在我繼續說下去之前，」美王搖著頭說，「我得先把那天你到我叔公家裏的情形說給你聽。他們都說你沈默不語，呆頭呆腦，一副倒楣相。叔公還警告我說若我不聽他的話而跟你好，我——準會倒楣一輩子！」

「我堂妹還說：相比起來，君望條件就好多了。」

「她說得對。」我說：「他看來很有錢。」

「他家裏的確很有錢。」

「他看來很有前途。」

「他的確很有前途。」

「他英俊瀟灑。」

「他的確英俊瀟灑。」

「還很有風度……」

「他的確很有風度！還有呢……還有甚麼從你的死腦筋裏想得出來的千百個把我推給別人的理由呢！」美玉的臉紅得像關公，眼睛盯著我，直想要把我吃掉。

「那你心裏是怎樣想的呢……？」我裝著漫不經心地，輕蔑地說。

「其實那時我心裏很苦，」她看了我一眼，幽幽地說。「你教我……我能怎樣呢。他好像把叔公一家人都買通了，一天到晚往叔公家裏跑，紅的白的黃的還有天知道什麼顏色的玫瑰天天送，你試想我一個女孩子家，能夠一點不動心麼？……但我的心始終是念著你的，老是怪你為什麼不肯去討叔公他們歡喜。」

我為什麼要討好人呢！我在想：當別人把你看作低微的人的時候，對人殷勤等於辱沒自己。美玉啊美玉，難道你連這點都不懂？

她見我半天沒吭聲，忽然冒出一句：「我想和他解除婚約，你說好不好？」語氣溫柔下來了。

「你自己的事，自己決定吧，我這個外人——」我說。

「你說自己是外人，是什麼意思？」質問的語氣。

「在你們兩個人之間，我不是局外人嗎？」

「如果你是局外人，我為什麼找你商量，不找其他人商量？」

我苦笑著攤攤手，不想再發表任何高見，美玉要不是哭，要不是兇，真的很難應付。我看就由她自己決定怎樣做吧。

「我想和他解除婚約，你說好不好？」她重複再問，瞥了我一眼，眼巴巴的，眼中竟然閃過一陣羞澀，聲音又是出奇地溫柔。

「我不知道。」我搖頭。

「你為什麼不知道？」咦，為什麼聲音又大了？

「第一你和他的感情，好到了什麼地步，我不清楚。」我侃侃而談。念醫的人，最講究邏輯推理了。「第二，如果你解除婚約，你叔公會有什麼反應，我也猜不到——你剛才不是說，訂婚約的事，由他一手包辦安排的？第三——」

「我不要聽這些廢話。」她打斷我的話：「我只想知道，你想不想我和君望解除婚約。」她那對明亮大眼睛執拗地望著我，又深情又溫柔。

就算我再傻，或我想再裝傻也不可能，在這樣的目光注視下，我清清喉嚨，下意識地壓低了聲音，「你想我怎麼回答。」

「你心裏想什麼，就怎麼回答。」

我在想你不該在羅湖丟下我，不該向我隱瞞已訂婚這件事。但我不能說，再說她又要斥責我了。

「我不是你，我怎麼知道？」

她望著我好半晌：「你是不能忘記羅湖的事，還是一點也不喜歡我？」說完泫然欲涕。老天爺，不是想哭了吧？

「我怎麼會不喜歡你呢？」我說：「不喜歡你的話，如何可以在經歷了那麼多事情之後，仍然去你叔公家找你？」

「但你從來就不曾像愛婉容一般的愛我。」怎麼又將婉容扯上了呢，我默然，因為她並沒有說錯，我不能騙她。

「你失去她時悲痛欲絕，聽見我有未婚夫卻無動於衷。」她又說。

我仍然保持緘默。在這種情況下，我能說什麼？我能向她說：我目前寄人籬下，前途渺茫，正是自身難保，不能照顧她嗎？不，她不會明白我的苦心的。

「你甚至不贊成我和君望解除婚約。」見我不做聲，她步步進逼，「你從不主動爭取我。」

這話從何說起？我有表示過不贊成她和君望解除婚約嗎？我根本什麼也沒有說！我不由得皺起眉頭，「我什麼時候說過不贊成你和君望解除婚約？」

「那你是贊成了？」她眼睛一亮。

「如果你不夠愛他，當然是最好解除婚約。」

「那——如果我解除了婚約，我們可以重頭開始，就像從前一樣麼？」她嫵媚的大眼睛充滿了企盼和柔情，就這樣直直地凝視著我，直到我不得不軟化下來。

「婚姻大事，絕非兒戲，美玉，你要想清楚才好。」我說得很誠懇。

「我想清楚了。」她堅決地說。「那你可以答覆我的問題了麼？」

「如果你解除婚約，沒有什麼理由我們不能重新開始。」我終於說。

「但是，我想問你愛我有多深呢？」

「愛是不能量的，總之，你要多深就有多深！」

「阿華！」她熱烈地喊，笑了。「我就知道你是愛我的。」這之後正如美玉企盼的，我倆又回復了往昔的生活。我們天天都要見上一次面，有時一起在清晨上山慢跑。有時是在晚間沿著港灣散步。我自從來了香港，這還是頭一次真真正正看到香港。這本是太平洋海邊的一個漁村，十九世紀中葉由腐敗的滿清皇朝租借給英國。一個世紀以來中國人尤其附近遷來的廣東居民，胼手胝足地在這裏建成了一個世界上最美的現代大都市，有東方之珠之稱。從香港坐渡船過九龍，你可以看到兩岸龍蛇似盤旋著的山脈，白色的洋房，在日光照耀下，像無數的明珠散布在每一座山頭上，隔在山脈和海之間的，是那層層疊疊一望無際高聳入雲的高樓。你可坐吊車上太平山頂，把整個香港盡收眼底；看那藍色的海，綠色的隴山，白色的房屋，參差繁茂的樹林。每當夜幕低垂，皎潔的明月像白雪一樣的晶熒，和風像水一樣溫柔；千萬燈色把維多利亞港染得金黃，我敢說世界上最也沒有比這更美麗迷人的地方了。

再看香港的街道，從上環街角的水果報攤到中環大街的珠寶店，從門口懸掛著燒鵝小食店和樹一般繁衍的海味鋪到維多利亞公園旁的銀行區，無不顯示這城市的繁榮。這裏官方語言是英語，可是普羅大眾說的是粵語，還有少許上海語及國語。不過你若想擠入上層社會。你非得會說英語不可。有一個笑話，是諷刺本地的一些假洋鬼子的：

清早出來買豆芽，逢人都說頂瓜瓜。
見到唐人講番話，見到鬼佬甩大牙。

香港最美，可是在我的心中總是有一點排解不開的愁思，婉容的影子總是在腦中徘徊。夜色是這樣迷人，可我卻無心欣賞，早已感到疲倦，遙望遠山那邊便是我的家園，思鄉的心情，依然深切。

我還記得那天傍晚，我們去清水灣游泳，那是我們常去的地方，黃昏的夕陽照在碧藍的海上，如同一塊巨大的藍寶石反射出萬縷金光，隨著和風微微蕩漾，美玉坐在沙灘上，雙腳在卵石上輕輕移動，擺弄著那清亮的海水，她身上的泳衣濕透了，隱約突出她那成熟飽滿的身材，我的心怦怦在跳，輕輕地把她拉下來，再沈到水底下，在她身後貼近她，美玉輕輕地叫了一聲，轉身過來反抱住我，一起露出水面，我看見她那艷紅的面頰，她眉梢唇角都現出少女含羞的嫵媚，像一道閃電，穿透我的靈府，我的嘴唇很快的印到她的嘴唇上，聞到從她急速呼吸中發出來的一陣清香，……我感到一陣眩暈，忘了身在何處，緊抱著她不放，再沈回水底，在水底下吻著她……美玉緊緊地把身體貼在我的懷裏，像一頭溫順的羔羊，呻吟著，直到快不能呼吸了，兩人再一起浮回水面，……月亮已從海上升起，照在那粼粼的海水上，只見白露橫江，水光接天……一隻黑色的海鷗，從我們頭上飛過，左顧右盼，頻頻翹起尾巴，咭咭的叫著……我再看美玉，只見她美目含羞，面頰的紅暈，此前更嬌艷，更令人痛愛，我抱著她柔軟的腰，輕輕的說：「美玉，我是多麼的愛你，多麼的感謝你，你給了我上蒼能給一個人的最大的快樂，今生今世，我一定會好好地愛你，痛你，絕不辜負你！」

美玉突然哭了起來。然後喃喃的道：「不要發誓！我知你是好人，但我也知在你的心中，我永遠代替不了你的婉容……但求你……但求你念在我的苦心，永遠留在我的身邊，……那我就滿足了。」

「美玉！我……我……」我想起婉容，又是一陣心痛，「我的好美玉，不要多心，我們離鄉背井，天涯同命，今生今世，我不會負你，我要照顧你，痛惜你，絕不讓人欺負你，我們成家立業，生兒育女，永遠永遠做一對天長地久的好夫妻！」

美玉破涕為笑，輕輕的在我耳邊細語：「就如同白居易說的：在天願作比翼鳥，在地願為連理枝麼？」

「正是如此！」

我們都避開用膳的時間相敘，因為怕美玉叔公察覺，他叔公是老派人，喜歡吃飯時家人團聚一起，而美玉是他最鍾愛的小天使，自然也在家人之列。

她只能在她叔公外出應酬的晚上，偷偷地溜出來和我相聚，我從不過問君望是否也列在他們家人榜上，但大概能猜到答案，到底他們兩家是世交，而君望和美玉又早就被認定為一對。但在我的內心深處，總覺得我這樣做有點自私。從不自私的角度來看，我為美玉甘心放棄君望來愛我感到惋惜，因為從世俗的觀點來看，這樣做是差不多等於把自己從雲瑞中拋下來，去迎接不可知的未來。從自私的角度上看，又覺得美玉這樣做是對的，因為對一個女人來說，還有什麼比能同一個真心相愛的人在一起更重要的呢！

既然清楚美玉愛的是我，我並不很在意她和君望同樣是朝夕相見，只是心裏難免留有疙瘩，我們也曾為這事吵過架，但總是很快雨過天晴，重修舊好。頂多兩天不瞅不睬，第三天不是她來找我，就是我憋不住去找她。

不過我倆之間，似乎有個不成文的規則，那天的爭執是由哪個挑起，爛攤子也必定由哪個收拾。好像有次我無故找岔兒鬧，美玉一氣不理我，我就找上門去，厚著臉皮拉她出來看電影，還害她挨叔公一頓好罵。

想起來真令人唏噓，我和婉容相知相愛三年多，總共才吵過兩次架。和美玉從相識到現在不夠一年，吵架倒成為家常便飯，不過，吵架有吵架的樂趣，每次吵架後和她總感到格外的甜蜜。

直到有一次，我們又為婉容而吵。美玉抱怨我心裏始終有婉容，我這渾球不知短了那根筋，不否認倒還罷了，反而說：「我天天陪著你，你管我心裏想著誰！」

一句話將美玉氣哭了，也氣跑了。本來像往常那樣硬拖她出來玩一天，很快會沒事的，我卻忽然興起一個念頭，如果在這件事上被她討了好，以後動輒拿婉容出來吵豈不麻煩。

好，不若先凍她一凍再說。

這一凍，居然整整四天過去了，我沒去找她，她也沒來找我，依美玉的脾性，熬不過這些天的呀！沒有電話，也沒有片言隻字，有天晚上，我正心裏嘀咕，坐立難安的時候，美玉的姨媽找上門來了。

我將她迎入屋來，第一個反應就是：「是不是美玉出事了？」

「倒也不是出了什麼大事！」美玉姨媽說：「只是你們的事，她叔公全知道了，美玉被禁足了，出不來。」

「是不是她叔公——」

「那還用問！她堂兄妹全是新派人，才不作興這種老招式！」

「那可怎麼辦！」我說：「這兩天我正有重要的事想告訴她。」

「是什麼事，告訴我，讓我來轉告她行嗎？」

我點了點頭：「請你告訴她，我決定去台灣的事，也許短期內就要成行。」

「那美玉怎麼辦？」美玉姨媽急得直搓手。「她還指望你去救她呢？」

「我去救她？」我聽了只有苦笑的份，「我如何去救她？我又不是俠盜羅賓漢！這樣吧，請你轉告美玉我走了之後，會寫信給她聯絡的，如果怕有人截住，我將信寄去你家可不可以？」

「寄去我家沒問題。」她說：「不過我想我們還是應該再想想辦法——」

她頓住望著我，似乎在等我接下去，可我能說什麼？「你可否在三天後再來一趟，我想在那個時候該知道我離港的確切日期了。」

「好，我會再來。」

三天後，她果然來了，但不是一個人來，美玉也來了。美玉一看見我，也顧不得她姨媽在一旁，縱身便投到我懷裏來。

倒是我感到有點尷尬，輕輕地推開她，細細地端詳她的臉。「你不是被禁足了嗎？怎麼跑出來了！」

「叔公有應酬，我便偷跑出來啦！」她做了一個鬼臉，直截了當地說：「我要跟你去台灣，你可不准撇下我。」

「美玉，去台灣可不是說著玩的，你嬌生慣養，我怕你吃不了苦。」

她孩子氣地嘟著嘴。「你還在生我的氣？」

我笑了。「我怎麼會當真生你的氣？」

「那你為何要撇下我？」

「我不是撇下你，我是不想你跟著我吃苦。」

我拉著她的手，好言相勸：「我先去，安頓下來後，再想辦法好不好——」

她搶白我，「我人在這裏，你都不來救我，誰知道你飛去台灣，會不會還想著救我。」

「哎，小姐，我不是飛，我可是坐船去的。萬一你去了有什麼三長兩短，我很難向你叔公交代，依我看，還是我一個人先去妥當些。」我一邊說，一邊望向她姨媽，用眼神向她求救。

她收到訊號了。「阿華說的對，他先去，再接你出去，比較兩個人一起去穩當些。」

「不，」美玉的嘴噘得老高。「我說兩個人一起去才比較有照應。」

她姨媽望著我聳聳肩，一副無奈何的表情。

「那你有沒有想過你會傷了你叔公的心嗎？」我仍不放棄。

「想不傷他的心，就只有嫁給袁君望。」美玉瞪著我說：「你肯嗎？」

一句話堵住了我的嘴。這點她說的沒錯。如果不想她嫁給君望，何必出到禁足這一招？

「可是美玉——」她姨媽還待再勸，卻吃美玉一個白眼。

我望著她姨媽搖搖頭，表示棄械投降。「好，我下個星期坐船走，這是時間地點，你能來就來吧！」美玉倒爽快，很快地將時間地點記下。「好，到時碼頭見。」說完撮著她姨媽一陣風似的走了，還回頭對我眨眨眼睛。

倒是我，一個人楞了半天，這小妮子可真奇怪，在這種關係終生的關口上，竟表現得如此輕鬆，如果換著婉容——想起婉容，沒由來的一陣心痛。本來以為隨著時間流逝，這因她而來的痛會隨著漸漸減輕，但沒有，反而有加劇的現象。

我再也不能忍耐，坐下來寫了一封信給她，就算她不肯見我，不會不肯看我的信吧。何況，那只是一封非常普通的問安信，雖然那故作平淡語氣的背後，藏著熾熱如火的感情。

我不知道婉容後來有沒有回信，我也阿Q的不去深究。而一個星期之後，我如期去到北角碼頭，預備起程去台灣。

舅父全家及二姨表兄弟全隆而重之的來送行。舅母一早起來為我準備早點時，眼眶就一直泛紅。我也很傷感。這一去遠離了這許多親人，包括了我熱愛的母親和姨婆。心裏的不捨真的非筆墨可以形容。尤其是年事已高的姨婆，我想多數沒有再見的機會了。想到這，心裏一酸，暗暗掉下淚來。舅父伸手拍我的肩頭，說：「如果一切順利固然好，不然可以隨時回來，我的家就如你自己的家一樣，懂嗎？」

我像個小女兒般紅了眼睛，低下頭，強忍心中的酸楚，卻見美玉與她姨媽氣急敗壞地趕來，手中並無拎帶任何行李。

以為她改變主意不去台灣了。雖然本來我也不想她去，現在卻感到絲絲失望。沒有她在身邊，孤身奮鬥的日子更不好過，誰知她走過來就說：「如果我來不了，你等不等我？」

我暗暗鬆了一口氣。「我當然等你，不過船可不等你。」

「你這當兒說笑話，可難為咱美玉過五關斬六將才跑出來的。」她姨媽說：「為怕她叔公疑心，甚至行李也沒拎。」

我伸手將美玉拉到身邊來，緊緊地環抱著她的肩，只是笑，並沒有說話，但心中的感激卻是無可名狀。在這一分鐘裏我默默起誓，無論她以前做了什麼令我心痛的事，我都不再計較。

她肯為我抛開所有家人，陪著我走這段前途一片迷茫的路，我怎能再同她斤斤計較。我暗下決心，會負起責任，好好地照顧她，疼她。

船臨開行的時候，美玉撲前去摟著她姨媽。嗚嗚地哭起來，我和舅父握手道再見，心情沈重得透不過氣來，這許多人對我好，我一定要努力，要爭氣，不能令他們失望。好重的擔子啊！

美玉到底是個樂觀的人，船開沒多久，沈悶的心情就逐漸退去。傍晚吃過飯，甚至吱吱喳喳地與我談起未來的種種，倒也擰解了我的愁緒。比我年輕四歲的美玉，絕對是我的開心果。

三天後，船抵台灣基隆港，救總派人來接船，安排我們這一班學生逕往臺北松山小學。很多間報紙都派人來做訪問。我不敢說太多。只說是來台求學。

我們這一幫人有一百多人，不是大學生就是大學畢業生，不過連我在內，只有五個懂英語。我們住下沒多久，便被分派到蘆州華橋大學的先修班就讀。

我們大多數的人都已讀過大學，當然相當不滿，尤其是我，醫科畢業已經一年多了，不強烈反對才怪。大家坐下商量的結果，是推選我做班長，代表各人向教育部交涉。經過多番與教育部磋商和反映，才獲得一個比較公平的機會，就是在編班前，先考一個入學試來甄別學歷。

考試的結果，是大部份學生都不合格，只有十來個人考入大學，其餘的只好留在橋大先修班，先讀一年，翌年再考。幸好我和美玉都考上了。美玉考入政治大學中國文學系，算是很好的選擇。至於醫科，因為出的是英文題目，所以只有我和一位以前嶺南醫學院畢業的學生考入台灣大學醫學院，但卻編入醫科一年級，令我們非常不滿意。

我只得又去求救教育部大員陳秘韋，交涉結果，院長批准我倆以考試代替學分，從一年級考起，若有一科不合格，便得從那年級讀起。

我苦考六個月，經過無數甄別試，包括從未學過的微積分及德文，終於一九六三年七月考上六年級，得到這個好消息當日，我和美玉出去吃館子，又看了場電影，以示慶祝。

但另一位同學就沒有我的幸運了。只考到四年級。當時他已年過三十，本是嶺南系的博濟醫院內科主治醫生，現在卻要從四年級念起，精神大受打擊。

同年夏天，剛開學不久，他就因意外服用過量安眠藥出事，送院不久便不治身亡。我很為他難過，因為我猜他雖是英文底子好，不會受到語言上的困難，因為台大醫學院所有課程全是用英文的，但畢竟年紀大了，對前期的功課早已忘了不少，重念壓力太大，加上身處異地孤獨無依，以致造成這個不幸。

開學後，成績方面尚好，不但拿到廣東同鄉會的獎學金，還有救總發給的獎金，剛夠糊口，根本不能應付額外消費。美玉提議寫信給叔公請求資助，我堅決拒絕。好幾次美玉央我帶她去看電影，我也沒有答應。

本來擔心她會嫌我窮，可是沒有，反而很體貼地在假日準備便當，還與我到公園野餐。還戲稱這是最佳的免費娛樂。

那段日子過得清苦而平靜，而對於美玉為我拋棄在叔公家錦衣玉食的日子，很是過意不去，倒是她常鼓勵我：「窮，又不會窮一輩子，我相信以你的聰明勤奮，將來一定有好日子，不要再自怨自艾了，好嗎？」記得當時我一把將她摟在懷裏，心情激動，久久不能言語，過後沒多久，我投稿被報社採用，滿心歡喜地找美玉去逛公園，對她揚揚手中的稿費，笑道：「這夠請你去看電影和吃館子了吧？」

「我們去看電影好了，吃館子改天吧。」誰知道她說。

「你怕錢不夠？」我故意在她面前將那小疊鈔票數過來數過去的，逗她。

「你以為我老花眼，還是不懂算數？」她白我一眼。「我是在想，你是不是應該剩下一點錢寄給你媽和姨婆，好哄她們開心。」

我的好美玉！我伸開手來，想去抱她，卻讓她笑著躲開了，一邊對我大發嬌嗔：「你發什麼神經！現在是大白天，我們又在人來人往的公園！」

那時我才發現美玉的另一面。原來她並不像一般富家女愛揮霍，她可是非常懂得精打細算的。這種作風，不正是一個賢內助必備的條件麼？我喜滋滋地想。

那段日子，是我和美玉感情最好的日子。每逢週末，我們都會到處逛，臺北的指南宮、故宮博物館、碧潭、北投及附近的野柳等名勝都有我們的足印。我們尤愛碧潭，潭面開闊，湖平如鏡，倒影行人，岸堤新柳，如烟如霧，真令人流連忘返。而北投卻又是另一風味，那裏自然溫泉處處，柳濃深處黃鶯宛囀，自有一番滋味。

臺北是融和著新文化和日據時代的傷痕的結晶。半世紀的奴化教育，使為數不少台灣人還未完全回復民族的自尊；一九四九年國民政府遷台，由於恐共而進行的白色恐怖，使得人心惶惶，使部份本地人對外地來的人心存抗拒。我和美玉都非常小心地生活，從不涉及任河政治活動。

最初我在班裏的人緣，並不算好，台灣大學醫學院是全台灣第一，每年平均約從六千多名報考學生中，只錄取約七十名，另加二十個名額給外地來的僑生。

這樣吃緊有限的學位，硬給我這個外來人擠占一席，自然惹來不少人眼紅，更有人出去傳播謠言，說我是憑人事關係硬擠進來的，我當然不高興，但沒有太認真地放在心上。

一來我生性豁達，二來我日漸向上的成績，也令他們閉上了嘴巴。如果我本身是個勤奮學生，又何需人事關係？

隨著日子過去，我交到幾個比較談得來的朋友，如張俞，林興文，鍾照和梁寧等。林興文來自香港，是一個開心果。鍾照來自印尼，性情隨和，是一個大好人。而梁寧和我性情最接近。他也是解放後從內地去了香港。再來台大。他本來考取台大哲學系，因父母反對，故再重考醫預科。他聰明好學。性情溫厚。尤酷愛哲學及中國古典文學。他告訴我哲學他崇拜羅素，文學是蘇東坡和張若虛。有一次我和他同遊野柳，面對滔滔太平洋海水，在美麗的月光下輕輕蕩漾。只見上下天光，一碧萬頃，長烟一空，皓月千里，一時心有感觸，想起張若虛的〈春江花月夜〉，我輕聲低唸：

「春江漸水連海平，海上明月共潮生。……」

「灩灩隨波千萬里，何處春江無月明……」他不假思索接著唸。

「江畔何人初見月？江月何年初照人？」

「人生代代無窮已，江月年年只相似。……」

「不知江月照何人，但見長江送流水，……」

「可憐樓上月徘徊，應照離人妝鏡臺，……」

念著念著，想起婉容，我已淚眼模糊。寧輕輕的說：「看來華弟你滿懷心事，是否想著家鄉慈母及初戀情人？其實你有美玉在身邊。正是才子佳人。不知羨慕了多少人，好應該歡懷樂道才是，何況上天有好生之德，以你的聰明才智，終有一天你會衣錦還鄉。慰望令堂大人的。」

知我者莫若寧兄！但他又怎能體會我心中對婉容那刻骨銘心的思念呢？我心中的秘密，我又怎能向老友傾訴呢！但縱然如此，人生難得一知己良朋。故我說：

「聽君一席話，知我者莫如君。人生難得有一知己，但願我們以後能長相聚首，詩酒共和。」

「我亦有同感，望我們竭盡所能，互相提携。今後無論海角天涯，都會不離不棄。」

後來我和寧同去加拿大的哈里法斯（Halifax）的醫院實習。之後他去美國進修精神科，我去蒙特利爾麥基（MiGill University）的皇家維多利亞醫進修核子醫學，我們經常互相探訪，把酒談心。

張俞卻出身於香港富有人家，與我感情最深厚。他身材高挑，眉清目秀，為人內向憨直，向來是永不說大話而又藏不住心事的人。也因為這種個性，第一次見美玉的時候，就鬧了個大笑話。

有一天，本來約了美玉去做「免費娛樂」，逛公園的，因臨時有一份作業要趕而進退兩難。美玉建議不如兩個人一起到圖書館看書做功課，累了停下來談談心，吃點零食，也算聊勝於無。

「可是圖書館內是不准吃東西的。」我笑著調侃她。「除非你偷偷地吃而又能做到不出聲。」

她故意兇著眼睛。朝我叉腰說：「不准你吃東西出聲音，如果因你害我也沒零食享用，小心我扁你。」說完就笑了。因為覺得在台灣新學到的「扁」字很滑稽。

「那如果你害我沒零食吃呢？」

「一定不會，我會小心不發出聲音的。」她笑著伸伸舌頭。「念書已夠苦悶了，不能吃零食，會要了我的命。」

於是我們兩個像淘氣的小學生一樣，躲在圖書館偏僻一隅，看兩頁書，剝一個橘子吃，再看兩頁書，將一粒話梅送在嘴裏，奇怪的是因為是偷著吃，滋味似乎特別好。

而就在美玉津津有味又鬼鬼祟祟的啜著橘子肉時，忽然用肘撞了撞我，我以為她問我吃不吃，只搖搖頭，繼續專注在書本上，誰知她又撞了我一下。

「什麼事？」我勉為其難地將視線從書本移到她臉上。

「你看，那邊有個人一直在望我們。」她悄聲說：「不知會不會是那些好事之徒，去圖書館長那裏告發我們——」

「你說那裏有人在看我們？」我說完環目四顧，未等美玉明示就看到一對眼睛，沒錯，是在看我們，而且因為看得太過專心，像老僧入定。

我笑著向眼睛的主人擺擺手，因為這雙眼睛的主人正是張俞，我最好的朋友。幾個月來我的女朋友和好朋友竟然未碰過面，看似奇怪，其實不怪。因為張俞這傢伙內向得近乎孤僻，除了課堂、食堂和圖書館，幾乎那裏也不去。看電影上館子更是鐵定沒份。而上述這三個地方是美玉能不去，就不去的地方，如何容易碰上。

沒想到美玉第一次跟我來圖書館，就碰到這位比女子還要深閨的獨行俠。我知道他不喜生人，也不喜應酬，是故只是向他擺擺手算作招呼，並沒有介紹他們相識的念頭。

誰知他卻筆直往我們坐著的地方走來，他的眼睛只瞟了我一下，就凝住在美玉身上，訥訥地說：「這位是——」

未完的句子，奇怪的眼神。

「這是我女朋友鄺美玉，這位是我的好朋友張俞。」我簡單的介紹完，發現他的眼睛並沒有看我，仍定在美玉那兒，像呆住了。我和美玉面面相覷，不知是怎麼一回事。

換了別人，我一定罵他急色，但老實內向如張俞，不可能，也許美玉的模樣像他一個熟人？我在心中嘀咕。

他卻終於將目光從美玉身上收回來，又訥訥地說：「對不起，我失態了。」說時眼睛根本不看我們，轉身就走。

「這位朋友——」美玉定定地望著他的背影一會兒，才回過神來說。

「是有點奇怪。」我接下去。

「他是不是和你同宿舍——」

「當然不同宿舍，不然你怎會沒見過他。」

「他向來喜歡這般直勾勾地看人麼？」

「不，甚至可以說，他向來很少正眼看人。我還一直笑他除了書本對人沒興趣。」

「那他為什麼——」

「一定是你長得太漂亮，他才看昏了頭。」說完自覺滑稽，嘻嘻笑了出來。

美玉也笑，笑得很燦爛，但卻出手捶我，重重的，「你今天怎麼回事，老在搶著接話，說話又沒一點正經。」

「你是長得漂亮，我說錯了嗎？」

「是啊。」美玉明知我此刻在逗她，心情仍是大好，順著我笑說：「因為我長得漂亮，你那位好朋友就看昏了頭，對我一見鍾情咯。」

「你也那麼以為？」我笑。「不得了，我今晚得去他宿舍揪他出來──」我頓住，故意賣關子。

「揪他出來做什麼？」

「扁他啊！」我故意大聲誇張那個「扁」字。

一聽那個「扁」字，美玉又笑起來，一邊笑，一邊向我身上扔橘子核。我忙著追趕她，兩人鬧成一團，只可憐我那份作業仍然茫無頭緒。

心裏念著該做的事未做，天未全黑便和美玉分了手，一個人窩在宿舍裏，預備痛下苦功，挑燈夜戰。張俞卻在這個時候摸上門來。

張俞人很好，對我也好，只是因為個性較獨僻，相交以來甚少主動找我，所以打開門看見門外是他，著實嚇了一跳。

「來，進來坐。」不必問他為什麼來，因為這人向來快言快語，心中藏不住話。

「那位鄺美玉小姐真的是你的女朋友？」果然他劈頭就問：「我──我是說，是認真交往的女朋友嗎？」

我點點頭，「你以前見過她？」

他搖搖頭，接著伸手搔頭，一臉的苦惱。「我想我是完了，我竟然喜歡你的女朋友。」

我張大嘴巴，半天也合不攏。「什麼，你說什麼？」

「我說我完蛋了。」他頹然坐在我的床上，臉上的表情何止苦惱，簡直痛苦萬狀。「我喜歡上你的女朋友，這可怎麼辦？」

我啞然失笑，卻是慢慢地待嘴巴合上了。「你不是說笑？」

「你看我像說笑嗎？」他又大力抓頭，我真的擔心他會把頭皮屑掉在我床上。「這種一見鍾情的蠢事，怎麼發生在我身上。」

對呀，這麼聰明的人，做了一個這麼蠢的事，叫我能說什麼？何況，這個聰明人還是我的好朋友？我只能傻傻地盯著他看。

「你不會怪我吧？」他也呆呆地望著我，歉然地。

「我怪你什麼？」我說：「感情的事，是控制不來的，而對這種控制不來的意外，我向來不怪罪，除非——」我很快地望了他一眼。

「除非什麼？」

「除非你存心橫刀奪愛。」

「我哪有這個本事。」

是沒有這個本事，不是君子不奪人所好，天，這小子果真憨直得可愛。

「說真的，張俞，如果今天不是發生這件事，我還以為你對女孩子沒興趣呢？」

他瞪我一眼：「對女孩子沒興趣？真是的，我又不是同性戀者。」

我失笑。「有興趣最好，那天我叫美玉替你介紹一個美女，比她美上一百倍的，怎樣？」

他一本正經。「別捉弄我了，比美玉還要美的姑娘，現在還未出世呢！」說完站起來，「不過，將心裏的話說出來，感覺舒服多了。好啦，我回去了，不妨礙你用功了。」

我送他到門口，他卻冷不防回過頭來，嚇了我一跳。「我認她做妹子，總可以吧。」

「當然可以，這個我可以代她答應你。」我笑。她只有一個妹妹，一直希望能有一個疼她的大哥，這倒好，美事一樁。

「要正式結拜嗎？」他問。

我一楞，很快會意過來，「你以為我信你不過？我們相交日子雖然不長，你的人品我卻是極清楚。如果你有歪心，何苦將話挑明？暗裏使詐豈不更好？」

他啪的在我肩上打了一掌。「好小子，真有你的。」

「我們還是好朋友。」

「當然，以後你還是我的妹夫呢？」他笑了笑，走了。

再見美玉的時候，我將這件事原原本本的告訴她，她的反應是一直笑一直笑，顯得好開心。「他這個人好好玩，改天找他出來一道敘敘吧。」她提議。

為了慶祝這次的結緣，張俞提議著暑假時做一次盛大的郊遊，我和美玉還未來得及回答，他就搶著說：「別猶疑了，我怎麼能讓你們倆隻窮光蛋花一分錢啊！」

美玉白了他一眼：「別以為有錢了不起，明晨我找個比你更有錢的哥哥呢。」

張俞急得脖子都粗了：「誰敢搶我的妹子，我不跟他拼命才怪！」

「好啦，」我打完場：「你就饒了他吧？」

「算你啦！」美玉和張俞勾了下手指，算是和解，同時用另一隻手擰了我一下，抿著嘴笑。

我們先從臺北坐飛機到花蓮，再從花蓮起程，經過橫貫公路，那是一條當年由榮民開發的公路，龍蛇一般穿過了群山，車子左邊是綿延山脈，右邊是深谷、前面是極目無限如錦繡的原野、間隔著層層疊疊的鬱鬱青山，途經太魯閣，只見青山上點綴著無數斷壁與飛檐，朱痕猶在雕閣畫棟之間，閣旁的蓮花正開得絢爛，在艷陽下閃著陽光。

車到霧社，我們稍作休息，趁黃昏登上霧社山頂，居高臨下，看那幽深奇偉的氣勢，一片漫漫無際的杉林和柳樹，在落日的餘輝中輕輕的隨風搖曳。那時是陽春三月，櫻花先捎來春天的消息，滿山遍野地灑滿了萬紫千紅，那粉紅、深紅、桃紅、橙紅、嫩黃、紅紫、藍紫的山茶與杜鵑，正和那奶白、淺紫的、清麗脫俗的李花鬥艷，還有那娉婷的水仙和鬱金香，在豔陽下隨風起舞，像是一望無際的花海，搖曳多姿，又像是一位千嬌百媚的仙女，把春天的豐彩灑向人間。

忽然天上白雲中飛來一雙候鳥，競相追逐，我仰望藍天，想起河山是如此多嬌，又人生又是如此多艱，想起故鄉的明媚，珠江兩岸的紅花，啊，婉容，你可知此時，我站在這個陌生的土地上，仰望著藍天白雲，思念著你麼？

過不久就是聖誕了，我難得有幾天假期輕鬆一下，於是徵得美玉的同意，在平安夜那天約了張俞一起慶祝。事隔多年我才知道張俞為了這個約會，將預定回港過節的日子改後了一天，可見他多麼重視這個約會。

他和美玉，比我相像中還要投契。席間兩人由中國美術史，談到西洋美術史，又從莫內的畫談到最新的流行服飾。我這一標準書呆子在一旁簡直聽呆了。

美玉向來愛美術我是知道的，但張俞——真將我唬得一楞一楞的。張俞談得興起，甚至臉有得色的揶揄我：「我自小就愛畫畫，國中時還學過三年水彩，造詣不比你的詩詞歌賦差呢。」

自認識張俞以來，從來沒見他這麼活潑，如此輕鬆過，更別說和我開玩笑了。我望望他，又望望美玉，心裏忽然有個怪念頭——這兩個人如此投緣，湊在一起豈非天作之合。

由這天到我和美玉結婚那一天，我都曾分別向兩人試探過，也暗示過，我有這個疑慮。但得到的答案一致，他們感情雖好，卻是情如手足，絕不會造次。倒顯得我小人之心了。

我也曾介紹了一位美麗女護士給張俞，卻是神女有心，襄王無夢，結果是不了了之。這之後一連多年，他都是孤家寡人，連正式女友也未交過。

我知道他嘴巴不認，心裏卻始終有美玉影子在那裏。但天意如此，我也莫奈何。但從此我和美玉的二人世界，常常變成三人世界，卻是其樂融融，相安無事。

直到有一天晚飯後不久，美玉忽地找上門來，我見她神情古怪，似有心事，便提議在宿舍附近的林蔭小道散步。我牽著她手，靜靜待她開口。

她低著頭專心地踢石子，我也不去催促她，自去擡頭欣賞天上的月亮，彎彎的，似掛在樹梢，美得很。

「阿華——」她開口了，吞吞吐吐的。「昨天君望和他父親來找我——」

我仍握著她手，但保持沈默，她頓了頓接著說：「他們說一點也不怪我逃婚，只是希望現在我能改變主意，跟他們回香港——」

「你來告訴我這個做什麼？是要徵求我的同意嗎？」我冷冷地說，很不滿意她左搖右擺的態度。

「人家又沒說一定要回去。」

「如果你不想回去，告訴他們一聲不就行了？來告訴我有什麼用。」

「但——但他們說，我叔公病重——」又頓住了。

我沒答話，但心想她叔公平日最疼她，既是病重，回去探望也屬應該，但美玉卻嚅嚅地接下去：

「他們又說，如果我回去，萬一叔公有事，我——我可以拿到一筆可觀的遺產。」

聽到這裏，我再也忍不住，倏地鬆開她的手，「回不回香港，你自己決定好了，我沒意見。」我氣，是氣她對錢比關心她叔公的病還重要，至於君望，我倒不感到威脅，如果她真愛他，當初又怎會跟我來台灣？

「你兇什麼？你不信任我？」看，分明她就有意回香港，還找我商量什麼？

我嘆氣，想著是我變了，還是美玉變了？什麼時候開始，我們變得不能溝通了？「我並不是有意對你兇，我是真的沒意見。」我放緩了口氣。

「是你說沒意見的，所以以後一定不能怪我。」美玉說。言下之意，不就決定去香港了嘛。

但最終美玉還是去不成香港，不是怕我不高興而改變主意，而是警備司令部不批准。美玉很失望，君望亦很失望。但他不死心，著他父親先回香港，自己則留在台灣對美玉展開第二番攻勢。

儘管美玉向君望再三表態，真正喜歡的人是我，卻仍不能令君望死心，他甚至反守為攻，效法張俞做法，突然找上門來，我不知道別人談戀愛是怎樣談的，我只知道被情敵接二連三地摸上門來，我可算第一個。

君望和張俞不一樣的是，他是來下戰書的，不是來投降的。態度則同樣地直截了當。「我和美玉已訂婚約許多年了，你這位第三者可否讓路？台灣如此多美女，你這個台大醫學院的天之驕子，還愁找不到如花美眷嗎？」

好傢伙，先點明我是第三者，是曉之以義；再提醒我台灣多美女，是動之以利，我只好乾笑笑，硬著頭皮應戰。「第一我想我不能算是第三者，因為我認識美玉在先；第二，你們只是在父母安排下，未見面就訂婚，我看不能算是真正訂婚——」

他擺擺手，打斷了我的話。「你是真的喜歡美玉？」

我冷笑。「我雖然窮，卻從不出賣感情去賺取任何不屬於我的東西。就算現在我只是個窮學生，卻也不必貪圖別人的財富，因為我有信心在學成之後，一定能出人頭地。」

「你多心了，我不是這個意思。」他並不動氣，口氣相當溫和，「我聽美玉說過你本已有意中人，可以告訴我到底是怎麼一回事嗎？」

也許是那是我宿舍無人，許是君望的態度誠懇，總之我忽然像開閘的河堤，滔滔不絕地對君望說起婉容的事來，說到傷心處，還差點流下淚來。

君望一直在專心聆聽，緊緊皺著眉，似乎能感染我痛苦的情緒，一直到我說完，同宿舍的人才陸續回來。君望忽然說：「走，我請你到外面喝杯酒！」

於是我倆聯袂去喝酒，一邊喝酒一邊談，越談越投契。我的故事說完了，轉成我聽他的故事。他說起他的女同學，他家裏給他的壓力，然後又說到美玉——

「美玉是個好女孩子，你知道！」

我點點頭，頗有同感。

「不過當初我答應訂婚，一是因為我們兩家是世家，二是我看過她的照片，覺得她漂亮——直到我見到她本人，和她相處過一段時日，才算真正地喜歡她，因為她爽朗的個性——」他說到這裏，將手裏的啤酒一飲而盡，長長的嘆氣。

「對不起——」

「不用說對不起，一切只能怪天意弄人。」他說：「我這次來，是想瞭解你這個人，也想瞭解你們要好的程度，你放心，我不會再打擾你們，我會早日回香港。」

「聽美玉說你本來打算和她——」

「和她在這裏結婚，」他苦笑道。「和你談過之後，我是真的放心，你是一個重感情的人，美玉沒看走眼，至於我——你們真的不必為我難過，依我的條件，還怕找不到其他好女孩。」

這話倒一點不假，他家世好，前途好，又長得一表人材，如果美玉認識他在前，也許輸的人會是我。天意弄人，一點沒錯。

從此以後，我和君望也成為好朋友。人家說化干戈為玉帛，我是化情敵為好友，想想也覺得意。而令我最得意的是，美玉一直不知道君望為何突然來個「大撤退——回香港」。

男人守口如瓶的功夫，由此可見一般。

我永遠也忘不了那一天，我從圖書館查看了一天參考書，累得想回宿舍倒頭大睡那一天——我看見一封厚厚的信，靜靜的放在我的床頭。我將之拿在手裏，信未開，一顆心已開始怦怦亂跳。因為，因為那上面分明是婉容的字迹。

等我將信拆開，看見那手熟悉又秀氣的字，心跳得更厲害了，是婉容，沒錯，是婉容！

阿華：

本來我早就想寫信給你，告訴你我已來了香港。但你舅母怕你會因此改變主意而放棄在台大攻讀的機會，勸我延後寫信，我想也是，何況我幾乎忘了，你身邊還有一位甘願拋下榮華富貴，與家裏一刀兩斷來跟隨你的美玉。

我想你現在應該安頓下來，才敢寫信給你，你知道嗎？你離開東莞沒幾天，你母親曾來我家看望我，本來只想捎個訊告訴你已去了香港，但當她看到我瘦到不成人形，又得知我曾因嚴重營養不良而入住醫院治療時，深受感動。

她見我為了看遵守對她許下的諾言而將自己折磨成這個樣子，當時就流下淚來，並說早知如此，就不會反對我們來往，她請我原諒她，並說如果我能去香港會合你，她不會再反對我當她的媳婦。

我也哭了，感謝上蒼，感謝你那慈祥的母親，我馬上向單位以治病理由去香港，得到了批准。我幾乎沒浪費一分一秒就成行，卻不料你人已去了台灣。我又遵守對你舅母的諾言，沒有立時寫信給你，但我卻去香港港務局申請去台灣，但被拒，再去聯絡救總，一樣被回絕。

我只好在香港待下來，但我孤身一人，又不是名大學畢業生，英語一句都不會講，叫我如何討生活，加上心情抑悶，沒多久就病了，這一病就躺了幾個月才好。我一直不敢告訴母親你人已不在香港，而你母親當時亦不知道（因你舅母未通知她），等我母親知道後，馬上寫信叫我回去，不想再增加親戚的負擔。

但我堅決留下來等你，一等到你的地址就馬上寫這封信給你，只望天可憐見，有朝一日我們能有再見的日子。但你舅母可不明白我這份心意，竟然給我介紹男朋友。

那人叫阿棠，家裏和你舅父一樣，是做水果生意的。他大學畢業，現在在銀行上班。礙於你舅母的面子，我答應和亞棠見面，他看來很喜歡我，急著和我再約會，但我不肯，因為心中只有你。

舅母見我不肯，便寫信將這件事告訴母親，央我母親來勸我，我母親便寫信來說，她一個人在中國很淒苦，想申請來香港又不易，如果我早日成婚，便可申請她出來，好讓她有所依靠。

但我仍狠心回絕亞棠的求婚，說我書念得少，不配他，他卻說我是他見過最漂亮和最純潔的女孩，他不但不會介意，還會好好照顧我和我母親。

但我可不這樣想。我想著就算你短期內不能回來，畢業後也一定能回來，我在香港待不下去的話，可以回中國去等你，而那位美玉姑娘，也可以回到她未婚夫身邊，更可重回疼她的叔公懷抱，那豈不是最好的結局。

你會笑我天真嗎？

無論如何，我會等你回來。等你的信。

婉容草於香港

我邊看信邊流淚，直看到淚眼模糊，當晚我心情激動，一夜未合眼，翌日一早，便跑去警備司令部申請回港，不獲批准。

找美玉商量，央她請廣東同鄉會會長馬超俊及司法部長鄭彥芬出面和當局交涉，他們倆都是美玉誼父的朋友，但仍不得要領。理由是所有中國來台人士，均不能回港，因為怕他們向中共送情報。

我再設法去救總申請婉容來台，遭到拒絕，我問將來畢業後能否回港，答案是不知道，頓時心灰意冷，萬念俱灰，想著我和婉容幾經波折，終不能長相廝守，不覺了無生趣，想一死了之。

我整夜無眠，想了又想，我想到美玉為了我背棄家庭，想到婉容不可能一個人長留香港，又想到婉容如返回國內，也無能力照顧多病的母親，亦是同樣淒涼。

擺在眼前最好的選擇，是婉容答應亞棠的求婚，再將她母親接到香港，一家團聚，又有人照顧才是上策，於是橫下心來，坦白告訴她我回港無望，請她不若下嫁亞棠，託付終身。

不久我收到婉容回信，信中怨艾淒苦不說，還附了一首詩表態。

別後相思愁萬狀，昭華似水減容光，
迎人有笑難藏苦，推鏡無由睇遠檣。
鳳凰三生約樹下，鴛鴦只影佇荷塘，
誰人細語輸溫情？無奈春颸逐晚涼。

我邊看邊哭，想著她寫時也多半是邊寫邊流淚，心中益發大慟，但天意如此，莫奈何呀莫奈何。終於拿起筆來，將我的心事溶入答婉容的詩中：

造物渾渾哪有情？尊前有笑恨難成，
三生誓願倏餘夢，百種籌謀頓作空。

青鳥不銜雲外素，關山豈擬兩心通，
忍勸閨中同命女，未若珍惜眼前盟。

三個月後再接婉容來信，信上說她母親病重，亞棠陪她回鄉探望，她母親對亞棠印象很好，叫他們早日成婚。她又去探望我母親，我母親感觸之餘，亦表示亞棠是一老實有為青年，勸她早日結婚，便可接她母親到港奉養。

她思前想後，寄人籬下，亦難長久，心想縱然等待，也與我相見無期，更何況母親病重鄉間，乏人照顧，若不早接來香港，後果堪虞，況見我詩中情意已絕，萬念俱灰，終於決定嫁給亞棠，並訂於八月十三為婚期，我再三讀這封信，心中一片惘然，八月十三豈非我和婉容當年在東莞的訂情之日。

然而今天與她共效于飛的卻不是我。我痛哭一場，然後抹乾眼淚，對自己說，要埋葬過去，重新做人，我要加倍努力，在學業上奮鬥。也許，天可憐見，我們終有再見的一日。

現在，我只能遙祝我親愛的婉容幸福，並婚姻美滿。

一九六四年我在台大醫院實習一年，一九六五年六月，終於順利畢業，但畢業的興奮心情還未完全褪掉當兒，橫禍卻先找上門來。

就在畢業後第二天，有兩個生面孔的大漢「邀請」我到調查局，說要我接受問話。我自問是良好市民，不疑有他，便跟他們到調查局。

去到調查局，忽覺那裏的人都神秘兮兮的，且都向我投來奇異的眼光，等了沒多久，我便被帶到一個陰暗的小房間裏。由不同的調查員輪流向我問話，一連四十八個小時，不肯給我歇息。

我的眼皮沉重得像有千斤重，一閉上就不願再打開。但他們拿強光照我，直到我勉強將之掙開，我的腦裏混沌一片，再也思考不到問題，他們卻輪番以相同的問題問我，試探我。

我實在受不了大吼：「我做錯了什麼，你們要如此對待我？」

「因為我們懷疑你是共產黨特務。」一個冷冷的聲音說。

「你說什麼？」儘管又睏又累，我還是跳了起來。但馬上就被四隻強壯手臂強按著坐下來。老天爺，在國內我被扣右派帽子，怎麼到了這裏。我又成了共產黨特務？

「我說我們懷疑你是共產黨特務。」這次我聽得很清楚，不會懷疑是自己的耳朵有問題了，我氣得發抖，想從椅子上跳起來，但我給嚇呆了，就算他們沒有按住我，我也沒有力氣跳了。

一個極愛讀書，對政治毫無興趣的人，竟然由兩個對立政體分別扣上政治黑帽，真是說不出的怪異和滑稽。

老天爺，你為何如此作弄我？

「那麼，你們可以告訴我，為什麼會懷疑我嗎？」我有氣無力地問。這是我接受審訊四十八小時以來的第二個問題。也是最後一個問題。因為我再也沒有機會再問問題。我只有回答他們問題的份兒。

但他們的問題真的不知如何回答。像「你來台灣後為什麼從未說過一句共產黨的壞話？」

「說給誰聽呢？被罵的人又聽不見。」我答。但我其實想說：「你又不是我的跟屁蟲，怎麼知道我心裏想的是什麼。」

又像「為什麼你罵國民黨專制？」我答：「沒有呀，請相信我，真的沒有。」心中真正想回答的是：「你們現在的表現，不是專制是什麼？」

又像「為什麼你從不出席反共會議，又不協助宣傳反共？」我答。「我人不夠聰明，時間都用在功課上了，對不起。」真正想說的是：「我根本對政治無興趣。也不懂政治，你叫我去反誰？」

不知道他們又將我疲勞轟炸了多久，我只知道自己又睏又渴又餓，腦裏一片空白，全身沒有一點力氣。他們可是每三小時換一班，換班時也許小寐，也許大吃大喝，總之，他們個個神清氣爽。

又不知過了多久，換來了一個高個子說：「還是將這份認罪證書簽了吧，省點力氣，也省大家時間。」

我想笑，但是時間太久肌肉都麻痹了，笑不出來，只是咧了咧嘴。「對不起，我倒是浪費了大家不少時間。」

「你到底簽還是不簽？」

我搖搖頭，心知簽名等如向鬼門關報到，但如果不簽呢？

大個子大概會讀心術，很快地將我心裏的話接下去。「如果你不簽，咱們和你沒完。」瞧，這分明要逼我到絕路嘛！

我渾身就像虛脫了一樣，再也撐不下去了，對他們說：「好，我簽，但我先要打一個電話。」人到絕路，往往福至心靈，但這通電話能不能找到我想找的人，卻只有靠上天幫忙了。

他們見我肯簽字，倒是非常爽快地答應了我的要求。我被帶到電話機前，閉上眼睛默禱，求上蒼救我，然後才深吸一口氣，伸出幾近發抖的手去按電話鍵。

我打這通電話是打給國家安全局長顧將軍的。顧先生原是叔公好朋友前廣東省秘書長，美玉誼父丘興言先生的上司，與誼父情同父子，感情非常好。電話響了三下，我的心也跟著咚咚地響了三下，然後有人接聽了，多謝老天爺。

當接聽電話那位先生聽說我有重要的事找顧老，溫言對我說：「請等一等，我這就去請示他老。」時全身一鬆，幾乎沒摔倒。

然後是顧老先生來接電話，然後是我簡單向他說明原委。然後，他親自趕來調查局，就在不到半小時之內。

他一到便對調查員們大發雷霆，特別對那個大個子，似乎是為首的，罵得尤其兇：

「你知他是誰？」顧先生說，眼睛盯著大個子不放。

「他是台大醫學院本屆畢業生，是剛從大陸轉過來的。」

「什麼理由說他是共產黨？快講！」

「因他從不合作做反共宣傳。」

「還有呢？」

「還有……還有他說我們不民主。」

「他是怎麼說的？」

「他說我們對台灣本地人不夠好，應該厚道些。」

「你怎麼知道的？」

「是一個姓吳的同志告訴我們的，他們是同學。」

接觸到敏感的地方了，顧老不想再查下去。他轉換了一種比夠溫和，但仍是忿怒的口氣：

「他只不過是一個只知道讀書的學生，我們政府把他接過來培養，就是因為他在大陸受了太多的苦，有著太多的委屈。他是一個非常聰明卻很單純的好孩子，卻被共產黨劃成右派，受盡了凌辱，他還算幸運，沒有像其他右派分子一樣送入監牢，或被送去勞改，他千辛萬苦逃離虎口，他和他的未婚妻，在香港原有一個富裕的家庭，他們卻來投奔我們，這行動本身就證明他對我們的信任和依賴，我們應該疼惜他，而不是去糟蹋他，這才表示我們對共黨的區別！我們花了不知多少錢，把他造就成一個好醫生，現在好了，你們卻想將他送去鬼門關，究竟是誰的主意，快說！」顧老說時，眼睛都紅了。

「我們只是奉命行事。」大個子答，但馬上覺得不妥，只好說謊圓場：「我們並沒有要他承認什麼。」我誠惶誠恐地侍立一旁，但心裏卻有一種幸災樂禍的竊喜。既然事情看來已經解決，顧老也不便追究。我向顧先生再三道謝，由衷的謝意，然後隨著他的車子離開，在密室裏囚了三天，一到街外接觸到頭頂白花花的太陽光，頭開始感到暈眩。

但不要緊，就算真的暈過去我也覺得開心。

過幾天，我和美玉將身邊剩下的錢湊齊了，誠心誠意地請顧先生吃飯以表答謝，他在電話那頭聽見我說請吃飯時只是呵呵笑，但婉拒了我的邀約。我猜他是體貼我們窮學生的荷包。

一九六五年五月，我高分考取了美國醫師甄別試（ECFMG），差不多等於拿到美加行醫資格，但我當時並不能離開台灣。

同年七月，我被當局分派到成功領接受軍訓，三個月後，被調派岡山空軍醫院任外科醫官。在那裏我認識了東莞同鄉退役少校吳業求，很是投緣。他待我尤其親切如家人。

這麼多年來，雖屢經挫折，卻仍感謝上蒼的眷顧。由中國大陸、香港、台灣到國外，我總幸運地碰到不少無償幫助我的貴人。許是我的情路走得太過崎嶇痛苦吧，上天安排了在另一方面來補償我。人生，有許多事是你不能自己操控的，我在很久之前就已經知道了。

一九六六年五月，我接獲美國紐約大學附屬醫院實習醫生的聘書。但按規矩一定要在服役後留在台灣服務一年才可出境。

是年七月至六七年六月，我回台大醫院擔任內科駐院醫師。薪金不高，每月只有八百塊錢。為節省開支，我搬到美玉誼父家裏住。

那時台大醫生流行收病人的紅包，說是代表病人對醫生的感謝，我也難免偶爾接受病人的紅包，但阿Q式的謝絕那些窮病人的紅包。錢誰也不會嫌多，但要我在窮人身上拿好處，我辦不到。

當時初出道的年輕醫師雖然掙錢不多，但因為前途好，不少富有人家都想招醫生為女婿，所以醫生們在婚姻市場中非常吃得開，尤其是台大畢業的醫生。我也不例外，常有人主動為我做媒。

我和美玉的感情，不能不說是相當穩定，在周遭友人心目中，我們更早是公認一對，但，因為她曾在從中國偷渡到香港時棄我而去，加上後來因為君望親自來台求婚而左搖右擺過。我對她，實在沒有當初熱烈，因為心裏始終放不開。

與她剛認識時，也愛拌嘴吵架，但那時的吵，只是情侶間無傷大雅的爭執，事過境遷後不但不會記得清楚，感情反而更加甜蜜，不像這兩條刺，一直橫亙在我心裏，只要想起就感到不舒服。

我們後來常常吵架，不是無傷大雅的吵，而是真正的吵，美玉當初給我的警告，說她脾氣像她老爸，非常大，原來並不是訛我的，而脾氣大倒也罷了，最難令人忍受的，她是那超凡的記性，兩人一有爭吵，必然將八百輩子前的積怨也抖出來，誰受得了。

所以我偶爾在美玉不知情況下會接受其他年輕女孩的約會，以圖調劑我在醫院過度疲勞的壓力，和緩解我和美玉之間緊張關係，雖然我緊守分寸，從未做出越軌的行為，多年過去，我仍心存歉疚，也對自己起誓，不能再犯這個錯誤。

一九六七年一月二十九日，我和美玉在臺北廣東同鄉會舉行了一個簡單而隆重的婚禮，只有茶會，沒有婚筵招待，但來賓多為政商界名流，主婚人士名單更是一時之選。美玉的家長代表為第一任南京市長廣東同鄉會會長馬先生，我的家長代表為亞盟主席谷先生，而我的救命恩人安全局長顧將軍則為我倆做證婚人。來賓中有台灣大學及政治大學校長，司法及教育部長。翌日《中央日報》也有報導婚禮的消息，這全是誼父的主意，他笑說要讓調查局的人好看。

誼父在台灣銀行任顧問，上班地點也離台大醫院不遠，婚後我們就暫住在他家，每天早上我和他步行出發，先送他到銀行，然後自己穿過中央公園到醫院上班。

美玉因學校在郊區只好暫住在學校宿舍，而在週末才來誼父家住兩天，週一再回去，因為不是天天見面，反而不常吵架，日子過得很恬靜。

沒多久，醫院來了一位非常美麗的女孩，她是來內科照料我的病人考試院長程老先生的，對人很溫柔，對環伺在她身旁的年輕醫生們卻是不假辭色。令一些想追求她的醫生個個心癢難熬，他們給她取了一個名字：「冰美人」。

於是醫生們相約打賭，有誰能約到「冰美人」去吃飯或去看電影就算贏了，而其他輸家得輪流請贏家吃飯。我也跟著一起湊熱鬧，並且馬上採取了行動。

冰美人對我好像又不一樣，每次我入病房，對我總是笑瞇瞇的，令我心癢難禁。這小妮子真會撩人，一會兒叫我教她量血壓，一會兒叫我教她看「眼底鏡」，有一次還故意叫我握著她的玉手，和她一起看程老先生的「眼底」。

「『眼底鏡』孔那麼小，只能一個人看，」我說。

「你看一下，再叫我看一下，告訴我你看到什麼，然後看我看到的是不是一樣，不是很好嗎？」說完還對我放電，用媚眼瞄了我一下，我即聞到她身上傳來的淡淡的香水味。我的靈魂一下子被弄得出了竅，幾乎把眼底鏡碰到程老先生的臉上。

「好，我們仔細地看。」我說，故意叫她看得長點時間，好有機會多聞一下她的香味，並和她的俏面多親近一下，回到醫生辦公室，我迫不及待地把這艷遇告訴我的同事，可他們卻不信。

「橫看豎看我看不出你這土包子有什麼好看處，我不信那『冰美人』會對你有興趣。」一個說。

「她連我都不看一眼，怎麼會看得上你？」一個自以為英俊的同事說。

「你不是程先生的醫生，你沒有機會。」我說。

「誰說的，你不在時，我經常到他的病房……。」

「好傢伙，原來這小子趁我不在，想借機會偷香卻碰了一鼻子灰，活該！」

「我敢打賭，你是騙我們的。」第三個說。

「你們要怎樣才會相信我的話呢？」我說。

「除非你能把她帶出來吃飯看電影，我們才相信。」第四個說。

「才見鬼呢！」我說，「你們不是知道我有太太的嗎？如果我真的把她帶出來，我太太不離家出走才怪呢！」

「莫要怕，」第五個說，「如果你真的做了，我們大夥兒請客，把你太太一道請來，我們大家向她解釋，還說你是天下第一專情的好丈夫，連『冰美人』這樣的美人兒都打不動你對她的真情，那時你太太不把你愛到骨子裏去才怪呢？」

「那一言為定！」我被好強心驅使，決定冒這個險。

我趁著教曼如看眼底的機會：「曼如，」我輕輕地說，心裏怦怦的跳，「新生戲院正放映一部名叫『大地』的電影，大家都說好看得很，我想去看，不知你能否賞光陪我去呢？」

她用那雙勾人魂魄的大眼瞄了我一下，故作神秘的問程老先生：

「乾爹，」哦，原來是她乾爹！「實之大夫想請我看電影，你說我是不是應該答應他呢？」

我莫名其妙，但不敢出聲。只見程老先生也露出一副神秘的表情：「曼如你自己的事，怎麼問起我來了呢？」

「我的意思是，他只請我看電影，太不夠意思了，他們那些大醫生有那麼多錢，又拿不少紅包，怎麼只請我看電影？」

我驚喜之餘，卻像受了委屈的大公雞：「曼如姑娘」，我急急地說，但又怕得罪她：「你誤會了，第一我只是個小醫師，是一個小得不能再小的小小醫師；第二，我的薪水每個月還不夠買一套西裝；第三，我是不收紅包的……。」

曼如頭也不回地仍是望著她的乾爹：

「我說乾爹，實之大醫生窮得連一套西裝都買不起，那我就替你送一套給他好嗎？」

程老先生依舊神秘兮兮的：「當然了，我看他穿上白大衣像一個小和尚，看來還是穿西裝神氣些，那你就替我送一套給他，這樣才配和你一起去看電影。」

「我不穿西裝……」我說，「況且，我不是說過不收紅包嗎？怎麼我能接受你們的西裝呢？」

「西裝又不是紅包，如果你不接受，那我就不和你去看電影！」曼如這回卻對著我說，眼睛睜得大大的。

「好好，不過下不為例……」我勉強地說。「不過，」這小妮子得理不饒人：「他不是說很窮的嗎？」她轉過頭來對程老先生說。「我看還是由你乾爹出錢，請我們兩個先到最好的餐廳吃飯，然後去看電影好嗎？」

「那當然。」程先生說。

「不！」我趕緊說，臉都紅了：「吃飯我還請得起……」

「你又來了……由你出錢，我不去……。」這回她簡直是用命令的口吻！

我只好臣服了，誰叫我和同事們做了那個倒楣的〔賭局〕呢！

我和曼如約好下星期天去西門町先吃飯，然後看電影，她訂的是西門町最好的美麗華大餐廳，星期五那天她把一套漂亮的西裝交給我。

「又沒量身，你怎麼知道我的號碼？」我好奇地問。

「這你就不用問了，反正我一看就知道你的身材。」

我更莫名其妙了，但又不敢問，反正我不常穿西裝，合不合身無所謂。

但回辦公室一試，卻合身得很，同事們一看之下，把他們都嚇呆了！

「你說她答應了和你看電影，還和你吃飯，還送你這套西裝，你不是騙我們吧？」一個說。

「鬼才相信呢，我看他九成是向銀行貸款買來的西裝，是借錢充好漢的。」第二個說。

「她連我都看不上，你這土包子是不是給她吃了迷魂藥了……？」第三個說。

「不信，不信……簡直難以置信！」第四個說。

我卻不回答他們，對著鏡子看著自己穿西裝的模樣，滿帥的，居然認為自己突然變得英俊起來了！

星期六六時未到，我依約到美麗華大酒店，曼如已先到了，只見她穿著一套粉紅色的套裝，頸上配著一串雪白的珍珠項鍊，真是既漂亮又高貴！

「對不起，我來遲了。」我很有禮貌地說。

「不遲，不遲，是我早到了。」她一變以前的口吻，變得客氣起來了。

「咦，怎麼是三人的座位？是不是侍應弄錯了？……」

曼如笑而不答，只望著門口出神……

「曼如，」我說，「我們點菜好嗎？遲到看電影不好……」

「不遲，不遲，現在才六點，電影是八點開場。」

「我怕買不到票！」

只見她往皮包裏拿出兩張戲票：「我早已買好票了。」

「不是說我請的嗎？」

「你們大醫生很忙，所以我先買了。」她說話時，把醫生前面的大字加重口音，好像非得我承認是大醫生不可，但她仍不想點菜，又對著我傻笑。

「你喜歡我嗎？」她卻突然發問。

「你這麼漂亮，誰不喜歡呢？」我說的是真話。

「假如你真的喜歡我，而我又喜歡你，我們兩個人愛得不得了，你卻突然看到一個更漂亮的女孩子，你會拋下我去追那個女孩子嗎？」

「絕對不會——況且——」

「況且什麼呢？」

「況且天下間哪有比你更漂亮的女孩子呢？」

「誰說的，我姐姐就比我漂亮！」

「真的嗎？」我好奇心大發。

「所以我把她也請來了……」她一邊說一邊向餐廳門口招手，我順著她的眼光向門口望，不望還可，一望之下，我整個人好像被拋到冰窯裏去了——

「我的好姐姐，」曼如神氣得很，「怎麼你來遲了？」

「你不是說先電他一下，才讓我來的嗎？」美玉說，我的好老婆！

「你不是說是你姐姐來的嗎？怎麼變成美玉了？」我期期艾艾的，半天才定過神來。

「她是我的姐姐呀！不過不是親姐姐，是結拜的，我們倆同一個誼父。」

「那程老先生……？」

「不是，是丘先生。」

「那程老先生呢？」

「他也是我的誼父呀！他和美玉也挺好的哩！」

「那可怪了，怎麼不見美玉來探望程老先生？」

「看你對我色瞇瞇的，所以我叫美玉不要來，我和乾爹約好先考考你的定力。」

「那我的定力怎麼樣？」

「不合格，零蛋！」

「那也不一定，我是和他們打賭來的。」

「誰是他們？」

「我那一群年輕的同事呀！他們說若我能把你約出來，他們會請我吃飯。」

「原來如此，」曼如說：「美玉，你就不要生他的氣了罷！」

「不過，美玉，我怎麼從來沒有見你提過曼如呢？」我好奇的問。

「她剛從德國回來，是專程趕來看程先生的，程媽媽那天因程先生住院，怕起來，程先生就叫她打電報催她回來，怕以後見不到她了！」

「我們兩個當中，他還是疼曼如多些……。」美玉說來有些酸溜溜的。

「也不一定，乾爹一直叫我請你來，後來還是決定先逗你一下……。好了，我們看完戲，一起去看他好了。」說完再從手提袋裏拿出三張戲票。

「不！」我趕緊說「還是你一個先去，他們認得美玉，拆穿了，我們的一頓飯就泡湯了。」

「你說的也是。」曼如說，滿臉得意的神氣。

好個美玉，這次將我整垮了，事隔多年回想起來，她始終是不能釋懷的。而這一次不快經驗，在我們的婚姻來說，無疑埋下了一枚炸彈。

一九六七年二月，適逢誼父六十大壽，在臺北圓山飯店大擺宴席，各地的政商名流均前來祝壽，美玉跟曼如和她們的誼妹麗嫻忙著招呼客人，我則獨坐一旁，面對桌上鮮艷的春菊，想起外婆壽筵的情景，想起了婉容，心中百感交集，正是：

良辰美景奈何天，賞心樂事誰家院？

我心中默默的唸出一首詩來：

渡海辭家已五年，他鄉改歲借華年；
觴飛滿座人皆笑，酒濡愁唇窈自寒。
眼內新菊香有恨，閨中芳蕙露應泫；
形損都因人遠去，傷心春色盼歸船。

一九六七年三月，美國紐約附屬醫院又來信催我去上任，但我一心只想回香港，而台灣甚至美國醫生都不被香港承認。我左思右想，決定先接受加拿大維多利亞總醫院的聘書任實習醫生，一年後先考加拿大醫生牌，再將英國醫生牌拿到手回香港發展。

心裏只想著儘快去香港，只有這樣我才能再次見到婉容。

一九六七年五月，我終於得到台灣當局批准出境，將出境證拿到手。一九六七年六月，教育部陳秘書設筵為我餞行，老實說，在席上向各人舉杯的一剎那，我並沒有風光的感覺。只感到多年的奮鬥，享受小小成果的滿足。

所以回到家裏扭開電視，看見自己的模樣出現在新聞節目上，報導員在一旁介紹說：「這方華先生，就是我們國家致力培養的，第一個由大陸來台的青年，變成優秀醫生的成功例子——」時，我驚出一身冷汗，天可憐見，不要連累兩位劉書記才好！美玉倒是很開心，一直笑著調侃我：「唉，嫁給你以來，這才嚐到與有榮焉的感覺。」

一九六七年六月十五號，我記得清清楚楚，終於由台灣飛到久違了的香港，見到了我朝思暮想的婉容。她身段窈窕依舊，容顏清麗，但那對令我魂牽夢繫的單鳳眼已無復當年風采。來接機的人很多，舅父舅母，姨丈姨母和表弟妹等都在場。我只能對呆呆地站在一隅的她，千言萬語盡在不言中。

美玉只瞄了我和婉容一眼，便忙著打點行李，並和各人寒暄，表現得十方大方，我面帶笑容，和每個人握手打招呼，在輪到握住婉容的手時，心頭一陣酸，暗暗掉下淚來。

舅父將我安頓好在一酒店裏，神情嚴肅地拿出台灣及香港兩份報紙給我看。原來我出國深造的消息，兩地都有報導。為避免麻煩，舅父囑咐姨丈一直陪著我，除了家人外，一概不見客。

十六日晚，婉容來酒店找我，而美玉剛好不在。在開門那一剎那，我深深感謝美玉被她姨媽拉去見叔公去了，不然我又哪有機會和婉容相對盡訴心中情。

我倆為怕碰到熟人，特意不在酒店內餐館用餐，而是隨意沿著海旁踱步，感到餓了才找個小館子坐下，邊吃邊繼續我們的談話。

「你這些年身體都好嗎？舊病沒有再復發吧？」一直牽掛著她的健康，此刻才有機會當面詢問。

她輕輕搖頭，「許是生了兩個小孩，月子坐得好，體質比以前強多了。倒是你，還是這麼瘦，身體沒有毛病吧？」

我見她斜斜地依靠著椅子上，用手托著暈紅的臉龐，神色嬌媚無限而雙眸又帶著深情，那姿態是多麼美妙！我心想，如果我能變成那只手上的手套，好讓我親一親她臉上的香澤，那該多好！

我心裏一動，情不自禁就想伸出手去，像以前一樣，握著她的手吃飯，邊吃邊揉，心裏又踏實，又溫暖，但手伸出一半就停了，她已是人家的妻子，人家孩子的母親，我怎能造次。

她卻主動地伸手過來，很快地握了握我的手，又放開了。「你的身體沒毛病吧？」她又問了一次。「尿裏再也沒有血了吧？」她又問了。

連我自己也不記得，許久以前的舊患，她卻仍懸念在心裏。這麼一個真心愛我，真心關切我的人，為什麼不能常常伴在我的身邊？

我心酸難禁，像個女兒般地低下頭來，強忍那欲從眼眶湧出來的淚。以前和她種種相依相偎的片段，又匆匆地在我腦海裏翻滾一遍，我大力搖頭，不能再想啦！

擡頭看她，卻見她在悄悄拭淚。我再也顧不得了，從我坐的座位繞到她那邊，不敢抱她，但緊緊握著她的手，取出手帕為她拭淚。「噢，好婉容，別哭！」我自己的眼角卻也濕了。

「你——」她哽咽著：「你坐對面去，讓——讓人家看見不好。」

一句話，頓時將我驚醒了。婉容已是屬於人家的，不再是我的，我不能，也沒有權利將她抱在懷裏了。

我乖乖的回到原先的地方，無力的攤瘓在座位上。默然無語。

我突然想起李義山的無題詩。我輕輕的說：「婉容，還記得我們以前常唸的那首李義山的無題詩嗎？」

她點頭，輕輕的念著：

相見時難別亦難，東風無力百花殘，
春蠶到死絲方盡，蠟炬成灰淚始乾……

她唸著唸著，早已淚眼模糊了。我亦已淚眼盈眶。

我將手帕塞在她手裏，靜待她漸漸止住眼淚。「他——他對你可好？」

她擦乾了淚，望著我點點頭。「好，他對我很好。」

我細看她的表情，一點也不像在說謊，心稍稍寬了些。「你的孩子，長得像你，還是像他？」

「男孩子像我，女孩子像他。」

我有點失望，如果女孩子像她多好，我可以將她小小的，溫軟的身子抱在懷裏，像疼自己女兒似的疼她，未嘗不是一種阿Q式的補償。

「你在想什麼？你才剛結婚，還未有孩子吧？」

我搖搖頭，忽然想起也許我和美玉該生一個，可以耗盡我的愛，可以止住我對婉容的思念。也許生一個長得像她的？看我想到那裏去了？

「你怎麼老愛胡思亂想？都這麼多年了？」婉容看著我搖搖頭，笑了。這是自重逢以來，我第一次見她笑。

對呀，我向來愛幻想，以前在中山醫學院，唸書唸累了，就用思念婉容來做獎賞自己的禮物，有時我會暫且將書本放下幾分鐘，閉著眼睛幻想以後和婉容結婚成家，兒女成群的情景，幻想她夜夜蜷伏在我懷裏，任我摟抱愛撫她的情景——

幻想總是甜的，而現實總是苦的，現在婉容就坐在我的對面，伸手可及的地方。但我連對她幻想的權利也沒有了。什麼時候，連我想念她的權利也沒有了呢？

我長長的嘆氣。

「她好嗎？她對你好嗎？」婉容問。

「有時好，有時不好。」

「為什麼？」婉容皺起眉頭：「那你對她呢？好不好？」

「我不知道。」忽然認真思考這個問題：我對美玉好嗎？我真的不知道。「也是有時好，有時不好吧？」

「怎麼可以這樣呢？」婉容的眉頭越皺越緊了。「我看美玉美麗、聰明又善解人意，你應該對她好一點——」

我承認美玉美麗聰明又伶俐，可是——可是，我們這段婚姻——我又長嘆一聲。「婉容，我們難得見面，不要去說她吧，告訴我你這幾年的近況好不好？」

於是她告訴我，現在過的是典型家庭主婦式生活，早上為丈夫兒女作早餐，送兒女上學，晚上督促女傭做丈夫兒女愛吃的菜，假日則一家大小出遊，生活過得平靜而滿足。

「你快樂嗎？」我想問，但不敢問。我不想她不快樂，而她的快樂無疑令我感到難堪。因為那些快樂，原來是屬於我的。

她告訴我，外叔婆兩年前去世了，我想起她老人家，以前這麼疼我，我卻未曾孝順過她，不禁暗暗流下淚來。

我們吃完晚飯，又一起踱步回我住的飯店，然後她打電話叫她先生來接她。我陪她站在酒店門前，等著他。

她先生準時來到，非常熱情的邀請我到他們家作客。然後殷勤地為她打開車門，從他看她的眼神，我就知道他是愛她的，一顆心頭石，終於放了下來。

一九六七年六月二十日，由香港乘機到加拿大，先在某台大舊同學的招待下，在溫哥華（Vancouver）逗留玩了四天，這裏居民的祖先多來自英格蘭，保持著傳統的英格蘭作風。彬彬有禮卻自視甚高。這太平洋岸邊的花國城市，真是美得迷人。我們住在海邊的英格蘭港灣大道的公寓裏，窗口正對著太平洋。旁邊就是那世界聞名的史坦利公園（Stanley Park），那裏百花齊放，鳥語花香，層疊著濃密的楓樹，可惜那時是六月，看不到那紅似艷陽的楓葉。但春風過處，一絲絲的樹枝在輕輕搖曳，遠看如一縷碧綠的輕烟在舞弄著。眺望遠方就是那蔚藍天空下無盡的太平洋。

我們還去了離溫哥華五十里的世界有名的維多利亞植物園（Victoria Botanic Garden）。那裏種著世界各地來的奇花異草，萬紫千紅，美不勝收。我們在園中整整逗留一天，傍晚才回溫哥華。

溫哥華實在是太美了，以至我多年之後，仍找機會回來到溫哥華總醫院訪問進修時；特別回到當年魂牽夢繫的英格蘭港灣大道，還在一幢面向太平洋的公寓中訂下一個單位，作為以後度假之用。美玉也極為喜歡。只等大厦委員會批准便可成交。等了一個多月，才接房產經紀來電：

「恭喜你，尹博士，你的申請獲得大多數委員通過，批准你入住該大厦。真為你高興，你是第一個獲此殊榮的華裔加拿大人！」

我卻不以為然。我早知英裔的加拿大人有他們那種莫名其妙的優越感。與他們同住一樓並不是件會令人開心的事，於是我答道：「謝謝他們那麼看得起我，可是我現在決定不買了。」

「為什麼？」是震驚的聲音。

「我怕那些英國老爺太太們聽不懂我們的中國腔！」說完就把電話掛上。

第三天友人約了幾位在溫哥華的台大校友到唐人街晚餐。第二天飛去加拿大第一大城蒙特利爾（Montreal），由美玉當時在麥基大學讀書的堂哥接機並招待，也玩了四天，該城風景亦甚美，優雅而富歐洲風味，有北美洲巴黎之稱，祖先多是法國來的移民。本地人多操法語。和溫哥華不同，他們客氣而熱情，並無特別的優越感。只要你略通法語，他們就把你當作親兄弟姐妹。那些年輕女郎熱情如火。你在那些露天咖啡店和她們邂逅，一小時後她們便拖著你的手逛街。或坐地下快車（Metro）到世界博覽會跳舞。

二十八日，終於來到哈利法斯（Halifax），這是加拿大東海岸太西洋岸邊的城市，環境亦非常優美。祖先多來自愛爾蘭和蘇格蘭。是加拿大最早開阜的城市。我們到的當天，醫院有派人接機，並由他們安頓行李在我們的宿舍，因人手短缺，我休息未夠二十四小時便到維多利亞總醫院（Victoria General Hospital）急診部上班。

該醫院附屬設於都候斯大學醫學院（Dalhousie University Medical School），有八百張病床，規模很大，急診部很忙，差不多每天當值時都沒時間閑下來。

六個星期後，醫院調我入婦科實習，跟隨一位從英國來，名叫Dyet的醫生。再六個星期，再被調派到產科，跟隨兩位資深加拿大醫生實習，相處甚歡，也學到不少東西。

再六個星期，則被分派到小兒科，這次的導師是小兒科主任李察．高布隆教授（Professor Richard Goldbloom），是來自加拿大最有名的麥基大學醫學院（McGill University Medical School）的猶太人，對我很好，教得亦很用心。每逢特別病例總要我大膽表示我的意見，再從旁指導，令我得益良多。

有幾次，休息時間或下班後，他都抓住機會勸我跟隨他深造小兒科，可惜我對小兒科興趣不大，只有婉拒他的好意，回家和美玉商量，她表示沒意見，因為到底是我本身事業，由我自己決定好些。

高布隆教授人很好，雖然對我不肯留下來感到失望，卻仍然積極為我介紹工作。沒多久，經他推介，我獲得美國哈佛大學醫學院（Harvard Medical School）的麻省總醫院（Mass General Hospital）胃腸內科駐院醫生聘書，旋即申請美國移民護照。

六個星期後，我被調派到外科，實習一個月，又被調去內科，六個月後畢業，我參加加拿大國家醫師考試（LMCC），順利取得加拿大醫生執照。

我拿到美國聘書後，一邊繼續留在醫院實習，一邊等美國移民局消息，幾個月後，我的興趣漸漸轉向放射學，因放射學包含了各科的內容。當時世界放射學的權威是來自位於蒙特利爾（Montreal）麥基大學的羅勃．弗里瑞教授（Professor Robert G. Fraser），他剛巧是高布隆教授的舊同事並好朋友，於是便去請他代為引介。

但是時麥基大學放射科早已額滿（一百名申請者只收五名，而這五名幾乎是美加各醫學院第一名的學生，外地學生，則每年只有一個名額），弗里瑞教授便提議我可先到麥基的主要附屬皇家維多利亞醫院（Royal Victoria Hospital）做一年的核子醫學駐院醫生，第二年再入放射科；高布隆教授也認為不失為一個好主意。可當我回家和美玉商量，卻遭到她的大力反對，她極力主張我立即開業賺錢，因為駐院醫生薪水不高。

這是我倆來加拿大之後，第一次起爭執。但我不肯聽她的，堅持到皇家維多利亞醫院上班，任核子醫學駐院醫生，為此美玉賭氣找到一份蒙特利爾艮行打卡的工作，說是我薪金太少，要貼補家用。我想醫院工作繁重，她去上班也好，不必整天悶在家裏。

但她上了三個月班便說太累而停了下來。我也不去勉強她，只要她不要找我吵架，或逼我開業就可。其時核子醫學只在萌芽階段，我到任後才知只有我一個駐院醫生，而導師卻是世界有名的珍・布查教授（Professor Jene Bouchard）。他是放射治療學權威，並寫過幾本神經腫瘤放射治療的書。但對核子醫學他卻是門外漢，與他的專長並無直接關係。那整整一年，說來滑稽，我只能自己鑽研，自己訓練自己。同時在麥基大學醫學院修習博士後課程。

一九六九年八月初，美國領事館來信，告訴我入境簽證已批准，歡迎我隨時去美國就職，我告訴他哈佛的工作已取消，不急了。我告訴他們我已決定留在加拿大，美國領事館再來信告知，會將我的檔案轉到蒙特利爾美國領事館，由他們負責處理我將來可能赴美的事宜。

皇家維多利亞醫院，是麥基大學的主要附屬醫院，有近百年的歷史，世界上許多有名醫生都出在其中。如世界內科學鼻祖阿司拉（Dr. Osler）是該院第一任內科主任。世界神經外科權威朋非（DR. Penfield）為當時的神經外科主任，而將我帶入醫院的佛里瑞是世界的胸腔診斷權威。他的六冊的胸腔疾病診斷學是醫學界的經典著作，全世界的大型醫學圖書館均可找到。曾到我國貢獻畢生精力的白求恩大夫亦出身於此處，到現在仍有他的後人在本院服務。說來也是緣份，我在哈裏法斯實習的維多利亞總醫院，院長就是白求恩大夫的侄兒。

皇家維多利亞醫院的設備非常齊全，在駐院第一年，雖然沒從布查教授直接學到什麼，但他對我無微不至的關懷令我十分感激。對於書籍儀器，他對我有求必應。我一邊看病人，一邊自己做實驗，可也獲益良多。像全球第三台核子加馬線攝影機（Gamma Camera）就安裝在我們的實驗室裏，由我主導技術員操作（另兩臺分別在哈佛大學的麻省總醫院 Massachusetts General Hospital 和約翰・霍普金斯大學醫學院，Johns Hopkins School of Medicine）。

整整一年，我除了看病人，就埋頭在實驗室裏研究，日子過得忙碌而充實，而美玉，卻仍為著堅持要我開業賺錢，常常找我吵架，三天一小吵，五天一大吵，使我不勝其煩。

有時我從實驗室出來，拖著一身疲憊，簡直不敢回家，有一年夏天，因為貼補家用，我趁著有一個月的假期，來到一個叫克林頓（Clinton）的小城醫院裏做臨時醫生，美玉不想與我同行，單獨留在滿特利爾的家中。

克林頓風光明媚，你仰臥湖畔，舉頭看著那濃得化不開的紅的、綠的像秋海棠的楓葉，閉目養神，聽著鳥兒的美音伴和著潺潺流水聲，是一天然的美好的交響樂，那時我已是放射科駐院醫生，所以我還做些放射診斷的工作，那裏有一個非常漂亮的名叫珍的女技術員，她常常找我聊天，並主動帶我遊山玩水，那時美玉不在我身旁，我那放浪形骸的性格又來支配了我，我自然也樂意做一個假唐伯虎。每當傍晚和她同遊在安太略湖畔，湖水閃著微光，一閃一閃地在波動，太陽把整個安太略湖畔染成了一條透明的青絲羅帶，輕輕地落在滿山紅遍的青峰之間。

我們坐在樹下吃茶，透過濃密的楓葉，看著她的影子和那粼粼曲動的倒影，常常引起我好一陣的遐想。

「珍，你好美，可惜我已結婚，不然我不會放過你。」我說。

「真的！」她睜大那雙勾人的媚眼：「管它呢？結了婚又怎樣？」
「那可不是開玩笑的。」我說，驚奇她的大方。「若被我的新娘子知道了，她可不會饒過我們的。」
「簡直荒謬，人的身子是屬於自己的，不是屬於別人的，你愛怎樣用自己的身子是你自己的事。」
「這話從何說起？」我大奇。
「科學家用頭腦，工人用手，我們女人嘛……」她停了一下，「當然用我們的美貌和身材去勾引最好的男人了。」
我被這位現代豪放女給嚇昏了。
「看來你小小年紀，一定有很多男朋友？」
「我才不要男朋友呢！男人多的是，為什麼我只要一個，除非——」
「除非什麼呢？」
「除非我遇到像你一樣老實又可以依靠的男人。」
「以你的聰明美麗，還怕找不到一個比我好十倍的男子？」
「比你英俊的多的是，可是像你這樣傻頭傻腦的土包子卻沒有！」
「你喜歡傻頭傻腦的土包子？」
「對了，男人英俊的靠不住！」
「那也不一定，譬如假使我長得像馬龍白蘭度，我也不會對我的太太變心。」
「那你為什麼和我出來玩，還色瞇瞇的看著我？」
「女人和花一樣，可以欣賞，但不一定要把它摘下來，何況……」

「何況什麼呢？」
「我一個人在這裏也很寂寞呀？」
「你喜歡和我上床嗎？」
我又被這豪放女嚇了一跳。
「當然喜歡，但我不敢！」
「為什麼不敢呢？」
「怕我太太，更怕閑言閑語。」
「你真是個君子，換句話說，你是稀有動物！」
我們還是歡歡喜喜的郊遊，幾乎每天傍晚下班都在那如畫的天然仙境中度過，看那遠山近水，翠綠的山峰，血紅的楓林，還有珍的美姿和放蕩的形骸，整整一個月，我都沈浸在那如幻似夢的仙境之中。
記得我們最後的一次同遊，我們是去參觀附近一個果子園的。看著每株樹上都是滿滿掛著詩情搖曳的鮮果，還有從繁花吹過來的一股股出奇的淡香，看著站在樹下的珍，那美景真令人心神蕩漾，我情不自禁，輕輕走到她的面前，望著她那迷人的大眼，輕輕說：
「珍，你美如仙間的神女，可惜我緣慳福薄，無福消受。你好像樹上的鮮果，我一伸手便可採摘，可以滋嘗鮮味，足夠我性靈的迷醉，但我不敢，因為這樣對你不公平，我既不能娶你為妻，我就不應也不能去偷摘那禁果。美好的青春瞬間即逝，正如果子會零落，凋謝，你要珍惜自己，不要隨便被人摘採，保持自己高貴的形象，這樣好的男人就會珍惜你，你就會找到一個很好的歸宿。珍，我很感謝你這一個月來帶給我的美好日子，我會永遠記著你。希望不久的將來，我接到你的喜訊，告訴我你找到一個品質純良的如意郎君，建立一個美好的家庭。」

她眼睛裏充滿了喜悅的淚水，幽幽地說：「你是我見過最好的人，我一定記著你的話。」

珍後來果然找到一個如意郎君，丈夫是多倫多大學的外科醫生，有一對冰雪聰明的兒女，大兒子繼承父業，女兒是律師。直到今天，我們還是最好的朋友。

回到家裏，和美玉久別重逢，原以為會和好如初，但美玉依然冷漠如昔，比前更沉默，冷漠，使我無所適從。入夜，我獨坐書房，想起年輕時初識美玉，她是何等的單純可愛，雖然任性，卻總識大體，當年拋棄錦衣玉食和富貴佳公子，隨我去台灣闖蕩江湖，是何等的豪壯，如今卻為了早日攢錢，竟和我鬧翻，真是不可思議，我百思莫解，在房裏輾轉排徊，這時窗外透來一絲寒冷的月光，我擡頭望著月亮出神，想起李後主的詞：「轉燭飄蓬一夢歸，欲尋陳迹悵人非，天教心願與身違。待月池台空逝水，蔭花樓閣謾斜輝，登臨不惜更沾衣。」想起當年李煜亡國飄蓬，這詞恰好表現他的身份與心情，這種無力、悵惘，萬事皆虛幻的情景，豈不就是我如今的寫照？

一九六九年三月，我的研究略有小成，用了好幾個月時間，完成了第一篇學術論文——腎臟移植的示綜原子研究。在第一屆在美國首都舉行的世界核子醫學研討會上宣讀，外界反應相當不錯，更被採用刊登在核子醫學雜誌上。

四月，約翰·霍普金斯大學醫學院（Johns Hopkins School of Medicine）的核子醫學系主任亨利·華納教授（Professor Henry Wagner）來麥基訪問作客座教授一週，整整五天，我跟隨在他左右，向他請教醫學上問題，得益匪淺。他亦很喜歡我，邀我跟他做研究，但被我婉拒，因為我志在放射學，而這個理念從未放棄過。

但因為我和他的相識一場，又一次證明了我生命中特旺的貴人緣。後來他破例推薦我參加第一屆美國核子醫學專家考試，我亦一舉考試成功，成為一個只受一年訓練而取得該專科文憑的人，沒有令他失望。

但事業上的順利，對我的婚姻卻沒幫助。我和美玉之間裂痕越來越深，除了吵架和冷戰，鮮有圍爐共話，或攜手出遊的時刻。

她變得脾氣越來越暴躁，以前的伶牙利齒會逗我笑，現在的伶牙利齒是用來罵我。我工作太晚不對，我太早上床不對，我早上起來，趕不及吃她做的早點也是不對。

她變得嘮叨，愛罵人。我回家的時間越來越少，不久，我又認識了一位名叫珍妮的女孩，我們同住一個公寓，她是香港來的留學生，芳齡十八，小我十歲，在麥基大學就讀家政系，明眸皓齒，美艷動人。她酷愛西洋文學，尤愛莎氏比亞，與我十分投緣。她知道我有太太，亦從來無意介入我的家庭，並沒有給我一點壓力。我倆都知道沒有將來，因為她畢業會離開，而我早就說明，我不會考慮離婚。

也因為這樣，我們把握每分每秒的相聚時間。有時兩個人和衣坐在她家客廳，談理想，談我在研究中遇到的難題，有時談詩唸詞，別有情趣。有一次，談到朱麗葉和羅密歐決定逃跑前夜在茱麗葉臥室偷情，當她唸到羅密歐「愛人啊，那可怕的晨曦已經從東方天空中的雲朵上鑲起了金線，夜晚的星光已經燒燼……。」時，我和珍妮情不自禁地抱在一起，發生了肌膚之親。美玉大概看出我的異常行動，就換了一個花樣來煩我，她要搬家。

我請她給我時間，但她不肯，只要我一回家就和我鬧，我越發心煩，不免對珍妮發起牢騷。珍妮是一個善解人意的人，不久她便離開麥基，轉到美國康乃爾大學攻讀。失去她，我不但失去一位精神上的戀人，也失去了一位知己好友。有好一段日子，我都感到悵然若失。

因為我倆剛開始認識時就相約，分開後不會再聯絡，所以她並沒有給我留下聯絡地址，我也沒有嘗試找她。但那種失去她的悵然感覺，卻總纏繞我好一段日子。

一九六九年，我順利地成為第二年放射診斷學駐院醫生，前一年得到這個機會的是一位香港大學醫學院畢業的醫生，他人非常聰明，作風正派，成績佳，英文好，可惜這人太洋化，和中國人在一處亦講英語，和我可是格格不入。

機會雖好，在佛里瑞教授手下工作卻並不容易。他對我們的要求極嚴格，不能稍有失誤，而幾乎每個星期都有從世界各地來的客座教授來開會討論，如果我們準備不足，在被提問題時就會大出洋相。

記得有一次從英國來了一位名叫賽門（Simon）的教授，他在英國很有名，也很有真材實料，但他的英國腔很特別，很難聽懂，我們都避他。但我有一次躲不掉，只好硬著頭皮去聽，卻忍不住打瞌睡，被佛里瑞教授訓了一頓。

所謂嚴師出高徒，我們這班幸運入室弟子，從不後悔跟隨佛里瑞教授學習，因為在這幾年學到的東西，再怎麼辛苦挨罵也是值得的。

何況蒙特利爾實在是一個非常美麗的城市，有小巴黎的美譽。這裏有最古老而美觀的教堂，古色古香的露天咖啡室，最新式的歌劇院及地下快車；你可以在那裝璜得像皇宮一樣的地下商場度過整個冬天；你只花五毛錢便可從任何一個街角入口坐Metro到世界博覽會欣賞那醉人的音樂，和那些熱情的妙齡少女跳舞通宵。你可從皇家維多利亞醫院旁步行到曼麗小山（Mount Royal），在那裏俯視全城的風光；還有那秀麗的聖勞淪河（St. Lauren's River）和河兩旁濃得化不開的楓樹；在秋季，你可以躺在那紅得像海棠的楓葉樹蔭下吃茶，楓葉會掉入你的茶杯，小雀兒會飛落你的手心；在那裏你閉目養神，聽教堂傳來的鐘聲和那柔軟的水聲，盡情享受大自然的優美。

在這裏，除了我，還有六位來自香港及台灣的醫生，均已婚，也常常同太太，聚在一起渡週末，冬天在家打麻將，春夏秋天到郊遊野餐，其樂融融。

只要工作不忙，不需要加班的時候，我都帶美玉加入他們的聚會，次數一多，美玉的人開始變得和以前一樣活潑，她煮得一手好菜，愛招呼他們來家聚餐，慢慢地就打成了一片。

在這段期間，我們兩人之間的「緊繃」也變得和緩下來，她沒有再和我提開業的事，也沒有再動不動就罵我。偶爾我們甚至閑話家常，談累了也相擁而睡，像剛剛新婚那樣。

有時撫心自問，也許我該為這段不明朗的婚姻負上大部份的責任，撇開開業，或換房子的事不談，美玉可算是一個賢妻。她雖愛購物，買的卻全是便宜有用的東西。

她平日非常節儉，等閑不愛外出吃飯，說是營養不好，不乾淨，又浪費錢，而且非常勤勞，秋天掃落葉，冬天鏟雪，都搶著去做，嘴裏雖沒說什麼，但我心裏明白她是心疼我在醫院工作太辛苦。

想深一層，她其實也並不那麼愛錢。也許以前三番四次因錢和我吵，無非是報復我對她不忠的緣故？

我這個想法很快得到證實。

有一天我和美玉去當地唐人街買菜，竟然巧遇珍妮，卻原來她週末回來探望舊同學，利用同學上實驗室的時間自己閑逛。

我為她們介紹，美玉卻忽然主動邀她一起午餐。這一頓飯，差不多全是兩位女性說話，珍妮向美玉展示她的訂婚戒指，說她才剛訂婚，美玉邀請她下次帶未婚夫來我家玩。

氣氛既和諧，又熱切，相談甚歡。但我總覺得不對勁。果然一和珍妮分手道再見，美玉就馬上換了一副臉孔。

我們草草買了當天晚餐用的菜就上車了。美玉半天不說話，一開腔，卻是冷得像冰，直戳到我肉裏去。

「你和她，以前相好過吧？」

我很快地回答，「沒有，你別多心，我倆只是比較談得來，沒有其他。」

「那你為什麼從來沒有同我談起她？」

「因為相識沒多久她便轉校離開。」

「沒多久是多久？」她一點不放棄。

「才兩個月多吧。」

「才兩個多月？但從你倆互看的眼神，卻像已認識半輩子了！」

我不接話，不斷提醒自己，在這種關頭，沈默是金。

她冷哼了一聲，不再盤問我，只默默地開車回家。當天晚上，那道冰冷的，無形的牆，又盤亙在我倆中間。

我也知道自己不對，也曾嘗試去破那道冰牆，但美玉硬起心腸來對我不理不睬，我也無可奈何。這之後，美玉對我的態度客氣而冷淡，使我加倍難受，也很內疚，更非常清楚她因我對她的不忠而令他她受傷至深。

我變得循規蹈矩起來，我不主動或接受任何女孩的約會，也不再和美麗的女護士調笑。我將精神全放在工作上，下了班就回家，美玉不理我，我就關在房裏看書。

沒多久，我可以感到橫亙在我倆中間那道冰牆開始變薄了。希望我可以繼續努力，有朝一日可以打破它。

第二年，我被調派到世界有名的蒙特利爾神經學院（Montreal Neurological Institution）去深造神經放射學。當時神經外科主任彭非剛退休，但系統未變。

隨後即被調派到蒙特利爾的兒童醫院（Montreal Children's Hospital）受訓。

六個月後，我又被派到蒙特利爾總醫院（Montreal General Hospital）受訓半年，再六個月返皇家維多利亞醫院直至受訓完畢。

在這中間，六八年六月時我曾飛去英國領取英國醫生執照，並成為英國皇家醫學會會員。如果當時我願意回香港行醫，已經沒問題了。可是我不願放棄跟隨弗里瑞學習的機會，而且婉容已有了一個美好完滿的家庭，而我亦是有妻室的人，即使是萬分無奈，也只好接受命運的安排，做一個好丈夫。於是決定改變初衷，留在美加工作。

九月中旬，蒙特利爾美國副領使再來電找我，說我申請赴美的檔案已轉到他那裏，由他負責。再過半年，他又來電通知我，我的檔案又已移交另一女副領事手上。

在這段時間，我開始積極寫信向美國各大醫院申請工作，而對於移民美國的憧憬，使我和美玉間漸漸有了共識，冰牆亦開始解凍。

一九七一年八月二十日，大女兒淑媛出生，為我們帶來了歡樂，亦令那道冰牆徹底溶化。每逢週日我都攜妻女出遊，留意到久未出現的笑靨重現美玉臉上。

一九七二年二月，我終於取得美國康州哈佛特市（Hartford）的聖法蘭西斯醫院（ST. Francis Hospital）聘書，聘請我為放射學醫生兼核子醫學部主任。聖法蘭西斯醫院是美東新英格區第三大醫院，有八百多病床，在當地很有名，我當然樂意接受。

我和美玉都很雀躍，馬上通知該負責我移民檔案的女副領事，告訴她我決定赴美，而七月一日就要上班，希望能在這之前成行。

她約我翌日到她辦公室面談。當我看到我的檔案夾內附的台灣客座教授劉鈐和高布隆教授的介紹信，並我在麥基大學受訓的紀錄時，著實嚇了一跳。

而她對我說的話，至今我仍記得。「美國很需要你，你可以隨時起程，無須再等。」

「但我要到六月底才受訓完畢，而我的工作七月一日才開始。」我說。

「那容易，」她微微一笑。「你可以先到美國，再返回加拿大完成你工作，一切我可代你安排。到時你只要預備好你、你太太和女兒的照片便可。」

第二天早上，我們按照領事館的安排，開車直駛到美國邊境，我將我們的照片交給美國方面辦事人員，只十五分鐘便辦好入境手續，一切順利快速得不可思議。

我們在美國邊境小城吃了個美味（因為心情好，所以特別美味）午餐，便再返回加拿大。

是年六月底，我正式受訓完畢，與妻小收拾行李，帶同我的助手勞績（MS. Rojek）一同到美國醫院報到，她來自英國，原是皇家維多利亞醫院核子醫學技術部主任，一直是我的好幫手。

我去到康州翌日，無須通過考試，便順利取得康州醫生執照，沒多久更考取了全美醫生執照（FLEX）和美國放射專家（Diplomate of American Board of Radiology）並美國核子醫學專家文憑（Diplomate of American Board of Nuclear Medicine），加拿大放射學專家文憑（Certificate of Raiology of Canada），同年並獲選為加拿大皇家內科學院院士（Fellow of Royal College of Physicians of Canada）。

一九七三年我被委任為專職核子醫學部主任，為此我偕美玉暢遊歐洲各國三週以示慶祝。這是我離開祖國去異鄉，享受的第一個較長的假期。

我剛去到康州醫院時，核子部門只有一間可容納兩個病人的小房間，一年多下來，我們將它拓展至整層樓，可同時容納三十個病人。

當時美國核子醫學會康州分會的朋友鼓勵我申請核子醫學離開放射科。而同時我與耶魯大學（Yale University）醫學院掛勾，並請了耶魯的技術員來我部門工作。

工作大致都算順利，只是因為放射科主任妒忌我的表現，處處與我為難，才在忍無可忍的情況下與他發生數次爭執。

一九七四年底，我去英國倫敦參加英國皇家醫學院年會，並當眾宣讀論文，得到大多數人的認同，此行可謂成功。

但當凱旋回歸康州沒多久，就發現原本支持我對抗放射部主任的副院長，因鬥不過放射部主任，為求自保，竟然倒戈相向，攻擊起我來了。

我心灰意冷，憤而辭職。當時醫院裏各科主任都極力挽留我，但我去意已決。其中內科主任來自耶魯，建議我到耶魯工作，但遭我婉拒。

從那個時間開始，我深深體會了華人在異鄉掙扎所面對的最大難題，就是不管你有多大成就，你永遠不能和白人爭取平等的權利。

所謂槍打出頭鳥，華人在許多專業圈子備受排擠是常見的事。就拿當時整我的放射科主任為例，為了不放棄自己手中的權力，即使自己對核子醫學是門外漢，也不肯順應科學發展潮流讓核醫獨立，寧願將我擠出去，如果他不是道地美國人，他哪有這個本事！

其實我早已準備自己出來開業。在大學醫院工作，是受薪階級，主要工作是研究，我初來工作，卻承擔作主任的壓力，其他的科主任都是美國有名的教授，每次開會，都有很大的心理壓力。若出來開業，雖然可能將來沒有論文發表，成不了權威教授，但我會有更多的時間和家人在一起，更能彌補和美玉之間的感情，享受更多的自由，而且以我目前的地位，不難找到私人開業而又兼任學校教職，一舉兩得，所以我這兩年來，先後考取了全美最好的州的醫生執照，包括華盛頓特區（Washington D.C），伊利諾州（Illinois），麻薩諸薩州（Massachusetts），佛羅利達州（Florida），紐約州（New York），加利福尼亞州（California），夏威夷州（Hawaii），內華達州（Nevada）和原來已有的康州（Connecticut）。

因為心中已決定出來開業。所以我推掉紐約市醫院擔任核子醫學主任的聘書，該醫院是紐約大學附屬醫院。另外我還推掉華盛頓大學醫學院（Washington University Medical School）的邀請。而專心一意申請私人醫生集團（Medical Group）或私人醫院開業。

我對自己說，我不能因一次失敗就放棄努力，反而因為失敗，我要更加努力，我要證明給聖法蘭西斯醫院看，失去了我，是他們的損失，不是我的損失。

我百感交集，深夜獨坐書房，想起故鄉來，想起我們的國家，想起母親，弟妹們，想起婉容，外叔婆，光明，聞午，恩師陳教授，劉鈐教授，弗理瑞教授，還有兩位劉書記。記得寧夏石嘴山劉書記的話。「不要忘記國家對你的培養，不要做對不起國家的事。」

我還記得我對劉書記的承諾。「有朝一日，我當竭盡所能，效報國家。」

我夢見自己回到了家鄉，又回到中山醫學院，回到我以前住的宿舍，剛上樓梯，便看到劉自銘書記從上面走下來，他看到我，一臉驚愕的神色。

「怎麼你回來了？」他低聲說，戰慄著。

「我是專程來看你的。」

「你瘋了，快走，不然來不及了！」

我還未回答，只見他用力把我一推，我跌下樓梯，——不痛，但醒了——原來是一場夢！

我知道劉書記已經死了，他是在一九六八年「文化大革命」時被紅衛兵鬥死的，那時我剛到哈利法斯，在維多利總醫院實習，是一位在香港的同學寫信來告訴我的，記得我收到信時還大哭了一場。

我賦閑在家那些日子，積極另謀出路，在這段時期內，美玉大力支持我，除了給我精神的力量，還在衣食起居方面，儘量將我照顧得很好。

那段日子，我面臨事業的低潮，卻和美玉重拾往日的感情，而舉家出遊的時刻，更顯格外珍貴。

一九七五年初，我接受了美國佛羅里達州阿蘭多（Orlando）開業的一個放射核子學醫生集團的邀請，參加他們的集團共同開業，由我專門負責擴展他們有權使用的私人醫院的核子醫學部門。多蘭多本是佛州中部的一小城，但現在已是一個新興的大城。阿蘭多風景宜人，處處都是美麗的湖泊，又是有名的橙園。這裏有世界聞名的迪斯奈世界（Disney World），和海洋世界（Sea World），是美國甚至世界各地的人嚮往的遊樂聖地。我們本來舉家前往，但只工作了一個月，我卻病倒了，而且美玉不喜歡阿蘭多氣候，携女暫回康州的家居住。我只好在醫院的核子部門建好之後，辭去當地的工作，回康州家再另謀出路。

回康州家沒多久，我又接獲夏威夷檀香山某醫院的聘書，但在出發前一天，接到住在伊利諾州普魯明頓（Bloomington）好友陳儀醫生的電話，邀我到他那裏玩並看看情況，他在電話中力邀我加入他們的醫生集團。

我欣然前往，陳醫生來接機。翌日，一點沒浪費時間，他安排集團主席柯雲醫生和我見面。他告訴我，他們的集團包括五個美國人，一個中國人（陳醫生）共六個人聯合開業，負責當地三個中小醫院的放射及核子醫學。

柯雲對我印象很好，很誠懇地邀請我留下來加入他們共同開業，並答應給我夏威夷醫院薪金的兩倍，如果我肯接受，第二年便會成為正式合夥人，並擔任三間醫院的核子醫學主任。他們甚至負責搬家費。

我打電話和美玉商量，她很興奮，建議我接受這個新職位。我在電話中打趣她：「你並不認識陳醫生這個人，又未見過柯雲醫生，怎麼如此有信心？」

「你不是剛剛才說他們人不錯的？」她說：「我當然信任你的判斷。」

「如果我留下來，你會放棄康州的家嗎？」

「當然，我最喜歡美國的小城。」義無反顧地。

美國的小城寧謐和平，誰不喜歡呢？我當下打電話給夏威夷檀香山的醫院，通知他們取消合約，我不去了。

我們收拾細軟，於是年二月中舉家遷移到普明頓小鎮上班。該區環境幽美，民風淳樸，美玉一見就喜歡。

這裏有伊州州立大學（Illinois State Unversity）及私立的威斯廉安學院（Wesleyan College），威廉斯安是著名學府，在全美多處有分校。其中位於喬治亞的更是宋家三姐妹的母校。這裏也是美國最大的保險公司State Farm的總部。在這裏就讀的中國學生約三百多人，多數是來自香港或台灣。華人在這裏居住的為數不多，約有一百多個中國家庭，成員一半是大學的教員，另一半則為白領。

人雖少，卻很同心，這裏的美華協會（American Chinese Association）辦得略具規模，我來到第二年，曾被推選為主席，每月聚會一次。

我也曾考慮過我本身已那麼忙，有那麼多的病人和需時甚多的規劃工作，我能有餘暇去做其他雜務嗎？雖然每月才聚會一次。

但想深一層，自己能有今天，不是因為國家的極力栽培嗎？如果當初被扣右派帽子的時候，沒有校內黨委劉書記的鼓勵，我能有今天嗎？如果不是石嘴山劉院長讓我回家養病，我能有今天嗎？

今天我有在異鄉掙一席位，不是應該回饋國家，主動伸手去幫助需要幫忙的華人子弟嗎？

美華協會正是這樣的一個機構。為受了欺負，受到歧視，而自己無力捍衛的中國人出頭。這樣的機構，我能不參加嗎？

一直到今天，我仍是美華協會的一員。並且積極參與其事。

一九七六年二月，經過一年的試用期，我順利正式加入醫生集團，並被推選為主席，一九七七年，受聘為聖約瑟醫院（ST. Joseph Hospital）放射科主任，兼伊利諾大學醫學院放科臨床副教授，加上本來就是三間醫院的核子醫學主任，工作之繁重可想而知。

一九七八年，被選為美國放射學會伊利諾州分會放射儀器審查委員會委員。一九七九年起，又有一個新任務，就是擔任美國放射學會伊利諾州中部分會會議聯繫人，每年負責一次學術會議。

一九七九年底，在伊利諾大學教員評選時，被選為放射科的優秀教員，接受學校表揚，更被任命為代理主任，在主任不在時代理行政。

這幾年事業方面發展不錯，也算真正賺了點錢，不待美玉開口便換了大房子，並在房地產方面做了不少投資。

一九八〇年，接母親來美居住，本想多敘一段日子，不料母親卻與美玉相處不來，只住了兩個月便啟程回國。

想起她臨行前對我說的一番話，現在心裏也感到難過，她說：「不要怪美玉，也許我年紀老了，不免有老人家的毛病，何況現在我別無他求，只望你們晚一輩的夫妻和睦，生活安定而已。我走了之後，你們要好好過日子，不要常常吵架。」

那時姨婆已去世，母親已退休搬回東莞老家，早已白髮蒼蒼，看著她略顯佝僂的身子步入閘口那一刻，不捨之情使我難受，再想起姨婆到死那刻都不能見我一面，更是暗暗掉下淚來。

那一刻我在心裏起願，我一定要找個機會回國看望母親，看望久違的家園，並掃外婆及姨婆的墓。

機會終於來了。經麻省大學一位姓施的教授介紹，我開始回國講學，後來任中山醫科大學客座教授，得以與不少舊師長同學敘舊，見了我的恩師陳國楨教授。第一次回校時，彭文偉校長親手交給我一份文件，那就是中共正式改正當年將我錯劃成右派的證書，我大慟，感動無已，深幸中國終於從十年「文革」陰影中走了出來，前途是無限量的！

當然我有回東莞看母親、弟妹們及其他親戚。公私兩便，又去了拜外婆及姨婆的墓，了卻多年心願。記得第一次回到東莞老家，會見了許多親戚朋友，可惜見不到蔡光明，他人在四川眉州市，我還回到東莞中學，見到了幾位當年的老師，都是白髮蒼蒼的老人了。

而最令母親感到欣慰的，是我能夠有機會將我多年苦學的成果，帶回來教育年輕的一代。

「如果你外婆和姨婆還在，親眼看到你這一天那該有多好。」母親感喟道。

住在母親家，和母親晚飯後一小段共同品茶時光，是我最愜意，也最快樂的時光。

現在回想起來，心中仍是充滿了溫馨。在許許多多年月之後的今天，母親已過世很久，我仍常常痴心妄想，是否有一天，咱母子能再有機會重溫茗茶話舊的好時光！

母親一再鼓勵我的話，更是至今仍珍存在腦海裏，不敢有忘。

她說：「無論在外國有多成功，有多風光，都不要忘了你的根是在這裏。不要忘了你是黃皮膚的炎黃子孫，只要有機會，要多點想辦法為國家出點力，做點事，知道嗎？以前我很少提，因為怕給你壓力，但你現在學成了，我——」說著低下頭來，眼眶紅了。

「媽——」我當然知道母親心裏捨不得我。但我可以不走留下來嗎？我在心裏嘆氣。「我以後都會常回來，講學也好，回來探望你也好，一定會常回來，真的。」

母親伸手握住我的手，久久不能言語。

我並沒有食言，這之後差不多每年回國一次，四處作醫學訪問並多次回母校演講。而因為時間不多，我每次都是來去匆匆。未有機會遊覽美好河山。

也許我犧牲了不少與妻女共聚的時光，但總是值得的。

同時我囑咐我的秘書，每月將八種美國出版最新的醫學雜誌，寄贈中山醫科大學圖書館。一直到一九九六年我離開普魯明頓才終止。

一九八〇年九月四日，二女兒淑蕊出生，模樣性情皆非常可愛討人歡喜，是我的心頭肉。

一九八〇年底去拉斯維加斯（Las Vegas）開會，與友人們在米高梅酒店（MGM）內某中餐廳用餐，遇見一個芳齡二十的女侍，一見之下，我整個人驚呆了。

因為她的樣貌長得和婉容很相似，尤其是那雙丹鳳眼，一顰一笑間，宛如年輕時代的婉容。

攀談之下，得知她白天在本地大學念書，也是個大學生，晚上在這裏上班賺錢供自己讀書。問她從哪裏來，她說是從越南來，不過聽她說英文或中文，都沒有半點越南口音。我更牢牢地記住了她的名字——王思琪。

從那一刻，我的心情再也不能平靜，往日與婉容在一起的日字，一幕幕地迴旋在我的腦際，夜已深，我卻輾轉難眠——想起從前在外婆家，我常常偷偷地進入婉容的房間——趁著一絲從窗戶透進來的月光，偷看著熟睡中婉容那春睡的嬌態，和那如海棠般美艷的面龐；有時她故作酣睡，誘我輕輕偷吻她，然後醒來說我輕挑。我笑瞇瞇地拉著她的手起來欣賞夜景，周圍寂靜無聲，擡頭看著天上的星星渡過天河銀漢，微風吹過，她身上發出一股幽微的香氣——可恨造物弄人，那無情的世道，硬把我們分開了，如今物換星移，不知何日才能再見！此時此夕，婉容啊，你可知我是多麼的念著你啊！那天上明亮的月光，也一樣照著你的心麼？

啊，對了，見不到你，我可以見妳的影子——思琪，那個聰明伶俐的小姑娘，不就是當年的你麼？想著想著，我不自主地爬了起來，直奔思琪的餐廳，剛好餐廳打烊，迎面碰上思琪，我急忙走上前，脹紅著臉，卻說不出一句話。

倒是她伶俐，只見她睜著那水汪汪的眼睛，微笑著說：

「大醫生，餐廳打烊了，來不及消夜了！」

一句話提醒了我，靈機一動，我找到了藉口：

「我肚餓得很，你能替我找到一個消夜的地方嗎？」看她尋思的樣子，我馬上接著說：「若你能帶我去，我請客。」

「我才不希罕你請客呢！況且——」

看她欲言又止，好像還沒有拒絕的樣子，我趕忙說道：

「況且什麼呢？」

「我媽每晚都等著我回家吃飯的。」

「這麼晚？」我有點好奇。

「是的，我已經有十個小時沒吃東西了，肚子正餓得很呢！」

看來我的希望要落空了，但我還想再試探一下，同時裝出一副可憐兮兮的樣子：

「那我只好回房睡覺啦！太餓了怎能睡得著呢？」

她撲嗤笑出聲來：「你這人真好玩——難道你不會叫房間服務嗎？」

「我不歡喜在房裏吃飯。」我學起她的口吻來了。

只見她沈思了一會，說；「好吧，我帶你回家吃飯吧！」

我嚇壞了，這小妮子竟敢帶一個陌生人在半夜裏回家！

「你媽會責怪你的。」我有點猶豫。

「她高興還來不及呢。」

「為什麼？」我大奇。

「我媽最喜歡我有一個做醫生的朋友——爸在世時常說，能做醫生的，絕不是壞人！」

「那妳的想法呢？」

「我嘛，做醫生的都是大壞蛋——就像你！」她抿著嘴笑道，那天真的蛋臉——啊，這小妮子不像婉容，倒更像美玉！

「你敢和一個大壞蛋做朋友？」我故意逗她。

「我才不怕呢——壞蛋才好玩呢——你究竟跟我回家還是不跟？我要先打電話通知老媽呢！」

「當然跟——不過——」

「你真囉嗦——又不過什麼呢？」她有點不耐煩。

「你還得要送我回來啊！」

「那當然，不過如果你真的太壞，那你得自己走回來！」

看她講話的神氣，我還弄不清楚她是不是當真的！有點好奇：

「你怎麼會想到我可能是壞蛋呢？」

「你真想知道？」

「當然囉。」

「你明明想約我，卻說什麼肚子餓啦，又找不到餐廳啦，又不想在房裏吃飯啦，滿肚子古靈精怪，難道不是壞蛋是道學先生？」她得意地笑道。

「算妳對——妳還敢帶我去你家嗎？」

「有什麼不敢——我就要看看你還有什麼花樣騙人！」

車行大約半小時，來到思琪的家，那是座落西南城區一座小花園洋房，算不上華麗，但布置精巧雅致，一塵不染，思琪的母親是一個大概四十開外的中年婦人，眉宇間看得出年輕時是美人胚子，看來比我大不了多少，但因為我是她女兒的客人，言談中總把我當成她的晚輩。

「媽，你替我招呼方醫生，我上樓去沖涼換衣服。」思琪說。特別把「醫生」兩個字加重語氣。

「你們都快餓壞了，快到餐廳去罷，吃完飯再沖洗不遲。」

「不，我一身油煙味，得罪大醫生不好！」說時還向我作個鬼臉，話未說完，人已一溜煙奔到樓上，咦，那不就是年輕時的美玉麼！我的心不禁一跳，一陣莫名其妙的感覺湧上心頭。

「這孩子從小被她爸寵壞了，任性得很呢，我真想她能找到一個成熟學問人品好的男朋友，管教管教她！」母親望著思琪的背影搖頭著說道，好像語帶雙關。

「成熟是隨著年歲增長的，你總不能希望她找一個老頭子做男朋友吧。」

「你有所不知，她才不要年輕人做男朋友呢！這也是因她依戀爸爸的緣故——想當年在越南，我們家的生意越做越大，她爸很小有時候與兒女溝通，唯獨對思琪，因她是么女，他爸最疼她，也最聽她的話，她就成了家裏的小霸王，十幾個哥哥姐姐都得聽她的，後來越南內戰，我們一家毀於戰火，她爸又得了重病，找不到醫生，沒能及時醫治，就這樣走了，遺下一門孤寡，那時思琪才十五歲，他最不放心，臨終前拉著我倆母女的手，要思琪無論如何長大後要做醫生，自己做不成，也要找一個醫生女婿，思琪從小對她爸依賴甚深，一旦沒了爸，整整幾個星期哭得死去活來，還偷偷地到爸墳前發誓，答應好好讀書將來做一個醫生，只可惜那時兵荒馬亂，我們一家到處逃難，那有機會讀書呵，所以只好把希望寄託在——」思琪媽這才發現說話太直，不一禁臉上一陣紅暈：

「你看我把話說到哪裏去了——菜都涼了，這小妮子還不下來，真沒規矩——你不要怪她才好！」

我看得出，思琪媽為了完成丈夫的遺願，希望找一個醫生女婿。但我心中卻納悶著，她才不過四十出頭，怎麼會有十幾個孩子呢，她好像看透我的心事：

「思琪她爸有三房太太，我是最小的，她爸去世後，為避戰禍，一家人都分散了，我和兒女們來了拉斯維加斯，思琪兩個姊姊已成家，他弟弟住在學校，我和思琪在一起。大房及二房有些留在越南，有些來了美國，還有幾個去了法國，平時難得見面。」說到這裏，臉上露出一股淡淡的哀怨。我在想，他們的遭遇，與我們和婉容的何其相似啊！

思琪終於姍姍地從樓梯走下來，打扮得清雅宜人。我的眼睛為之一亮！我忽然感到，好像有一陣清風掠過我的胸膛，把一天開會及煩思帶來的苦悶通通吹散，我發現一張在燈光下我多年來夢魂牽繞的、或神遊中常常見到的、一張俏麗無比而神韻極為相似的面容——這豈不就是年輕時的婉容麼！對！在向我面前走來的，就是當年初見時的婉容！

思琪見我痴迷迷的盯著她出神，有點不好意思：

「你好壞——你平時就是這樣看人的麼？」

聽她的語氣，不像是發怒，但我自覺失態；

「對不起，思琪，看見你——我——想起一個人。」我結結巴巴的說道。

「你騙人，是誰？快講！」我的天，這是美玉口吻！

正想著不知如何回答她，她媽及時給我解了圍：

「你們只管站著講話——不吃飯了？」

好思琪，一下子把問我的話給忘了。我趕忙走到餐桌旁邊坐下。

晚餐精緻而豐盛，思琪媽頻頻向我夾菜。思琪看在眼裏，向我作鬼臉：

「我的大醫生，若不是媽年紀太大，我還以為她追求著你呢！」說時用手指作兩人並排狀，那樣子又滑稽又好笑。

「你這小妮子說話沒正經，不怕人家笑話你，」母親裝著發怒的樣子，使我笑不合攏嘴。

飯後思琪媽把我們趕到客廳聊天。思琪把我拉到火爐旁邊對坐著，我再一次仔細端詳那調皮伶俐的思琪。在壁爐一閃一閃的光輝映照下，再現了一個年輕的婉容——儀表是端正的，月兒似的單鳳眼、尖尖的鼻子、小而豐滿的嘴唇、那微微上翹的俏下巴、細長白嫩的脖子、高聳的胸脯和那青春肌體的仙姿靈態，交織在一起，融彙成一個完整的、和諧的美的化身——這時的思琪一反常態，安靜的坐著，任由我的眼睛在她身上游動，偶爾用她那令人丟魂的目光，和我的對視——意思是告訴我，她已知道我的心意，她沒有說話，她是用眼睛說話，你看著她的眼睛，不由自主地便會生出一種願望——我漸漸忘記我身在何處，完完全全沈浸在美的感受中——我的靈魂漂回東莞老家，腦中盡是在那中秋明月夜，和婉容在凰凰樹下山盟海誓的情景——

我突然從迷幻中驚醒，感到難過和羞慚，美玉的影子突然在眼前出現，把我和思琪分離開來，並嫉妒地擋住了我的目光。

「思琪，天快亮了，我早應該回去了，耽誤了你休息，真過意不去——」我低聲說道。

思琪用一種奇異的眼光看著我，那是一種美而含蓄的眼光，但這時我的感覺卻很奇怪，而腦海中激起的不是快樂，而是一種愉快卻又痛苦的混合。

「方醫生，太晚了，不如你先到客房小睡一會兒，睡醒後我再開車送你回旅館，而且我也要休息一下，太累了開車是很危險的。」這時的思琪講話卻又像婉容。

思琪帶我到樓上客房，很客氣道了晚安後，逕回自己的房間。那時晨曦的光線已從窗外透入，但我沒有一點睡意。腦中回味著這一天不尋常的經歷——我無意中邂逅一個極似初戀情人的少女，而這少女的遭遇身世也與婉容有點相似，而她居然第一次見面就把我帶回家見她的母親，而她母親居然對我這陌生人那麼親切——這一切看來都不可思議，——我靜靜的躺下來，終於覺得有點疲倦，但一閉上眼睛，思琪那非常美麗的身影就在我眼前浮現！老天爺，那不正是我初會婉容時的情景麼？

但我的心卻又滿懷惆悵，總感到有點無奈，甚至乎責備自己太荒唐，這女孩不屬於我，也永遠不會屬於我，我對於她只是個陌生人，我們的相見相會只不過是一個罕見的曇花一現的幻影，轉眼就會消失——但我又隱約覺得這一切的一切，好像是上天的安排，為什麼？只有上帝才清楚！

我終於在朦朧中進人夢鄉，醒來時已是中午時分。窗外透進來的陽光非常扎眼，我慢慢的從床上起來，走近窗前，隱約聽見思琪母女在窗外說話：

「媽，你不要胡思亂想，我和他只是剛認識的朋友！」

「但你不要失去這個大好機會呀！難道你忘記答應爸嫁醫生的嗎？」

「我只答應爸我自己讀書做醫生！」

「那還不一樣，嫁一個做醫生的豈不更好——省得你讀書費氣力！」

「可是我還不瞭解他，他年紀可做我爸，八成已經結了婚啦！」

「結了婚怎麼會自己一個人來玩？」

「他是來開會的——不是來玩的。他年紀可做我爸，你怎麼會想到我會歡喜他呢？」
「這有什麼奇怪？——你不是只喜歡年紀大的嗎？」
「我只想找個爸，」只聽見思琪笑聲；「媽我看你嫁給他好了——要不要我替妳做媒？」
「你這死妮子嘴巴不饒人！你自己的事我管不著！要不是看你神不守舍的樣子，我才懶得管呢！」
沉靜了一會，「只要你不後悔才好！」
老天爺！思琪媽講話真像外叔婆！
「噓，」是思琪的聲音。「你講話粗聲粗氣的，若被他聽見我可不饒你！」
「好啦、好啦、你口不對心，我才不跟你鬥嘴皮！我已準備好午餐，可否煩你大小姐請他出來？」
我趕忙跑回床上倒頭裝睡，不一會聽見思琪在扣門：
「我的大醫生，醒了沒有？媽準備好午餐啦！」
我心想若馬上應她，會令她懷疑我偷聽她們母女對話，不如繼續裝睡。
見房內沒動靜，思琪輕輕推開房們，隔著被子搖了我一下，大聲的說：
「醒醒啦，大醫生！」
我故意慢慢的睜開眼睛，只見思琪站在我的床邊，兩手按腰，一副裝著生氣的樣子，我還未開口，她卻先撲通一笑，一會兒把手放在臉上，一會兒又用手整理頭髮，這些微細而優美的姿態，處處表現她那誘人的青春活力。
「喂，大醫生，你聾啦，怎麼不說話呀？」
「對不起，我睡過頭了，累你們久等。」我半晌才回過神來。但我的眼睛還在盯著她，欣賞著她臉上又甜又俏的表情，她抿著嘴在笑、笑聲中表現了純潔與天真，還有她那優美而可愛的姿態，一下子把我帶回到青春歲月——站在我面前的姑娘，是我生命中的兩個女人的混合體——她昨晚火爐邊表露的柔順與纖弱，豈不就是當年的婉容麼？而現在活潑誘人的動作和講話的神情，又恰似當年的美玉！——只可惜今時今日，桃花依舊，人事全非，兩者皆不可得、不可期——難道——難道這就是人生麼？

我在這邊痴痴在想，回眸一瞥卻見思琪臉上一片迷惘的表情，真是可愛極了，故意逗她：

「思琪，你以前是這樣對你爸講話的麼？」

「你好壞，居然占我便宜——」話未說完，眼睛已紅了！「我爸比你好多了，他只聽我話——可惜——可惜他去得太早了！都是你們這些壞醫生——做的好事！」

「這就奇了？你媽只說沒及時醫治——」

「還不一樣——我爸病了，醫生卻不知逃到哪裏去啦——所以——我爸才在臨終前吩咐要我長大後做醫生，去救治需要醫生的病人，還可有病自己醫——或者——」

「或者嫁一個醫生是嗎？」

「這是媽說的，我可沒聽到！」

只見她臉上一陣紅暈，樣子滑稽得很，啊，她就像是天上的彩虹、一會兒歡笑、一會兒悲傷，相映成趣——

「思琪，」是她媽媽從廚房傳來的聲音：「叫你去請方醫生來午餐，怎麼半天沒有動靜？」

「大醫生還未醒呢。」思琪答，吐舌頭扮鬼臉，那變幻莫測的表情美極了，我心想，若能和她過一輩子，保證長生不老！

餐桌上母女歡談無忌，哪裏像是母女，倒更似是姐妹，看得出，我是很受歡迎的客人，思琪媽幾次暗示思琪對我的好感，見我沒反應，只好更明白的說：

「思琪對你可好啦，說人老實、沒架子、最重要的——」

「挨罵不頂嘴！」我接著說！

「這還不太差！不知是不是故意裝的。」思琪答，抿著嘴。

「人家可不像你，說話沒點分寸！」

「我就歡喜她直率性兒，」我說，不想讓她們再誤會下去，「我太太年輕時就像她！」

一陣失望的表情掠過思琪媽的臉上，但旋即回復了笑意，正欲說話，思琪卻搶先說：

「好啦，你以後不准說我野啦！」說時對她媽一瞅：「大醫生的太太也和我一樣，下一次你帶她一起來好嗎？」

「當然囉，她一定歡喜有你這樣一個好妹妹。」我說。

這一場愉快的相會，我卻只能讓它在我的記憶中珍藏著。我告訴自己：人不能自私，即使我多麼慶幸認識思琪、喜歡思琪，但我再不能見她了，一來是怕再勾起傷心往事，二來怕涉足太深，傷害了她們母女的感情。所以直至思琪送我回到旅館，我再沒多說話，只對思琪珍重道別，而思琪看來也瞭解我的心意，臨別時只微笑和我握手道別，沈默中用眼睛說話！

一九八三年，在美華月會上，認識一名叫靜兒的中國女子，美而慧，早年畢業於中山大學經濟系，也算是我的一個小學妹。她來美後先去紐約半工半讀紐約大學拿了碩士學位，結婚後與丈夫搬來這裏，丈夫則是威廉斯安學院經濟系主任，是個美籍德國人，一個英俊而有修養的紳士。

我和靜兒很談得來，自始每週相約午飯一次，互訴心事，但始終不及於亂，也不影響我們各自的夫妻感情。至今她夫婦仍是我的好友，她更是我的紅顏知己。

流光飛逝，二十年轉眼即過，而我初會靜兒的情景，至今仍夢魂牽繫。

靜兒實在是太美了，她那苗條的身材，深黑的頭髮，那充滿了機智的眼神，那高而纖細的鼻子，那像古希臘女神維納斯勾人靈魂的嘴唇，和她那迷人的氣質，是美和智慧的結晶，她太像相片中的才女林徽因了，我一時忘情，偷偷地抄下林的幾句詩，然後又偷偷地塞到她的手上：

你展開像個千瓣的花朵！
鮮妍是你的每一瓣，更有芳沁，
那溫存襲人的花氣，伴著晚涼：
我說花兒，這正是春的捉弄人，
來偷取人們的痴情！

她收下紙條，低頭看了一下，回頭向我嫣然一笑，我頓然心動神搖，這一剎那，如今隔別多年，每一回想，仍然心情動蕩不已。

隔了幾天，在醫務所的信箱中，收到了一封信，裏面卻是一張精美的卡片，靜兒用她那秀氣的字寫下白朗寧夫人的一段十四行詩：

捨下我，走吧。可是我覺得，從此
我就一直徘徊在你的身影裏。

我明白靜兒的心意，更慶幸靜兒和我心靈相通。我知道自己是一個易受情緒支配，充滿幻想，有時甚至是放蕩形骸的浪漫主義者，但，老天爺，為了美玉和孩子，我不能再犯錯了。感謝上蒼的眷顧，我和靜兒終此一生，保持著一種永恒的，純真的、高貴的感情。而我對她的依戀，可以說與日俱增。

其後，中山醫科大學和南伊諾大學醫學院（Southern Illinois University Medical School）結盟，互作訪問學術演講。中山醫科大學由校長彭文偉帶領，訪問南伊大在春田的紀念醫院（Sprinfield Memorial Hospital），彭校長作了一次關於肝病的學術演講，內容新穎充實，英語也優美純正，令美國人嘆為觀止。我亦在會上作心臟核子醫學的報告。本來我亦邀請了世界傳染病權威堪薩斯大學醫學院（Kansas University Medical School）的傳染科主任劉鈐教授作專題演講，節目表亦印好，卻因南伊大安排失當而失之交臂，非常可惜。劉教授早年畢業於成都的華西醫學院，是彭校長的學長，後到哈佛研究發表了不少創見論文，不但在美國，在世界傳染病界亦素負盛名。我有幸在台大做駐院醫生時得到他的指導。其時他由美返台任一年的台大及國防醫學院客座教授。以後我經常受他的提携指導，終生感激不盡。

而公司業務蒸蒸日上，不斷的向外招聘新人，莊臣醫生，微克醫生，司村醫生，濟慈醫生，史郎醫生先後加入。一時陣容無雙，包辦了全城的放射及核子醫學業務。

但好景不長，因公司醫生中有人素來歧視中國人，尤其與陳醫生過不去。有一次微克來我處抗議陳醫生看錯病人的X光片，我維護陳，與他起衝突。

微克是一個眼光短小的是非小人，他為了怕錯，儘量少做事，為了排擠中國人，他製造了一個私人擋案，把所有中國同事的偶然疏忽收集起來，作為攻擊的材料。在他的字典裏，有權的人一切都是對的，沒權的都是錯的。當我仍是公司主席時，對我千依百順，處處逢迎，後來莊臣當了主席，就不買我的賬了，還處處與我為難。當莊臣順利掌握公司的權力時，所有莊臣做的事及提議都是好的，對莊臣曲意奉迎，一切以莊臣為馬首是瞻。把莊臣的話當作聖經，還滔滔不絕的引申莊臣的話。看見他那可憎的面孔，倒使我想起明人莊元臣在《叔苴子》講的寓言：八哥鳥經過調教會模仿人的聲音，翻來覆去叫幾句現成話。有一回蟬在庭前高歌，八哥笑它發不出人的聲音，蟬說：「你能學人話當然好，但這是你自己的話麼？我唱的可是我自己的歌呀！」八哥聽後覺得慚愧，從此不再開口了。可是我們這位微克仁兄，卻不如一隻八哥！八哥尚懂知恥，而微克卻把無耻進行到底。他不但對上司察眉觀色，還時時搬弄是非，造謠生事，專找陳的麻煩。真正到了「人不要臉鬼都怕」的地步，你在前面走，卻不知他在你背後做什麼勾當，正應了一句俗話：面皮厚厚，吃個夠夠。

未幾，公司就此事召開董事會議，醫生們分成兩派，公司元老柯雲醫生和我支援陳，微克和莊臣則堅持要陳辭職。其他醫生因尚未入董事會，無權表決，陳對我表示不想再鬧下去，決定辭職。但我認為這樣對陳很不公允，一時氣忿難當，一反常態，在董事會上說：

「其實我們都處身在一個玻璃房裏，誰對誰錯，大家都看得清楚。請問莊臣醫生，你敢不敢說你的誤診率比陳醫生低？又請問微克醫生，你工作的份量，及得上陳醫生的一半麼？你少做少錯，並以此為傲，攻擊別人，難道是一個正人君子所為？我認為陳醫生是一個難得的好醫生，工作勤奮，任勞任怨，待人誠懇，他一天的工作量，等於你的三倍，因看片太快，難免偶有疏忽，卻成了你排擠他的藉口。所以我堅決反對讓陳醫生辭職，你們的提議既得不到董事會的多數贊同，而我們也沒有足夠的票數否決你們的提議，所以我提議暫時擱置陳醫生去職的問題。我還提議解散目前的董事會，並讓司村醫生、濟慈醫生、史郎醫生一併加入，重新選舉主席！」

莊臣絕對想不到我會有如此強烈的反應，一時不知所措，微克更是臉色發青，啞口無言，就在三票（我、阿雲和陳）對兩票（莊臣、微克）的情況下，通過我的提議，並決定在下週舉行擴大了的董事會，重新選舉主席並決定是否批准陳醫生的辭職。

莊臣看著勢頭不對，馬上放下身段，隔天晚上便跑到我家裏說情，把一切責任都推到微克身上，也不再堅持要陳辭職，其實我也知道莊臣是個老實人，也是我當初推舉他接任我的位置的，既然他不再聽從微克的擺布，也好順水推舟，答應繼續推薦他任主席。

可是事情的發展也出乎我的預料，首先是濟慈醫生和史郎醫生看不慣莊臣和微克的作為，偷偷地和本城的另一間醫院簽了合約，不再和我們合作了，其次是陳醫生不再願意和微克共事，堅決辭職，我挽留陳醫生不果，心裏非常難過。想到我能夠成為這間公司的一份子，也是經他引薦的，更感到深深不安。他卻勸慰我：「老兄，人生本就聚散無常，不必難過。何況塞翁失馬，焉知非福？以後的事，誰能預料呢？」

是的，他說的果真沒錯，陳醫生去到芝加哥，便找到一個非常好的差事——在當地一間規模相當大的醫院擔任副主任，他打電話告訴我這個消息時，我高興得差點跳起來。

「恭喜你咯，亞儀。」

他在電話那頭呵呵笑：「告訴過你，塞翁失馬，焉知非福嘛！」

「好，算你對，好了吧，那邊的天氣怎樣？」

「不怎樣，不過我現在是春風得意，所以天氣差一點，好一點，完全沒關係。」說著又哈哈大笑。

「喂，老兄，想不想過來我這邊發展？」他繼續說道。

「暫時免談。」我也感染了他的喜悅，口氣也變風騷了。「我最怕在大城市開車，你是知道的。」

「好，什麼時候想過來，隨時通知我。」

「好的。」我說，心想也許真有那一天。

陳醫生和我，現到在仍是非常要好的朋友。

我心有不甘，經公司大部分人同意，請了一位姓王的醫生加入，王醫生是從加州來的本地出生美籍華人，他畢業美國名校，專長神經血管及外科放射學，正是我們缺少的。

自二女兒淑蕊出生後，我和美玉的感情更加穩定下來，每逢週末的全家野餐，變成每個人企盼的節目。有時亦開車去香檳城（Champaign）探望在伊大就讀的淑媛，同享家庭團聚的溫暖，美玉偶爾無故發脾氣，我也不理她，忍耐了下來。

這樣相安無事，直到有一年底，南伊利諾大學和中山醫科大學在廣州聯合舉辦醫學會議，安排我做一篇關於美國放射學情況的專題報告。適逢母親大壽，會一開完我們便趕著回鄉探母。因是七十歲大壽，長居在美國的大妹，香港的二弟和分散在國內各地的弟妹們都專程回家向母親祝壽。

母親精神不錯，看見我們亦很開心，尤其將小淑蕊抱在懷裏時，更是笑不攏嘴。美玉放下行李便趕到自己父母家中，我們也不介意，笑笑談談的很是歡喜。

後來大弟帶我和淑蕊到後院去看果樹，淑蕊鬧著要我摘荔枝的當兒，忽然聽到前廳有爭吵的聲音，而且聲音很大，我留心傾聽，覺得是美玉的聲音。

我將淑蕊交由大弟照應，匆匆地往聲音的來源跑。趕到的時候，剛好看見美玉衝進房去的背影，然後是好大的甩門聲——

再看正在廳裏呆呆站著的，是我白鬢蒼蒼的母親，她一張臉煞白煞白的，大概給氣著的，嘴唇也不能自主地抖動著。

「媽——」我忙扶著她坐下。「到底出了什麼事？是不是美玉她——」

「你——你娶的好媳婦！」媽望我一眼，眼睛噙著淚，勉強忍住不哭出來。

這時大弟和大妹也趕到了。大妹看來最疼母親，又是隔了好幾年才相見，還未弄清楚事發經過，見到母親滿臉委屈的模樣，倒先哭了出來。

母親回摟大妹，淚水一下子像決堤一樣，全湧了出來。大弟忙過去勸：「哎呀，過生日不能哭，不吉利的呀，來來，大家先不要哭，將事情先弄清楚，好不好？」

小淑蕊一搖一擺地走過來，模樣很逗趣，我靈機一觸，將她推到母親身邊去，說：「淑蕊乖，叫奶奶不哭。」

小傢伙收到指令，一邊搖頭晃腦，一邊伸著肥嘟嘟的小手，去扳她祖母繃住的臉，嘴裏一邊含含糊糊地嚷：「奶奶，不哭，乖，不哭！」逗得大家都笑了，連本來在哭的母親和大妹也是。

母親一把將小淑蕊摟在懷裏，低頭親她粉嫩的臉頰，臉色上仍有淚痕，嘴巴卻笑開了。

「媽，剛才——」我大概猜到美玉必定是說了一些過份的話，才惹得母親如此傷心。囁嚅著不知如何開口。

「算了，衝著可愛的小淑蕊，我不再和她計較，好了吧？」

大妹還想追問，但大弟拼命向我們打眼色，示意我們到此為止，不要破壞大家的興致。我又看見大弟媳自房裏出來，也悄悄向我打眼色，雖然不知就裏，但總算識趣地不再追問。

壽筵訂在翌日晚上，今天晚上只是一家人圍爐共聚。我和弟弟們陪壽星婆在廳內玩紙牌，弟媳和妹妹則在廚房裏忙著剁肉剁菜做麵團，預備吃餃子的料。

差不多到黃昏，我們才放下手中的紙牌，一家人一起，邊包餃子邊聊天。母親則拿了一團濕麵，哄著幾個小孩搓揑來玩。看母親愉悅的表情，似乎已將中午的不快插曲拋在腦後。

只是美玉躲在房中，一直不肯露面。

餃子煮好，叫她出來吃。她只推說不太舒服，要我們不要等她。我一肚子納悶，美味的餃子到我肚子裏是食不知味。

等大家都吃完了，大弟對母親說：「媽，這裏讓我們來清洗收拾，你早點去睡吧，明天可有得忙呢。」母親點點頭，打個老大的呵欠，進房去了。大弟帶著妹妹們洗碗，向我很快打個眼色，與弟媳聯袂到偏廳等我。大妹體貼地為我們端了茶，也坐下了。

「可以告訴我，今天中午到底發生了什麼事嗎？」我說。

大弟望望他太太，弟媳會意地，壓低嗓子說：「發生事情的時候，我正好在房裏，什麼都聽見了。」

我們幾個沒接話，只是用眼神催促她往下說。她接下去道：「那時媽大概在客廳看報什麼的，大嫂從外面回來，劈頭就說：「我的行李呢，媽？」

「大概放到那邊去了。」媽的聲音。

「為什麼移動我的東西？是誰移的？」

「我叫大弟移的，因為原本放在這裏，有點擋路——」

「這裏夠寬敞，哪裏會擋路呢？」我聽見美玉的聲音大了起來。「是你們私下打開我的行李，翻看我的東西吧？」

我們聽到她說到這裏，忍不住面面相覷，都覺得美玉的反應太過不可思議。我更是氣得咬牙切齒。

「唉，怪不得母親氣壞了？」大妹說：「她當時怎麼說？」

弟媳也嘆氣，道：「媽當時真是氣得聲音也發抖，當然聲音也大了起來：『美玉，看你這話說的！屋子裏的都是自己人，又不是賊，怎會無緣無故翻弄你的箱子呢？』」

「哼，那為什麼不先問過我，就移動我的箱子！」

「美玉——」弟媳大搖其頭：「當時我想媽還待解釋，但我再沒聽到大嫂接話，只聽到大大的甩門聲，我想她在那個時候回房去了。」

「這美玉——」我氣得發昏：「真的太過份了！」

「為什麼當時你不出來勸說兩句。」大妹問弟媳。

「我也有想過，但這種事，如果多一個人在場，豈不是令媽多一分尷尬。」

「是啊，」大弟附和：「媽會覺得更加沒面子——」

「我才是那個沒面子的人，」我霍地站起來，簡直是氣炸了。「好個美玉，我找她理論去！」

「大哥！」幾個聲音同時阻止我。大弟說：「明天就是壽筵了，不要再橫生枝節了吧！你不是不知道大嫂的脾氣——」

「對呀，待會如果鬧起來，沒的叫媽更加難過？」大妹幫腔，「我看你不如哄著她點，我真擔心她明天壽筵不肯出席——」

「大哥，就先聽我們的，好不好？」弟媳也出言加入勸說陣容。「事情鬧大了，大家面子上都不好看。明天你找個機會，代大嫂向媽說聲對不起，先過個平安大壽。要算帳，你回美國再和她算去！」

我一想也是，照美玉近年的脾氣，誰惹得起？沒的討不了好去。我輕喟一聲回房，見美玉正和衣躺在床上發呆，我也不去理她，自去睡了。

總算美玉並沒有抗拒出現在壽筵上，也合作地隨著我們去敬酒，拍照片，但只是繃著一張臉，裝著忙於照顧小孩，不和人交談，也不說話。

只要她不鬧，當眾給我難堪，我也就由著她。想起這些年來，她總愛有事沒事地給我看冷面孔，也早慣了。二十多年婚姻，真正感到幸福甜蜜日子到底有多少？有沒有一千個日子？真的懷疑。

壽筵算是圓滿結束，沒出什麼狀況，但家裏的氣氛已是大大不同。只要美玉在場，幾乎沒有人願意多說話，我曾暗示過美玉最好向母親說句好話，但她未等我說話，就給我老大一個白眼。

我只好忍，將要大聲嚷出來的話忍回肚子裏。不然我倆吵起來，給弟妹們笑話不說，沒的令母親傷心。我只得像往常一樣，避開她，避到客廳去。

其實和美玉相處多年下來，儘管相處得並不太愉快，但我倒是很瞭解她。她的脾氣雖大，心眼兒倒不壞，只是因為說話不通過大腦，對人不留情面，往往好事變壞事，平日得罪了不少人，尤其是和她最親的人。

好像有一次她母親來我家小住，本來久別重逢，應是美事，但她母親卻因意外摔傷而入住醫院！

美玉每天去看望她，每天清晨就開始給她母親熬湯，見到躺在病床上動彈不得的母親，她卻說：

「巴巴盼您來，原想指望您幫忙看看孩子，我可以輕鬆一下，現在卻要我多照顧一個人！」她母親聽完這話，甫一出院即收拾細軟回洛杉磯美玉弟弟家，一天也不肯多留。美玉才知自己嘴多闖禍，但始終不肯向她母親認錯。

我不忍心溫言挽留她，她只是哭，什麼話也不說，就走了。

有一次，她弟弟學校放假從多倫多（Toronto）來康城我家小住，一家人歡歡喜喜郊遊野餐，她望著弟弟，忽然道「我們兄弟姊妹個個高高白白，怎麼你卻又矮又黑？」

她弟弟二話沒說，第二天不辭而別，只在英文報紙頭版上給我寫下幾字「華哥：對不起，下次再見。」他知道美玉是不看英文報紙的。

她的侄女與美玉感情深厚，暑期從英國來我們康州家住了一個月，回去前在機場偷偷對我說：「姑媽人很好，只是嘴巴不讓人，你能這樣忍讓，真難為你了。」

「都是因為我不好，弄成她這樣，我真是對不起她。」我說：「有空多打電話回來給她，這樣她會舒服些。」

以前的美玉，嘴巴並沒有這樣壞呀！以前我不常喊她做開心果麼？是這段婚姻太不如意，導致她變了性情？有時想起我婚後艷遇一樁樁，心內不無歉疚。

但，我不是也因為在家受不了她嘮叨，才向外尋求慰藉的嗎？這筆帳，到底要怎麼算才好？

「阿華，這麼晚了還不睡？」母親穿著拖鞋出來，對我說，打斷了我的心事。

「媽，我這裏有光，打擾你睡不著？」忽然想到廳裏的座燈正對著母親的房門，而母親是見光闔不上眼的，心裏不由得一陣歉然。「我關上燈好了，只坐一會就好。」

誰知母親拉拉睡袍，在我身旁沙發坐了下來，「在想心事嗎？」

我搖搖頭，心想為何不藉這個機會向母親表示歉意：「對不起，媽，這次趕回來，原想令您老人家開心的——」

「我知道，不關你的事，別難過。」

「是我沒能好好管教她。」其實是我忍慣了，慣壞了她，我想說。

母親沒接話，大概默認了我的話，我清清嗓子，又說：「媽，其實美玉的人不壞，心地也滿好的，只是，只是——」

「這我都知道，」媽打斷我的話。「只是我年紀大了，不能老是心裏不痛快，這樣吧，你回去後，多點寫信回來，也多寄點照片回來，特別是兩個女兒的照片，讓我知道你們的近況就好。沒事——沒事就不用大老遠地跑回來了。」

我聽著這番話，看著燈下白髮蒼蒼的母親，只見她臉色發白，渾身顫抖著。心中充滿了傷感，也充滿了悔恨。我傷心自己的母親暗示不想我再回來，我恨我為什麼把美玉弄成這個樣子。

如果我當初娶回家的是婉容——為什麼過去十多年，想起她心中仍是痛？如果早知今天，母親當天會不會反對我娶婉容？

「媽，早點睡吧，明早幾個小傢伙可不管我們死活，天剛亮就蹦起來玩的。」

「好，你也早點睡，不要再放在心上。」

「我會的，媽，晚安。」

我們比原定的日子提早幾天離開。臨走的時候，我見母親和美玉只互相勉強地點了點頭，連再見也沒說。她們大概心裏清楚，此生都不會再見了。

車子未到機場，我和美玉就吵了起來，而且吵得比往常都兇。她這樣出言侮辱我母親，而又不肯認錯，我無論如何都忍不下這口氣。

她卻反唇相譏，「你們家就是護短。明明箱子裏的東西亂了，我後來小心查過，沒錯的——」

「你還敢說？」我大吼起來，在飛機內，差點沒將睡夢中的小淑蕊嚇醒。

「我為什麼不敢？又不是我翻人家的東西！」

「你給我聽清楚，我不准你再侮辱我母親！」

「我沒有侮辱你母親！」

「你再給我說一次！」這次是在坐車回家的路上，小淑蕊終於被嚇醒了。

「你吵什麼吵？你想將小淑蕊弄哭是不是？」

我瞄瞄淑蕊，果然她無辜的大眼睛全是淚。可憐的淑蕊，從小到大從未見過她父親發這麼大的脾氣，嚇著了。

我將她抱在懷裏輕拍她，我把她的臉靠在我的胸膛上。望著窗外淒涼的月光出神。

美玉呀美玉，你不知道你的任性給我帶來多大的痛苦！你不知道為了你，我母親忍痛告訴我不想我回來！你可知道我們母子之間有多親密。你可知我心裏對她懷有的那種從孩提時就開始的孩子對母親的熱愛和依賴心。你可知道我從小沒有父親；現在她是帶著多年來的期望，經歷了多少痛苦無望的日子，而終於盼到我們從天涯海角回到她身邊來的。可是在她眼裏，沒有比我們夫妻和好更重要，更神聖的了；她是一個融和著愛和犧牲的結晶。你不知道我是多麼愛著我心碎的母親，愛著那經歷了可怕的磨難而倖存的母親啊！

美玉啊美玉，我亦知你並無心傷害我的母親。所以我一直克制著，克制著自己，盡一個男人的本性所能的克制著。但你的魯莽，加上你倔強絕不認錯的個性對我母親和家人造成的傷害，是永不可磨滅的創痛呵！

美玉呀美玉，你應知我們是從苦難中走出來的，我們四處漂泊，我們努力在國外謀生，受盡了不知多少委屈，受盡了某些淺薄卻自以為優越的美國人的欺負而忍氣吞聲。美玉啊，你可知我是多麼需要一個安靜的家，能讓我安心工作。我們做醫生的——病人的生命操縱在我們手上，我是不能分心的啊！美玉啊，我原以為我們是幸福的，我有一份滿意的工作，我們有一雙冰雪聰明美麗的女兒。二十多年來，我們既然能同甘苦，共命運二十多年，我們更應同享家庭之樂，互相忠實，至死不渝。啊，美玉，你可知我是多麼需要一個溫暖的家庭，一個善解人意的妻子，作為我精神的支柱啊！

我模模糊糊地在想著，終於回到家了。計程車在家門前停下來，我叫司機在原地等我，然後幫著美玉將行李全搬進屋裏去。將小淑蕊放到她的床上安睡。

等一切安頓好，我上樓隨便收拾了幾件簡單的換洗衣物下來，往大門走去。

「你要去那裏。」美玉問。

「我去散心，過幾天就回來。」

「你不用上班嗎？」

「我們不是早了幾天回來嗎？」

「你叫我怎樣向孩子交代？」

「就說我有事要離開幾天吧！」

「啊，你想得真周到，祝你旅途愉快咯！」美玉從鼻子裏冷哼出來。

我拎著行李，頭也不回地走了。時值十一月，天氣並不能算冷，但風非常的大。那些強風將樹上的葉子吹得沙沙作響，很有蕭瑟的感覺，像我此刻的心情。

「先生，你想去哪裏？」計程車司機問我。

「機場吧。」我往椅背上一靠，閉上了眼睛。我好倦，好累，渾身似沒有一點力氣。

車子緩緩地開上公路。

「先生，你要去哪裏？這樣來去匆匆的。」司機向我搭訕。

「你有什麼提議嗎？」我這才猛然想起我還未有目的地。

「原來是要去玩的。」司機一臉驚訝的神色。然後輕輕的說：「你一個人去，好嗎？」看來他知道我和美玉吵的架。

「我只不過散心，離開幾天再回來工作。你知道工作是有很大壓力的。」我感謝他的好意。但想轉換話題。

「你若真想好好玩幾天，忘掉一切煩惱，我想拉斯維加斯倒是個好去處。」司機說完笑了。開心得好像他不是送我去，而是和我結伴去玩。

「好主意，謝謝你。」啊！拉斯維加斯，想起那個地方，腦海中忽然竄出一個人影來，也許，我可以順道去找她——

但一坐上飛機，心情馬上平靜下來。心想美玉原是一個天仙似的漂亮的好女孩。她聰明賢慧，心直口快。她的脾氣變得越來越壞，當然令人受不了，但多半都是因為我對她不忠的緣故。捫心自問，我實在是對不起她——我恨自己，恨自己為什麼心裏放不開婉容，恨自己不能原諒她在香港邊界時棄我不顧，不能原諒她初到香港時在感情上搖擺不定——多年來我潛意識中總想報復她，一次又一次地傷害了她，但我為什麼不多想一下她的好處呢？她為我拋棄錦衣玉食和叔公對她的關愛，還有富有的君望。而和我離鄉背井，漂泊天涯，同甘共苦二十多年，嚐盡了異鄉飄零之苦，卻從沒埋怨半句。她把她花樣年華貢獻給我及一對聰明伶俐的女兒——她縱然說不上是個好兒媳，卻是一個稱職的妻子，一個幾乎是十全十美的母親。而我卻是那麼不體諒她，糟蹋她！呵，方華，你是什麼樣的一個人啊！

想著想著，心頭像受電擊一般，精神處在半痴半呆的狀態之中。眼角湧起了兩條淚線，心裏卻一點抱怨美玉的念頭都沒有了，只為她難過，為她抱不平。轉頭望著機窗外漂浮的雲影。我想起了拜倫的詩：

Tis time this heart should be unmoved,
Since others it hath ceased to move;
Yet, though I cannot be beloved.
Still let me love!

年歲已經僵化我的柔心，
我再不能感召他人的同情；
但我雖則不敢想望戀與憫，
我不願無情！

致思琪

世道無常，自有無窮感喟，
然你的愛意卻永存我心間。
人生的舞臺美化了那些害群之馬，
而你總是無怨無尤。
為我你受盡世人的白眼，
卻成了我迷途避難的港灣。
你把你那美妙的青春獻給了
我那破碎的創心！
人間最好的畫家與詩人，
都無法描繪你那秀美溫順的內心！
狂風暴雨或可將花枝摧毀，
但寒冬過後你又展露美麗的歡顏。
正是：人生代代無窮已，
何處春江無月明？

3 情歸何處

須知我倆必須分散，
雖然情永在。
就讓恥辱留給我罷，
只求你，讓我獨自承擔。
雖然命運強迫我們分離，
我們的愛卻永存心間。

莎士比亞（十四行詩）

起程時那個模模糊糊的念頭，那個模模糊糊的人影，在去到飛機場時，漸漸地成了形，清清楚楚起來。我要找那個叫思琪的小姑娘，我要找那位容貌酷似婉容，而內心又同樣善良的思琪。她雖然年紀小，但她非常的善解人意。如果我向她發牢騷，我相信她一定肯聽！或者，上帝保佑，那思琪有婉容一樣的好心與耐心，利用她對女人的直覺瞭解心理，她會教我如何感化美玉亦未可知？

想著想著，雖然明知我這種想法幼稚可笑，心裏還孳長著一絲的希望。

一下飛機，我就往MGM機場直奔而去。幸好不是旺季，我幾乎馬上就拿到了房間。簡單的梳洗一下，就下樓往王小姑娘工作的餐館去找她。

但她不在。

我去問餐廳經理，他很禮貌地對我說：「對不起，先生，她剛剛於上個星期辭職了。」

我怔住。她辭了職？那我去那兒找她？「你們有她的聯絡號碼嗎？」我問。

「對不起，先生」，他仍然很有禮貌，「她沒有留下任何可以聯絡到她的電話號碼。」

「那可否代我查查，她上班時不是應該有填寫個人資料的嗎？」

「對不起，先生，人事部同事下了班，其他的人沒法查。」

三句對不起，給我碰了一個軟釘子，我將菜牌翻過來又翻過去，無意識地，心中一片茫然，找她不到，我該往哪裏去？

「先生，請問可以點菜了嗎？」不知什麼時候，經理先生換了個侍應小姐，同樣的禮貌，同樣的笑臉，只是，使我感到越發不耐煩。

「噢，不，我還不餓。」我望了望她，和思琪差不多年紀的小姐，可惜她不是她。「你們什麼時候打烊？」

她笑。「十二點。」

「那，」那我先不吃，我說：「我餓的時候再來」。我像個白痴似的，結結巴巴的，然後夾著尾巴逃了。

我已二十多小時沒睡了，要不要先上房間睡一覺？說我不睏是騙人的，但我不想睡，現在還不想。

如果不想睡，去哪裏呢？我站在人來人往的角子老虎機旁想了又想，去試試手氣吧，這裏不是賭場嗎？就這麼辦。

我隨便找了一張二十一點賭台坐下。打開皮夾拿錢時，忽然想起，那位小姑娘不是曾將她的電話號碼寫給我的嗎？依稀記得她是寫在一張紙上，而我接過來就將之隨手塞在我皮夾內的某個夾層中。如果我沒記錯的話，那張字條應該還在。我忽然又感到有希望了，但我將皮夾內的夾層翻遍，也沒找到。大概是不小心在拿信用卡時掉了出來吧。怎麼這樣不小心呢，我自己和自己慪氣。

算了，也許是天意吧。雖然思琪是太年輕了點，不一定懂得分解我內心的痛苦與矛盾，但，她到底像婉容，就把她當作婉容罷——說不定，連她的性情也像婉容呢。

但我覺得不妥，我搭乘幾個小時的飛機專程去向人家訴苦，不必了，一個大男人家，沒的給人笑話。

「先生，請問你要換多少錢的籌碼？」派牌的小姐問我，原來我心神彷彿將一疊鈔票全放在桌上了。

「噢，」我回過神來，歉然地望著她：「都換了吧。」

我這個平日只管讀書做學問的書生，平日是不賭的，偶爾和朋友來賭場消遣也只是看看表演，嚐點美食外，湊興小賭幾手試手氣，而像今天這樣掏出萬多元來賭，那真是第一次，連自己也有點嚇著了。

我幾百元一注的買，手氣很背，贏得時候少，輸的時候多。不到一個小時，手上的錢差不多只輸剩兩千多塊。

我向侍酒女郎要了一瓶啤酒，暫且停戰。我灌了一瓶啤酒，然後又一瓶，待喝得有七分酒意，自覺膽子大了，一下將桌上籌碼全推了出去。

這一把我中了，然後又全部推了出去，又中了，又推出去，又給我贏了。我將手上的酒全灌到嘴裏去，自覺豪氣干雲。鼓起勇氣，又將桌面上接近一萬元的籌碼全推了出去。

家裏那位不止在美國找我吵，還跑回中國去找我母親吵。吵得那麼疼我的母親，竟然對我說：「沒有什麼特別的事，就不用千里迢迢地趕回家了。」

我的心傷透了，我的心好痛好痛，錢算什麼？輸光了又如何？可是命運永遠不會由你主宰的，你越想贏，它會要你輸，你不在乎輸贏麼，它又偏將錢推到你門口。

這把我又中了，我看著荷官將接近兩萬元的籌碼推到我面前來，有點不相信自己的好運，我拿回來數了數，扣除剛才輸掉的，還多贏了四千大元！

哈，大概是情場失意，賭場得意吧，財神爺要你贏錢麼，如何能推拒他的好意思？我將一大疊籌碼拿回，仍一點睡意也沒有，怎麼辦？

我想了想，將所有的籌碼都換了錢，只餘下一千元來賭，好了吧，就算這一千輸掉，我不也有三千元進帳麼？越想越得意。我甚至想，傷心人豪賭一場，贏點錢，不也一樣可稍平心中的不快麼？

「先生，你還要下注嗎？」女荷官溫柔地問我。我這才發覺這張臺子其他賭客全走光了，只剩下我一個，我打了個酒嗝，「我當然要下注。」我說。

我將一千元全押在一門，笑嘻嘻地等她發牌。牌到手，是一對八，而莊家是五，她問我分不分，我說分。牌發下來，又是八，我呆了呆，好，再分。

老天爺，可真的巧，來的又是八，「你還要分嗎？先生？」又是那副溫柔的嗓子。

「噢，當然，我分。」細數一下，牌一分為四，我等如下了四注，共四千元，如果全贏，我豈不等如贏八千？如果輸？我還未想完，牌一張張地發下來，我投注的四副牌分別是十九、十七、二十和十三點。

好啦，該莊家拿牌，莊家底牌是十，如我所願，加上面牌五，十五、再來一張K、Q、J、10、9、8、7吧，我在心中默數。

但天不從人願，來的是六，六加十五，剛好是二十一點，將我那四千元投注統統吃光。我眼瞪瞪看著發牌小姐玉手一翻，將我那些籌碼全數掃走，簡直看傻了眼。

幸好我沒有翻本。我想，一邊再將餘下籌碼數一遍，我剛好打個和，「不玩了，小姐。」我傻傻地笑，又打了個老大的酒嗝。

「謝天謝地，你醉成這樣，居然沒輸錢？」一個聲音說，聲音很好聽，但不屬於剛剛將我籌碼掃走的那位小姐，我肯定。

「空肚子喝酒，是吧？」她的聲音好聽之外，又有點熟悉。「既然打和，我們走吧，我請你去吃點東西，解解酒。」一雙玉手半拉半拖的要我起來。

我醉眼模糊地望望眼前的人兒，咦，婉容，怎麼來了？再望清楚一點，不禁大喜過望。

「王小姐，找你找不著，卻居然在這裏碰到你！」

她笑了，笑時眼睛彎彎的，沒有婉容的清澈，卻比婉容的眼睛更嫵媚。「看你真的醉了？在這麼多人的賭場，會碰巧遇見？走吧，坐下來再說，人家找你老半天了。」

「你找我？你怎麼知道我在這兒？」

她抿嘴笑。「我當然知道，我是天眼通。」

「說真的，王小姐。」

「叫我思琪，不然我不理你。」

「好，思琪，你是怎麼知道我在這兒的？」我打了個嗝，慢慢地再說一遍，腦裏一片混沌沌的，我真的喝醉了。

「你是真的醉了，還是腦袋不靈光？」她伸手指指我的頭，咭咭直笑，「你這樣敲鑼打鼓地找我，我會不知道？」

我呆呆地望著她，她也是個愛笑的姑娘，像昔日的美玉，曾幾何時，美玉變得笑的時候少，繃著臉的時候多？這位小姑娘，再過二十年會不會像美玉一樣？

「難道是你以前工作餐館的經理？」我搖搖頭，漸漸理出頭緒來，就算我喝得半醉，我人不笨嘛！

「哈，算你還不是太笨！」她玉手一伸，又戳到我眼前來。「你離開餐館沒多久，經理就打電話給我，說有個神情呆滯，舉止怪異的男人一直在問哪裏可以找到我，但他沒有將我的電話號碼告訴你，因為他說看不出你——。」

「他當我是壞人？」

「還不止呢。」她將我拉進一間日本餐廳，忽然口不對題：「來，吃碗日本熱湯麵解解酒？」

我也隨著坐下來，由著她為我叫了一碗麵，「請給我一瓶啤酒，」我向女侍應說。

「哎，你還要喝酒？」

「你經理當我是什麼人？」我仍充滿好奇。

「色狼！是酒鬼加上色狼！」

我怔住。「我的樣子像色狼？真的？」

她裝作認真地注視我好一會，又認真地點點頭，然後就爆出一陣大笑：「和你說著玩的！怎麼緊張成這個樣子，臉都白了！」

我苦笑著搖搖頭，原是找她訴苦來著，現在卻成為她取笑逗樂的對象。「我是色狼，你還要出來找我！」我沒好氣。

「不是剛告訴你，和你說笑的？怎麼真的生氣了。」她漸漸止了笑，「好，認真和你說，我經理不是說你像色狼，他只是囑咐我小心，因為他看不出你有什麼企圖。」

「企圖？」我差點沒叫出來！「我只是想找你聊聊天而已。」

「誰叫你呆頭呆腦，年紀又大？」

「我年紀大？」我當時不過四十又二，年紀大？當然比起她年紀是大了點。

「我年紀大沒錯，怎麼又是呆頭呆腦？」

「你看你滿面倦容！」她伸手指指我那亂糟糟的頭髮，嘴邊的長髭道：「不是呆頭呆腦，難道是容光滿面？」說完又笑。

看她笑得開心，逗得我也忍不住笑了。

「幹嘛瞪著我傻笑？」她見我笑。發難了。真是的，第一，我只是看著她，沒瞪著她。第二，我笑是笑了，但為什麼要說我傻笑？

女侍應先上啤酒，麵還未到，我接過來咕嘟的吞下一大口。「我在想，你為什麼不胖？」

她使勁地瞪我。「我為什麼要胖？」

「因為你愛笑，愛笑的人多半是胖子。」

「是你說的，還是所有醫生都這樣說？」

「我說的。」

「鬼才信你！」她說完還故意大笑三聲。「胡說！」

這是見鬼的什麼邏輯？我說的不可信，醫生說的就可信，我不是醫生麼？真的給她弄糊塗了。我拿起啤酒瓶來——

「哎，麵來了，先吃麵。」她一手將我的酒瓶奪過來，全倒在她的杯子裏。

「你做什麼？」

「咦，你吃麵，我沒事好做，喝點酒不行嗎？」

「行，怎麼不行，可你為什麼不自己叫酒，而要搶我的？」

「你夠年齡喝酒嗎？」我忽然又想起一事。

「干你什麼事？你又不是我老爸！」她舉起杯來一仰而盡，舔舔嘴唇說：「好喝，好久沒有喝酒了。」

「好久沒喝酒？」我大奇。「請問你多少歲啦。」

「問一位小姐年齡？你恁地沒禮貌！」她揮手招來侍應，「這位先生還想要兩瓶啤酒。」

我駭然瞪著她。「不是說我已醉了嗎？還叫酒給我？」

「我自己喝不行嗎？」她回瞪我。「本姑娘今晚酒興特佳，不喝點對不起自己。」

「但你喝得下兩瓶嗎？」

「你沒有嘴巴，你不會喝酒，你不會幫我喝一瓶？」她笑著數落我，「再說一個人喝酒多沒意思！人家是好意陪你喝，你別不領情，知道嗎？」

對，一個人喝酒是沒意思！一個人喝酒只會酒入愁腸愁更愁。兩個人把酒言歡才叫有趣。我再也說不出反對的話來。

我倆邊喝酒邊東拉西扯，我告訴她行醫苦樂，她告訴我見過的許多千奇百怪的客人。我說有些病人怕打針，針未扎到肉已嚇得翻了白眼，她咭咭直笑。

她告訴我，有個古怪食客只食肉不沾素，連碟邊配菜也不肯嚐一口，而且每次都是一個人來，叫的菜式也幾乎一樣：一猪一牛一羊肉，連海鮮也少碰，無聊得要死。

「你怎知道他無聊？」我逗她。

「我覺得他無聊就是無聊。」她不喝酒還好，一喝酒滿臉通紅，滿臉紅艷艷的，煞是好看，嘴也卻專愛抬槓。

「那他給的小費多不多？」

她搖搖頭，笑了笑，沒有回答我的話，只說：「你做了那麼多年醫生，有沒有病人給你小費？」瞧瞧這是什麼話！看她的臉，越發紅了。「喂喂，別再喝了，我看你根本就沒酒量，學人家喝什麼酒！」

細數桌上酒杯，共七支，我的天，這七支我喝的少，她喝得多。她可真能喝！我皺著眉頭將她手裏的酒瓶搶下來。我是借酒消愁，拼命灌自己酒，她卻是為何如此拼命？難道她也有心事？

「王小姐，」

「我沒名字？」她笑睨著我，微側著頭，醉態可掬地。

「思琪，」

「嗯。」聲音忽然小了，眼神也柔和了，不，也許是模糊了。

「你是不是有什麼不開心的事藏在心裏，如果你當我是朋友，可以坦白告訴我嗎？」

她望了我好一會，明媚的眼睛黯淡下來，蒙上一層層憂色。果然是有心事，我猜對了。

「看你的樣子，不是更需要找人訴苦嗎？你先說吧。」

「不，女士優先，你先說。」

「不，是你先來找我的，你先說。」

我還待再辯，卻是酒氣上湧，差點沒吐出來，實在喝太多酒了。我拼命忍住那陣噁心感，胃裏翻翻騰騰的好不難受。

「走，我看你快要吐出來了。」

「走去哪裏？」我怪叫：「不能再叫我喝熱湯麵解酒了，再吃一口我就要吐了。」

「那就先去洗手間將裏面的東西吐出來。」她輕輕打了個嗝。「我等你。」

我凝望著她的臉，看她皺著眉頭，好像很辛苦的模樣，忽然心生不忍。「來，我先送你回去，我看你也快不行了。」

「不，我不回去。」

我感到酒氣往上沖，再也忍耐不住。匆忙中向她擺擺手便往洗手間奔去，剛踏足進去，還未去到洗盆，已忍不住嘔吐起來。地上身上都是嘔吐痕迹，真是說不出的狼狽。

我草草清洗了身上污漬，又給了清潔工人小費清洗地方，才慢慢地踱出去。心想思琪不知怎樣了，卻見她手拿一杯飲料，正滿面焦慮地站在通道上等我。

「吐出來，舒服多了吧？」她將杯遞給我，我慌忙搖頭「不，我肚子裏全是水。」

「不，要喝，不然臭死了。」小小年紀的她，老氣橫秋的，口氣像我的媽。

原來這小姑娘雖然外貌酷似婉容，可一點也沒有婉容的柔弱。說她強悍，形容得或者有點過火，可是，她的話從來不能反駁，卻是事實。

可幸，她有顆善良的心，一如婉容擁有的一樣。

不是說不能駁回她的話麼？我當下就乖乖地將她手中握著那杯溫熱的淡茶悉數灌下，哈，說也奇怪，喝了之後，感覺真是好多了，不但噁心感覺少了，胃裏也不再翻騰。只是，頭一樣的暈。

「這茶葉味道怪怪的，有名堂嗎？」

「你覺得好點了嗎？」看，答非所問外，還橫我一眼。

「嗯，好多了。」

「那你管我給你喝的是什麼？」口氣不但像我媽，還像我媽的媽。「走吧。」

「走去哪裏？」

「咦，你看你這一身，又濕又臭的，不回酒店房間清洗清洗？還想到街上遊行示眾嗎？」說得我像個白痴。我想說：「那你呢？你一個女孩子家，跟我上房間不太好吧。」但硬生生地把話嚥回肚子裏去。此刻她兇巴巴的，我那裏敢惹她。

我頭有點暈，她也好不到哪裏去，步履有點蹣跚，兩人嘴裏呵出來的都是酒氣，也許她說的沒錯，是應該回房間去清洗休息一下。

她很自然地扶著我向前行，別看說話愛帶著命令的口氣，動作卻是周到而溫柔的。在外人看來，會不會以為是孝順的女兒扶著喝醉了的老爹？我望了她充滿稚氣的面龐一眼，自嘲地想。

我們回到房間，她一言不發地跑到浴室去。然後我聽到放水聲音，正想著也許她想先洗個澡，誰知她卻在裏面喊出來。「喂，水放好了，你還不進來？」
我怔了一下，她卻從裏面出來了。「喂，動作快點，你身上的味道，臭死了，連我在裏面都聞得到，知道嗎？」
我用鼻子向自己身上摸索一下，心裏老大不服氣，就有這麼臭嗎？「那你——」
「我什麼？我並沒有嘔吐，身上一點也不髒，洗把臉不就可以了？」她杏眼圓睜一臉兇相。「告訴你，可不能動我的歪腦筋。」
「歪腦筋？」我傻了眼。主動跟我上房間的是她，給我放洗澡水的是她，倒是我動她的歪腦筋了。
「當然，你們男人多數不是好東西。」她狠狠瞪我一眼，乾脆連全世界的男人都罵了，然後將我推進浴室，還啪一聲摔上了門。
我呆呆站在門後，再也忍不住爆笑出聲，但馬上想到會有一陣好罵，忙伸手捂住了嘴，但還是發出了一點聲音。果然她的聲傳了過來，「叫你洗澡嘛，發什麼怪聲音？」
我那裏還敢再造次，乖乖地沖好澡，洗好頭，漱了口，還把頭髮梳得服服貼貼地才出去。心想這樣不會再招她罵，罵我臭氣熏天了吧？
但房裏沒有人。
我四處查看，見她的皮包在，但人不知到哪裏去了。難道她真的怕我打她主意，不告而別？正狐疑間，忽然看見床上滿滿的一堆被舖中間，放了一杯滿滿的水。
我走過去拿起杯子，心中正迷茫一片，理不出頭緒來，忽然堆在一旁的被舖動了，冒出了一個人頭，我被嚇得倒退一步，手裏拿著的杯子差點沒摔到地上去，而水則濺了一地。

原來小姑娘剛才在蒙頭大睡，她身子小，床太大，而上面又堆滿了東西，所以我一時間沒察覺出來。

我好不容易站穩腳步，正想問她是否存心嚇我，她卻沈著聲音說：「你想做什麼？」我看她一眼，老天爺，臉上竟一點笑容也沒有，我又做錯什麼事了？

「我——」

「你什麼？你為什麼將床上的水杯拿走？」臉上沒笑容，聲音也硬邦邦的。

「我——」我結結巴巴地，不知道自己到底做錯了什麼，「我——」

「哼，就說麼：你欺負人！」她虎地一聲坐起身來，寒著一張臉。

「哎，王——王小姐，我到底做錯了什麼事，可以告訴我嗎？」

「說你存心不良！」她一步就跨下床，「還以為你是大好人呢，誰知道——」

我怔了怔，心裏忽然忿忿不平起來。罵我臭可以，罵我白痴可以，但怎麼侮辱起我人格起來？

「哎，我說王小姐，我哪裏冒犯你了嗎？」心中有氣，再也笑不出來了。

「你不是告訴我你愛看戲曲的嗎？你敢說沒有看過梁山伯與祝英台？他倆同床而臥的時候，人家梁山伯有沒有故意拿走放在床中間的水杯，你說！」

噢，原來是這麼一回事！但，她不是有點強詞奪理嗎？套用的故事也不對。當時梁山伯不是還未知道對方是女兒身嗎？這——這是從何說起？

「還有——」

「還有什麼？」我望著眼前的刁蠻公主，不氣了，只想笑。

「不是告訴過你，要叫我思琪嗎？」她仍板著一張笑臉，嘴噘得長長的，那模樣煞是可愛，唉！

我呆呆望著她半晌，終於忍不住爆笑出聲，這位不按牌理出牌，刁鑽古怪的小姑娘真棒！簡直就是如假包換的翻版小美玉，本事更大得很，將我這個苦哈哈的傷心人逗得大笑不算，還樂得很。

看她一本正經地叉著腰，瞪著眼，我更樂了，直笑得直不起腰來。

「好，你愛笑，就自己笑個夠！」她鼓起肋，氣呼呼地套上鞋，氣呼呼往門邊走去。

「哎，思琪，你要去哪裏？」我叫，努力止住笑。

「我──我不知道。」她的俏臉忽然就跨了下來，可憐兮兮地。「家裏一個人也沒有。去姐姐家，又怕挨她罵。」

「你家裏怎會沒有人？你母親呢？」記得以前剛識她時，去過她家，從她母親處，知道她父親早已過世，從越南來到美國後，就一直和她母親住在一起。

「她給我氣跑了，跑到我弟弟家裏去住，說再也不理我了。」她低下頭，長長的單鳳眼眨呀眨的，直想掉下淚來。

我走過去輕拍她的背，安慰她。「做母親的不會不理自己的兒女，無論因為什麼理由生氣，總會過去的，聽我的，去弟弟家向她認個錯，接她回來不就得了？」

「我從來不認錯，我不知道怎樣認錯。」她倔強地噘著嘴，唉，這不就是第二個美玉麼？美玉從來沒認錯，因為她從來沒錯。

認錯的總是我。

對，向我母親認錯，向婉容認錯，向美玉認錯。認錯的人總是我，就算不是我的錯，像美玉出言衝撞我母親，出面認錯的也是我，想起母親叫我不必再千里迢迢趕回去見她的話，心可是如刀割的痛。

美玉美玉，你可知你傷我至深，整個晚上纏繞我的傷痛終於重到我面前來，我閉上眼睛，強忍心中的痛楚。兩個我摯愛的女人竟如此不能相處，教我情何以堪。

一雙溫柔的小手摸到我的面上來。我睜開眼睛，看到的是一雙關切的眸子。「不要說我的事了，將你的煩惱告訴我，讓我來為你分憂好不好？」聲音也是出奇的溫柔。

「我們認識不深，你有興趣聽我的故事嗎？」

「你人都來了，還說這些作甚麼？」她將我拉到床邊，按著我躺下，然後將一旁衣物清理好，自己也躺下來。

「好，你慢慢說，我在聽。」

我欠身為她蓋好被子，自己則隨意蓋上大衣，開始說起我的故事來。我由父母過世開始，到寄住外婆家，到認識婉容，相戀又分開，從中國到香港，再到台灣然後加拿大，美國，我在各地的苦學奮鬥歷程，然後才到今晚主題——我和美玉愛恨交加的痛苦生活。

她只靜靜地聽，沒有問問題，也沒有打岔，只偶爾向我投來同情或欽佩的眼光，我整整說了一夜，她也聽了一夜，等我終於述說完畢時，天正開始微微亮。

她微側著身體，用手臂支著頭望著我，「都說完了？」

我點點頭。「你聽累了吧？」

「我最喜歡聽故事了，哪會累。」她微笑地望著我。「倒是你，說了一夜的話，累不累？」

「有一點。」

「想不想小睡一會？」她嘴巴硬，聲音卻透著疲倦。「不然一整天沒睡，頭會疼。」

「好的，晚安。」
她咭的一聲笑出來，「天都快亮了，還說晚安？」
「那麼早安，思琪。」
她又笑，「早安不是應該起床說的？」
我打了個老大的呵欠。「你到底要不要睡？」
「當然要睡。」她有點不高興了：「從現在開始，不要吵我，不要再和我說話。」
我忍不住微笑，不再說話，只閉上雙目養神。她剛才說的沒錯，我太疲倦了，頭是有點疼，只是，只是心事重重，怎麼也睡不著。
她嘆口氣，翻了個身。
我不敢動，閉著眼睛默默數著綿羊，一、二、三、四、五、六、七——。
她又嘆一口氣，又翻了個身。
我不理她，繼續數綿羊，「八、九、十、十一——」我數到第一百隻綿羊的時候仍舊不理她，繼續努力尋找我的好夢。
我數到第三百隻綿羊的時候，聽到她下床的聲音，然後是冰箱門打開又關上的聲音，她重新爬上床的聲音，然後是她試探地，輕柔的聲音。
「哎，你是不是在裝睡？」
瞧，這是什麼問題，我睡不著，變成了裝睡！我在心裏嘀咕。
然後我聽到打開某種瓶蓋的聲音，她一定拿了什麼東西來喝，我聞到淡淡的酒香，忍不住睜開眼睛。

果然是酒，是小瓶的氈酒，我看她正仰頭將它灌下去。

「喂，你空著肚子喝酒，一大早？」

她想是沒料到我會說話，一下子給嗆著了，咳了起來。

我只好起來替她拍背。「好點了嗎？」

她漸漸止了咳，狠狠地瞪著我，「你只管裝睡好了，幹嘛嚇唬人家。」

「我那裏想嚇你？而且我睡不著，不是裝睡。」我伸手想奪她酒瓶，「空腹喝酒對腸胃不好。」

「但我睡不著，喝點酒會有幫助。」

「我也睡不著，不若我們現在起來，出去找點東西吃。」我提議。

「不，不是告訴過你一夜沒睡頭會痛？」她嘛著嘴。「何況眼睛會腫。難看死了。」

「但我們既然睡不著——」

「聽我的，每回我睡不著，只要喝點酒，很快就會睡著。」她仰起脖子。咕咕的一口將瓶裏的氈酒乾掉，然後望望我，還誇張地伸臂打了個呵欠。

「早安，方醫生。」她很快躺下並閉上了眼睛。

我呆坐著望著她，果然見她不久鼻息均勻，像是睡著了，不禁又羡又妒，我下床，也去拿了一瓶氈酒，學她那樣灌了下去，沒多久眼皮果然沈重起來，但感覺還差一點點，我又去拿了另外一瓶，幾大口將之喝完，果然沒多久頭開始感到昏昏沈沈，睡意終於來了。

正在我半醒半睡間，思琪一個轉身，向我靠了過來，她看來睡得很熟，嘴裏還喃喃地說著夢話。

我半瞇著眼打量她那酷似婉容暈紅的俏臉，有點情動，也有點覺得興奮，便愛憐地俯身在她紅紅的小嘴上印一吻。

本想偷個晚安吻而已，不料在睡夢中的她卻忽然伸手摟著我的頭，使力向下拉，胡亂地將她的唇向我的湊上來。

她的氣息那麼醉人，她的身子又是那麼柔軟，我深吸一口氣，人清醒一半，用盡全身僅餘的自制能力，想推開她。

但她不肯放開我，一邊呢喃著，一邊主動吻我，一張俏臉暈紅似火。老天爺，她真的醉了，空腹子喝什麼酒！

「思琪！」我在左閃右避中做最後掙扎大叫一聲，但叫聲全讓她的香唇吞沒了。我的頭好暈好暈，我的身子飄飄浮浮，似已不再屬於我，我墜入溫柔鄉中。

醒來的時候，發覺思琪蜷伏在我懷裏，第一個反應是想推開她，在心裏警告自己不可做出糊塗事，等完全清醒了才知道為時已晚，大錯已經鑄成了。只見床單滿是紅點斑斑，天哪，思琪還是處女身啊！

我心中亂成一片，身子卻不敢稍動，怕驚醒了她。她卻忽然睜開了眼睛，她靜靜地望著我，沒有哭，沒有大吵大鬧，只是溫柔地對我笑了笑。

但她的笑並沒有將我的內疚和罪惡感減輕，我苦著臉說，「對不起，思琪。」

「不用對我說對不起，只要告訴我你對我的感覺。」她說，過分冷靜地。

「我當然喜歡你，而且我並不是有意——我並不是有意要對你做出這件事的呀！」我苦惱後悔得直想殺了自己。

「你只是喜歡我？」

「你是這麼嬌艷，這麼可愛，就像早晨的太陽——」

思琪睜大眼睛，盯視著我，然後慢慢地闔上，沒有說話，臉上露出一種神秘的表情——我心頭為之一震，不知如何是好，現在想來——如果早知道我最後會愛上她，且會與她廝守一輩子，我應該當時就騙她說愛她而不單只喜歡她，她聽了之後那對受傷的眸子我至今難忘。有時想想自己真是笨，為什麼堅持不能對自己喜歡的人撒謊。

「我餓了，我們出去找點吃的吧。」她說，漠然地，一下子將話題扯得老遠。

「思琪——」

她望了望我，神情更是漠然，「不用再向我道歉，昨晚的事，我也有錯。」

「但——」

「走吧，不是剛告訴過你，我餓了？」

思琪帶我去中國城吃中國點心，她說餓，但吃得不多，話也不多。我真的恨我自己沒腦袋。剛剛為什麼不乾脆說愛她？

但我能愛她嗎？我是一個有妻室女兒的人，年紀可以做他的爸爸！望著坐在面前強裝微笑的思琪，我的心像是被利刃捅了一下，腦裏是一片空白。只是喃喃自語；

「思琪，你是我見過的最純潔無疵的姑娘，我真希望今生今世能見著你、疼著你和照顧你——」

思琪不答，還是強裝微笑。

「你笑什麼？」

「笑什麼？你在說這番恭維話時心裏是怎麼想的，難道我不知道麼，看你那萎靡不振的表情，我奇怪你在說這話時怎麼沒打呵欠。」
「我的心在痛，妳可知道？」
「我的心可是熱乎乎的哩！」
「這會把人燒焦的！」
「燒焦又算得了什麼！閃一陣光，冒一點煙，還不一樣會熄滅！早上還不一樣出太陽！」思琪突然露出天真的微笑：「我說好哥哥，別作繭自縛啦，天不會塌下來的，——」
天哪！我怎麼會碰到這麼好的女孩，若我今生辜負她，我何以自處？若不負她，又何以面對美玉和女兒——天啊，救救我吧！
正在自怨自艾當兒，手機響了起來。以為是美玉，卻是靜兒，她一聽到我接了電話，大大地吁了口氣。「你人在哪裏？一切平安吧？」
「我很好，不用擔心。」說著我不期然地望了望思琪。她的反應是對我聳聳肩，拿起皮包到洗手間去了。真是個知情識趣的姑娘。
「可以告訴我，你現在在哪裏嗎？美玉一個勁兒打電話向我求救，擔心死了。」靜兒說。
「她擔心我，為什麼不自己打電話給我？」
「唉，她怕你不肯和她好好談呀。」
事實上我們也沒有什麼好談，我沈吟著。「請你轉告她，我現在人在拉斯維加斯，一切平安，不必擔心。」
「你還會回家去嗎？」她可不這樣想，因為聲音明顯透露著不安。

「當然，別忘了我還要工作，還是兩個女兒的爸爸，我不會不回去的。」又是輕輕吁氣的聲音。「我就知道你不是一走了之那種人，只是無論我怎麼說，美玉都不肯相信，只說她有預感，你有一天會離開她。」

真的嗎？如果我有一天離開和美玉共同擁有的家，一定會是痛苦的決定，感情就算變質但恩義在，何況我還有兩個寶貝女兒。想到這兒，心裏就一陣抽痛。

「靜兒，請你告訴美玉，我留在這兒幾天散掉悶氣，就會回去的。不必再找我了。」

「阿華，」她說：「多年夫妻了，凡事看開些，不要和她計較才好。」

「我會回去的，只是又麻煩了你。」

「哪裏的話，我們不是好朋友麼？」

是的，我們是好朋友，而且在我心目中，她是我最好的朋友，也是美玉近年來最佳訴苦對象。

「謝謝你，靜兒。」

「不謝，自己保重，想找人聊天時隨時打電話給我。」

我掛上電話，正好看見思琪從洗手間回來。「怎麼，太太打電話來千里追蹤，可是？」她笑說，但我覺得那笑容很冷。

我搖搖頭，莫名其妙的感到心虛。

「難道你另有女朋友？」

「我哪裏有？」話到一半，忽然醒悟自己這些回答問題一定要聰明點。「就算有，也只有你一個。」她的臉色似稍稍和緩下來，「吃飽了沒有？」

我點點頭。

「我送你回去睡吧。」

「什麼，我們才剛睡醒！」話一出口，頓覺臉紅，她卻若無其事，「總共才只睡那兩個小時？你不累？我不管你了，我要回家好好睡一大覺。」

「那我先送你。」我嘴裏說，心裏卻在嘀咕，怎麼又不怕一個人在家了？

「不，我又不是小孩子，不用你送。」她說。

「那——」

「睡醒了打個電話給我再說。」她向我擺擺手，非常瀟灑地走了。我目送她駕車離開，忽然想起，她為什麼不送我？她不是有車嗎？這位小姐真難捉摸。

我回到酒店好好睡了一覺。睜開眼睛時，已差不多接近午夜時分。因為已太晚，正考慮要不要打電話找思琪，電話卻像懂得我意思一樣，適時響了起來。

「大醫生，起來啦？」思琪輕快的聲音，像昨晚什麼事情都沒發生過，怎麼我一定得叫她思琪，而她不肯叫我阿華呢？

「我剛剛起床，怎麼不早打電話給我？」

「我也是剛剛起床，你餓了吧？」

「當然，餓得可以吃下一整頭牛。」

「好，你在房間等我，我馬上就到。」

她這個馬上，不是二十分鐘，不是三十分鐘，也不是四十分鐘，而是整整一個半小時，我餓得肚子嘀咕亂叫，想著一會又要開車去餐館，又要點菜又要等菜上胃不冒酸水才怪。

終於聽到外面拍門聲，差點沒跳起來歡呼。她就站在門外，手上捧滿了東西，一看見我就嘩嘩大叫：「快點將東西接過去呀，呆站在這裏幹什麼？」

我發呆是因為給她手持食物香味震懾住了。一陣濃濃的肉香和海鮮鮮味，引得我食欲大動。我幫她卸下手裏的大大小小盒子。

嘩，有牛肉湯粉，嫩雞粉，春捲，還有越南的名菜蔗蝦。我不怕熱，先喝下一大口牛肉濃湯，真是人間美味。印象中沒有吃過如此美味的越南菜。

「我從來沒吃過這麼出色的越南菜！」我將一塊蔗蝦放在嘴裏嚼，一邊問：「你在哪兒找到這麼精彩的——。」

「找？」她坐下來，為自已盛了一小碗牛肉粉，一邊橫我一眼「什麼找？找不到的，因為全是我自己做的。」

「你會煮菜？」我很驚奇。「而且功夫這麼好？」

她嚐了兩口就放下筷子，笑了，看來心情很好。「你真的覺得好吃？」

我嘴裏忙著吃，只好猛點頭。

她笑得更開心了。「你說我這幾下功夫，開個小館子行不行？」

「行，當然行。」我咕嚕咕嚕喝完整碗湯，心滿意足地。

「但我媽偏說不行，你說氣人不氣人。」

她嘆氣。「我媽和我一樣，都是執拗脾氣。」

「那你的母親脾氣大不大？」不知怎的，忽然想起美玉和她父親一模一樣的壞脾氣。

「普通啦，」她想了想，說：「不過氣過就沒事了，很容易哄的。像這次這樣一氣離家，還是第一次。我待會就去哄她回家，不會有事的，但，昨天因為她反對我開餐館，忍不住對她說了幾句重話，心裏很後悔，也很難過。」

「不要難過啦，自己母親嘛，跟她好好賠個不是不就得了？」忽然想到自己母親，不由一陣黯然。

「那你呢？你好不好哄？」我告訴自己不能再想不開心的事，努力笑，問她。

「為什麼這樣問？」她放下筷子，瞟我一眼。

「因為我想知道。」好怕她會像美玉的脾氣，經常發脾氣不說，還常常愛拖著尾巴沒多久就來秋後算帳，沒有了斷的時候，真是苦不堪言。

「為什麼要告訴你，讓你這麼快知道？」她故意嘿嘿兩聲冷笑。「以後你自己觀察好了。」

我狐疑地望她一眼，望著她那張煞有介事的俏臉，直覺覺得，她不是那種難纏的人，幸好在相當時日之後，證實了我的這個直覺沒錯。她是有脾氣，但脾氣像極天上的彩虹，來得快，去得也快，而且脾氣一過就了無痕迹，最合我的意。

看不出她年紀輕輕，居然做得一手好菜。我們邊吃邊聊，吃得愉快而享受。飯間我一再勸她對她母親忍耐包涵，因為到底血濃於水，自家人嘛。

她深深看我一眼，「你既然懂得勸我，怎麼不好好勸你自己。你母親就算生你的氣，也一定不會長久，你到底是她兒子嘛。」

「她不是生我的氣，我也一點不怪她。只是說明白叫我不用回家看她，令我好內疚，好傷心。」

「等她氣過了，自然會叫你回去的。」

我長嘆一聲，「但願如此。」

「那你還在生你太太的氣麼？」

「怎麼說呢，美玉心地好，只是太任性了，有時傷了人連自己都不知道。但我更感慨的是我這一生，為什麼許多事都因自己不能控制的因素而事與願違，以前婉容為了對我母親千金一諾，寧願自己吃苦，後來身體虛弱得需要進醫院療養也不肯食言，不忍傷害我母親，而美玉她——。」我說著又忍不住嘆氣。為什麼她要為了那麼小的事去傷我母親的心？害我們母子之間有裂痕？

「你太太平日脾氣怎樣？」

我搖頭。「近年來她脾氣越來越壞，動不動就罵人，有時還甩東西，我和我兩個女兒都有點怕她。」

「她以前不會這樣？」

「不會。我認識她的時候，和你現在差不多年紀。活潑佻皮可愛得很，誰知——」我望了專心聽我說話的思琪，忽然童心大發，故意說：「也許你年紀大了的時候，脾氣比她現在還要壞。」

「噢，當然，到時候，我就學她一樣，天天罵你，給你氣受，看你受不受得了——」話未說完，察覺有語病，忽然頓住了，剎那間飛紅了臉。

她本來就有七分像婉容，這樣俏臉生暈，和婉容就更為神似，以前容易臉紅，經常被我取笑，稱她為含羞草。眼前這思琪姑娘，活脫脫就是另一個婉容。

我痴痴地望著她，不覺情動，衝動之下就去握她的手，她猶疑了一會，似乎想縮手，卻已來不及。

我握著她的小手，想起以前常常握在手裏，疼在心裏的婉容的手，似疑在夢中。

她卻倏地收回被我握著的手，粉碎了我的美夢，「你吃飽了嗎？」她忽然問。

我點了點頭，「再吃會撐死了。」

「那麼收拾行李吧。」

我一楞，「我今天並沒有打算回去呀！」

「為什麼不呢？」這裏除了賭，並沒有其他事可做。她說：「何況，我這陣子要應付畢業試，要好好用功了，不能再陪你。」

「我可以觀看各大賭場的表演節目，聽說有許多大型表演都很值得看。」

「表演都是晚上才有的，白天你做什麼？」她望著我，非常的不以為然。「何況家裏的人正等著你呢。」

「你在家裏排行第幾？思琪。」因為她的態度，我也正經起來。

「第二，上面有一姊，下面有弟弟。」

「噢，我還以為你是老大。」因為專家說，通常老大都愛照顧別人。

「你這樣猜，是因為我愛事事給你出意見？」看，老大不會讀心術，老二會。

「說笑而已，你別見怪。」

「不，我不會怪你，我覺得專家的話滿有道理。」她笑。「不過我這個老二是個例外。我比老大還要愛管閑事。」

「你真的沒空陪我？」

她搖搖頭，「聽我這個老二的，待會趕快訂飛機票回去吧。」

我認真地想了一下，覺得她說得相當有道理，何況沒有她陪我，我一個人待在賭城也沒意思，我對賭錢從來就沒有多大的興趣。更何況，我實在掛念我那兩個寶貝女兒。

自經歷那晚的「意外」，而我們又再聚首的今天，兩個人都有意無意的說些不著邊際的話，精神全專注在美食和說笑話，氣氛是太過份熱烈了一點。

在她開車送我到機場途中，兩個人卻又不約而同地靜了下來。不該發生的事已經發生了，我們要怎樣辦？

快到機場的時候，她緊抿著嘴，不說一句話。我打量著她的側臉，心裏有滿腔話要說，卻不知如何說出來。

等她將車停下來的時候，我終於鼓起勇氣開口：「思琪，關於昨晚的事——」

「你不必為這個煩惱，早告訴你不是你一個人的錯。」為什麼我遇到的女人都愛打岔？

「但我是男人，總得好好考慮，」要為這件事負責還未說出來，她卻又來搶白我：「現在男女平等，不必和我討論誰應該負責的問題。」

「但，思琪——」

「你到底想怎樣，說呀！」她不耐煩白我一眼。老天爺，我有機會說完一句完整句子嗎？

「你知道，我原是個有太太的人，」我有點艱難地。「但我不會對我做過的事不負責任。」

她的小嘴嘛得高高的。「你不能不提負責這兩個字嗎？」

這回我很快地接著說，不能再給她機會打岔了。

「而且，我真的好喜歡你。」

「嗯，是的，你喜歡我。」她嘛嘛嘴，冷然瞅我一眼，調侃的語氣。

「可以給我幾天時間好好考慮，想想我們將來應該如何嗎？」

「將來？我不想將來。」

「思琪，你再這樣，我現在不走了，我發誓我會留下來和你將事情說清楚，不然我不走。」

「好，你說要幾天時間考慮，我不反對。」她說：「反正這又不是我的意思。」

「那麼，答應在我們未找到妥善方法之前，有什麼事都要和我商量，不能自己亂出點子。」老天爺保佑她別懷孕就好。

「怎麼你比我爹還囉嗦？」她又給我一個白眼。「走吧，我要回去讀書了。」

我見她說這話時臉上並無笑容，只好識趣地自行提行李下車。「我到後就會打電話給你。」

「好，」她對我擺擺手，連再見也不說就開動了車子。我呆呆地目送她的車子離開，心裏充滿了悵然。

當飛機終於升上半空，我由窗外望出去，只見白茫茫的一片，似無盡頭。我思潮起伏，想起在國內求學時，意外被扣上右派帽子，又想在台灣，無端端被誣為共產特務，但全都化險為夷的過去了。

現在我什麼都有了，我不缺錢，我有一座漂亮大房子，我有兩個可愛的女兒，我更有一份豐厚的薪水，一個優秀的職業，但偏偏在這個時候，原本美滿的婚姻卻變了質。

我和美玉之間，柔情蜜意的時間少，爭吵謾罵的時間多，經常性的冷戰，將我倆的婚姻推向冰點。是我的錯，她的錯，還是上天的錯，因為它錯牽了紅線？

到家的時候，已是晚上八時多了。我用鑰匙打開門，只見前廳一片黝黑，沒留一點燈，內廳卻隱隱透著一點光，還有電視機開著的聲音。

我剛將通道牆上的燈打開，便見一個小小人兒朝我飛奔而來。那是我心愛的小女兒淑蕊，一邊尖叫著：爸爸，回來了！一邊飛撲在我懷裏。

我蹲下來，緊緊地抱著她胖胖的，小小的身體，嗅著她身上的嬰兒體香，沒說一句話，已感受到一點家的溫暖。但一旁傳來冷冷的聲音，卻將這小小的溫暖驅跑了。

「淑蕊，是時間睡覺了，和爸爸道晚安，回房去睡。」美玉交抱著手站著一旁說。

我擡頭迎視她的目光，在裏面找不到半點關懷，有的只是鄙夷。這時大女淑媛也跑過來，抱著我的脖子低低地說了聲：「爸爸晚安。」就轉身乖乖上樓去了。

淑蕊卻在我懷裏沒有動，小小身子反而向我靠得更緊。

「淑蕊，」美玉喊。「叫你上床去睡，聽到沒有？」

「我才剛回來，而——而現在還早，你何必呵斥孩子？」我強嚥下心中的不滿，儘量委婉地說。

「噢，我大聲說孩子你捨不得，你一丟下她們就走，就捨得了？」美玉聲音像從鼻子裏哼出來。

「我這不是回來了嗎？你又何必——」

「噢，你回來了，多可愛的情人！你又何必再裝做好人，你只不過是我幸運牆上的浮雕，供我和孩子們欣賞的空心木偶罷了！」她大聲說：「你不在的時候，是誰帶孩子？是誰送孩子上學，是誰送孩子上床？」

「對不起，美玉，是我不對，是我因為心情不好。」

「你心情不好就可以一聲不響，一走了之？」怎麼我一個勁兒道歉，她反而更氣了呢。「那我呢？我就不能學你一樣一走了之！我就合該為你看孩子理家是不是？」

淑蕊聽她母親大聲罵我，嚇得望望我，又望望她，一張小臉煞白煞白，而那雙圓溜溜的大眼睛眨呀眨的，一副想哭的樣子。

「你別再吵了，好了吧？我不是已經說是我不對了嗎？」我耐著性子說完，抱起淑蕊，逕往樓上走去。

「哼，兩天不見影兒，回來卻充當好人！」我不用回頭看，也猜到她在冷笑。

我且不理美玉，按捺著脾氣將淑蕊哄睡了，才慢慢走下樓。

美玉默然在等著我，冷著一張臉。我向她打個了眼色，叫她去前廳談，心想那裏到底遠些，沒的吵著孩子。

等孩子都睡著了，我才磨蹭著下樓來。美玉正對著電視發呆，一見我下來，啪的一聲將電視關上，冷冷的視線專注在我身上。

我在她對面沙發坐下來，與她目光對視著。有好幾秒時間，兩個人都沒有說話，然後美玉發難了。

「你告訴我，你到底想怎樣？」她望著我眼睛一眨不眨地，目光如冰。

「我這不是回來了。難道我們就不能和善相待？」

「說得多好聽？不做好丈夫，也該懂得為人父親的本分。」她說：「換著是我一走了之，你怎麼想？」

我深吸一口氣，在心裏叫自己冷靜。不，真的不想再吵架了。「我不是說是我不對了？過去的事，別再提了吧？」

「那以後呢？你是不是可以保證，以後不會再發生這種事？」

我又深吸一口氣，不斷對自己說，冷靜冷靜冷靜。「我想不會了。」我低聲道。

「你想，你只想？你不能保證？」她瞪著我，一點也不放鬆。

「你知道我向來說話算話的呀，何苦咄咄逼人呢？」我有點按捺不住了。

「你說我咄咄逼人，你說你說話算話？」她的聲音大了起來。「那你結婚前怎樣答應我的來著？你說你會好好待我，好好疼我，不會對我說一句重話，你又說——」

老天，又來這一套！每次吵架，總要翻出這一套。我越發不耐煩了，冷冷地打斷她的話。「你怎麼不想想，是誰在我家拆我的台，出言侮辱我媽，令我在家人中難以自處？你為什麼只會怪我怎樣怎樣，不去反省自己做了什麼！」

「你為什麼只會相信你媽的話，而從來不肯相信我？」

不，不光是我母親，事實上，我母親未曾說過任何指證美玉的話，是我的家人，包括我弟弟、大妹，以及弟媳。他們沒有必要串通一氣去誣衊一個人。何況，我的家庭成員向來忠誠。

我長嘆一聲：「美玉，你真的變了，為什麼近年來，你變得越來越不像以前的你？以前的美玉大方活潑又可愛，哪像現在，唉，做錯了事不但不肯認，還聲聲指責人家不對？」

她靜默下來，將目光從我臉上移開，臉上有種深思的表情，好半晌之後，她說：「你呢？」說這話時並沒有看我。

我怔住，細細玩味她的話。

是的，我也變了，而且變得不像自己。以前和婉容一起的時候，心裏從來裝不下其他任何女孩，更因為對婉容的專情，惹來不少同學取笑我呆，說我這個中國的羅蜜歐，在現今社會差不多已成為稀有動物。

曾幾何時，我變成醫院同仁眼中的情聖，羅曼蒂史一樁接一樁，而且非常的樂在其中？我細細地打量眼前的美玉，雖然已年屆四十，但保養得好，皮膚身材都沒走樣，外表雖不比年輕時的艷麗，卻自有一種成熟的韻味。

我為什麼總是不守本份，到處拈花惹草？是因為我始終不能忘懷我倆在羅湖那段遭遇，還是我本身就不是個好人？

如果我娶的是婉容，而不是她，後果會否一樣？想起婉容，事隔多年，心裏仍是一陣陣的痛。而我對婉容的思念，是否傷了美玉的心？以致她變得乖戾？

我們在幽暗的客廳對坐著，各自想著自己的心事，氣氛靜謐得帶點詭異。不過謝謝天，最壞的總算過去了。只要她不再找我吵架，我便心滿意足了。

「時間不早了，睡吧。」我像是對她說，又像是對自己說。她望我一眼，沒有說話。我自顧上樓回睡房。她並沒有跟上來。

我分別去淑蕊和淑媛房間，就在床邊細看她倆粉嫩的小臉。心中向自己起誓，無論這個婚姻再怎樣糟，總得設法去維持，不為別的，也要為了這兩個無辜的女兒。

這一夜好難熬過，真不是滋味，惡夢做不完，奇形怪狀的事都在眼前出現，直到我矇矇朧朧睡著了，美玉仍未回房來。

翌日我一早起來，早餐一如往常地弄好了，整整齊齊地在桌上等著我，而我剛一坐下，美玉便端來一杯熱騰騰的咖啡。

我細細打量她紅腫的眼睛和怠倦的神情，知她一夜沒睡，心中不無歉疚，其實除了愛嘮叨和脾氣壞之外，美玉不失為一個好妻子，更是一位難得的好母親，一直將這個家照顧得很好。

「謝謝。」我將咖啡接過來，低聲向她說。她沒有說話，自去準備女兒們的早餐，因為過沒一會，她們就會起來預備上學了。

平日偶爾我會分別先送女兒坐校車上學，再自己上班的。但今天不行，離開太多天了，心中惦記著醫務所的事，不等女兒們起床就上班了。

我一邊開車一邊想心事，想著引起美玉不滿的原因，除了我不只一次外遇外，應該還有一個主要的因素，就是我實在太忙了，忙得一直沒有時間多照顧家庭。

做醫生固然忙，而做了多年三間醫院的核子醫學主任更讓我忙得喘不過氣。加上在美國這個環境，部分白人對亞洲人仍心存不同等級的歧視，只是嘴裏不肯承認而已。

因為我在醫院的行政工作，多得是和白人打交道的機會，更是切身體驗因種族問題帶來的不方便。我想來想去，心想何不以夷制夷，將位置讓給白人，自己不但可以專心醫務，又可多撥點時間給家人，這樣想著，眼前似乎出現了一線曙光。

我在午休時分打了個電話給靜兒，徵求她的意見。這幾年我倆無話不談，早已情同兄妹，也習慣了互相求取意見，在需要意見的時候。

她說只要我認為開心，又不會減損公司利益的大前提下，這未嘗不是一個可行的決定。她說，她最希望的就是我能抽出多點時間給家庭，好挽救我那個脆弱的婚姻。

「我也是這麼想，」我在電話中對她說：「最近這二、三年，因為和美玉爭吵的次數太多，心情不佳，精神不集中，試過好幾次將病人片子調錯，還有幾次看不到應該看到的影像，雖然沒出大問題，但想想真不是辦法。」

「你一定要小心點！」她擔心地。「萬一被病人告上法庭，那就真的不堪設想了。」

「對呀，這裏人權太大，醫生經常被告，不能不多加小心。」

「那你就儘快將位子讓出來吧！」她說：「有理想人選嗎？」

我想起莊臣醫生，為人面面俱圓，又頗有辦事能力，所以以前將主席位置讓給他，正是接替我位置的最佳人選。心想以後由他來和各大醫院交涉，應該比我更勝任。我將這個想法告訴他，他很高興，馬上就答應了。

讓出位子之後，最大的好處是工作壓力少了，在家的時間多了，家裏又恢復了週日的家庭日，常舉家出遊。惜我和美玉感情卻仍未見改善。

我越來越肯定，美玉的脾氣變壞，主要是不忿我多年來的風流韻事不斷。而我對她的不滿，遠因是羅湖事件，近因則是她幾乎與我每一個家人都相處不來。

為什麼美玉有不少好朋友，像靜兒，又像張俞，都能和她保持長久友誼，為何我家人獨獨不能？真是百思不得其解。

日子就在忙碌而平靜中流逝。我不知美玉感受如何，因為她早已冰封了自己的感情，不和我做任何溝通。我卻覺得感情都藏在心裏，憋得實在難受，有時會忍不住找別人訴苦。

我最常訴苦的人是靜兒，常常在我倆的午餐聚會中互相傾吐心事，她是一個理性的人，常勸我耐心對美玉，勸我用行動打動她的心，重建往昔溫馨日子。

但我做不到，不是我不肯嘗試，而是美玉的壞脾氣將我推向一個又一個的絕望境地。我告訴自己要忍，實在忍不住了，我也會打電話找婉容訴苦。她很為我不值，也因認為美玉對我不好而生她的氣。

但這又能幫到我什麼？何況婉容已為人妻人母，我總不能常常打電話去擾亂人家的正常生活，雖然我思念她之情，並未因時日流逝而稍減。

而能夠舒緩我思念之苦，又能開解心情的，惟有那外貌酷似婉容，個性又非常可愛的思琪，也許只有飛去見她，我才能重拾歡悅。

兩個月不見，年紀小小的思琪，已由學生身份變成一間越南餐館的老闆娘了。不過這一次，因為已有她家裏和手機的號碼，找她就容易多了。

我是打到她的手機找到她的，當時她正在餐館忙著，只說：「還有兩個鐘頭就打烊了，你先來吃點東西等我吧。」

兩個月後再嚐她親手調製的牛肉粉和蔗蝦，似乎比我記憶中的還要美味，她只匆匆過來和我談了幾句，便轉回廚房忙去了。

我邊吃邊打量這間裝修得雅致大方的小餐館，不禁佩服她的魄力。桌子不多，總共也才不過八張小小的方桌。一個廚師，一個收銀兼女侍，加上她裏裏外外的兼顧，似乎能應付的很好。

每張桌子都坐滿了人，而每張桌子上都有一瓶小小的鮮花，看著叫人沒由來的一陣歡喜。我將花湊到鼻邊聞，聞到一陣淡淡的花香，有點思琪身上的氣味。

她嘴裏的兩個鐘頭，其實是三個鐘頭，我一個人靜靜地喝茶看她忙，倒也不悶，因為奔進奔出，她雙頰嫣紅，有點氣喘吁吁，更添艷色。有好幾次，我都看呆了。

打烊時候，已接近十一點了。我陪著她到最後，看她將大門關好，笑說：「天天都忙成這樣，真不得了。」

她望著我一眼，「現在是週五，生意特別忙，不過平日也不錯。」

「你這樣從早到晚馬不停蹄的有多久了？」

「一個多月了，不過平日有母親幫忙，今天她剛巧去弟弟家，倒讓你碰上了。」

我笑了。「這次不是因為生氣而離家出走吧？」

她正領著我往停車場走去，聞言回頭瞪我一眼，「你唯恐天下不亂是不是？」

「我說著玩的。」我笑說：「她既然肯來幫忙，代表她不再反對囉？」

她打開車門鑽進車子，「當然，看見我從一開張就賺錢，她幹麼還要反對？」說時嘴角高高的，難掩一臉得色。

看她那副得意神色，忍不住就逗她：「開張一個多月，有沒有賺到一百萬？」

她睨我一眼，不去答理我，一副沒好氣的表情，「你訂了哪家酒店？」

「和上次同一間。」我說。不期然想起上次在酒店房間裏發生的事，心馬上有點虛，再看看她，只木著表情開車，看來也有點不好意思。

一時之間，兩個人都沈默下來。

「我每次打電話給你，你都說很忙，就是因為忙餐館開張？」為著打破兩人間的尷尬氣氛，我沒話找話。

「嗯。」

「你母親現在一點也不氣你了？」看，又是廢話。

「當然，不是剛剛告訴你，她有來餐館幫忙嗎？」接連兩個軟釘子，令我識趣地閉上了嘴。她卻又主動地開了口：「我先放你下來，你先到二樓的咖啡室等我，替我點一半冰檸檬汁，我泊好車就來。」

「如果你累，不用特意陪我，我們可以明天再——」

「明天？明天餐館就不用開門嗎？」她口氣硬繃繃的，兇得很。

我看她緊繃著臉和語氣，心想她也許累了一天，脾氣不好，就不再作聲，只好答應著跨下車。

我照她說的，替她點了一杯冰凍檸檬汁，自己則點了一杯咖啡，飲品剛送上來，她就進來了。

她坐下來第一件事就是咕嚕咕嚕地喝下一整杯檸檬汁，然後又點了一杯，臉色才算緩和下來。

「這裏天氣實在太熱了，你看我喝的咖啡也是冰的。」我搭訕著說。

「你上次在電話裏向我提起的事，我們現在可以好好談談了。」她向椅背靠去，長長地吐了口氣。

「現在談？」我瞄瞄手錶上的時間，已是十一時過了，要談到什麼時候？

「當然，不然明天餐館從早忙到晚，我哪裏有時間？」她伸手捂著胃，皺著眉，然後說。

「你是不是覺得那裏不舒服？」我望著她，這才發現她的臉不知何時，已由剛才的粉紅轉為蒼白。

「沒有什麼，只是有點氣悶。」

「但看你的臉色——」我擔心地望著她。

「我又不是你的病人，別用醫生口吻和我說話行不行？」她翻翻白眼，這時第二杯檸檬汁來了，她又接過來一口喝完。

我看傻了眼，這裏的檸檬汁是出名的原味，酸得很的呀。

「你發什麼楞？」大概我的模樣滑稽，終於使她露出了笑容，「沒有看過人家喝果汁？」

「不，只是你喝果汁的樣子像飲水，好奇怪。」

她笑笑，又伸手叫侍者。「那我還要喝一杯。」

「不要了吧。一口氣喝太多又冷又酸的東西，對胃不好。」

「但我現在就是胃不舒服，才要喝，你知不知道，大醫生？」她笑著調侃我。

她終於又點了一杯。

我輕輕咳了一聲，心裏有點緊張，又下意識地喝了一大口咖啡，「你有想過我上幾個電話向你提過的問題？我的意思是，我們以後的關係應該是——」我打住了。饒我平日還算是口才不錯的人，現在真的覺得難以啟齒。

「我想了很久，我想我們既然談得來，你的年紀又比我大，我就認你做大哥好了。」她說，很認真的樣子。

我差點沒將嘴裏的咖啡嗆出來。認我做大哥？在我倆發生了關係之後？

「真的，我父母早逝，又沒有哥哥，家裏根本沒有年長的男性，」她接下去說：「有時家裏發生了事，想找個人問問意見也沒有。」

「你母親呢？」

「她才剛從越南出來，又不識字，向來習慣事事問我呢？」

「我看你平日主意很強的呀。」下面那句，你不是連我也耍得團團轉嗎？我強嚥下去沒說出來。

「才不，就像我們上次發生那件事，我就一直自己左想右想，根本找不到人問。」

我終於給咖啡嗆了一下，咳了出來。

她瞪我一眼。「有什麼事值得你這樣好笑嗎？」那意思是說，我和你說正經的，你倒笑我？

「但——」我咳了幾下，然後清清喉嚨，不敢再笑了。「但你不覺得，發——發生了上次那件事，要認你做妹子，不是有點那個嗎？」

「那你想怎樣？你不想認我這個妹子，你根本不想理我？」

「我怎會不想理你！我會好好照顧你，我會——」我費力地想解釋。

「你會怎樣？」她杏眼圓睜，打斷我的話，「你是個有家室的人，難道你想納我做情婦？」

「思琪」，我用眼神告訴她，聲音要小點。放眼四周，幸好左右坐得都是老外，聽不懂我們在說什麼。

「說呀，我在聽。」

「聽著，我不能做你大哥，那會很尷尬。」

「為什麼？」她問，自己卻先飛紅了臉。

「你知道為什麼。」我說：「如果沒有發生那件事，我才能考慮做你大哥，你知道我本來就很喜歡你。」我說，心裏也有點混淆，我對她的感情，是真的像一個大哥哥對小妹妹那樣嗎？

她半晌沒作聲，只呆呆地望著我，我還以為自己說服了她，但沒有。「你說的也不是全無道理，但我想我們根本沒有其他更好的選擇。」

「為什麼？」到我不明白了。

「你說你要對我負責任，但你已結了婚，不能對我負什麼責任，對不對？」

為什麼不能呢？我想說。

她見我不作聲，大概認定我同意了她的話，滿意地笑了笑，然後幾乎帶點不容反駁的語氣，繼續說：「何況自從——自從那個晚上之後，我們如果只繼續做朋友，似乎有點不——我的意思是，我們的關係應該比朋友更親密點——。」

我的聲音差不多變成了呻吟。「但你為什麼不去想想，我們事實上已有了親密關係，根本不可能做你的哥哥——」

「為什麼不可能？」她有個惱人的習慣，就是愛打斷我的話。「我們忘記那晚上發生過的事，當做什麼也沒有發生過，不就得了？」

我傻了眼，如果不是咖啡早喝完了，大概會忍不住噴出來。如果可以假設什麼都沒有發生過，為什麼我們不能做朋友，而要做那勞什子兄妹？

「你幹嘛眼瞪瞪地瞧著我？你——」她忽然乾嘔一聲，但還是不肯放棄質問我：「你聽不見我說的話了嗎？」

我沈重地點點頭。心想和她再這樣糾纏不清下去，要什麼時候才能將事情理清楚？再看看她，卻又乾嘔起來，一手捂著胃，滿臉痛苦神色。

「你看，叫你不要拼命喝檸檬汁，偏不聽話，這下子胃酸分泌過多，感到不舒服了吧？」我忙叫侍者端杯溫開水來，遞給她：「來，喝一口試試，看看會不會舒服些。」

「我不要，我還要檸檬汁！」她揮手叫女侍。

「思琪，聽我說，不能再喝了。」

她翻白眼，「你懂什麼？我為什麼要聽你說？我最近就是因為胃不舒服，才喝檸檬汁！你懂不懂。」

我搖頭苦笑。寒窗苦讀二十多年，行醫二十多年，這丫頭居然問我懂不懂，又居然罵我什麼也不懂。不，且慢，她剛才說什麼最近胃不舒服，才要喝檸檬汁？

我心裏一動。

「你的胃不舒服，是多久的事？」我問。

她從女侍手中接過檸檬水，呷了一大口，臉色稍稍舒緩下來，「不要每分鐘提醒我你是醫生行不行？」

我只有再苦笑的份。「我是在關心你，思琪。你說你這樣作嘔反胃的現象已有一個多月？」我很自然地就去握著她的手。

她甩開我，「告訴你我不喜歡你以醫生身份和我說話。」脾氣燥得很，難道真是應了我擔心的事？

「現在覺得好點了嗎？」

她點點頭。「比剛才好多了。其實這陣子雖然總也鬧胃痛，但從沒有今天鬧得兇。」說著不忘橫我一眼。「大概是因為見到你的關係。」

瞧瞧這是什麼話，她這莫須有的罪名。可說得自當日秦檜誣衊岳飛的真髓。

我緊鎖著眉頭，不是因為她的不可理喻，而是我怕擔心的事恐怕越來越接近事實。

「思琪，你早上起床的時候，也會同樣覺得不舒服嗎？」

她偏頭想了想，「咦，經你一問，我倒想起來了，這個多星期早上都想吐似的難受。」

「那你的月經呢，都有準時來嗎？」

她瞪眼，「你問這個做什麼？別以為你是醫生，就可——」

「別鬧了，思琪，請告訴我，我需要知道。」這是我第一次打斷她的話。大概是我臉上嚴肅表情嚇怕了她。她這次居然沒有鬧，反而乖乖地回答我的話。

「我的月經從來就沒有準時過，」她帶點神秘地說：「什麼時候來，或者來多少天，完全看它高興，一點也沒有準。」

儘管我仍在擔心，聽她的形容卻不禁微笑起來。她口中的月經生動頑皮，如果不知她正在討論什麼，會以為她正在討論一個活生生的人。

「你累不累，要不要陪我去買點東西？」

她聳聳肩，「我無所謂，反正慣了晚睡。」

「明天要多早回到餐館準備？」

她笑了。「本來要早，但我媽和姐明早會去替我開門，我們中午過後再去就可以。」

「我們？你也替我預備了位置？」我笑說：「你是安排我當侍者還是在廚房洗碗？」

「不用怕，大醫生，你什麼也不用做。」她望我一眼，甜甜地笑。「我只是安排她們見見你。到底我們以後會是親戚嘛。」

「親戚？」我停住腳步。

「咦，不是告訴你要認你做大哥？」她的笑容太甜了，甜得有點可惡。

我在酒店內商店停了下來，拉她面對面站定，儘量板起臉孔。「告訴我，你不是說真的。」

她大力點頭。「剛才電話中和她們約好了。」

「你有提過我和你的關係嗎？」

她聳聳肩。「提什麼？你放心，我什麼也還未說，明天只要將你這位大哥介紹給她們就行了。」

我在心裏暗暗叫苦。與其和她耍嘴皮子糾纏不清，不如實際行動，我一把將她拉進店內，一邊在心裏默禱，希望我要買的東西會在裏面找到。

我一把抓起我要買的東西，匆匆到櫃檯付了錢，拉了她就往外跑。

她瞄了我手中的小袋子一眼，充滿了好奇。「這是什麼東西？幹嘛你神秘兮兮的。」

「給你的。」我拉她去等電梯。

「我的？」更好奇了。「你買了什麼東西給我？」

「上去就知道了。」我拉她進電梯，她卻和我掙扎。「你又在打我的主意了，可是？」

我啼笑皆非。「思琪，我發誓，一點沒占你便宜的意思，上次做了那件該死的錯事，我到現在還在後悔，你——」

「那你葫蘆裏買什麼藥嘛。」

「跟我來，你馬上就知道了。」

她終於乖乖地隨我進電梯，乖乖地隨我進去酒店房間。我也不多說，只將我剛剛買的東西遞給她，又用眼色叫她去浴室。

她接過來一看就叫了。「驗孕器！你叫我驗孕？我一直乖乖的，我怎麼會——！」她的眼神與我接觸，忽然醒悟了過來。

我對她點點頭。「思琪，要出事，一次就夠了。」

她的臉一下子變得毫無血色。「那如果是真的，我怎麼辦？」

我將她輕輕推進浴室。「先去驗清楚，沒什麼大不了的，你會用嗎？」

她默然點頭，默然進浴室。我就站在外面等，忍不住胡思亂想，如果她真的懷孕了。我們應該怎麼辦？

她出來了。一看她惶亂的神色，我就知道完了。一次酒後糊塗帳，留下多大的麻煩呀！

我迎視她的眼神，她向我無言地點頭。我拉著她到沙發坐下。雖然自己也是心亂如麻。但總不能再去嚇她。

「怎麼就這樣巧呢？」她喃喃地說，眼眶中已因驚恐而泫然欲泣。

我無言地輕輕拍打她的背，一邊在心裏飛快地轉著念頭，禍已經闖下來了，我應該怎麼辦？如果思琪是個隨便女人倒也好辦，但她本來是個清清白白的女孩子呀。

「我們要怎麼辦？」一向獨立自主的思琪現在看來十分無助。「你明天陪我去醫院打掉它好不好？」

「不！」我握著她的手。「不要魯莽下決定，這可是生死攸關的大事。」

「那你要我怎麼辦？」她滿臉苦惱。「你想我生下來？」

「我——我不知道。你讓我好好想想。」

我就像困在籠裏的獸，坐立難安，我起來踱步到窗前去，眺望窗外夜色，拉斯維加斯五顏綠色的燈光耀眼又迷人——我強迫自己將事情冷靜再思考一遍。

在我之前，人家可是黃花大閨女，她把處女寶貝都給了我，肯定是我錯了。是我喝多了酒，是我半引誘了人家。我難辭其咎！

如果我仍未婚，而她又願意嫁我，我當然會娶她。事實上，無論她的外貌和個性，都很合我的意。加上她像婉容，更加添了一種愛戀。我可以照顧她，可以讓她在物質上無所匱乏，但，她才剛剛二十歲，是不是太委屈了她？

我又如何向美玉交代，我太對不起她了！

如果她將孩子打下，過幾年遇到一個好的男人，不計較她的過去，正式和她結婚，應是最好的結局，但，這種事，又有誰能保證，不過依她的條件，不能說沒有機會。

如果她將孩子生下來，將孩子交給我來養？不，這樣更是行不通，我不能想像美玉看見那個小孩會有何種反應，但肯定不會是正面的反應。

那麼，那麼她最好不要孩子？但，她才這麼年輕，要她去動這種損害身心的手術，會烙下永遠的傷痛，她經受得起嗎？到底在整件事中，她並沒有錯。

但無論如何，我都要將所有可能性一一列舉出來告訴她，看看她有何話說。我從窗前慢慢踱回她身邊去，卻發現她已側依在椅子睡著了。

她緊閉著眼睛，長長睫毛輕輕隨著呼吸抖動著，一綹秀髮斜斜披向近眼睛的地方，看起來又小又柔弱，與平日伶牙利齒的她大異其趣，我凝望著她，愛憐地伸手將她那一綹頭髮輕輕撥開。

但她還是醒了，靜靜地望著我說：「你想到辦法了嗎？」

我搖搖頭，將我所能想到的全部一股腦兒告訴她，看她有何意見。

「你認為你所有因素都考慮到了嗎？」她低聲說，眼神好奇怪。

「我想是的。」

「但你沒有考慮到我。」

「我有呀，我一直以你的角度來考慮這件事的呀。」

「多麼可愛的一句話！不過，請聽我說：你我既然必須分別——不，不是那麼說，大醫生，你我曾經相愛過——不，也不是那麼說；你知道——我想要說什麼呢？咳，我的好記性正像大醫生一樣，把什麼事情都忘得乾乾淨淨了。」她停頓了一下，用眼睛盯著我：「我想起來啦——我要說的是：但你好像沒有顧及我的感受！」

我一怔，有點不明所以，我一直所想的安排，不是都圍繞著對她傷害最小可能性在轉嗎？我怎麼會不顧及她的感受？

「你說我的外貌和個性都很合你的意，你很樂意照顧我一輩子，只是怕委屈了我，可是？」

我點頭，「這些都是真心話，雖然我們相知時間不長，但我很清楚知道，你就像我認識了一輩子的人那麼親切。」

「那你為何從不問我，對你又是什麼感覺？」她雙眼閃閃生光，帶點促狹地。

我的心突地一跳，不敢做聲，怕打擾了這神奇的一刻，我的直覺告訴我，我待會聽到的將是我樂意聽到的。

「方醫生，你一直將我看成什麼人？你以為我不知道麼？」這一聲方醫生一下子像我的甜密美夢壓碎，這位小姐只有在對我不滿的情況下才會如此稱呼我，我是再清楚不過的。

果然接著而來的是兇巴巴的口氣。「你以為我向來隨便跟一個認識不久的男士上他的房間？你以為我在乎每一個人身上嘔吐的臭味？你以為我為什麼巴巴地替你放洗澡水？你以為我為何肯和你睡一張床，儘管從一開始我在兩個人中間放一個水杯？」

「你肯告訴我為什麼嗎？」我莫名其妙。

「因為好奇呀！記得以前你曾經說過，見到我使你想起一個人，我心想那一定是你生命中很重要的一個人，一個你曾留戀過而念念不忘的人，你見不到她，所以找我來重溫舊夢，因為我長得像她，從這一點上看，可以看得出你是一個很專情的人、可以信賴的人，你或許面臨著一個很大的難題，希望從我身上找到答案，所以千里迢迢來找我，剛好我和母親鬥氣不想回家，所以就跟你來了。後來聽了你、婉容和美玉的故事，不由得同情你的處境，又覺得婉容好偉大，美玉可愛但好任性，更不知進退，覺得你好可憐，不由自主地——」說到這裏，只見她面如桃花，向我投下深情的一瞥，「不由自主地把自己當作婉容了。」她輕聲細語，那發亮的眸子露出萬般情意：「那時我在想，如果有一天我能像婉容一般愛你疼你，而你也像待婉容那樣待我好，我也可以像對爸一樣捉弄你，那該多好啊，可是——」

思琪的臉突然露出闇然的神色，我緊抱著她：「可是什麼呢？」

「可是一想到你已經有了美玉，還有兩個可愛的女兒。而美玉待你不好，也不全是她的錯，你也有很大的責任。我對自己說，我絕不能破壞你的家庭，你也不應該離開她，做一個無情無義的人，這樣的男人，我也不喜歡。但我發現自己已經深深地愛上了你，我的內心被矛盾煎熬著，想睡也睡不著，只好借著酒精的力量，強將自己推入夢中——想不到竟然因此種下了禍根！

「但是思琪，」我感到思琪的身子在顫抖著，一股暖流在我的心中流動，我低頭看著她那張迷人的臉蛋，想起那晚激情過後她那若無其事的樣子，竟然潛藏著那麼深邃的思維——有點不可思議，心中不無疑惑，於是說：「那時你好像不太在乎那晚發生的事，好像什麼事都沒有發生一樣呢。」

「……」

「你好糊塗！」她噘著嘴：「思琪要是有那麼好的閑情逸致，她也不會這樣滿腹悲哀了，試問天下間有哪一個女人不在乎自己的童貞的！那時我好傻啊，竟然問你對我的感覺，原本希望你說愛我，即使是騙我我也會高興，但你說只是喜歡我，我的心好痛，但那時我想，既然我不願破壞你的婚姻，倒不如灑脫一些，獨個兒吞下這苦果，所以那時我急急地把你送回家，然後回到家裏大哭了好幾天呢！母親不知問了我多少次，但我一直沒告訴她我們之間的事！」

她凝視著我，兩眼一眨不眨。她的聲音也由高而低，由兇到柔，慢慢地軟了下來。

「你會不會因為我的表白而看不起我呢？」跟隨著她委屈又充滿柔情的語調叫出來，既令我喪膽，又令我魂為之奪。

「不！我只有更愛你！」

「真的？」

「啊，思琪，我的甜心，你為我這樣一個人而犧牲自己，是否值得啊！」我低聲叫著，心裏忽然漲滿了矛盾的喜悅。我伸手擁她入懷，暗中慶幸我及時趕了來。如果這惱人的丫頭自己發現已有身孕的事實，在不告知我的情況下私自打下它，那怎麼是好？

「現在你可以告訴我，你的決定了嗎？」她的臉埋在我胸前，聽來有點模模糊糊，但我還是聽見了。

「我決定要你將孩子生下來，將來我會想辦法使他或她隨上我的姓，我會好好照顧你們，好好疼你們一輩子，只是——只是我——」

「我知道，你不用為難，我全知道。」她從我懷中擡起頭來，笑意盈盈地望著我：「我從她們那裏搶走部分的你，已經好生過意不去。我不會，也不會容許你因為我，而毀了自己原有的家庭，你知道麼？」

「不要怪責自己，這是個意外，思琪，何況你根本沒錯，不要用那個搶字，我受不了你如此為自己亂加罪名。」我伸手輕撫她臉頰。心中五味雜陳。

「但是思琪，你叫我怎麼忍心離開你？我要你知道，我們雖然分開了，實際上並沒有分開；你住這裏，你的心卻跟著我離開這裏；我離開這裏，我的心仍舊留在你身邊。」

思琪笑了：「還有未來的孩子！」

難道是上天憐我本來的如花美眷變了質，特別另賜給我一個？

「對不起，思琪，只是委屈了你。」

她笑了。「我才不委屈。從今天起，你只要稍稍對我不好，我就不放過你。」

「告訴我，你會如何不放過我？」我也被逗笑了。

她從我懷中一躍而起，笑得更燦爛了。「我為什麼要現在告訴你？你自己小心就是了。」

我也站起來，「你要走了嗎？我送你回去。」她猛一站起來，又是一陣乾嘔。我扶著她，為她拍背，一邊說：「以後別起來得太猛，知道嗎？」

「知道啦，阿華。」她衝著我甜甜一笑，使我的心如一陣暖流流過。我一向愛小孩，不敢想像上天這樣快就賜給我另一個小孩。

將思琪送了回家，我想了一夜的心事，差不多徹夜未眠，想思琪，想起孕育在她肚裏的小生命，心裏的感覺是甜，想起美玉，想起我的兩個可愛無辜的女兒，卻感到有說不出的苦。心裏對她們的歉疚和自責，幾乎壓得我透不過氣來。

但我再也想不到，翌日我要面對的，又豈是無形的壓力這麼簡單。思琪的母親和大姐，在餐館下午比較空閒的兩個鐘頭內，將我當犯人似的來個三堂會審。

「你結婚了嗎？」她母親的第一個問題就差點讓我招架不住，向思琪投個求救的眼神，她只聳聳肩，閑閑地說：「不過他們感情不好，正在協議辦離婚。」

「離婚手續大概要多久才辦好？」她大姐接著問我。

「我——」既然說了第一個謊，為了圓謊，只好被迫再說下一個謊話：「我現在不能講出準確日期，但應該不會太久。」

「大概要多久？」她母親的問題接踵而至。

「你上次說——大概半年左右？」思琪很自然地插嘴過來，巧妙地替我擋了一招，還對我眨眨眼睛。

「以後，我是說你辦好離婚手續後，有計劃搬到這邊來嗎？」她大姐問我。

「我——」我被迫接連說謊話，一心虛，舌頭就像打了結一樣不靈光。「噢，當然會。」

「那就好。」思琪母親點點頭，表示還滿意。

三堂會審完畢，終於和思琪離開那個惱人現場，我大大的吁了口氣，心想終於過關了，思琪卻在一旁笑彎了腰。

「你還好意思笑我？」我嘆氣。「早知如此，就依你原來意思，以你乾哥哥身份出現還好些。」

「隨便你，只不過我肚裏孩子將來該叫你什麼好，你可得先弄清楚。」她大概天生有虐待狂，見我難堪她就樂。

「你們做的事，難道我不知道麼？」我有點不服氣：「八成是你和媽及姐演的好戲！」

思琪睜大眼睛，隨後便長時間地望著我的眼睛，在她的臉蛋上寫著：「怎麼回事？這是他嗎？他怎麼可能會有這種念頭？是他、還是我的幻覺？」

當她弄清楚我真的說了這些話時，她感到受到最大的羞辱，氣兇兇的盯著我：「好哇！我這是好心被雷劈——我現在就回去告訴媽，說我不要你離婚，你滿意了吧！」未說完眼睛都紅了起來。

我趕忙抱著她：「和你開玩笑，你卻當真！」

思琪用力推開我：「誰希罕你——」她強忍著淚水，斷斷續續地說：「——錯把你當好人呢，——原來你這般不相信人——我才不要做第二個婉容！」

「皇天在上，若我方華不相信你，我就讓——」我想了半天才想到一句調皮話：「我就——讓你把我的心挖出來吃掉好嗎？」

「虧你想得出這騙人的鬼話——」一句話令思琪破涕為笑：「你把我當成吃人的老虎了！」

「思琪。」我認真地說：「你是一個善解人意的好姑娘，我對你虧欠實在太多了，真不知如何才能報答你，我真的好愛你，只是——」

「不要說了，只要你待我好，心裏有我就夠了！我不要什麼名份，也不准你對美玉姐不好，知道嗎？」

我看著她那原來通紅的臉突然安靜起來，我好像看到一縷柔和的光輝，照在她那溫順而白嫩的額頭和兩頰上，看著她，我不由自主地在想，她是那麼漂亮、那麼迷人、那麼完美而真誠，她就是我快樂的泉源，我的生命裏不能沒有她！

「好思琪、我聽你的話，但你也得答應我——好好照顧我們的結晶，我相信我們會幸福的。」我溫柔地說，輕輕的擁著她，交換了一個深情的眼神，千言萬語盡在不言中。

我這次在拉斯維加斯待了三天，每天節目很簡單，餐館忙的時候，我在一旁幫忙，閑下來，將下午那小段時光，我就陪著思琪吃點東西，聊聊天，時間一晃就過去了。

我基本上是個很容易知足的人，只要工作不要出錯，有足夠休息時間，沒有人故意找茬兒吵架，我就心滿意足。

和思琪在一起這幾天，可說是平靜而快樂。如果不是醫院有工作等我回去做，又如果不是那麼掛念美玉和兩個寶貝女兒，真想能夠多待一段時間。

思琪送我到機場時，兩個人相擁良久，不捨得分開，感覺到我懷裏的人兒輕輕抖動著，我知道她哭了。越是愛得甜蜜，分離越是苦啊！

在飛機上不斷看我和思琪這一段，可說既怪異又甜密。多數人相戀都是由談心開始，等到戀情成熟才會考慮有親密關係，我們卻倒過來，陰差陽錯胡裏糊塗成了事，現在才開始濃情蜜意起來。

回到家，又是全然另外一種光景。

分開只短短數天，美玉卻像變了一個人似的，不再動輒小事和我吵，也不再惡言相向。她變得對我客客氣氣，冷淡而疏遠。家裏不再有爭吵聲，兩個女兒馬上顯得格外開心。當年她們年紀還小，不懂得這種夫妻間持續的疏遠，對婚姻的殺傷力，甚至比經常爭吵還大。

週日只要我公司沒事，照樣舉家出遊。而只有在這時，我可以從美玉臉上看見難得的笑臉。她再怎樣對我有意見，到底在疼孩子方面，與我有共通點。

過沒多久，我開始覺得頸部舊患，痛的時間越來越頻密，程度也越來越加劇。

經過精密檢查，發現是骨質增生以致壓迫頸部神經而引致不適，藉著藥物和物理治療，可以減輕程度，但不能完全治好。而影響最大的，是我再不能做精密手術，無奈只好從每天十二小時工作量，減至五到六個小時。

這樣一來，我在家時間變得多了許多，而我本是個閑不下來的人，女兒在家時我陪她們溫習功課和帶她們玩，女兒離家上學後，我則主動幫忙做家務。

平日我當然也知道美玉做家務的辛勞，但總也不及自己動手體會得那麼深。某個週三下午，我蹲在後花園專心除雜草，清雜物，只一個下午，簡直是汗流浹背，腰酸骨痛。

我回到廳裏的時候，美玉早為我預備了我一大杯冰茶，而這杯冰茶，像有神奇力量，一舉打破橫亙在我們夫妻間那道冰牆。

我們開始坐下來閑話家常，許久以來第一次心平氣和地，充滿善意的談。那天等女兒們放學回來，我們舉家外出享用一頓非常豐富美味的自助餐。全家人吃吃談談，消磨一個晚上，一個難得愉快的晚上。

但思琪的影子早已像婉容的影子一樣，進駐在我心裏，晚上臨睡前想起她，總會帶著甜蜜入夢，再看看身旁熟睡不疑有他的美玉，卻又難免心生內疚，情何以堪！

一個有外遇的男人，活該受這種煎熬的吧。

這期間，因為才剛和美玉重逢和諧的關係，我不敢也不願輕易地去打破它。我安排每兩月去一次拉斯維加斯探望思琪，而對美玉聲稱是例行公幹。反正我每次出遠門，美玉都鮮有興致同行。

我不知道她有沒有懷疑過我，但從她漸漸友善態度，我大概猜到她在最初那段時間，並不知道思琪的存在。反而我倆共同朋友靜兒知道。

在一次和靜兒共進午餐的時候，我一時感觸，將和思琪的事向她和盤托出，請求她的諒解，因為她是我這生中最好的朋友，我不想隱瞞她什麼。

她靜靜地聽我傾訴，像神父聽罪人告解。直到我將整個故事敘述完畢，她才對我搖搖頭說：「美玉也許有錯，但這次就是你不對了。」

「我知道，」我很苦惱：「但事已至此，你說我還能怎麼辦？」

「你真的愛那位小姐嗎？」

我點頭，「本來是因為她模樣酷似像婉容才接近她，但現在就算她不像婉容，我的生命中也少不了她。」

「那你的愛不免濫了點。」一向厚道拘謹的靜兒也來挖苦我，使我的紅潮由兩頰直蔓延到耳後。

「你是不是因為她年輕，能給你更大的性愛享受？」

「我自己也說不清，」我回答，顯然有點糊塗：「你知道我和思琪是無意中闖的禍，——其實，我和美玉的性生活是很和諧的。」

「你別怪我這樣說，想想你當初和美玉結婚時，不是同樣愛著她麼？」

剎那間，我無言以對，只是誰想到，我還是深深地愛著美玉的。

我輕輕嘆氣。「我也知道該負大部分責任，只是，只是如果美玉她——。」

「美玉的脾氣是大了點，不過我知道她心裏仍對你很好。上次你去賭城，我們曾經常談過，她對我流淚，說她仍然愛你，想挽回這段婚姻，我就勸她忍耐，要寬容待你，不要記恨，——」靜兒說到這裏，露出安慰笑容：「她都做到了，是不是？」

「我就猜到是你的功勞，靜兒。」我笑了：「這些年沒有你在我們中間斡旋，我看我們早完了。」

「真的？那你要好好謝謝我了。」

「你想我怎樣謝你？」

「謝我倒不必，和你說著玩的。」她笑：「不過真的好希望你能做到兩邊兼顧，不要太快將事情抖出來就好。你知道沒有多少女人能受得了這種事。」

因為心虛，也因為歉疚，我在家的表現越來越好，和美玉的關係也漸漸重拾往日濃情時的大半水平。

至於思琪，因為和我聚少離多，感情倒反而保持得更甜蜜溫馨。只是眼見肚子越來越大，而我既不能給她名份，又不能日夕陪伴在她身邊，心裏暗自焦急不已。

思琪在年底為我誕下我的第三個女兒，我為她取名慧雲，因為新添寶寶，我特地向公司請了一個星期的假，去賭城陪伴思琪母女。我為我的新生女兒擺了一個小型滿月酒，主要是宴請思琪的家人和朋友。

我又和思琪四處去看房子，希望能為她們母女安頓一個舒服的家。沒多久思琪看中一個房子，我也著實喜歡，便用我的名義買下（因思琪初做事，信用不夠，不能貸款）而實際上是思琪出的錢。

而因為思琪要兼顧餐館和女兒，實在忙不過來，我便建議她母親搬來長住，便於照顧。而我則在盤算，可否想辦法在不驚動美玉情況下，多抽點時間來拉斯維加斯。

而過不多久，我後頸部的疼痛程度漸漸加劇，我差不多可以預感我將來會免不了提早退休。

我開始在拉斯維加斯嘗試尋找一些比較輕鬆，又不需做精密手術的工作。很快地我在一間X光診所找到了一個專門負責看片子的工作。工作時間很自由，待遇也不錯。

但我並沒有脫離原來公司，我只是每個月分出一半時間去拉斯維加斯X光診所上班，其餘時間仍然留在普魯明頓（Bloomington）。

這樣雖然每月奔波兩地飛行比較累，但對思琪母女來說，卻未嘗不是最好的安排，美玉也有勸我家裏經濟沒有問題，不必如此辛苦，但總被我藉詞推搪過去。

慧雲過了一歲生日的時候，因一偶然機會，思琪因為替某朋友的秘書做替工而輾轉進了賭場工作。最初只是答應短期幫忙，後來卻因工作表現出色，而被賭場禮聘為賭場亞洲部經理。

思琪來找我商量。我本不想她進賭場工作，但她在餐館工作，時間又長，工作又辛苦，平日勸她放棄她不聽，現在正是勸她賣掉餐館的最好時機，她想想也就同意了。

「不過如果做得不開心，就不要勉強。賭場人際關係非常複雜，不是輕易能應付得來的。」

她聽了燦然一笑，信心十足地。「你放心，我什麼都不懂，人情世故倒十分在行，不會有事的。」她到底還年輕，什麼都想試，這我可以理解，也就不多說了。

對人情世故很在行這一點，思琪倒沒說錯。她何止在行，簡直在人際方面八面玲瓏，而她主要工作，就是要周旋聯絡那些從亞洲來的豪客。她的表現異常出色，沒多久便被亞拉丁（Aladdin）賭場挖角，除了給她更高職位，當然也有更優厚的待遇。

思琪的人緣之佳，不但助她在事業上呼風喚雨，在友儕圈中亦顯出了她的實力。每個我介紹給她認識的人，如我弟妹，靜兒或者其他醫學界的朋友，大部分都喜歡她，都笑著對我說：她的個性很可愛。甚至當我第一次為美玉引介她，美玉也表示很喜歡她，要與她結拜為姐妹，當然，其時美玉並未完全清楚我倆的真正關係。

現在回想起來，我之介紹她們認識，又沒有向美玉表白這件事，並非有「耍」美玉的意思，只是因為思琪在我生命中越來越重要，而我又從沒有離開美玉的念頭。

一來再將思琪隱藏，種種迹象，反而易惹美玉生疑，二來，我是否潛意識希望，既然思琪個性人見人愛，也許她能打動美玉，使美玉接受她。

也許是我的想法太天真了，美玉見思琪沒多久，心中便起了疑，先是百般向我套問，然後分別向那些見過思琪的人，尤其是靜兒，苦苦追問不休。

靜兒告訴我，她一點也沒將真相披露，我絕對相信她。但，不知道是誰打聽到消息，（也許是私家偵探吧），終於將整件事情向美玉和盤托出。

結果是，我和美玉大吵一場，幾乎吵翻了天。我拼命向她解釋整件事只是個意外，不是我蓄意造成的，但她就是不相信。她大罵我沒良心，沒血性，罵我卑鄙，下流，罵我沒人格，什麼她能想到最惡毒的字眼，都全用上。到最後，我完全棄械投降，我不向她吼叫，也不再試圖向她解釋。

我只默默地接受應得的懲罰，我在心裏對自己說，如果她一時不能諒解，也是應該的，我又對自己說，到底在整個事情中，她是最無辜的啊！

一直等她鬧完，我才鼓勵自己開口。「美玉，是我不好，對不起。」

她望著我，眼裏充滿了憤恨。「你連孩子也和別人生了，就只一句對不起？」然後她慢慢地低下頭，用手捂著臉，哀哀地哭了起來。

不記得多久了，不曾見美玉如此傷心痛哭過。在這一剎那，我真是痛恨自己，痛恨自己如此戳痛她的心。美玉縱有千般不是，對我卻是始終專情如一，她縱然說不上是一個好媳婦，卻是一個近乎完美的母親，一個盡責的妻子。

這幾年來，香港的君望，沒有稍減對她的戀慕之情，尤其是君望喪妻不久，一直有主動找機會向美玉示愛，希望能和她重修舊好。

當然，這是因為一直盛傳我和美玉婚姻不穩，才會有這些枝節。但都是遭美玉一一婉拒，對君望，她都以兄妹之情相待。為什麼獨獨我韻事不斷？

「方華，你這個沒良心的東西，你總是有千萬個理由為自己的荒誕行為辯護，你說你糊塗做錯事，卻從來不想想為什麼會變糊塗！我一次又一次承受你對我的折磨與羞辱，甚至逆來順受，沒有自我，失去尊嚴、人格、天真與自由，心靈任人宰割，把屈辱當作幸福，以致自欺欺人，不求靈性，只為苟安，私心以為我和你同甘共苦這麼多年，你總不會拋妻棄子，縱然婚姻不美滿，還痴望你能珍惜這個家，但——我——我錯了。」說到這裏，美玉已泣不成聲、聲斷而淒厲：「想不到你——你卻變本加厲，你內心不堅定，受不了引誘，做錯事還想自辯，啊！方華，——你——你——你，你究竟想置我於何地——你是否還記得你當年在香港深水灣對我說過的話——你說我們天涯同命——你說你一輩子疼我，不讓我受人欺負——如今——欺負我的竟不是別人，而是你——是你！天哪！——你——你——你究竟是什麼樣的一個人啊！」

我靜靜的聽著，美玉的每一句話，好像一把鐵錘敲打著我的胸膛，又像是一把利刀，在我的心上絞動著，我無力地癱倒在沙發上，眼前是黑暗一片，看不到一絲燈光，腦中迴旋著往日的種種——

「美玉，我的好美玉，在你面前，我好慚愧，我知道我對你——還有對孩子們的傷害是多麼的深，多麼的不可思議——多麼的不可原諒——但是——」我抓著自己的頭，喃喃亂語，「連我自己也不相信，為什麼我會變成這樣——」

「這都是你太自私，太自以為是，沒有容人之量，心中充滿著報復，從不去理解事情的真相——」

美玉突然平靜下來，低聲的說，眼中卻充滿著淚。

「妳的意思是——」我有點迷惘。

「多年來你對我心懷怨恨，難道我不知道麼？你恨我當年對婉容說你已和我訂婚傷了她的心，你不能忘記我在羅湖棄你不顧，你恨我對你母親不尊重，所以心存不忿——」

「夠了！美玉！即使你有錯，也不能構成我犯錯的理由——我失去了自我，一生被自制的心魔折磨著，真是自作孽，不可活呵！」

「不過我還得對你說清楚，當年我實在不知道婉容離開你是為了對你母親的承諾，所以才對她說我們將會結婚——其實是為你爭面子，後來知道事情真相，還在潛意識中怨恨你母親亂點鴛鴦譜，累我們變成怨偶！所以在無意中做出許多對她老人家不太尊重的事，其實絕非我的本意。在羅湖時我面對的是威嚴的叔公，茫然的前景——他已為我訂婚，我沒有膽量要求他——而且當時環境，他也不會答應幫助你而使他陷入困境，所以我只好把心一橫先去香港，暫時應付叔公，一方面打聽你的下落，暗中接你來港再從長計議，——難道我這點苦心，真是這麼難懂的麼——」美玉最後的一句話，是咬著牙齒從牙縫中射出來的！

我頓時感到天昏地轉！我萬萬想不到，以前活潑瀟灑的美玉，已被我不經意的無知愚昧行徑，偷走了她那原本天真善良的心，竟然讓我一錯再錯，成就我一個迷途不知返的浪子！

「美玉，你為什麼不早說，讓我明白你的心，解除我的心結！卻選擇風言冷語，築起我們之間的鴻溝——」

「你不是自認為很聰明的嗎，難道用得著我來開導你嗎？在我看來，你毫不可取，你自甘墮落，沒有責任感——好了！對你這種人，我不再心存希望，你好自為之吧！」

我的心痛成一團，試著走過去輕撫她肩膀，再一次說對不起。她卻狠狠地甩開我，恨恨地說：「方華，你做的好事，你對得起我！」然後逕自上樓去了，不曾再望我一眼。

這一次的冷戰，持續了整整三天。美玉始終不肯和我說一句話，也不肯給我機會解釋。她照樣做飯洗衣照顧女兒做家務，但只當我隱身人，視而不見。

第四天，幸好是週日，因為早答應了孩子們去公園野餐，才給我捕捉到機會。

我們從早上起程，車行三十分鐘，來到普魯明頓湖濱，這裏是本地有名的風景區。那是一個靜謐的春日早晨，太陽已高懸在碧藍如洗的天空，公園草地上的露珠還未濃化，在晨曦下閃耀著，如同碎粒的珍珠，四周繁花錦簇，爭奇鬥艷，微風吹過，拂來一陣陣芳香，從甦醒不久的森林裏，小鳥在放聲歌唱著，但我心情煩悶，無心欣賞這美妙的清音。

我留神觀察，美玉仍是冷面如霜，淑媛愁眉深鎖，想已從母親處得到消息。只有小淑蕊在草地上跑來跑去，捕捉蝴蝶。我的心卻百味雜陳，心想我和美玉自小離家，海外漂泊，好不容易建立起來的小家庭，眼看就要走到崩潰破碎的邊緣，想到這裏，不禁闇然淚下。正迷糊中，只見面前出現兩隻大眼睛，正對著我出神，原來是淑蕊跑過來要我幫她捉蝴蝶，正好撞上我的半昏迷神態，直把她給嚇壞了。我趕忙抱著她，還未說話，眼淚已掉到她的臉上。

淑蕊用她的小手幫我抹淚，滿面狐疑，輕輕地說：

「爸爸不要哭——你為什麼哭呀？」

「爸不好，累媽受委屈——」

淑蕊好像想起什麼似的，遲疑了一會，突然掙脫我的懷抱，氣沖沖的跑開，邊走邊叫：

「你欺負媽媽！——媽說你不要我們了，——你不要我們——我們也不要你！」我目送漸走漸遠的她，恨不得一刀把自己殺掉！我趕忙追上前，從背後把她抱起：

「好淑蕊！爸最疼你了，你怎麼會想到爸不要你了？」

「是媽說的！」

「媽是逗著你玩的，」我突然編出一個理由：「媽怕你不聽話，故意嚇唬你的。」

「我什麼時候不聽話了？」小淑蕊搖著頭，一副受委屈的樣子，真是逗趣。我靈機一動，這豈不是上天賜給我的大好良機？我抱著淑蕊，就近花葉中摘了一枝薔薇，對淑蕊說：

「我們現在就去跟媽說，我們淑蕊最乖了，好嗎？」

好淑蕊，展開著那紅玫瑰般的笑臉，喜滋滋的跳下來拉著我的手去找美玉。

美玉正忙著準備早餐，見我們走來，面孔還是冷冷的，對淑蕊說：

「媽正忙著，等會叫你們來吃早餐——不要來打擾我！」當然最後一句是衝著對我講的，聲音特別尖銳。

我豈能失此良機，美玉對淑蕊的愛正好是補裂縫隙的靈丹妙藥！

「小淑蕊怒我冤枉她不乖，我說她最乖，她不信，要我說給你聽！」我語帶雙關。

美玉豈有不明之理，轉頭對我怒目而視，旋又看見淑蕊那滿臉委屈的神態，頓時軟化下來，我乘機獻上鮮花，借題發揮：

「這花好美，還載滿著清晨的露珠，真令人珍惜，就好像我們這個家，雖然受盡風吹雨打，還是靜悄悄的展現它凋謝不盡的美色，現在我把它折下來獻給你，希望它的每一葉花瓣，都代表著我對你的心！」

美玉靜靜的聽著，依然沈默著。這時從幽暗的槭樹林中傳來一陣陣山雀的鳴叫聲，似為我的獻辭潤色！

如常一樣，早餐鮮美而豐盛。美玉雖仍不對我說話，但偶也展現笑容。淑媛也一直沈默著，只我和淑蕊在逗笑，一面暗窺美玉顏色，看來似顯露曙光。

這樣我們玩了一整天，直到晚上才回家。我牽著女兒的手預備帶她們上樓沖洗睡覺，她卻在一旁說：「你忙了一整天，累了吧，讓我侍候孩子上床吧。」

等孩子睡著了，我們兩人關上房門，談了一夜。我再向她道歉，又委婉地將思琪酒後誤打誤撞的「韻事」敘述了一遍，又告訴她，從一開始，思琪便沒有要我離婚的打算。

最後，我說事已至此，我總不能撇開思琪母女不管。我只能懇求她諒解，在原本屬於她的世界中，撥出一隅安置思琪母女。如果她肯，我於願已足。

她聽我說完，半天沒做聲。我既不敢碰她，更不敢催促她，只偷偷望著她的側臉，一顆心七上八下，極為忐忑不安。

「你是說，你是永遠不會放棄這個家了？」不知過了多久，美玉才算打破了寂靜。

「當然。」

「那麼，」我看她在黑暗中深吸了一口氣，似乎頗為激動。「老實告訴我，你還愛我不愛？」

「愛的，我當然愛你，美玉。」我衷心地。「這點我甚至不曾隱瞞過思琪，皇天在上，就算我們曾經吵過多少次架，我都沒中斷過愛你，真的，請你相信我。」

她輕吁一口氣，漸漸放鬆了原本緊繃著的身體，任我抱在懷裏。我放眼窗外，已是曙光初現。我們兩人都不再說話，只是靜靜地依偎著。然後朦朧睡去。

再也想不到，發生了一件這樣的事，原本可以整個摧毀我的婚姻的事，非但沒造成任何嚴重的傷害，反而將橫亙在我們夫妻間那道冰牆徹底打破。

我和美玉的關係竟然奇蹟地還原到新婚時代的情況，偶爾吵嘴，但平日卻算是恩愛夫妻。而我們之間的性生活，又回復從前的美妙而多姿，有時在夜深人靜，月涼如水的深夜，她依偎在我懷裏，像一對初戀的情人，浸沉在如火一般的情愛之中，細語輕談我們的過去及將來——。

我將事情向靜兒「報告」，她也極為代我歡喜。我亦沒有隱瞞思琪，難得的是她也著實替我高興。她說：「看見你開心就好。」

感謝天，上天待我何其厚！

只是好景不常。怎麼也沒料到美玉對我如此寬容，對思琪卻是另外一回事。

現在還記得，出事那天是七月初，我之所以記得這麼清楚，是因為我是七月二日的生日，我們帶了兩個小女兒去芝加哥玩了三天。芝加哥在Bloomington北部，開車只需一個半小時，是美國第二大城，在密西根湖畔（Lake of Michigan），開車沿湖岸大道（Lake Shore Drive）從南到北，一邊是一望無涯的碧綠的湖水和那金黃色的沙灘，一邊是高聳入雲的高樓大廈；這裏有海軍碼頭（Navy Pier）、芝加哥美術館（Art Institute of Chicago）、白金漢噴泉（Buchingham Fountain）、自然歷史博物館、水族館、天文臺（Adler Planetarium）、有名的芝加哥植物園（Chicago Botanic Garden）和動物園（Brookfield Zoo），這裏有世界有名的密西根大街、這裏有全世界第二高的Sears Tower，和第三高的John Hancock Tower，登其樓頂，可俯視全城，這三天，我們玩得非常盡興，可說是多年來第一次享受了家庭樂趣。

我們回到家裏沒兩天，我就重新整裝出發，往拉斯維加斯探思琪母女。巧的是思琪的生日也在七月，便順道為她慶生。

這一次，我是和思琪攜女共遊了，因為美玉已原諒了我和思琪的事，我再無太大的心理負擔，也真是第一次好好地欣賞拉斯維加斯。這是一個六十年前還是荒蕪的沙漠鄉村，現在已變成美國的富饒繁榮的象徵，這是一個用金錢打造出來的人工「天堂」：這是一座從沙漠中平空聳立起來的城市，一座用珠寶和燈火組成的混合體——這裏有全世界十大旅館的前八間，沿著拉斯維加斯大道（The Strip）由北向南，你可看到高聳入雲的凌霄塔（Stratosphere Tower），你可到塔頂的旋轉餐廳享受一頓精美的晚餐，俯視窗外的火樹銀花般的城市，看那一幢幢的大厦遍體通亮，霓虹燈在晴空中熠熠閃光，使你心旌搖動；沿南走，再看那門前裝璜著戰船的金銀島（Treasure Island），每小時表演一次古代官兵與海盜大戰的奇觀；還有那水上火山的夢幻之宮金殿（Mirage），模仿著維尼斯的Venetian，美侖美奐的凱撒皇宮（Caesars Palace）和它豪華的羅馬商場（Forum Shop），再住南走便是那金光耀眼的百樂宮（Bellagio），那是一個耗資十六億美元的超級豪華大酒店，它是大道上的明珠——你看它前面那八畝大一千尺長的百樂宮湖，每半小時表演水上芭蕾舞，那晶瑩剔透的、染成各種顏色的水花，柔軟多姿伴隨美妙的音樂隨風起舞，再看旅店內玻璃窗下陳列的那些名貴的珠寶、天花板上閃躍的是一萬美元一盞的成千上萬的水晶燈、那經常變幻的萬紫千紅的花園、畫苑展示的畢加索、莫內、梵谷、雷諾瓦、馬蒂斯、高更等人的名畫，你可在裏面的法國餐館享受三百美元一頓有柔和音樂伴隨的豐富法國晚餐，百樂宮被稱為世界上最高級的酒店；在它的對面，你看到有凱旋門和艾菲爾鐵塔的巴黎旅店（Paris）和那個有最出名的綜合歌舞表演的巴利酒店（Bally's），再往南有裝璜著阿拉伯神燈的阿拉丁（Aladdin）、玲瓏精雕的蒙地卡羅（Monte Carlo），世界第一大兩北的碧綠的來高梅（MGM）、自由女神的紐約紐約（New York New York）、象徵著亞瑟王和圓桌武士的神劍（Excalibur）、揭開法老王寢宮之謎的金字塔型的拉索（Luxor）和擁有世界最高酒廊的曼地拉彎（Mandalay Bay）。這裏有世界最優美而又最大型的歌舞，記得幾年前我們去法國巴黎，去有名的紅磨坊看表演，結果大失所望——花了二百美元去看一場比不上這裏高級賭場酒吧的免費表演！這裏各大型賭場羅致了全美國甚至全世界最有名的歌星如Luciano Pavarotti、Celene Dion、Frank Sinatra、Aron Copeland、Johnny Mathis、Lee Greenwood、張學友、劉德華等，還有使萬里長城消失的魔術家David Copperfield，載歌載舞的魔術女郎Malinda、來自中國東北瀋陽的雜技團，總之林林總總，來這裏你不會寂寞，每年有四千萬人從世界各地來這裏觀光，香港人有句俗語：「沒來拉斯維加斯，你就沒有來過美國！」這裏的賭場特別歡迎亞洲尤其香港台灣和大陸來的客人，因為他們一擲萬金，面不改色，所以賭場樂意免費招待他們。

但你若想鬧中取靜，你可去米德湖（Lake Mead）釣魚觀鳥，那是全世界最大的人工湖，面積相當於整個加利福尼亞，半小時車程可到，從拉斯維斯大道入米德湖高速公路向東南走，看那如血的殘陽，染紅了兩旁連綿橫亙的山崗，美麗得令人眩目。及到米德湖，你的眼睛為之一亮，看那一望無際的平湖秋水，在夕陽下閃閃發光，那裏沙鷗翔集，錦鱗游泳，四周山巒疊翠，鬱鬱青青：入夜，皓月橫空，水光接天，那時你處身在青山綠水之中，飄飄乎如遺世獨立，頓覺心曠神怡，忘卻世間一切煩惱。你亦可去參觀近旁的胡佛水霸（Hoover Dam），那是美國四十年代工程枝術的象徵，登上七百二十六英尺高的大霸頂部，眺望周圍的平湖運山。你可花半小時坐直升機去世界十大奇景之一的大峽谷（Great Canyon）；再回頭來參觀拉斯維加斯內城，看那由一百萬霓虹燈做成的弗蒙街的奇觀（Fremont Street Experience），站在街上仰頭看那隨音樂跳舞的燈色，耳中迴旋著那時而柔和時而如萬馬奔騰的樂聲，你宛如置身於如夢似幻的雲端之中。

我和思琪這樣盡情的遊玩，只是無論如何也想不到，美玉竟然將兩個女兒託靜兒照顧，隻身飛來，不是找我，而是去找思琪談判。

因為我的手機話在賭場接收不好，當我接到靜兒向我示警的電話時，已是相當接近「戰爭」的邊緣。

「阿華，我猜美玉多半去思琪做事的地方找她。」她氣急敗壞地說：「怎麼你的電話老打不通？有辦法阻止這件事嗎？」

「我——」我半天才反應過來，「那我馬上趕過去好了。」

幸好思琪母親在，將寶寶交給她照顧，我便第一時間趕到思琪工作的賭場。

去她的辦公室找她，她不在，問她的助手，那體形龐大的女人只說剛剛有個客人找她出去了，已出去好久了。

「那麼請問那位找她的客人是什麼人？」我連忙追問。

「看來像中國人。」

「男的還是女的？」

「一個非常漂亮的女人。」

「年紀呢？」

「大概二十來歲吧。」見我一臉惶急，居然還有心情和我開玩笑。

「不過中國女人看來都比實際年紀輕，你說是不是？」

「她們有說到哪裏談話嗎？」我不再和她多費唇舌，只切入主題。聽她形容那位女客十不離九是美玉。

她聳聳肩。「王經理沒明說，不過我猜她們應該會去二樓的咖啡廳，因為那裏比較安靜。」

我匆匆向她道謝，轉身就走。

我憂心如焚，就算有電梯，我也三步併作兩步地爬上去。我氣喘吁吁地跑到咖啡廳，又是不見人，正無奈時，看見一個小小的，熟悉的身影由咖啡室不遠的女洗手間閃了出來。

是思琪，多謝老天。我趕忙迎上去，卻見她兩眼通紅，似是剛剛哭過，心想完了，已經遲了一步。

「思琪。」我叫，她聞聲回過頭來，一見是我，眼淚就撲簌簌地流了一臉。我什麼也沒說，只伸手將她擁在懷中。

她只顧哭，也顧不得說話。

我擁著她，心中大概也能猜到幾分剛剛大概發生了什麼事，「請假回家去吧，你看你哭成這個樣子！」

她抽抽噎噎地點頭，她於是當場用手機向她上司請了病假，然後兩人相偕回家。一直回到家裏，關上臥房的門，我才敢開口問她。

「是美玉去找你吧？」

她縮縮鼻子，總算沒再哭出來。「嗯。」

「她都說些什麼？」唉，真是有點明知故問。

「她說我不應破壞她家庭，叫我離開你。」

「她一開口就這樣說？」

「嗯，就當著我助手的面。」思琪總算鎮定下來，聲音也較為平穩了。

「什麼？她直闖到你辦公室？」

她點頭：「我只好死活拉她離開，到距離較遠的咖啡室去談。」

「她在咖啡室繼續罵你？」其實我應該問：「她跟著如何罵你？」

「嗯。」思琪說：「她告訴我，不要痴心妄想你會離婚再娶我，第一她說你只愛她一個，第二她說她絕不會放手，好讓我如願。」

我沒做聲，心想光是這幾句話，怎麼就能將我那外柔內剛的思琪罵哭？果然她接著說：「她罵我是壞女人，一定沒有好下場，如果生下孩子，一定是醜八怪，她又說——」她深吸一口氣，語氣開始變得激動起來。

「不必理她，思琪，我們的寶寶生下來，不是很漂亮的嗎？」

「我才不是氣這個，我當然知道我們的寶寶又健康又可愛。」

「那她到底說了些什麼，將你氣哭了？」我實在好奇，再也按捺不住了。

「她——她說——」她的眼睛眨呀眨的，似乎眼淚又要掉下來了。「她說她比我漂亮，婉容又比她漂亮，而你為了她，可以連婉容也不要，怎麼會為我這個醜小鴨而離棄她？」

我一呆，勉力將笑意嚥回去，天知道在她泫然欲泣的時候忍不住發笑會有什麼後果。

「你不必氣呀，思琪，我並沒有存心要離開你呀。何必在乎她怎樣說呢？」我氣呼呼的，眼睛都紅了。「你認為她比你漂亮嗎？」

「誰知道，我又沒見過她年輕時的模樣。」她想了想說：「不過她現在看起來也滿漂亮。」

我笑著擁她入懷，「誰說我的思琪不漂亮？思琪比誰都可愛呢，我向你保證，你到了她這個年紀時，一定比她現在還漂亮。」

「你怎麼知道？」她飛快瞟了我一眼，看來心情好多了。

「我天天看著你，我當然知道。」

「人家就是說，天天見著一個人，會漸漸對對方的容貌沒有感覺。」

「我們不同，我們不是每隔一段時間才見面嗎？」話一出口，就知道說錯了話，果然見她面色一沉，真是的。

「那位婉容，真的比我漂亮許多嗎？」

我沈吟著，非常小心思考這個問題，回答女人這種問題，一點疏忽大意不得，我太有經驗了。

「我不是告訴過你，你長得有多像婉容嗎？」我直視著她的眼睛，非常誠懇地。「那麼，哪有誰比誰漂亮的問題呢？」

「但你太太告訴我，你就是因為後悔曾經甩了婉容，而我又長得像她才——才看上我。」她嘛著嘴，「其實你一點也不愛我。」

瞧，磨蹭了半天，這才是問題所在。我深吸一口氣，告訴自己要冷靜，要好好回答這個問題。

「好好聽我說，思琪。」我告訴自己要慢慢來。一點輕率不得。「第一，我並沒有甩過婉容，是種種因素影響才被迫和她分開；第二，你和她樣子雖像，但個性卻是迥然不同，我從來沒有當你是代替品。」

也許從一開始是，但現在我非常清楚不是。雖然兩人都外柔內剛，但婉容偏向婉約溫柔，而思琪則是開朗大方。兩個個性不同的人，如何可以相互代替。

「就算一開始也沒有？」思琪滿臉疑惑。

「沒有。」我硬著頭皮撒謊，不然今天可沒完沒了。

「但為什麼你偶然會望著我出神？」她不放鬆。「你一定是在想婉容。」

「不是，我只是在想事情。」

「想事情為什麼要望著我？」

「因為你漂亮呀。」明知她對，只能再說謊，臉上的表情卻是又專注又溫柔。

果然她總算滿意了。「你看我這個模樣還能上班嗎？」她撒嬌地湊上她的臉。

「沒問題，只眼睛略為紅了一點。」我說：「我看用熱毛巾敷一會就沒事了。」

「你能替我擰條熱毛巾來嗎？」

「噢，當然可以。」我趕忙去浴間。如果能平息這場風波，叫我擰一百條毛巾都行。只是我的心從沒停過警鈴響。美玉的直擊行動，難道就此完結？

當然沒有完。剛愎堅毅的美玉，那會如此輕易收兵？她人飛回家，行動卻仍然持續。她打電話給思琪的同事，包括上司和下屬，控訴思琪破壞她的家庭，細數她含辛茹苦的棄婦生涯。

幾個月之後，在我另一次例行探訪期中思琪向我說：「現在全公司上下都知道你和我的事，走到那裏都有人指指點點，真的做不下去了。」

「那麼就不要做了吧？」我說，其實我也一直不太喜歡她在賭場工作，「反正家裏並不缺錢用，寶寶也需要你照顧呀！」

「但如果我去別家賭場做呢？」她的眼睛閃著興奮的光，「巴利找我過去做亞洲推廣部總經理，薪水加倍，工作自由度更高，而且我——我不想增加你的負擔，更不想給人作話柄，說我為了你的錢才跟你。」

我嘆一口氣。看她的表情，就知道攔不住她：「你都已決定了。還要問我做什麼？」

「我要你配合我呀。」

「我要配合你什麼？」

「高度保密，不能讓你那位寶貝太太，甚至你其他任何朋友知道。」

「你以為你這種面對公眾的職業，能夠保密多久？」

「能夠保密多久就多久。」她笑說：「這可是賺錢既多又容易的行業。」

看著她年輕煥發又充滿期待的臉，知道再說什麼也是多餘，心想，她還年輕，就由得她去外面闖闖吧。

我從來沒有向美玉提我知道她曾去思琪辦公地方「鬧過」，當然也沒有告訴她思琪在那事不久後就跳槽去了別家賭場。

我從沒奢望她會不知道，或查訪不到。但奇怪的是，事情就靜下來，甚至像從沒發生過那件她大鬧亞拉丁賭場的事。

我們現在的關係是相敬如賓，不像以前的相敬如「冰」。我們仍然互相關心，仍然共同為擁有兩個女兒的家而努力。因為思琪的事，我一直對她心存歉意，更是百般遷就她，而她，好像亦收斂了她的壞脾氣。

偶然她也有和我吵，但總不像以前那麼激烈，也不會再像以前那樣，吵一架冷戰三天，令大家都不好受。

日子本來還過得去，直到一九九四年，我母親八十大壽那年，無論在美國的大妹，新加坡的二弟，都江堰大弟，南京二妹並留在東莞的三弟和三妹都興高采烈地向母親拜壽，唯獨我，因母親怕美玉鬧事而囑我不要回去。

我只好匯了一筆錢回去給母親做壽。生日的前夕，我輾轉難眠，剛一閉眼，便見婉容入夢，與我聯袂回家向母親祝壽。

夢中的我歡喜無限，回旋在久違了的眾親友中，既帶頭敬酒，又與家人談笑風生，樂不可抑，等睜開眼睛發現是夢，更添惆悵。

一九九五年，母病重，聞訊再不顧慮其他，只偕美玉趕搭飛機趕回鄉探望，但天意弄人，母親在我抵達東莞市不足二十四小時病逝。千里迢迢而未能見最後一面，心中大慟，引致終身遺憾。

對美玉，實在難免心生怨恨。

我是越想越恨，為了美玉，身為家中長子的我，不能出席母親的八十大壽壽筵，也是為了美玉，母親多次囑我不要回鄉探望她，因怕我夾在中間為難。

而美玉，竟然不知不覺，對我一點歉意也無。我如何能不恨。

飛機剛降落在美國機場，我就直接轉機到拉斯維加斯找思琪，我的心實在痛，實在痛啊！想起含辛茹苦將我養育成人的母親，會否在她臨終前思念她原本最鍾愛的大兒子？禁不住淚如雨下。

不，我實在不能在此刻面對美玉，在傷痛過去前，不能夠面對她，我的心中充滿了對她的怨恨，在一起只有爭吵的份。

我在思琪那裏足足待了一個星期，比以前任何一次還要久。思琪一個勁兒摧促我早點回家，她說在這關節上我不應離開美玉，這樣只會令她更內疚。

回家的時候，我早有足夠心裏準備美玉會和我大吵一架。但意外的竟然沒有。她除了對我略為冷淡之外，態度大致並無重大改變。

但我的心卻漸漸地遠離了她。尤其每次思念那摯愛的母親，心中就興起疏離美玉的念頭，我變得更常往思琪那裏跑，待的時間也越來越長。

尤其一九九六年中，頸部舊患疼痛程度越發加劇再也不能負擔沈重的工作，我甚至不能自己開車；我乾脆申請暫時因病離休，為了生活，我仍在拉斯維加斯X光診所上班，工作時間和以前一樣，只有半天班而已。

但這份工作也維持不了多久，因為實在頸部疾患日益嚴重，嘗試各種治療方法，如針灸推拿物理治療等，似沒有多大改善。只好正式宣布退休。

這時也因為年紀漸長，對感情事不再執著，對美玉的不滿也因時日過去而漸減。

而每次去探望思琪回來，看見美玉那緊蹙的眉滿臉的憂傷，我總感到深深的內疚，從思琪那裏偷來的快樂，似乎也一下子就煙消雲散。

我找靜兒談，問她我這樣對美玉是不是很錯，她回答得很乾脆：「美玉不對，對你可是從無二心，你卻韻事不斷，當然是你錯。」

「那我應該怎樣做？」

「如果我是你，我就離開思琪，專心好好待美玉，看看能不能挽救這段婚姻。」

離開思琪？大概她還不知道我和思琪已有了一個女兒，我想了又想，如果我一直在美玉和思琪之間周旋，自己累，對她們也不公平。思琪還年輕，事業又如日中天，如果我和她分開，她不會太難適應。以她的條件，不難碰到一個條件很好的男人，她足有機會得到一個專屬於她的完整的家。

但美玉呢？美玉年紀較大，又沒有謀生能力，這些年生活重心全放在丈夫女兒身上，靜兒說得對，縱使她千般不是，當日總是為我拋棄一切，隨我到台灣打天下，我豈能負她？

我硬著頭皮找思琪談，她聽我說完之後，哭了。我默然輕擁著她，心中也是千迴百轉，難過萬分。

叫我如何捨得離開善解人意對我一往情深的思琪？

「你決定了我也不會勉強你，只是慧雲，她年紀還小。」思琪說著又掉下淚來。

「別哭，思琪。」我哽咽著說：「我會照顧你們的生活，我會儘量給她父愛，但我——只是太委屈了你。」

她抹去眼淚，勉強朝我笑了笑。「別擔心我，我會慢慢適應的，看見你一直生活在罪惡感中，我嘴裏不說，心裏也一直在想這件事。這樣的安排，對你和美玉都好。」

「這——這太委屈你了。」

我將她小小的身子擁在懷中，心中充滿了感激，眼中充滿了淚。她不但模樣酷似婉容，那顆善良的心不也一樣麼？只是天不從人願，我無法擁有如此可人兒。

我飛回美玉身邊，什麼也沒說，但默默地用實際行動去證明我已決定回頭。我對她更加遷就，比平日更關心家裏的一切，我也不只一次建議她不要做晚飯，我們出去嘗試著名餐館的菜。

她大概也感到我在變，也有了一定的回應。晚飯後她不再自己關在房裏看書或畫畫，而自動地陪我和女兒們看電視，聊天，偶爾，也會和我外出看一場電影。

眼看生活漸漸回復常軌，眼看著這段婚姻又現曙光，就連兩個女兒也能感染到我們家裏鮮有的寧靜與和平，比平日開心多了，美玉更不必說，整個人似乎一下子開朗了，話也多了。

一家四口中，只有我滿懷心事，在夜闌人靜時想起思琪母女，又是另一種的思念和歉疚。但我不斷提醒自己要克服，要放開，就算不為美玉，也得為思琪，我不能扼殺她應該會有的機會。

本以為，這一生就如此過下去也不錯，心想如果美玉能徹底改過她的脾氣，日子甚至會過得更好。

但再也想不到，在這種好日子過不了多久，一場事件將一切全破壞了，不但將我們之間剛剛建立的信任和體諒完全摧毀，更將我倆的婚姻逼到了絕地。

事情緣於某一天，我們駕車出外晚膳，聊著聊著，便聊到退休金的問題。我說現在已經退休，少了每月的固定收入，而每月卻有一定開銷，尤其我們投資不少房地產都要供貸款，支出不少，不若提早將退休金每月分期拿出來作家用。

她的反應卻出乎意料的劇烈。

她認為我平白無端要提早拿退休金是為了思琪母女，我說不會，因思琪自己工作賺不少錢，根本不需要我供養，她卻說退休金應留給兩個女兒日後用，不想現在就動用。

「但我們現在資金周轉不過來怎辦？何況我只想先提部分出來呀？」我說。

「我不管，你的思琪自有辦法。」

「但我名下那些房地貸款你也有份的呀？」我有點著急，聲音不期然大了起來。「而且我也不是不為孩子著想，只是在這個時期——。」

她搶白我。「我不管，總之我不同意提早拿退休金，也不會在任何文件上簽字，你自己想辦法。」

我氣極，還想和她理論，見她一副想終止談話的模樣，忍不住推了她一下。她臉色一變，竟大叫說我打她，一語不發地就將車直開回家，我們甚至仍未吃晚飯。

我很氣，氣美玉的不可理喻，一回家便關上房門生悶氣，也沒有胃口吃飯。

我癱瘓在書房的沙發上，朦朦中細心地思索著，體驗著我們之間那淒慘的感情。美玉的行為令人不可思議，這是非常可悲的。我一直心懷希望的每一種前景全都被打碎了！我和思琪的事對美玉的打擊是如此的沈重，以致令她失去對普通常識的判斷能力。原來在她偶爾柔順的外表下藏著的，是一顆永不熄滅的火苗，隨時都會引發到不可收拾的結果，這是我最不想看到的殘酷的現實。而我正在意識到，眼前的美玉已經不是從前在香港或台灣時那種處變不驚、思維周密的小姑娘，而是一個充滿仇恨失去理智的女人，這種仇恨固然源自於我對她的不忠，她一方面希望維持我們這個破碎的家庭，另一方面卻也解不開她心靈上的枷鎖，這是最糟糕不過的事！我不難想像以後她會做出一些異乎尋常的事、或由於一些謬誤的判斷帶給每一個人痛苦和屈辱，終將我們這個勉強維持的婚姻帶入一個無可挽救的境地！

我在這種半昏迷的狀態中不知過了多久，突然一陣電話鈴聲把我從痴迷中驚醒，原來是靜兒打來的電話，有點氣急敗壞，「你們這次又吵什麼呢？美玉氣瘋了，說你動手打她。到底是什麼回事？」

「我沒有打她！我只是一時情急，推了她一下！」

「但她說你有打她呀！」

「她要怎麼說由得她，總之我知道自己沒有打她就是了。」我沒好氣。

「但她到警察局去投訴，說你有打她呀！」靜兒在電話那邊激動地說：「我勸了她多久她不聽，她——」

「你說她去了報警？」我傻了眼。

「對呀，她的人現在就在警局，我們幾分鐘前才掛上的電話。」

我怔住，一時反應不過來，只是吵了幾句，推了一下，美玉就去告我傷害？她明知我在當地有名譽有地位，為什麼要這麼做？她知道這樣做會毀了我嗎？怎麼辦，叫我怎麼辦？

「阿華，」靜兒在電話那頭說：「我也在替你們感到心煩，真不明白美玉為何如此不懂事，她大概不知道事情嚴重吧。」

我飛快地將事情想了一遍，這種民事官司，如果我說沒有動手打美玉，會拖延好長一段日子，而反正她去告我，對我名譽傷害已經造成，抗議只會使她不好受。

不若認了還簡單，就等事情早早了結吧。

法官傳召的時候，我不作任何抗辯，只說我一時情急動的手，並沒有蓄意傷害她，何況她去醫院驗傷時，也找不到任何有被人毆傷的痕迹。

但因我認罪，法官草草宣判，根據保護婦孺條例，勒令我兩年內不得出現在美玉的特定範圍以內，美玉直到法官判決後才醒悟事情嚴重，在聆聽判決時望著我的駭然眼神我就知道她後悔了。

但一切已太遲了。別說我從此起碼在兩年內，不能再接近美玉一事經報紙一渲染，也令我顏面全失。如何能在當地待下去？

我行李也不及收拾便直奔機場。這時美玉卻要開車送我，我說不能讓她送，怕違反判決。她保證不會生事，並說否則不讓我走。我別無選擇，只好順從她。她一邊開車還一邊哭著說：「我去警局想撤消控訴，但他們不肯。並訓了我一頓，說你們夫妻打架了，就來報案；和好了就來撤案，把我們當什麼來著！」她是後悔了，但事已至此，我又能說什麼，只好默不做聲，生怕再惹毛她。

我也忍不住流下淚來。因為我們兩人都清楚，我這一走，大概不會再回來了。在這一刻面臨分離，我再也不恨美玉，我只有不捨她，還有我那雙無辜女兒！

其時大女兒淑媛已在法律系畢業，任職律師，總算長大成人，心中雖不捨，但總算放心得下，反而小女兒淑蕊才念到高中二年班，平日在感情上依賴我極深。亦與我特別投緣。

想到從此不能常常見到她們，簡直是心如刀割，眼淚更是悄悄然而下，不捨得呀不捨得，我奮鬥了三十多年創下的家。

人到機場，才驀然想起，我不是早已和思琪分手了嗎？茫茫人海，我可以去哪裏呢？我甚至隨身行李也沒有帶。

我在機場打了個電話給思琪，幸好找到了她。「思琪，我離家出走了，可以先到你那裏待一陣子嗎？」她在那邊靜默一會，才說：「先回家來再說吧。」

一句回家來吧，使我熱淚再度洶湧而出。一個我曾經動念捨棄的人，在我走投無路的時候並沒有摒棄我，反而叫我回家，真真使我百感交集。

而當我回到思琪那裏，等在門裏面的小小的慧雲衝前撲進我的懷裏，胖胖的小手攬著我的脖子喚爸爸時，我真的差不多整個人都要溶掉了。我緊緊地摟著她，將臉埋在她的頭髮裏，貪婪地嗅著她身上清香的肥皂味。

「剛剛洗完澡，寶貝？」我擡起頭來，迎著的是思琪含淚而帶笑的眼眸。我對她笑了笑，然後張開手臂，讓她也來到我的懷裏面。

我們三人相擁良久良久，我的心裏充滿了溫暖的感覺。我知道思琪已經原諒了我。我有終於到家的感覺。

從此正式在思琪家住了下來。一直未敢回美玉那裏，那是個令我身敗名裂的地方，我不願也不敢回去。倒是二女兒淑蕊常飛來探望我，對思琪和我的事也能漸漸諒解，是最使我感到心寬的地方。

美玉經常打電話來，說她需要我，不捨得我，希望我能回去。我對她說，三十年夫妻，難道我就不掛念她，捨得她嗎？但我是一個奉公守法，重視名譽的人，她這樣將我告到衙門裏去，叫我如何再回到她身邊？因為如果以後再有爭吵，妳再把我告到衙門去，因為我已有前科，非得坐牢不可。

有時我倆在電話中談到傷心處，甚至各自垂淚，我有很大的感觸，曾不止一次對她說：「我這一生，很多事都是身不由己，自己做不了主，像我那麼深愛婉容，卻終不能娶她為妻。而我能夠娶到你，本亦希望是一生一世的事，過去我縱然有錯，但終於浪子回頭，但你卻一手破壞了我們的婚姻。這一次只能怨你太衝動，與老天爺無關了！」

六十歲生日那天，思琪白天仍要上班，而小女兒慧雲正在上學。我一個人獨坐窗前，眺望窗外的湖景，和那抹上淡淡雲彩的遠山。

我想起故鄉的振華橋，想起橋下的潺潺流水，想起昔日與婉容泛舟湖上，又與美玉暢遊東湖的情景，往事歷歷在目而人事已全非。

我又想起父親早逝，母親送我到外婆家，因而得到外婆和姨婆的疼愛。冬夜裏與她們圍爐共話的溫馨情景仍深印在我腦中，但她們卻已都不在了。

最可恨的是，這三位我最摯愛的長輩，我竟無能在她們臨終時見上最後一面。尤其是對母親的歉疚，更是我心中永遠的痛。

光陰飛逝，時日不再；我已進入暮年，但為什麼那些痛卻未能稍減？我對婉容的思念，對美玉的無奈，就如兩座大山般重壓在我心頭，人生真是苦呀！

我想起莎士比亞的一首詩來，因為它似乎相當切合我當時的心境。

I summon up remembrance of things past，
When to the sessions of sweet silent thought
I sigh the lack of many a thing I sought，
And with old woes new wail my dear times' waste：
Then can I drown an eye，unus'd to flow，
For precious friends hid in death's dateless night，
And weep afresh love's long since cancell'd woe，
And moan the expense of many a vanish'd sight：
Then can I grieve at grievances foregone，
And heavily from woe to woe tell o'er
The sad account of fore-bemoaned moan，
Which I new pay as if not paid before。
But if the while I think on thee，deer friend，
All losses are restor'd and sorrows end。

當我想起前塵往事，
心中充滿了無限的感概，
我為追求而不可得的事物嘆息，

滿杯愁緒悲嘆消失的時光。
我乾枯的眼睛重又淚如泉湧。
憑弔我那漫漫長夜失去的摯友親人，
我重新哭訴逝去的青春情愛。
往事的回憶使我悲嘆無窮。
往事一去不復返，只留悲痛在心間，
把過去的傷心情事，
再重頭閉目細數，
好像舊債未還今債又要補償。
但當我想到你，親愛的朋友，
一切傷痕都會彌補，而一切悲痛都會消失！

我沈浸在這首盪氣迴腸的詩句中，思前想後，但覺往事如煙欲尋沒處尋，久久也不能自己。黃昏，思琪下班回來，我倆什麼人也不邀，只在拉斯維加斯最豪華的百樂宮法國餐廳共進浪漫燭光晚餐。在搖曳的燭光中，凝視坐在對面巧笑倩兮的思琪，恍惚看到當年的婉容，幾疑在夢中。想起前塵往事，心中充滿了無限的感慨。

離家一年後，美玉終於同意正式離婚，為我們三十多年的婚姻畫上句號。和美玉離婚的事，透徹瞭解我們婚姻關係的只有摯友靜兒，我向來也只向她一個人訴苦，所以在我決定離婚時，她並沒有太過責怪我，因為她瞭解。

大女兒淑嫚已有自己的家，她嫁了一個法學院的同學，一個老實的英俊的美國人，淑媛多的是美國人的習慣——那就是照雇自己兒女才是她們這一代人的責任，父母離異對她說來並不是一件了不起的大事，從小到大，我和淑媛說不上太親近，雖然我心中充滿了對她的父愛，但她是否瞭解，我卻惘然。

至於淑蕊，我離家時她才讀高二，我和她一向父女情深，她既有美國人的習慣，亦深具中國傳統孝順父母長輩的童心，她一向對我依賴甚深，離開她無如像一把匕首刺入我的心中，更怕她難以適應我不在身邊的日子，在這方面，美玉無疑是一個天下難得的好母親，儘管悲傷難禁，對淑蕊還是給了她最大的母愛，還騙她說爸爸終會回來，但淑蕊已十六歲，她知道爸爸是被迫離開的，她不期望爸爸會回來，她只望爸爸媽媽各自找到自己的快樂，她儘量順著媽媽，儘管許多時不同意媽媽的見解，但從不和媽媽拌嘴，而且在學校裏成績優秀，答應媽畢業後到離家不遠的伊大上學，就近陪伴媽媽。而對我她也表現出難得的瞭解與同情，父親節那天，我收到她寄來的賀卡，上面寫著：

爸爸：

我是多麼的想念著你，想念著我睡前你給我念故事時的情景——但我知這日子已經一去不復返了——我已不再奢望你能再回到我們的身邊，而我今後再也不能逗你歡笑。我只望思琪待你好，不令你生氣，還有慧雲代替我來孝順你，不令你年老時孤苦無依，這便是我父親節最大的期望了。

永遠愛你的女兒淑蕊

信未看完，我已淚滿沾襟了，人生是多麼的苦啊！

我妹，我弟，以及婉容，因為都曾經感受過美玉的待人處事作風，也並不怪我作出離婚的決定，當然，因為他們愛我，希望我生活得快樂，是最主要的原因。

最令我萬般無奈的，是我和美玉的絕大多數共同朋友，都站在她那邊，齊齊訴說我對不起她。尤其是我倆的好友張俞，更曾力勸我取消此意，囑我不可辜負美玉。

其他的朋友，有打電話來代美玉出頭的，有從加拿大寫信來指責我的，有的更乾脆親自陪同美玉前來找我「討公道」。

我並不怪他們，因為他們並沒有完全瞭解整件事。他們只知道美玉是一個人見人愛的漂亮女人，一個稱職的家庭主婦，一個十全十美的好母親，更別說有曾與我並肩奮鬥多年的恩情。

這些我都同意，美玉不錯是個好女人，好母親，也對我忠貞不二，但她執拗的個性，任性和草率行事作風，使我再不能和她在一個屋檐下生活，迫我離家出走而踏上了一條不歸路，背上了拋妻棄子的罪名，又豈是我所願？更何況我的妻，我的女兒，是我的骨和肉，離開了骨和肉，生活有何意義？

我曾不止一次對靜兒甚至思琪表白過，我仍深愛美玉，我仍非常關心她，離婚時我將我們共同擁有的財產分她過半，只想她下半輩子生活過得好。我潛意中總是希望，待兩年觀察期過後，我們兩人的性格更趨成熟，當感情的磨難經過沈澱之後，我們終會有重聚的一天。

思琪和美玉一樣的伶牙利齒，可是卻懂得適可而止，不會真正傷害任何人。而且她平易近人，人緣甚佳。不但我那些見過她的朋友喜歡她，就連我的女兒淑蕊來看望我時，也與她相處得來，使我非常欣慰。

我更愛她的寬容大度，她知道我仍愛美玉，更清楚我心中一直揮不開對婉容的思念，但她沒有介懷，更沒有放在心裏。她說，人總有過去，已經發生的就是發生了。何必刻意去抹煞？我何其幸運，一九九九年，我和思琪在拉斯維加斯正式舉行婚禮，邀請出席觀禮的人不多，但都是至親好友和當地甚有名望人士，如出任證婚人的好友就是當地的大法官。

婚後不久思琪就將她的工作辭掉，好全職照顧我的生活起居，小女兒慧雲也長得亭亭玉立，已是一名高中生。生活過得恬靜而幸福，只美玉仍偶爾打電話來，老是對我重提舊事，挑起我不快的回憶，而我對婉容的思念，卻是與時俱增，心中充滿著萬般的傷情與無奈！

二〇〇一年四月，偕思琪往香港會合婉容，一起回東莞鄉下探親和掃墓。感謝思琪大方安排我和婉容獨自兩人出遊一天，使我和婉容能夠暢談別後種種，重溫昔日時光。

翌日清早，我和婉容特別回到舊日鄉下，先掃先人的墓，再踱步回昔日舊居看看。

最值得慶幸的是，東莞絕大部分的街道和房屋都已拆卸改建，唯獨我倆熟悉的振華路一點沒變，原來是當地政府特意將之留下來作歷史存念。

我們回到了以前居住的老家，當年因房子陳舊，姨婆去世後已換了主人。母親退休後在莞城另建了新屋，和弟妹們居住。我已有四十多年沒有來過這裏，幸好門前刻有外公名字的大理石橫額仍在，否則找來還真得要費點功夫。來應門的是一位白髮的老人家，我們說明來意後，他熱情地邀請我們入屋內吃茶，穿過大廳，剛坐下，我便焦急地向後院窺望，只見那鳳凰樹仍威威風風地佇立在那裏，比以前高了兩三倍，仍像當年初見婉容時一樣花開燦爛，滿樹艷紅的花瓣隨著輕風搖曳，在陽光下透著亮亮的紅光，美得眩目，我心有感觸，一時情急，不顧禮節拉著婉容的手走到樹下，低聲對婉容說：「妳記得李清照在《武陵春》裏說過：物是人非事事休，欲語淚先流嗎？」。婉容笑道：「不對，他是因為不見了趙明誠，又思念故園，才有此說，你明明回到故居，我又在你身邊，你卻亂用成語，該罰該罰。」我說，「你也不對，以前的你，是我的容姐，如今的你，卻是別人的夫人，豈不是相見爭如不見麼？」一句話把婉如說得滿面通紅，老人家在一旁看得傻了眼。

告別老人家，我倆順著振華路往河邊走去，心裏都是漲滿了感觸。四十多年前，一對矢志相戀的少年戀人在這裏共渡了多少美好時光！在多少個田園小徑留下我們的足迹！

我擡頭望著沿著小徑成行的樹，它們日益壯大，枝葉茂盛，而我們卻已老了。

我停下腳步，伸手輕輕撫摸身旁的粗大樹幹，說：「婉容，我們當日在這裏刻下的記號，你猜會不會還在？」

她不知怎的已是淚盈於睫。「他們看來從不曾伐樹，我看應該還在的。」

我笑了，心裏卻是一陣心酸，輕輕拉她的手過來，將她的手按在刻有我倆名字的樹幹上。「你感覺到它了嗎？」

她驚喜地望著我，輕輕地在刻有華和容兩個字的樹幹撫摸，眼淚終於流了下來。我掏出手帕為她拭淚，真是百感交集。

「別哭，婉容，今天你我還能好好活著，還有機會携手重遊這個地方，上天已待我們不薄了。」我安慰她，天知道自己有多辛苦，才將滿腔熱淚噍回去！

她默然點頭，仔細地拭去了淚。「你看我這愛哭的毛病總也改不了。」

「我看我們還是不要去振華橋，現在就暫回去吧？」

她愕然望著我，臉上是失望的表情。

「因為我怕你再忍不住哭，回去讓他們看見不好。」我笑著逗她，心中卻不無感觸，他們不就是我的另一半和她的另一半麼？

她忍不住笑了。

我們去到振華橋，像昔日那樣泛舟而下。太陽亮得扎眼，兩岸仍是垂柳處處，紅花似火，一片江南景象；而四周沒有一絲風，我哎呀一聲叫了出來。

她嚇一跳，「你叫什麼？」

「你的小洋傘呢？」我笑說：「你不是最怕太陽曬，常常帶有一把洋傘在身邊嗎？」

她又被我逗笑了。「你呀，年紀都這麼大了，愛開玩笑的脾氣仍然不改。」

年紀大？對呀，我們都已是年過六十的人了，我望著坐在對面的她，忽然心裏感到了一片寧靜。

二〇〇二年十月初，思琪約了在夏威夷的黃自平，她是我在中山醫學院的同窗好友，託她出面約幾位同在美加的同學，共同邀約來拉斯維加斯一起慶祝美玉六十大壽，當然也約了靜兒。為此，黃自平親自飛到普魯明頓我們的舊家見美玉，由美玉出面再邀請在香港的袁君望，他欣然答允前來相會，可惜張俞早於兩年前因腸癌去世，無法見證這不尋常的宴會。

席間美玉不計前嫌，和思琪姐妹相稱，思琪向美玉頻頻敬酒，而慧雲對美王執禮有恭，大媽前大媽後的叫個不停，把個美玉叫得樂不可支。

君望佯裝喝醉，指著我的鼻子調侃我道：「方華，你這個沒良心的傢伙，當年搶去了我的未婚妻，我原以為你是好人，不與你計較，你卻把她給棄了，也不知你給她吃了什麼迷幻藥，她離婚了也不肯回到我身邊，你見她孤伶伶一個人過日子，你開心了罷！」

我滿面通紅，一時語噎。美玉滿腔委屈地說：

「很久以來，他已經不愛我了。好哇！我老了，不再漂亮了，他就不再理我了。現在我和他的關係只是，只是……。」說到這裏，淚流滿面的哭了起來。

思琪趕忙拿手帕替美玉抹淚，細聲地說：「姐，是我對不起你，所以今天特意向你陪罪，華哥早對我說過，在他心目中，你永遠是他的好太太，沒有人可以取代的。」

美玉說：「讓我來說說我自己是什麼樣的人吧，我跟隨他大半輩子，難道在哪一點上有虧婦道麼？我敢毫不浮誇地說，什麼時侯有人對我的專情表示過懷疑，給我打上不貞節的烙印麼？難道我不是永遠滿懷熱愛地和他共同奮鬥一生麼？難道我不是除上帝之外，最愛他，為他貢獻了自己的一生麼？難道我不是一個最稱職的母親麼？可是他竟然把我給棄了，這是我應得的報答麼？你們去找一個忠實於丈夫的妻子，找她來和我比一比，看誰更值得一個有良心的丈夫去珍惜……」

我打斷她的話：「請聽我說，我從來沒想離開你，是美國的法條把我們分開了，但我不承認。那只不過徒具形式罷了！其實我的心是永遠和你連結在一起，我們永遠是一家人，你，思琪，邦媛，邦蕊，還有慧雲，都是我的骨和肉，是永遠不會分離的。美玉，今天是你的生日，我請你和一眾親友來共同慶祝，就是請大家來見證在這良辰吉日，來一個歡樂大團圓。請相信我的目的是誠懇的，妳就不至於感到如此得不到安慰。相信你還記得當年在淺水灣我曾經對妳說過：你給了我上蒼能給一個人的最大的快樂，今生今世，我一定會好好地愛你，痛你，絕不辜負你！我和思琪有什麼理由——要對你不起？」

美玉破涕為笑：「如此說來，你不嫌棄我這個老太婆囉。」

「當然不！難道我就不老了？」

君望說：「果然我沒有看走眼，你是一個性情中人，令人敬仰。」

黃自平說：「方華啊，幾十年來陪著你們長大，看著你們一路風風雨雨走來，真難為美玉為你受苦，今天我才明白，原來你還有許多苦衷，好啦，今天我們還你一個公道，你還算是一個有情有義的人，不是一個負心漢。」

靜兒說：「他們之間的事，我最清楚不過了，美玉姐，華哥對你是真心的，真的。」

思琪說：「姐要搬來和我們同住，讓我好好服侍妳。」

美玉說：「不啦，我有邦媛、邦蕊在身邊，還有兩個精靈的孫兒，日子過得蠻寫意的，你們不必為我操心。」

我說：「我年紀也不小了，沒有你在身邊，牽腸掛肚的，日子過得不踏實。」

美玉說：「歡迎你來住啊，我會像以前一樣服侍你。」

我說：「其實當年兩年期限一過，我就想溜回去看你，就怕你不接受。」

「那時剛離婚，我在氣頭上，理你才怪！」

飯後，我們還到凱撒皇宮看了一場精彩的表演，思琪特別安排美玉坐在我身旁，我滿心歡喜，腦中盡是年輕時美玉的影子。

人生匆匆數十載，一個人那能要求事事完美呢？我這一生，也算是無怨無尤了。也許我此刻的心情，可以藉著我的一首詩來作為一個總結。

瀛海飄蓬四十秋，每歇倦骨咀鄉愁。
他國景物足身歷，故舊聲容費夢求。
比翼緣慳結那破，參商恨重語還休。
歸思暗伴霜絲染，無限春溫意欲酬。

語言文學類　PG0648

我生命中的三個女人

作　　者／尹浩鏐
責任編輯／鄭伊庭
圖文排版／陳宛鈴
封面設計／陳佩蓉

發 行 人／宋政坤
法律顧問／毛國樑　律師
印製出版／秀威資訊科技股份有限公司
114台北市內湖區瑞光路76巷65號1樓
電話：+886-2-2796-3638　傳真：+886-2-2796-1377
http://www.showwe.com.tw
劃撥帳號／19563868　戶名：秀威資訊科技股份有限公司
讀者服務信箱：service@showwe.com.tw
展售門市／國家書店（松江門市）
104台北市中山區松江路209號1樓
電話：+886-2-2518-0207　傳真：+886-2-2518-0778
網路訂購／秀威網路書店：http://www.bodbooks.com.tw
國家網路書店：http://www.govbooks.com.tw
圖書經銷／紅螞蟻圖書有限公司
114台北市內湖區舊宗路二段121巷28、32號4樓
電話：+886-2-2795-3656　傳真：+886-2-2795-4100

2011年11月BOD一版
定價：380元

國家圖書館出版品預行編目

我生命中的三個女人 / 尹浩鏐著. -- 一版. --
臺北市 : 秀威資訊科技, 2011.11
面； 公分. -- (語言文學類 ; PG0648)
BOD版
ISBN 978-986-221-851-8(平裝)

857.7 100019103

讀者回函卡

感謝您購買本書，為提升服務品質，請填妥以下資料，將讀者回函卡直接寄回或傳真本公司，收到您的寶貴意見後，我們會收藏記錄及檢討，謝謝！

如您需要了解本公司最新出版書目、購書優惠或企劃活動，歡迎您上網查詢或下載相關資料：http:// www.showwe.com.tw

您購買的書名：________________________________

出生日期：________年________月________日

學歷：□高中（含）以下　□大專　□研究所（含）以上

職業：□製造業　□金融業　□資訊業　□軍警　□傳播業　□自由業
　　　□服務業　□公務員　□教職　□學生　□家管　□其它____

購書地點：□網路書店　□實體書店　□書展　□郵購　□贈閱　□其他

您從何得知本書的消息？

□網路書店　□實體書店　□網路搜尋　□電子報　□書訊　□雜誌
□傳播媒體　□親友推薦　□網站推薦　□部落格　□其他________

您對本書的評價：（請填代號　1.非常滿意　2.滿意　3.尚可　4.再改進）

封面設計____　版面編排____　內容____　文／譯筆____　價格____

讀完書後您覺得：

□很有收穫　□有收穫　□收穫不多　□沒收穫

對我們的建議：________________________________

____

____

____

請貼
郵票

11466
台北市內湖區瑞光路 76 巷 65 號 1 樓

秀威資訊科技股份有限公司 收

BOD 數位出版事業部

....

（請沿線對折寄回，謝謝！）

姓　　名：＿＿＿＿＿＿＿＿＿　年齡：＿＿＿＿　性別：□女　□男

郵遞區號：□□□□□

地　　址：＿＿＿＿＿＿＿＿＿＿＿＿＿＿＿＿＿＿＿＿＿＿＿＿

聯絡電話：（日）＿＿＿＿＿＿＿＿＿＿（夜）＿＿＿＿＿＿＿＿＿＿

E-mail：＿＿＿＿＿＿＿＿＿＿＿＿＿＿＿＿＿＿＿＿＿＿＿＿